国学经典丛书
名家注评本

世说新语

[南朝宋]刘义庆 著
沈海波 注评

长江出版传媒
长江文艺出版社

图书在版编目（CIP）数据

世说新语 /（南朝宋）刘义庆著 ; 沈海波注评. -- 武汉 :
长江文艺出版社, 2015.7(2023.9 重印)
（国学经典丛书）
ISBN 978-7-5354-8050-7

Ⅰ. ①世… Ⅱ. ①刘… ②沈… Ⅲ. ①笔记小说—中国—南朝时代②《世说新语》—注释 Ⅳ. ①I242.1

中国版本图书馆 CIP 数据核字(2015)第 109440 号

责任编辑：杜东辉　　责任校对：毛季慧
封面设计：新华智品　　责任印制：邱　莉　胡丽平

出版：长江出版传媒 | 长江文艺出版社
地址：武汉市雄楚大街 268 号　　邮编：430070
发行：长江文艺出版社
电话：027—87679360
http://www.cjlap.com
印刷：三河市百盛印装有限公司

开本：880 毫米×1230 毫米　1/32　　印张：10
版次：2015 年 7 月第 1 版　　2023 年 9 月第 5 次印刷
字数：280 千字

定价：78.00 元

总 序

郭齐勇　武汉大学国学院院长

国学大师钱穆先生曾说“今人率言‘革新’，然革新固当知旧”。对现代人尤其是青年一代来说，缺乏的也许不是所谓的“革新力量”，而是“知旧”，也即对传统的了解。

中国文化传统的源头，都在中国古代经典当中。从先秦的《诗经》《易经》，晚周诸子，前四史与《资治通鉴》，骚体诗、汉乐府和辞赋，六朝骈文，直到唐诗、宋词、元曲和明清小说，在中国经典这条源远流长的巨川大河中，流淌着多少滋养着我们精神的养分和元气！

《说文解字》上说“经”是一种有条不紊的编织排列，《广韵》上说“典”是一种法、一种规则。经与典交织运作，演绎中国文化的风貌，制约着我们的日常行为规范、生活秩序。中国文化的基调，总体上是倾向于人间的，是关心人生、参与人生、反映人生的，当然也是指导人生的。无论是春秋战国的诸子哲学，汉魏各家的传经事业，韩柳欧苏的道德文章，程朱陆王的心性义理，还是先民传唱的诗歌，屈原的忧患行吟，都洋溢着强烈的平民性格、人伦大爱、家国情怀、理想境界。尤其是四书五经，更是中国人的常经、常道。这些对当下中国人治国理政，建构健康人格，铸造民族精魂都具有重要意义。经典是当代人增长生命智慧的源头活水！

长江文艺出版社历来重视中华民族优秀传统文化的传播及普及，近年来更在阐释传统经典、传承核心文化价值，建构文化认同的大纛下努力向中国古典文化的宝库掘进。他们欲推出《国学经典丛书》，殊为可喜。

怎么样推广这些传统文化经典呢？

古代经典和现代读者的阅读习惯及趣味本来有一定差距，如果再板起面孔、高高在上，只会让现代读者望而生畏。当然，经典也不是任人打扮的小姑娘，一味将它鸡汤化、庸俗化、功利化，也会让它变味。最好的办法就是，既忠实于经典的原汁原味，又方便读者读懂经典，易于接受。在这个原则的指导下，《国学经典丛书》首先是以原典为主，尊重原典，呈现原典。同时又照顾现实需要，为现代读者阅读经典扫除障碍，对经典作必要的字词义的疏通。这些必要精到的疏通，给了现代读者一把打开经典大门的钥匙，开启了现代读者与古圣先贤神交的窗口。

放眼当下出版界，传统文化出版物鱼目混珠、泥沙俱下，诸多出版商打着传承古典文化的旗号，曲解经典，对现代读者尤其是广大青少年认知传承经典起了误导作用。有鉴于此，长江文艺出版社推出的《国学经典丛书》特别注重版本的选取。这套丛书30个品种当中，大多数择取了当前国内已经出版过的优秀版本，是请相关领域的名家、专业人士重新梳理的。这些版本在尊重原典的前提下同时兼顾其普及性，希望读者能有一次轻松愉悦的古典之旅。

种种原因，这套丛书必然会有缺点和疏漏，祈望方家指正。

导 言

《世说新语》是南朝宋临川王刘义庆编撰的一部志人笔记小说。全书原为八卷，梁刘孝标注本分为十卷。此书原名《世说》，后为了与汉代刘向所著《世说》（已亡佚）相区别，故又名《世说新书》。今传本经北宋晏殊整理删定，分为上、中、下三卷，有德行、言语、政事、文学、方正等三十六门，共 1130 则，主要记述东汉末年至南朝刘宋时二百多年间士族阶层的言谈风尚和琐闻轶事，内容包罗万象，举凡政治、思想、道德、文学、哲学、美学等方面皆有涉及，是研究魏晋时期历史的重要资料。

《世说新语》的作者刘义庆为南朝宋彭城（今江苏徐州）人，字季伯，是宋武帝刘裕之弟长沙景王刘道怜之子，封南郡公，后过继给叔父临川王刘道规，袭封临川王。曾任豫州刺史、荆州刺史，元嘉 21 年（444）死于建康（今江苏南京）。史称刘义庆性简素、寡嗜欲、爱好文义，为宗室之表，招聚才学之士，远近必至。鲁迅先生说："《宋书》言义庆才词不多，而招聚文学之士，远近必至，则诸书或成于众手，亦未可知也。"（《中国小说史略》）此说得到普遍的认同。刘义庆门下有不少文人学士，如袁淑、陆展、鲍照等，他们根据前人的著述，广泛收集材料，再由刘义庆加以润色，编撰成书，这是很有可能的。《世说新语》是一部采辑旧文之书，其中有许多内容是来自《魏晋世语》、《语林》、《魏书》、《高士传》等著作，但全书前后体例风格基本一致，说明经过了作者的细致加工。

《世说新语》反映最丰富的一部分内容，是魏晋时期的名士风度。名士风度，也称魏晋风度，是魏晋时期名士们言行举止的概括性表现。名士风度有几个主要的外在表现形式：清谈、饮酒、服药、隐逸。

清谈起于汉末，名士群集，臧否人物，评论时事，称为清议。魏晋时期的清谈则侧重于玄学，即所谓内圣外王、天人之际的玄远哲理，所以清谈又称为谈玄。《周易》、《老子》、《庄子》三部著作受到士人的推崇，总称“三玄”，是玄学产生的思想渊源，“寡以制众”、“崇本息末”、“知足逍遥”、“自然无为”等抽象玄远的哲理，成为士人清谈的主要内容。品题人物也是魏晋士族中流行的一种风尚，内容涉及人物品性、才能、容止、风度等各个方面，从一个侧面反映出魏晋时代的价值取向及审美风尚。何晏和王弼是开启魏晋清谈的重要人物，主张“无”是万物本体，代表“正始之音”。竹林七贤开“竹林风气”，阮籍主张“通老”、“通易”、“达庄”，嵇康主张“养生”、“声无哀乐”等。王衍、乐广则将清谈之风引向高潮，措辞简约，崇尚自然。此外也有许多名僧，如支遁、康僧渊等在玄理中掺入佛家教义，推动了佛教思想的传播及其与本土思想的融合。

魏晋名士好老庄之学，讲求形神相亲，而狂饮烂醉便可达到物我两忘的境界，求得高远之志。所以王蕴说：“酒，正使人人自远。”（《任诞》）王忱说：“三日不饮酒，觉形神不复相亲。”（《任诞》）当然，魏晋名士也并非个个都是酒徒，干宝就曾劝郭璞不要饮酒过度，大名士王导更是屡屡劝人戒酒，并成功地帮助晋元帝戒了酒瘾。

魏晋名士流行服五石散，以药物作为护身符和麻醉剂。五石散主要由丹砂、雄黄、白矾、曾青、磁石这五种矿物质调制而成，因药性猛烈，服后需要散热，行走发散，故名五石散。又服者需冷食、薄衣，故亦称寒食散。何晏被鲁迅先生称为“吃药的祖师爷”，他曾说：“服五石散非唯治病，亦觉神明开朗。”（《言语》）服散的目的，主要是为了求长生不老，其次是为了感官的刺激，据说服后可以心情开朗、体力增强。

魏晋名士追求飘然高逸，放浪旷达，于是崇尚隐逸。汉末大乱，魏晋士大夫隐居避世、明哲保身，这是隐逸之风兴起的最直接、最主要的原因。此外，玄学标榜老庄，而老庄哲学主张超脱世俗，注重自然，于是隐逸又成为一种合乎自然的逍遥行为，目的只是为了追求玄远、超脱。

《世说新语》以文笔简洁明快、语言含蓄隽永著称于世，往往只言片语就可以鲜明地刻画出人物的形象和性格特征，鲁迅曾经评论其“记言则玄远冷峻，记行则高简瑰奇”（《中国小说史略》）。《世说新语》善于把握人物的特征，作漫画式的夸张描绘；善于运用对比，突出人物的个性；善于把记言与记事结合起来，情节曲折，富有戏剧性。《世说新语》为后代留下了许多脍炙人口的佳言名句，其中的文学典故、人物事迹也多为后人所企慕。可见，《世说新语》的文学成就极高，所以能够成为我国古典文学名著之一。读此书，既可受到文学熏陶，也可领略魏晋士人追求思想自由与人格修养的时代风气。

目 录

德行第一

一

陈仲举言为士则[①]，行为世范[②]，登车揽辔[③]，有澄清天下之志[④]。为豫章太守[⑤]，至，便问徐孺子所在[⑥]，欲先看之[⑦]。主簿白[⑧]："群情欲府君先入廨[⑨]。"陈曰："武王式商容之闾[⑩]，席不暇暖[⑪]。吾之礼贤，有何不可！"

【注释】①陈仲举：陈蕃（？—168），字仲举，汝南平舆（今属河南）人。东汉桓帝时官至太尉，灵帝时为太傅，与外戚谋诛宦官，事泄被杀。言为士则：言谈成为士子的准则。　②行为世范：行为成为世人的典范。　③登车揽辔：指为官赴任。辔（pèi 佩），驾驭牲口的缰绳。　④有澄清天下之志：指怀抱扫除奸佞使天下重归于清平之志向。　⑤豫章：郡名，治所在今南昌市。　⑥徐孺子：徐稚（97—168），字孺子，豫章南昌（今属江西）人。家境贫苦，不满宦官专权，虽多次征聘，终不为官。陈蕃为太守时，不接待宾客，唯独尊重徐稚，特为其设坐榻，等他走后就把榻挂起来。　⑦看：探望、拜访。　⑧主簿：官名，管文书印信，办理事务。　⑨府君：汉人对太守的称呼。　廨（xiè 谢），官署。　⑩武王：周武王姬发。　式：通轼，古代车厢前用做扶手的横木，这里用作动词，指人站立车中，俯凭车前横木以示敬意。　商容：殷纣王贤臣，为纣王所贬。　闾（lǘ 驴）：里门，巷口之门，指住处。　⑪席不暇暖：连席子都来不及坐暖。

【评析】陈蕃以周武王为榜样，赴任时还未进府署，即拜访隐居民间的高士徐稚，向其致意，表现出了尊重贤才的诚意。

二

周子居常云[①]："吾时月不见黄叔度[②]，则鄙吝之心已复生矣[③]！"

【注释】①周子居：周乘，字子居，汝南安城（今河南正阳东北）人，天资聪朗，品格出众。　②时月：数月。　黄叔度：黄宪，字叔度，汝南慎阳（今河南正阳县北）人。出身贫寒，其父为牛医。以德行著称。　③鄙吝：肤浅。

【评析】孔子曾经说过："勿友不如己者。"（《论语·学而》）所以古代士人交友时重德行。周乘与当时的名士陈蕃、黄宪等人相友善，他们都以德行著称于世。周乘说："我只要几个月不见黄宪，那么就会生出庸俗贪鄙的念了。"可见黄宪所具有的人格魅力。

三

郭林宗至汝南[①]，造袁奉高[②]，车不停轨，鸾不辍轭[③]；诣黄叔度[④]，乃弥日信宿[⑤]。人问其故，林宗曰："叔度汪汪如万顷之陂[⑥]，澄之不清，扰之不浊，其器深广[⑦]，难测量也！"

【注释】①郭林宗：郭泰（127—169），字林宗，太原介休（今属山西）人。出身贫寒，事母至孝，博通典籍，与李膺友善，不就官府征召，闭门教授，门下弟子有数千人之多。 汝南：今河南上蔡西南。 ②造：造访。 袁奉高：袁阆（làng 浪），字奉高。 ③车不停轨，鸾不辍轭：指车子尚未停稳，车铃声还在震响。轨，轨辙，车轮留下的印迹。鸾（luán 栾），古代的一种车铃，一般套在车轭的顶端。辍，停止。轭（è 恶），驾车时套在牛马颈上的曲木。 ④诣：拜访。 黄叔度：黄宪。 ⑤乃：竟。 弥日：整天。弥，满。 信宿：连宿两晚。 ⑥汪汪：水宽广的样子。 陂（bēi 杯）：池。 ⑦器：度量。

【评析】郭泰去拜访黄宪时，在黄宪家连住了两夜。郭泰认为黄宪的器度如万顷之湖，不会轻易受到扰动，评价之高足以反映他对黄宪之仰慕。这与他拜访袁阆只逗留一时，成鲜明对比。

四

李元礼风格秀整[①]，高自标持[②]，欲以天下名教是非为己任[③]。后进之士[④]有升其堂者，皆以为登龙门[⑤]。

【注释】①李元礼：李膺（110—169），字元礼，颍川襄城（今属河南）人。东汉桓帝时官至司隶校尉，执法威严。延熹九年（166），宦官指其结党诽谤，被捕入狱，后免归乡里。灵帝即位后，外戚窦武当权，以其为长乐少府，共谋诛杀宦官，事泄，下狱死。 风格秀整：风度秀雅，格调严整。风格，风度格调。 ②高自标持：自视很高，很自负。标持，指自负。 ③名教：以正名定分为主的儒家礼教。 ④后进：晚辈。 ⑤登龙门：喻指抬高声望。

【评析】李膺自视甚高，把正定名分判断是非作为自己的使命。后生晚辈也以能够到李膺家厅堂作客，当成是无尚的荣幸。可见李膺在当时所享有的声誉极高。

五

李元礼尝叹荀淑、钟皓曰[①]：“荀君清识难尚，钟君至德可师[②]。”

【注释】①叹：赞叹。 荀淑：字季和，颍川颍阴（今河南许昌）人。荀子十一世孙。少有高行，博学。东汉安帝时征拜郎中，曾上对策讥刺贵幸，为外戚梁冀所忌，出补朗陵侯相，后弃官归隐。 钟君：钟皓，字季明，颍川长社（今河南长葛东）人。不就征召，隐于密山，教授门徒千余人。后为郡功曹，不久即自劾去。后屡辞征召。 ②清识：高明的见识。 尚：超过。 至德：最高尚的道德。

【评析】荀淑和钟皓齐名。荀淑为官时临事明理，归隐时赡养亲友。钟皓则屡辞征召，得到时人的称赞。所以李膺对他们赞誉有加。

六

陈太丘诣荀朗陵[①]，贫俭无仆役，乃使元方将车，季方持杖后从[②]，长文尚小[③]，载著车中。既至，荀使叔慈应门[④]，慈明行酒[⑤]，余六龙下食[⑥]，文若亦小[⑦]，坐著膝前。于时太史奏[⑧]：“真人东行[⑨]。”

【注释】①陈太丘：陈寔（104—187），字仲弓，颍川许县（今河南许昌东）人。初为县吏，因笃志好学，坐立诵读，县令使入太学就读。后任太丘长，为政以德，百姓安宁。党锢之祸起，被牵连，自请囚禁。后大将军何进、司徒袁隗招辟，皆不就。死后，赴吊者有三万多人。 荀朗陵：荀淑。 ②元方：陈寔长子陈纪，字元方。 将（jiāng 江）车：赶车，驾车。 季方：陈寔第六子陈谌（chén 陈），字季方。 ③长文：陈群（？—236），字长文，陈寔之孙，陈纪之子。三国时为刘备别驾，后归曹操，为司空掾、御史中丞、侍中。曹丕时为尚书，明帝时为司空、录尚书事。 ④荀：荀淑。 叔慈：荀靖，字叔慈，荀淑第三子。 ⑤慈明：荀爽（128—190），字慈明，荀淑第六子。献帝时任司空，参与王允等谋诛董卓，后病卒。为著名经学家，著有《周易注》。 行酒：依次斟酒。 ⑥六龙：指其余六子。 下食：指上菜，当时的习惯用语。 ⑦文若：荀彧（163—212），字文若，荀淑之孙，荀绲之子，三国时为曹操谋士，后因反对曹操称“魏公”而被迫自杀。 ⑧太史：官名，掌管国家典籍、天文历法、祭祀等。 ⑨真人：至德之人。

【评析】陈家贫穷俭朴，没有仆人可供役使，于是便叫长子陈纪赶车，次子陈谌拿着手杖在车后跟从。陈寔父子三人同以至德称，人称“三君”。陈、荀两家皆为有德之士，所以他们的相聚为时人赞叹，连太史也来凑热闹，认为有才德之士东行是上应天象之吉兆。

七

客有问陈季方[①]：“足下家君太丘有何功德而荷天下重名[②]？”季方曰：“吾家君譬如桂树生泰山之阿[③]，上有万仞之高[④]，下有不测之深；上为甘露所沾[⑤]，下为渊泉所润[⑥]。当斯之时[⑦]，桂树焉知泰山之高，渊泉之深？不知有功德与无也。”

【注释】①陈季方：陈谌。 ②家君：对自己父亲的称呼。加“足下”敬词时则用以称对方的父亲。 太丘：陈寔。 荷：承受，担当。 重名：大名。 ③阿（ē 婀）：弯曲的地方。 ④仞（rèn 任）：古时以八尺或七尺为一仞。 ⑤沾：沾溉。 ⑥渊泉：深泉。 润：滋润。 ⑦斯：这，这个。

【评析】陈谌对父亲陈寔的评价很巧妙，认为父亲就好比生长在泰山的山腰里的桂树，上有万仞高的山峰，下有不可测量的溪谷，上承甘露的沾溉，下受泉水的滋润。取譬设喻，耐人寻味。

八

陈元方子长文[①]，有英才[②]，与季方子孝先各论其父功德[③]，争之不能决。咨于太丘[④]，太丘曰：“元方难为兄，季方难为弟。”

【注释】①元方：陈纪。 长文：陈群。 ②英才：杰出的才智。 ③季方：陈谌。 孝先：陈忠，字孝先。 ④咨：询问。

【评析】陈纪与陈谌之子各自称颂自已父亲的功德，互相争论，不能决断，于是便去问祖父陈寔。陈寔则认为他们不分上下。成语“难兄难弟”即出此。

九

荀巨伯远看友人疾[1]，值胡贼攻郡[2]，友人语巨伯曰[3]：“吾今死矣，子可去[4]。”巨伯曰：“远来相视，子令吾去，败义以求生，岂荀巨伯所行邪!”贼既至[5]，谓巨伯曰：“大军至，一郡尽空，汝何男子，而敢独止?”巨伯曰：“友人有疾，不忍委之[6]，宁以我身代友人命[7]。”贼相谓曰：“我辈无义之人，而入有义之国。”遂班军而还，一郡并获全。

【注释】①荀巨伯：颍川（今属河南）人。东汉桓帝时人，事迹不详。②值：遇到。　胡贼：指西北少数民族。　郡（jùn 俊）：郡城。　③语（yù 遇）：用作动词，告诉。　④子：称对方的敬词，您。　去：离开。　⑤既：已经。　⑥委：抛弃。　⑦宁（nìng 佞）：宁可，情愿。

【评析】荀巨伯临危不惧，愿为保全友人而不惜身命，这种舍生取义的精神不仅保全了友人，更令敌军为之震慑，自愧“无义”而退军。这种高义之举自然为世人所传诵。

十

华歆遇子弟甚整[1]，虽闲室之内[2]，严若朝典[3]。陈元方兄弟恣柔爱之道[4]。而二门之里，两不失雍熙之轨焉[5]。

【注释】①华歆（157—231）：字子鱼，三国平原高唐（今山东禹城西南）人。东汉末举孝廉，为尚书郎。献帝时任豫章太守，后征召入京，为尚书令。魏文帝时任司徒，明帝时转拜太尉。　遇：对待。　整：严肃。　②闲室：指闲处在家之时。　③严：一作“俨”，恭敬，庄严。　朝典：朝廷举行的典礼。　④恣：任意，不受拘束。柔：柔和，温和。　⑤二门：指华、陈两家。　雍熙：和乐的样子。　轨：规矩，度。

【评析】华歆对待晚辈非常严肃，即使赋闲在家时，也像在朝堂上参加典礼一样庄严肃穆。而陈纪兄弟的家风则是无拘无束。两家的门风各不相同，但都不失和乐之度。

十一

管宁、华歆共园中锄菜①，见地有片金，管挥锄与瓦石不异，华捉而掷去之②。又尝同席读书③，有乘轩冕过门者④，宁读如故，歆废书出看⑤。宁割席分坐，曰："子非吾友也！"

【注释】①管宁（158—241）：字幼安，三国魏北海朱虚（今山东临朐东南）人。汉末避乱居辽东，聚徒讲学，三十余年始归。魏文帝拜其为大中大夫，明帝拜其为光禄勋，皆固辞不就。 ②捉：抓。 ③尝：曾经。 同席：坐在同一张席子上。席，坐席。 ④轩冕：古代卿大夫的车服。轩，一种前顶较高而有帷幕的车子，供大夫以上的官员乘坐。冕（miǎn 免），古代帝王诸侯及卿大夫所戴的礼帽。这里的"轩冕"二字只取"轩"义，为偏义复词。 ⑤废：放，扔。

【评析】从管宁、华歆对片金和轩冕这两件小事的不同反应上，可以看出他们在志趣方面的差异，一个淡泊清高，一个则不能忘怀功名利禄。后来的经历也验证了这一点，管宁始终归隐，华歆则官至太尉。管宁和华歆都是高士，虽然曾经情同手足，但最终还是因为志趣的差异而断交。这一故事广为流传，说明古代士人交友极为谨慎，不但重德行，而且重志趣。"割席断交"的成语由此而来。

十二

王朗每以识度推华歆①。歆蜡日尝集子侄燕饮②，王亦学之。有人向张华说此事③，张曰："王之学华，皆是形骸之外④，去之所以更远。"

【注释】①王朗（？—228）：本名严，后改为朗，字景兴，三国魏郯（今山东郯城）人。东汉末为会稽太守，曹操征为谏议大夫，参司空军事。魏文帝时改为司空，进封乐平乡侯。明帝时转为司徒。 每：常常。 识度：见识度量。 ②蜡（zhà 诈）日：古代年终祭祀百神之日，有宴饮的习俗。蜡，古代于农历十二月里合祭众神之称。 燕饮：宴饮。燕通"宴"。 ③张华（232—300）：字茂先，范阳方城（今河北固安南）人。西晋初任中书令，散骑常侍，力劝武帝灭吴。惠帝时历任侍中、中书监、司空，后为赵王伦所杀。以博洽著称，著《博物志》，有《张司空集》。 ④形骸：指人的形体，身体。

【评析】王朗与华歆两人在性格、品行、志趣等方面似乎很相近，但很多时候王朗只是在形式上学华歆，而没有在境界上达到华歆的高度，所以张华才会认为王朗与华歆的差距相当大。

十三

华歆、王朗俱乘船避难，有一人欲依附[1]，歆辄难之[2]。朗曰："幸尚宽[3]，何为不可？"后贼追至，王欲舍所携人[4]。歆曰："本所以疑，正为此耳。既已纳其自托，宁可以急相弃邪[5]？"遂携拯如初。世以此定华、王之优劣。

【注释】①依附：跟从。 ②辄：就。 难之：即"以之为难"。难，用作动词，拒绝之意。 ③幸：幸亏。 ④舍：舍弃，丢下。 ⑤宁：难道。

【评析】为人处事可以不做承诺，但是一旦做出承诺，就要信守，而不能寻找理由背弃诺言。这是为人的原则，也就是孔子所说的"民，无信不立"。华歆与王朗表面上不相伯仲，但在危难时刻，两人之高下立现。

十四

王祥事后母朱夫人甚谨[1]。家有一李树，结子殊好[2]，母恒使守之[3]。时风雨忽至，祥抱树而泣。祥尝在别床眠，母自往暗斫之[4]；值祥私起[5]，空斫得被。既还[6]，知母憾之不已，因跪前请死。母于是感悟[7]，爱之如己子。

【注释】①王祥（184—268）：字休征，琅邪临沂（今属山东）人。东汉末携母隐居庐江三十余年。后任温令，累迁大司农、司空、太尉。晋代魏后，官至太保。奉后母至孝，是古代著名的孝子。 事：侍奉。 谨：恭敬。 ②殊：极，很。 ③恒：经常。 ④斫（zhuó 浊）：砍。 ⑤值：遇到，碰上。 私起：因小便而起床。私，小便。 ⑥既：已经。 ⑦感悟：感动醒悟。

【评析】王祥的孝迹还有四事：一为严冬冰冻时，后母欲吃生鱼，王祥便解衣融冰求之；二为后母想吃烤黄雀，原本难以办到，但是偏偏就有数只黄雀自动飞来；三是为了侍奉后母，王祥年近六旬尚迟迟不肯出仕；四是父母有疾，王祥衣不解带，汤药必亲尝。王祥卧冰求鲤的故事列入"二十四孝"，流传民间，妇孺皆知。

十五

晋文王称阮嗣宗至慎[1]，每与之言，言皆玄远，未尝臧否人物[2]。

【注释】①晋文王：司马昭（211—265），字子上，三国河内温县（今河南温县西）人。司马懿次子，继兄司马师为魏大将军，专国政，并谋代魏。杀魏帝曹髦，立曹奂。又灭蜀汉，自称晋公，后为晋王。死后被追尊为文帝。 阮嗣宗：阮籍（210—263），字嗣宗，陈留尉氏（今属河南）人，阮瑀之子。曾为步兵校尉，世称阮步兵。与嵇康齐名，为“竹林七贤”之一。擅长诗文，有《阮步兵集》。 ②臧否（zāng pǐ 脏匹）：褒贬，批评。

【评析】阮籍的言论都很玄妙深远，但从来不评论他人的长短得失，以免惹祸。所以司马昭认为他“至慎”。

十六

王戎云[1]：“与嵇康居二十年[2]，未尝见其喜愠之色[3]。”

【注释】①王戎（234—305）：字濬冲，西晋琅邪临沂（今属山东）人。好清谈，为“竹林七贤”之一。惠帝时累官尚书令、司徒。 ②嵇康（223—262）：字叔夜，三国魏谯郡铚（今安徽宿县西南）人。先人本姓奚，会稽上虞（今属浙江）人，后避祸至铚，家于嵇山之侧，因而姓嵇。曹操曾孙女婿，官中散大夫，世称嵇中散。丰神俊逸，博洽多闻。工诗文，善鼓琴。后为钟会谗害，被司马昭所杀。有《嵇中散集》。 ③喜愠（yùn 运）之色：喜悦或怨恨的神色。愠，怨恨。

【评析】嵇康好老庄，性淡泊，非但气度不凡，而且能够做到宠辱不惊，喜怒不形于色，所以王戎对此表示钦佩。

十七

王戎、和峤同时遭大丧[1]，俱以孝称。王鸡骨支床[2]，和哭泣备礼[3]。武帝谓刘仲雄曰[4]：“卿数省王、和不[5]？闻和哀苦过礼，使人忧之。”仲雄曰：“和峤虽备礼，神气不损；王戎虽不备礼，而哀毁骨立。臣以和峤生孝，王戎死孝。陛下不应忧峤，而应忧戎。”

【注释】①和峤（？—292）：字长舆，西晋汝南西平（今属河南）人。为颍川太守，迁中书令，为武帝所器重，曾参与灭吴谋议。惠帝时拜太子太傅。 大丧：父母之丧。 ②鸡骨支床：瘦骨嶙峋，支离床席。鸡骨，形容瘦弱憔悴的样子。支，支离。 ③备礼：礼数完备周到。 ④武帝：晋武帝司马炎（236—290），字安世，河内温县（今河南温县西南）人，司马昭之子。代魏称帝，建立晋朝。 刘仲雄：刘毅（？—285），字仲雄，西晋东莱掖（今山东龙口）人。官至司隶校尉、尚书仆射。 ⑤卿：古时君对臣之称。 数（shuò 朔）：屡次，常常。 省（xǐng 醒）：看望。 不：通“否”。

【评析】王戎与和峤都是孝子，但他们表现孝道的方式各不相同。和峤以礼法自持，哭泣备礼，一切按照礼法。王戎是清谈家，不拘礼制，饮酒、食肉、观棋，置礼法于不顾，然内心之哀伤却使其形销骨立。两人一重形式，一重内心。也多亏刘毅的直言，改变了晋武帝对王戎的看法。

十八

梁王、赵王[①]，国之近属[②]，贵重当时。裴令公岁请二国租钱数百万[③]，以恤中表之贫者[④]。或讥之曰：“何以乞物行惠？”裴曰：“损有余，补不足，天之道也。”

【注释】①梁王：司马彤，字子徽，司马懿之子。司马炎称帝后封为梁王，永康初（300）为太宰。 赵王：司马伦，字子彝，司马懿之子。晋武帝封其为赵王。惠帝永康初与梁王一起废贾后，次年自立为帝，不久被杀。 ②近属：近亲。 ③裴令公：裴楷，字叔则，西晋河东闻喜（今属山西）人。官至中书令，故称“裴令公”。 二国租钱：梁、赵两个封地的租税钱。 ④恤（xù 序）：救济。 中表：与祖父、父亲姐妹的子女（称外表）或祖母、母亲兄弟姐妹的子女（称内表）的亲戚关系。

【评析】裴楷不仅取梁、赵二王的租税钱来救济中表之贫者，就连自己的宅园也慷慨赠送。他所以能如此，不仅因为性情宽厚，而且他也已经达到了任心而动、不计毁誉的境界。

十九

王戎云：“太保居在正始中[①]，不在能言之流[②]；及与之言，理中清远[③]。将无以德掩其言[④]？”

【注释】①太保：官名，指王祥。 正始：三国魏齐王曹芳年号（240—248）。②能言之流：指王弼、何晏等清谈之士。 ③中（zhòng 仲）：适宜，得当。 ④将无：莫非，测度之词，这里表示肯定语气。

【评析】王祥不在擅长清谈的人物之列，但他话中的道理无不恰到好处，清雅而又深远。所以，王戎认为王祥是因为德行过高，遮掩了他善于清谈的能力。

二十

王安丰遭艰[1]，至性过人[2]。裴令往吊之，曰[3]："若使一恸果能伤人[4]，濬冲必不免灭性之讥[5]。"

【注释】①王安丰：王戎，进爵安丰县侯，故称。 ②至性：指至孝之性。 ③裴令：裴楷。 吊：哀悼、慰问。 ④若使：假如。 一恸（tòng 痛）：指悲哀之极。一，用在动词"恸"之前，表示哀伤程度之深。 ⑤濬冲：王戎。 灭性：灭绝人性之常。

【评析】《孝经·丧亲》："毁不灭性，圣人之教也。"儒家认为哀伤不应危害健康，不能到灭绝人性之常的程度。王戎为母丧而哀伤过度，所以裴楷认为王戎恐怕会遭到"灭性"的讥讽。

二十一

王戎父浑[1]，有令名[2]，官至凉州刺史[3]。浑薨[4]，所历九郡义故[5]，怀其德惠，相率致赙数百万[6]，戎悉不受。

【注释】①浑：王浑，字长原，历任尚书、凉州刺史。 ②令名：美好的名声。 ③凉州：辖境在今甘肃、宁夏、青海、内蒙古等部分地区。 刺史：官名，州郡长官。 ④薨（hōng 烘）：古代称诸侯或大官之死。 ⑤九郡：指凉州辖境内的各郡。 义故：指仰慕其令名者及故旧之交。 ⑥赙（fù 付）：办理丧事的费用。

【评析】王戎有吝啬之名，然对旧交赠送的赙仪却分文不受，说明有关他吝啬的传闻恐怕并不属实。

二十三

王平子、胡毋彦国诸人[1]，皆以任放为达[2]，或有裸体者。乐广笑曰[③]：“名教中自有乐地[④]，何为乃尔也[⑤]？”

【注释】①王平子：王澄，字平子，琅邪临沂（今山东临沂北）人。晋惠帝时，官至荆州刺史。元帝时，征为军咨祭酒。为王敦所杀。 胡毋彦国：胡毋辅之，字彦国，泰山奉高（今山东泰安东）人。少有高名，有知人之明。性嗜酒，放纵，不拘小节。与王澄、王敦、庾敳（ái 皑）一起号为“四友”。元帝时，官湘州刺史。 ②任放：任性放纵。 达：通达。 ③乐广：字彦辅，南阳淯阳（今河南南阳东南）人。少孤贫，王戎举为秀才，后为尚书令。有远识，寡嗜欲，善谈论，与王衍齐名。 ④名教：指以正定名分为核心的儒家礼教。 乐地：快乐的境地。 ⑤乃尔：如此。

【评析】王澄、胡毋辅之以放纵率性为通达，甚至效仿阮籍、嵇康等人裸露身体的行为，以藐视名教。而乐广虽然也是清谈之士，但认为名教之中也有其乐趣所在。当时的名士各有其风格，反映出人们思想的活跃。

二十四

郗公值永嘉丧乱[①]，在乡里，甚穷馁[②]。乡人以公名德[③]，传共饴之[④]。公常携兄子迈及外生周翼二小儿往食[⑤]，乡人曰：“各自饥困，以君之贤，欲共济君耳，恐不能兼有所存。”公于是独往食，辄含饭著两颊边，还，吐与二儿。后并得存，同过江。郗公亡，翼为剡县[⑥]，解职归，席苫于公灵床头[⑦]，心丧终三年[⑧]。

【注释】①郗公：郗鉴，字道徽，晋东平金乡（今属山东）人。少孤贫，博览群籍，躬耕陇亩，吟咏不倦，以儒雅著名。惠帝时官至太子中舍挖人、中书侍郎。东晋成帝时官至司空，加侍中，后进为太尉。 值：遇到。 永嘉丧乱：永兴元年（304）匈奴刘渊起兵离石（今属山西），国号汉。怀帝永嘉四年（310）刘渊死，子聪继立，次年遣石勒歼灭晋军十余万人于苦县平城（今河南鹿邑西南），俘杀太尉王衍等，同年派刘曜率兵破洛阳，俘怀帝，纵兵掠杀，史称“永嘉之乱”。永嘉，晋怀帝年号（307—313）。 ②穷馁：穷困饥饿。 ③名德：名望德行。 ④传：轮流。 饴：通“饲（sì 四）”，给人吃。 ⑤迈：郗迈，字思远，官至少府、中护军。 外生：即外甥。 周翼：字子卿，陈郡（今河南淮阳）人。历官剡县令、青州刺史、少府卿。 ⑥为剡（shàn 善）县：任郯县（今浙江嵊县）县令。 ⑦席苫（shān 山）：以草垫子为席。苫，草垫子。 ⑧心丧：古时老师死后弟子守丧，不穿丧服，只在心中悼念之称。后来也不限于弟子悼念老师。 终：

整整。

【评析】郗鉴吐哺的故事恐怕经过后人的附会，细节之处未必完全真实，但其事迹是感人至深的。而外甥周翼感念舅父的养育之恩，故对其视同父母，为之守孝服丧，以示悼念之深切。今人于此亦可知何谓“心丧”。

二十五

顾荣在洛阳[①]，尝应人请，觉行炙人有欲炙之色[②]，因辍己施焉[③]。同坐嗤之[④]。荣曰：“岂有终日执之，而不知其味者乎?”后遭乱渡江[⑤]，每经危急，常有一人左右己[⑥]，问其所以[⑦]，乃受炙人也。

【注释】①顾荣（?—312)：字彦先，晋吴郡吴（今江苏苏州）人。其家为江南大姓，祖父雍为吴丞相。其在吴官黄门侍郎。吴亡，入洛阳，与陆机、陆云兄弟号为“三俊”。入晋，历官尚书郎、太子舍人、廷尉正等。②行炙人：端送烤肉的人。炙，烤肉。 ③辍：中止、停止。 ④同坐：同座的人。 嗤：讥笑。 ⑤乱：指永嘉之乱。 ⑥左右：相帮，相助。 ⑦所以：指原因。

【评析】顾荣宴席上发觉端送烤肉的人有想尝尝烤肉味道的神色，于是便把自己的烤肉送给他。此人知恩图报，一直在暗中帮助顾荣。这则记载极具传奇性，成为后世报恩故事的祖本。

二十六

祖光禄少孤贫[①]，性至孝，常自为母炊爨作食[②]。王平北闻其佳名[③]，以两婢饷之[④]，因取为中郎[⑤]。有人戏之者曰[⑥]：“奴价倍婢[⑦]。”祖云：“百里奚亦何必轻于五羖之皮邪[⑧]!”

【注释】①祖光禄：祖纳，字士言，范阳遒（qiú 求）县（今河北涞水县北）人。祖逖之兄，历官太子中庶子、廷尉卿、光禄大夫。 ②炊爨（cuàn 窜)：烧火做饭。 ③王平北：王乂（yì 益)：字叔元，琅邪临沂（今属山东）人。司马昭征为相国司马，迁大尚书，都督幽州诸军事、平北将军。 ④饷：赠送。 ⑤中郎：官名，将帅的幕僚。 ⑥戏：开玩笑。 ⑦奴：指男性奴仆。 婢：女奴。 ⑧百里奚：春秋时秦国大夫。原为虞大夫，虞亡时为晋所俘，作为陪嫁之臣送入秦国，他逃至楚。秦穆公闻其贤，以五张黑色公羊皮赎回，用为大夫，称为“五羖大夫”。后成为助秦穆公称霸的功臣。　五羖（gǔ古）：五羖大夫之省称。羖，黑色公羊。　何必：反问语气，表示不必。

【评析】祖纳少年时孤苦贫穷，但极为孝顺，常常亲自为母亲烧火做饭。王乂听到祖纳的好名声，就送给他两个婢女，还选用他做中郎。可见古代重视有德之人，哪怕出身低贱，也会得到赏识。友人比之为奴，戏谓“奴价倍婢”时，祖纳亦以俏皮话答之。百里奚之“奚”是古代的一种奴隶称谓，“奚”与“奴”同义，“皮”与“婢”古音同，可谓一语双关。

二十七

周镇罢临川郡还都[①]，未及上住[②]，泊青溪渚[③]，王丞相往看之[④]。时夏月，暴雨卒至[⑤]，舫至狭小[⑥]，而又大漏，殆无复坐处[⑦]。王曰：“胡威之清[⑧]，何以过此！”即启用为吴兴郡[⑨]。

【注释】①周镇：字康时，陈留尉氏（今属河南）人。官临川、吴兴郡守。　临川郡：郡名，在今江西。　②上住：上岸住宿。　③青溪：水名，三国时吴孙权于赤乌四年（241）开凿，长十余里。六朝时为漕运要道，后逐渐湮没，今仅存入秦淮河一段。　渚：水中的小块陆地。　④王丞相：王导（276—339），字茂弘，琅邪临沂（今属山东）人。西晋末为琅邪王司马睿献策移镇建康（今江苏南京），是建立东晋王朝的功臣。历仕元、明、成三帝，居宰辅之位，威望甚高，朝野号之为“仲父”。　⑤卒：同“猝”，突然。　⑥舫（fǎng纺）：船。　⑦殆：几乎、差不多。　⑧胡威：字伯虎，寿春（今安徽寿县）人。魏末咸熙中官至徐州刺史。晋武帝时官至前将军、青州刺史。为官清廉，有治绩。　清：清廉。　⑨启用：荐举任用。　为吴兴郡：任为吴兴郡守之意。吴兴郡，治所在乌程（今浙江湖州）。

【评析】本文既称赞周镇简朴清廉，同时也称赞王导有知人善任之明。

二十八

邓攸始避难[①]，于道中弃己子，全弟子[②]。既过江[③]，取一妾[④]，甚宠爱，历年后[⑤]，讯其所由[⑥]，妾具说是北人遭乱[⑦]，忆父母姓名，乃攸之甥也。攸素有德业，言行无玷[⑧]，闻之哀恨终身，遂不复畜妾[⑨]。

【注释】①邓攸（？—326），字伯道，晋襄陵（今属山西）人。幼年即以克尽孝道著称。后为河东太守。元帝时为吴郡太守，清廉自持，累官至吏部尚书，迁尚书右仆射。 难：指永嘉之乱。 ②弟子：弟之子。 ③既：已经。 ④取：娶。 ⑤历年：经过多年。 ⑥所由：指出身、来历。由，由来，来历。 ⑦具说：详细诉说。 ⑧玷：白玉上的污点。喻污点。 ⑨畜：畜养。

【评析】邓攸向来德行高尚，当初避难时，为了保全弟弟的儿子，宁可在半路上丢弃亲生子。当发现小妾竟是自己的外甥女时，感到万分哀伤悔恨，从此不再畜妾。人难免有疏忽犯错的时候，关键在于是否知耻并改错。

二十九

王长豫为人谨顺[①]，事亲尽色养之孝[②]。丞相见长豫辄喜[③]，见敬豫辄嗔[④]。长豫与丞相语，恒以慎密为端[⑤]。丞相还台[⑥]，及行，未尝不送至车后[⑦]。恒与曹夫人并当箱箧[⑧]。长豫亡后，丞相还台，登车后，哭至台门；曹夫人作簏[⑨]，封而不忍开。

【注释】①王长豫：王悦，字长豫，王导的长子。年轻时即有高名。少年时侍讲东宫，历官吴王友、中书侍郎。早卒，无子，以弟之子为嗣。 谨顺：谨慎恭顺。 ②色养：和颜悦色地侍奉父母。 ③丞相：王导。 ④敬豫：王恬，字敬豫，王导次子。少好武，卓荦不羁，不拘礼法，多才艺，为王导所不喜。历官中书郎、后将军、会稽内史等。嗔（chēn 琛）：生气。⑤端：根本。 ⑥台：指尚书省衙署，王导当时任丞相领尚书省事。 ⑦未尝：没有。 ⑧曹夫人：王导夫人，王悦母亲，姓曹名淑，彭城（今江苏徐州）人。 并当（dàng 荡）：料理，收拾。 箱箧（qiè 切）：箱子。 ⑨作簏（lù 鹿）：整理箱子。簏，竹箱。

【评析】《论语·为政》："子夏问孝。子曰：'色难。'"谓侍奉父母以和颜悦色为难。王悦伺奉父母非常恭顺，所以王导看见王悦就高兴，看见王恬就生气。王悦早亡后，王导触景伤情，而曹夫人睹物思人，把儿子生前收拾过的箱子封起来，再也不忍心打开。

三十

桓常侍闻人道深公者[①]，辄曰："此公既有宿名[②]，加先达知称[③]，又与先人至交，不宜说之[④]。"

【注释】①桓常侍：桓彝，字茂伦，晋谯国龙亢（今安徽怀远）人。元帝时为吏部郎。明帝时王敦专朝政，参与讨敦谋议，以功封万宁县男，后任宣城内史。苏峻起兵叛乱时固守泾县，城陷被杀。 深公：名道潜，字法深，晋高僧。俗姓王，琅邪（今山东临沂东南）人，出身世家。十八岁出家，精般若学。 ②宿名：久有名望。 ③先达：前辈。 知称：赞扬称许。 ④先人：指去世的父亲。 至交：最要好的朋友。

【评析】对前辈长者应怀尊敬之心，而不应随意加以褒贬议论。桓彝听到有人议论法深和尚，认为“不宜说之”，是尊重前辈的表现。

三十一

庾公乘马有的卢[1]，或语令卖去。庾云：“卖之必有买者，即复害其主，宁可不安已而移于他人哉[2]？昔孙叔敖杀两头蛇以为后人[3]，古之美谈。效之，不亦达乎[4]？”

【注释】①庾公：庾亮（289—340），字元规，东晋颍川鄢陵（今河南鄢陵西北）人。其妹为明帝皇后。历仕元帝、明帝、成帝三朝。以帝舅与王导辅立成帝，任中书令，执朝政。苏峻、祖约作乱，与温峤推荆州刺史陶侃为盟主，平定叛乱。陶侃死后代镇武昌，任征西将军。 的卢：额部有白色斑点的马，传说为凶马，会带来厄运。 ②宁可：怎么能，岂可。 ③孙叔敖：蒍（wěi 伟）氏，名敖，字孙叔，春秋时楚国期思（今河南淮滨东南）人。官令尹（楚相），辅助楚庄王大胜晋军，奠定霸业。 ④达：通达，明白事理。

【评析】春秋时期孙叔敖杀死两头蛇为后人除害，成为古来的美谈。庾亮师法古人，不愿意嫁祸于人而卖马。可见作为一个名士，不但要有学识，更需要具备高贵的品德。这是魏晋风度的极佳体现。

三十二

阮光禄在剡[1]，曾有好车，借者无不皆给[2]。有人葬母，意欲借而不敢言，阮后闻之，叹曰：“吾有车，而使人不敢借，何以车为[3]？”遂焚之。

【注释】①阮光禄：阮裕，字思旷，陈留尉氏（今属河南）人。以德业著称。曾为王敦主簿，见王敦心存谋逆，便酣饮旷职，被王敦免职。后拜临海、东阳太守。屡辞征召，隐居剡山。因曾征召其为金紫光禄大夫，故称阮光禄。剡（shàn 善）：县名，在今浙江嵊县西南。②给：给予。③何以……为：表示反问语气，有什么用的意思。

【评析】阮裕是阮籍的同族叔伯兄弟，以德业知名，主张“人不须广学，正应以礼让为先”。所以当他得知别人不敢向他借车时，便深为自责，毫不犹豫地把车子给烧了。

三十三

谢奕作剡令[①]，有一老翁犯法，谢以醇酒罚之[②]，乃至过醉而犹未已[③]。太傅时年七八岁[④]，著青布绔，在兄膝边坐，谏曰：“阿兄，老翁可念[⑤]，何可作此！”奕于是改容曰[⑥]：“阿奴欲放去邪[⑦]？”遂遣之。

【注释】①谢奕：字无奕，东晋陈郡阳夏（今河南太康）人。谢安之兄，谢玄之父。历官剡令，都督豫、兖、冀、并四州军事，安西将军，豫州刺史。②醇酒：烈性酒。③已：停止。④太傅：谢安（320—385），字安石，少有重名，年四十余方出仕，孝武帝时官至宰相，有威望，时人比之王导。前秦苻坚南下攻晋时，安为征讨大都督，指挥谢石、谢玄等大破苻坚于淝水，以功拜太保。死后追赠太傅，故称。⑤著：穿。可念：可怜。⑥改容：指脸色由严厉改为温和。容，神情。⑦阿奴：当时人对亲近者的称呼，这里是兄长称弟弟。

【评析】谢奕当剡县县令时，有一位老人犯了法，他竟然罚老人喝烈性酒，使其醉酒过量，但他还是不肯罢休。谢安当时才七八岁，觉得老人家挺可怜的，便出言劝阻兄长，这才让谢奕罢手。可见谢安从小就有仁爱之心。

三十五

刘尹在郡[①]，临终绵惙[②]，闻阁下祠神鼓舞[③]，正色曰[④]：“莫得淫祀[⑤]！”外请杀车中牛祭神，真长答曰：“丘之祷久矣[⑥]，勿复为烦！”

【注释】①刘尹：刘惔（tán 谈），字真长，晋沛国相（今安徽濉溪西北）人。明帝女婿。善清谈，尤好老庄。官至丹阳尹，为政清整。死时年三十六岁。②绵惙（chuò 绰）：气息微弱，病势危殆。③鼓舞：击鼓舞蹈。

④正色：神色严厉。 ⑤淫祀：不合礼制的祭祀。 ⑥丘之祷久矣：《论语·述而》："子疾病，子路请祷。子曰：'有诸?'子路对曰：'有之。诔曰：祷尔于上下神祇。'子曰：'丘之祷久矣。'"其意思就是拒绝子路为自己祈祷。

【评析】刘惔病重时引用孔子的话来反对祭神祈祷，说明其任性自然，能够坦然面对死亡。由于其识见高远，言行一致，故为时人所敬重。

三十六

谢公夫人教儿[①]，问太傅[②]："那得初不见君教儿[③]？"答曰："我常自教儿。"

【注释】①谢公夫人：谢安夫人。 ②太傅：谢安。 ③那得：怎么。初不：从未。

【评析】普通人教育子女往往重言传，而轻忽身教。谢安以身作则的不言之教，无疑是极为有效的。育人之道，言传易而身教不易。

三十七

晋简文为抚军时[①]，所坐床上，尘不听拂[②]，见鼠行迹，视以为佳。有参军见鼠白日行[③]，以手板批杀之[④]，抚军意色不说[⑤]。门下起弹[⑥]，教曰[⑦]："鼠被害尚不能忘怀，今复以鼠损人，无乃不可乎[⑧]？"

【注释】①晋简文：简文帝司马昱，字道万，元帝少子，初封为琅邪王，后徙封会稽王。穆帝即位初，太后临朝，进位抚军大将军，录尚书事。废帝即位初进位丞相，录尚书事，后为大司马桓温拥戴即帝位。在位前后不到两年病卒（371—372）。 ②床：古时坐、卧之具，这里指坐具。 不听：不许，不让。听，听凭，任凭。 ③参军：将军府属下的官员。 ④手板：即笏，古代官吏上朝或谒见上司时拿在手中的狭长板子，以备记事用。批：击打。 ⑤意色：神色。 ⑥弹：弹劾。 ⑦教：上对下的告谕。 ⑧无乃：岂不是，表示委婉语气。

【评析】简文帝为抚军时，不愿别人打扫尘灰，看见有老鼠爬过的踪迹，反而认为很好。当属下打死老鼠时，他虽有不悦之色，但也推鼠及人，不予追究。他擅长清谈，也是一代名士，这一故事很能体现其名士风度。

三十八

范宣年八岁[①]，后园挑菜，误伤指，大啼。人问："痛邪?"答曰："非为痛，身体发肤，不敢毁伤[②]，是以啼耳。"宣洁行廉约[③]，韩豫章遗绢百匹[④]，不受；减五十匹，复不受。如是减半，遂至一匹，既终不受。韩后与范同载，就车中裂二丈与范云："人宁可使妇无裈邪[⑤]?"范笑而受之。

【注释】①范宣：字子宣，晋陈留（今属河南）人。年十岁即能诵诗书，好学不倦。博综众书，尤善《三礼》。州郡征召其为太子博士、散骑郎等，皆不就。以读诵为业，为时人所敬仰。 ②身体发肤不敢毁伤：《孝经》："身体发肤，受之父母，不敢毁伤，孝之始也。" ③洁行廉约：品行高洁，清廉俭朴。约，俭省。 ④韩豫章：韩伯，字康伯，晋颍川长社（今河南长葛）人，历官豫章太守，镇军将军等。因其曾任豫章太守，故称。遗（wèi 为）：赠送。 ⑤宁可：怎么能。 裈（kūn 昆）：裤子。

【评析】范宣品行高洁，为人廉洁俭朴，韩伯所谓"人宁可使妇无裈邪"，说明范宣一贫如洗，连妻子的衣裤穿着都成问题。这种安贫乐道的精神自然受到古人的景仰，但在当代恐怕会遭到功利者的轻蔑。

三十九

王子敬病笃[①]，道家上章，应首过[②]，问子敬："由来有何异同得失[③]?"子敬云："不觉有余事，唯忆与郗家离婚[④]。"

【注释】①王子敬：王献之（344—386），字子敬，王羲之第七子，少有盛名，官至中书令，人称"大令"。工书法，兼擅诸体，尤精行草，与父齐名，并称"二王"。 病笃（dǔ 堵）：病重。 ②道家：指道教。东汉张陵创五斗米道，凡入道者纳米五斗。奉老子为教主，逐渐形成道教。王氏一门笃信五斗米道。 上章：道士上表求神祛病。 首过：交代、陈述自己的罪过。 ③由来：从过去到现在，向来。 异同得失：偏义复词，着重于异常与过失。 ④与郗家离婚：王献之原配为郗昙之女，名道茂，后来离婚，娶简文帝第三女新安公主。

【评析】王献之为何与郗氏离婚，今已不得而知。但王献之将"与郗家离婚"作为上表首过的内容，说明他对此事是心怀歉疚的。本书未将此事列入"尤悔”，说明编者对王献之的为人还是极为认可的，所以将他的悔恨之情视作个人德行的体现。

四十

殷仲堪既为荆州[①]，值水俭[②]，食常五碗盘[③]，外无余肴[④]。饭粒脱落盘席间，辄拾以啖之[⑤]，虽欲率物[⑥]，亦缘其性真素[⑦]。每语子弟云[⑧]：“勿以我受任方州[⑨]，云我豁平昔时意[⑩]，今吾处之不易[⑪]。贫者士之常，焉得登枝而捐其本[⑫]！尔曹其存之[⑬]。”

【注释】①殷仲堪（？—399）：晋陈郡（今河南淮阳）人。孝武帝时任都督荆、益、宁三州军事、荆州刺史，镇江陵。后桓玄兼并江陵，他战败被俘，自杀。 为荆州：任荆州刺史。荆州，在今湖北江陵。 ②值：遇到。 水：水灾。 俭：年成歉收。 ③五碗盘：当时流行的一种成套的食器，由一只圆形托盘和五只小碗组成。 ④肴：指鱼、肉等的荤菜。 ⑤啖（dàn淡）：吃。 ⑥率物：为人表率。率，表率；物，指人。 ⑦真素：自然坦率，不做作。 ⑧语（yù遇）：告诉，用作动词。 ⑨方州：大州。方，大。 ⑩豁：舍弃。 ⑪易：改变。 ⑫捐：舍弃，抛弃。 ⑬尔曹：你们。 其：助词，表示命令语气。

【评析】殷仲堪本性节俭，并经常告诫后辈要保持士人的本色。他吃饭时常常只用五碗盘盛菜，此外就没有什么荤菜了。吃饭时如有饭粒掉在桌子上，他总是捡起来吃掉。他这样做虽然是出于想要做表率的目的，却也是他本性的自然流露。

四十四

王恭从会稽还[①]，王大看之[②]。见其坐六尺簟[③]，因语恭：“卿东来，故应有此物，可以一领及我[④]。”恭无言。大去后，即举所坐者送之。既无余席，便坐荐上[⑤]。后大闻之，甚惊曰：“吾本谓卿多，故求耳。”对曰：“丈人不悉恭，恭作人无长物[⑥]。”

【注释】①王恭：字孝伯，晋太原晋阳（今山西太原）人。历官著作郎、丹阳令，出为五州都督前将军，兖、青二州刺史。司马道子执政，其与殷仲堪、桓玄相结举兵，兵败被杀。 会稽：郡名，治所在今绍兴。 ②王大：王忱，字元达，小字佛大，少与王恭齐名，王坦之第四子，历任骠骑长史，荆州刺史，都督荆、益、宁三州军事，建武将军等。 ③簟（diàn店）：

竹席。④一领：一条。⑤荐：草垫子。⑥丈人：对人的尊称。长物：多余的物品。

【评析】王恭、王忱二人齐名，都属于少年俊才，只是他们性格各有不同。当王忱看到王恭坐有竹席时，脱口即向对方索要，而王恭也不作说明，宁愿自己坐草垫子也要奉送。后人即以“身无长物”形容贫穷。

四十五

吴郡陈遗[①]，家至孝。母好食铛底焦饭[②]，遗作郡主簿[③]，恒装一囊，每煮食，辄贮录焦饭[④]，归以遗母[⑤]。后值孙恩贼出吴郡[⑥]，袁府君即日便征[⑦]。遗已聚敛得数斗焦饭，未展归家[⑧]，遂带以从军。战于沪渎[⑨]，败，军人溃散，逃走山泽，皆多饥死，遗独以焦饭得活。时人以为纯孝之报也。

【注释】①吴郡：郡名，治所在今江苏苏州。陈遗：生平不详。②铛（chēng称）：平底浅锅。③主簿：官名，负责文书簿籍等事。④贮录：储藏。录，收藏。⑤遗：送给。⑥孙恩（？—402），字灵秀，东晋琅邪（今山东临沂北）人，世奉五斗米道。司马道子当政时，孙恩率众自海岛攻会稽、江口、临海、京口、建康，前后数年。后为刘裕所败，投水自杀。⑦袁府君：袁山松（？—401），一名崧，东晋阳夏（今河南太康）人。少有才名，博学能文。为吴郡太守，孙恩攻沪渎，城陷而死。著《汉书》百篇，已佚，有辑本。⑧未展：未及，来不及。⑨沪渎：水名，在上海东北吴淞江下游近海处。

【评析】吴郡陈遗极其孝顺，他母亲喜欢吃锅底焦饭，他就常常带一只袋子去官署，每次煮饭，总是把焦饭储存起来，回家送给母亲。后来碰到孙恩在吴郡叛乱，袁山松当天即出征讨伐。陈遗已经收存了几斗焦饭，还来不及送回家，就带着这袋焦饭跟着出发了。沪渎一战失败，官兵溃散逃到山林水泽中，大都饿死，只有陈遗靠着所带焦饭活了下来。当时人都认为这是他纯孝所得的好报。

四十六

孔仆射为孝武侍中[①]，豫蒙眷接[②]。烈宗山陵[③]，孔时为太常[④]，形素羸瘦[⑤]，著重服[⑥]，竟日涕泗流涟[⑦]，见者以为真孝子。

【注释】①孔仆射（yè）：孔安国，晋会稽山阴（今浙江绍兴）人。孝武帝时官侍中、太常，安帝时为尚书左、右仆射。孝武：晋孝武帝司马曜，公元373—396在位。 侍中：官名，皇帝的近侍。 ②眷接：关怀厚待。 ③烈宗：晋孝武帝死后的庙号。 山陵：指皇帝去世。 ④太常：官名，掌管礼乐祭祀等事。 ⑤羸（léi）瘦：瘦弱。 ⑥重服：重孝时所穿的丧服。重，重孝，指父母死后子女所穿的丧服。 ⑦涕泗：眼泪鼻涕。 流涟：泪涕不断的样子。

【评析】孔安国任孝武帝侍中时受到过孝武帝的关怀宠遇。孝武帝死时孔安国任太常，他穿了重孝，整天眼泪鼻涕不断，情真意切，所以看到的人都认为他是真孝子。

四十七

吴道助、附子兄弟[①]居在丹阳郡后[②]，遭母童夫人艰[③]，朝夕哭临[④]及思至[⑤]、宾客吊省[⑥]，号踊哀绝[⑦]，路人为之落泪。韩康伯时为丹阳尹[⑧]，母殷在郡，每闻二吴之哭，辄为凄恻，语康伯曰：“汝若为选官[⑨]，当好料理此人[⑩]。”康伯亦甚相知。韩后果为吏部尚书[⑪]，大吴不免哀制[⑫]，小吴遂大贵达。

【注释】①吴道助：吴坦之，字处靖，小字道助，晋濮阳鄄城（今属山东）人。官西中郎将功曹。附子：吴隐之，字处默，小字附之，晋濮阳鄄城（今属山东）人。官晋陵太史、广州刺史等。 ②丹阳：郡名，治所在今江苏南京东南。 郡后：郡守府舍的后面。 ③艰：忧，遭父母之丧为丁忧，亦称丁艰。 ④哭临：举行哀悼仪式痛哭流涕。 ⑤思至：通“缌绖”，披麻戴孝。缌，旧式孝服以细麻布制成。绖（dié），旧式丧服结在头上或腰间的麻带。 ⑥吊省：祭奠死者，看望家属。 ⑦号踊：大哭跺脚。 ⑧丹阳尹：丹阳郡的行政长官。 ⑨选官：负责选拔官员的长官。 ⑩料理：照顾、安排。 ⑪吏部尚书：吏部的长官。吏部主管全国官员的任免、升降、调动等事。 ⑫不免哀制：未能避免服丧期内的过度哀伤，因守孝而死。

【评析】吴坦之、隐之兄弟遭逢母亲的丧事，早晚都祭拜痛哭流涕。宾客来吊唁慰问，他们更是大哭顿足，哀痛欲绝，连过路人听了都为之落泪。韩康伯当时任丹阳府尹，母亲殷氏住在府舍里，每当听到兄弟二人的哀哭声，都要为之感到悲痛，所以她对康伯说：“你如当了选官，应当好好照顾他们。”后来哥哥坦之因哀伤过度而死，而弟弟隐之则受到了韩康伯的提拔。孝行是古代选拔官吏的重要依据。

言语第二

三

孔文举年十岁[①]，随父到洛[②]。时李元礼有盛名[③]，为司隶校尉[④]。诣门者[⑤]，皆俊才清称及中表亲戚乃通[⑥]。文举至门，谓吏曰："我是李府君亲[⑦]。"既通，前坐。元礼问曰："君与仆有何亲[⑧]？"对曰："昔先君仲尼与君先人伯阳有师资之尊[⑨]，是仆与君奕世为通好也[⑩]。"元礼及宾客莫不奇之。太中大夫陈韪后至[⑪]，人以其语语之[⑫]。韪曰："小时了了[⑬]，大未必佳。"文举曰："想君小时，必当了了。"韪大踧踖[⑭]。

【注释】①孔文举：孔融（153—208），字文举，东汉鲁（今山东曲阜）人。献帝时任北海相，时称孔北海。又任少府、太中大夫等职。恃才负气，被曹操所杀。建安七子之一，有《孔北海集》。 ②父：孔融父名宙，曾为泰山都尉。 洛：洛阳，东汉都城。 ③李元礼：李膺。 ④司隶校尉：官名，督察三辅、三河、弘农七郡，治洛阳。 ⑤诣：到。 ⑥俊才清称：杰出之士有高雅的名望者。 中表亲戚：泛指内外亲戚。 通：通报。 ⑦李府君：指李膺。 ⑧仆：谦称自己。 ⑨先君仲尼：祖先仲尼。仲尼，孔子。孔融是孔子二十世孙，故称。 伯阳：老子姓李名耳，字伯阳。 师资之尊：孔子曾问礼于老子，故老子是孔子的老师。 ⑩奕世：累世，一代接一代。 通好：通家之好，指世代交谊深厚，如同一家。 ⑪太中大夫：官名，主管议论政事。 陈韪（wěi尾）：曾任太中大夫。 ⑫以其语语（yù遇）之：把孔融的话告诉陈韪。后面的"语"作动词用，告诉。 ⑬了了：聪明伶俐，明白事理。 ⑭踧踖（cù jí促及）：局促不安的样子。

【评析】孔融不过十岁，就能从容登堂，而且当陈韪出言不逊时，他又机智回击，弄得陈韪狼狈不堪。有关"小时了了"的对答流传千古，成为典故。

四

孔文举有二子[①]，大者六岁，小者五岁。昼日父眠，小者床头盗酒饮之，大儿谓曰："何以不拜？"答曰："偷，那得行礼！"

【注释】①孔文举：孔融。

【评析】子女在父母面前需要行礼，所以孔融的两个儿子偷酒喝时，大儿子说："为什么不先向父亲行礼就喝酒？"小儿子的回答则有趣："既然是偷，那还要行什么礼！"

五

孔融被收[①]，中外惶怖[②]。时融儿大者九岁，小者八岁，二儿故琢钉戏[③]，了无遽容[④]。融谓使者曰："冀罪止于身[⑤]，二儿可得全不[⑥]？"儿徐进曰："大人岂见覆巢之下，复有完卵乎？"寻亦收至[⑦]。

【注释】①收：逮捕，拘禁。 ②中外：指朝廷内外。 ③琢钉戏：古时一种儿童游戏。画地为界，琢钉其中，先以小钉琢地，名曰签，以签之所在为主。出界者负，彼此不中者负，中而触所主签亦负。 ④了：完全。遽（jù据）：惊慌。 ⑤冀：希望。 止：仅，只。 ⑥全：保全。 不：通"否"。 ⑦寻：不久。

【评析】孔融讥讽曹操戒酒，批评曹丕娶袁熙妻甄氏，并称父之于子为情欲所发，子之于母如寄物瓶中等等，得罪曹操，为其所杀。这则记载称赞孔融的两个儿子有超乎常人的镇定与见识，有悖常态，属于夸大的传闻。

八

祢衡被魏武谪为鼓吏[①]，正月半试鼓[②]。衡扬枹为《渔阳掺檛》[③]，渊渊有金石声[④]，四座为之改容[⑤]。孔融曰[⑥]："祢衡罪同胥靡[⑦]，不能发明王之梦[⑧]。"魏武惭而赦之[⑨]。

【注释】①祢衡（173—198）：字正平，东汉平原（今山东临邑东北）人。因得罪曹操，被送至刘表处，后又至黄祖处，为其所杀。 魏武：曹操（155—220），字孟德，小名阿瞒，东汉谯（今安徽亳县）人。献帝时位至丞相、大将军、封魏王。曹丕称帝后，追尊其为太祖武帝。 ②正月半：正月十五日。 ③枹（fú浮）：鼓槌。 《渔阳》：鼓曲名。 掺檛（càn zhuā灿抓）：一种击鼓的方法。 ④渊渊：形容鼓声深沉的样子。 ⑤改容：动容。 ⑥胥靡：服劳役的罪犯。这里借指殷高宗武丁贤臣傅说（yuè悦）的故事。传说武丁梦到天赐自己贤人，于是派人寻访，在傅岩找到服劳役的奴隶傅说，用为大臣，辅佐治理国家，使殷朝得以中兴。 ⑦明王：贤明的君王。

【评析】孔融表面上是在指责祢衡，认为他作为一个囚徒，却不能用鼓声来启发曹操像殷高宗武丁那样有求贤之梦，实际上是在讽刺曹操不能尊重贤才。所以曹操听后感到惭愧，便赦免了祢衡。

十一

钟毓、钟会少有令誉[①]，年十三，魏文帝闻之，语其父钟繇曰[②]：“可令二子来。”于是敕见[③]。毓面有汗，帝问：“卿面何以汗？”毓对曰：“战战惶惶，汗出如浆。”复问会：“卿何以不汗？”对曰：“战战慄慄，汗不敢出。”

【注释】①钟毓：字稚叔，三国颍川长社（今河南长葛东北）人，钟繇长子。累官都督徐州、荆州诸军事。 钟会（225—264）：字士季，官至司徒，为司马昭重要谋士，与邓艾分军灭蜀，后谋叛被杀。 令誉：美好的声誉。 ②钟繇（yáo 摇，151—230）：字元常，东汉末为黄门侍郎。曹操执政时为侍中守司隶校尉，曹丕代汉时为廷尉，明帝时迁太傅。工书法，尤精隶楷，与王羲之并称“钟王”。 ③敕：皇帝的诏令。

【评析】钟氏兄弟少年即有美誉，钟毓机捷谈笑，钟会则敏惠夙成。魏文帝曹丕召见他们时，他们虽然紧张，但反应还是相当机敏，所以对答如流。

十二

钟毓兄弟小时，值父昼寝，因共偷服药酒[①]。其父时觉[②]，且托寐以观之[③]。毓拜而后饮，会饮而不拜。既而问毓何以拜[④]，毓曰：“酒以成礼[⑤]，不敢不拜。”又问会何以不拜，会曰：“偷本非礼，所以不拜。”

【注释】①药酒：即五石散。 ②时：当时。 ③且：姑且，暂时。 托寐：假装睡着。 ④既而：不久。 ⑤酒以成礼：饮酒是用来完成礼节的。语见《左传·庄公二十二年》。

【评析】本则故事与孔融之子偷酒一事大同小异，应是民间附会传说。

十四

何平叔云[①]：“服五石散[②]，非唯治病，亦觉神明开朗。”

【注释】①何平叔：何晏（190—249），字平叔，三国魏南阳宛（今河南南阳）人。汉末大将军何进之孙。曹操纳其母尹氏，并收养何晏。晏少以才秀知名，好老庄之言，官尚书。后为司马懿所杀。　②五石散：由丹砂、雄黄、白矾、曾青、磁石五种金石类药，再配以其他药物调制而成。因药性猛烈，服后需行走发散，故名五石散。又服者需冷食、衣薄，故亦称寒食散。

【评析】何晏认为服食五石散不但可以治病，而且还可以有神清气爽的感觉。可见五石散有类似于兴奋剂的作用。

十五

嵇中散语赵景真[①]："卿瞳子白黑分明[②]，有白起之风[③]。恨量小狭[④]。"赵云："尺表能审玑衡之度[⑤]，寸管能测往复之气[⑥]。何必在大，但问识如何耳。"

【注释】①嵇中散：嵇康。　赵景真：赵至，字景真，晋代郡（今山西蔚县）人。出身贫苦，以断狱精审著称。官至辽东从事，因母亡哀伤，呕血而死。　②瞳子：瞳仁。　③白起之风：指赵至的长相与白起相像。白起，战国秦昭王时名将。　④量：器量。　⑤表：古代立柱形木测量日影的长短。　玑衡：璇玑玉衡，指北斗七星。　⑥管：竹制的乐器。　往复：出入。

【评析】嵇康认为赵至有白起的风貌，遗憾的是器量狭小点。而赵至则以为不必在乎一个人的器量大小，关键看他的见识怎么样。其实一个人的器量大小与见识高低是密切相关的。

十六

司马景王东征[①]，取上党李喜[②]以为从事中郎[③]。因问喜曰："昔先公辟君不就[④]，今孤召君，何以来?"喜对曰："先公以礼见待，故得以礼进退；明公以法见绳[⑤]，喜畏法而至耳。"

【注释】①司马景王：司马师（207—255），字子元，司马懿长子。司马懿死后继任魏大将军，专国政，废魏帝曹芳为齐王，立高贵乡公曹髦。司马炎代魏后，追尊其为景帝。　东征：镇东大将毌（guàn 贯）丘俭反，司马师亲自率兵征讨。毌，古字"贯"。　②上党：郡名，辖境在今山西长治一带。　李喜：字季和，晋上党铜鞮（今山西沁县南）人。官从事中郎、光禄大夫等。　③从事中郎：官名，帅府幕僚。　④先公：子女称已故的父亲。此处指司马懿。　辟（bì避）：征召。　⑤明公：对权贵的尊称。　绳：约束。

【评析】司马懿用礼来征召李喜，所以李喜也用礼来表示拒绝；而司马师用法令来征召，李喜才不得不出山。李喜虽然语带讥讽，但深为司马师所重。他为官不惮强御，百僚震肃，深得史家好评。

十七

邓艾口吃[1]，语称“艾艾”[2]。晋文王戏之曰[3]：“卿云‘艾艾’，定是几艾？”对曰：“‘凤兮凤兮’[4]，故是一凤。”

【注释】①邓艾（197—264），字士载，三国魏棘阳（今河南新野东北）人。仕魏，官至镇西将军，与钟会分军灭蜀，进太尉。后钟会诬以谋反，为监军卫瓘所杀。　口吃：说话结巴，字音重复或词句中断。　②艾艾：古人自称名而不称字，以示谦恭。邓艾在称自已之名时，由于结巴，总是说成“艾……艾……”。　③晋文王：司马昭。　④凤兮凤兮：语见《论语·微子》：“楚狂接舆过而歌孔子，曰：‘凤兮凤兮，何德之衰也！’”

【评析】司马昭与邓艾的对答风趣幽默。邓艾虽然口吃，但反应敏捷，面对司马昭的戏言，以典故作答，从容而得体。

十八

嵇中散既被诛[1]，向子期举郡计入洛[2]，文王引进[3]，问曰：“闻君有箕山之志[4]，何以在此？”对曰：“巢、许狷介之士[5]，不足多慕！”王大咨嗟[6]。

【注释】①嵇中散：嵇康。　②向子期：向秀（约227—272），字子期，河内怀（今河南武陟西南）人。竹林七贤之一。官至黄门侍郎、散骑常侍。为《庄子》作注，有辞赋《思旧赋》。　举郡计入洛：谓向秀被郡守推荐与上计吏一同赴京。计，上计，秦汉时年终考核地方官员成绩的方法。将郡国钱谷、税收、户口等编为计簿，送呈京师的官员，称为上计吏。　③文王：即司马昭。　引进：指召见向秀。　④箕山之志：喻指不肯出仕的隐居之志。箕山，在河南登封东南，相传尧时的隐士巢父、许由隐居于此。　⑤狷

(juàn 倦)介：洁身自好，不肯同流合污。 ⑥多慕：赞许仰慕。多，赞许。王：指司马昭。 咨嗟：赞叹。

【评析】向秀说巢父、许由是洁身自好之人，不值得赞许仰慕，这是一句反话。司马昭听后大为赞赏，说明他对高士还是比较敬重的。

十九

晋武帝始登阼[①]，探策得一[②]。王者世数[③]，系此多少[④]。帝既不悦，群臣失色，莫能有言者。侍中裴楷进曰："臣闻天得一以清，地得一以宁，侯王得一以为天下贞[⑤]。"帝说，群臣叹服。

【注释】①登阼（zuò 坐）：即位。阼，东阶，古以东阶为主位，故皇帝即位时登东阶而上。 ②探策：即抽籤。策，古时用以占卜的上刻文字或符号的竹籤。 ③世数：世代相传的数目。 ④系：关联。 ⑤天得一以清三句：语出《老子》三十九章："昔之得一者，天得一以清，地得一以宁，神得一以灵，谷得一以盈，万物得一以生，侯王得一以为天下贞。"清，清明。宁，安宁。贞，通"正"，正道，正统。

【评析】裴楷引用《老子》的说法，认为天得到一就会清明，地得到一就会安宁，侯王得到一就会成为正统。这样的解释打破了尴尬，所以晋武帝听了很高兴，群臣也都赞叹佩服。

二十二

蔡洪赴洛[①]，洛中人问曰："幕府初开[②]，群公辟命[③]，求英奇于仄陋[④]，采贤俊于岩穴[⑤]。君吴、楚之士[⑥]，亡国之余[⑦]，有何异才而应斯举[⑧]？"蔡答曰："夜光之珠[⑨]，不必出于孟津之河[⑩]；盈握之璧[⑪]，不必采于昆仑之山[⑫]。大禹生于东夷[⑬]，文王生于西羌[⑭]。圣贤所出，何必常处[⑮]。昔武王伐纣[⑯]，迁顽民于洛邑，得无诸君是其苗裔乎[⑰]？"

【注释】①蔡洪：字叔开，吴郡人，初仕吴，吴亡，举秀才入洛阳，官至松滋令。 ②幕府：原指将帅在外的营帐，后亦称地方军政大吏的衙署。③辟（bì 毕）命：皇帝的征召。辟，国君，皇帝。 ④英奇：英俊奇异之士。 仄（zé 则）陋：出身卑微。 ⑤岩穴：山洞，隐士的居处。 ⑥吴楚：泛指南方地区。 ⑦亡国之余：指东吴已被灭亡，蔡洪是亡国的遗民。

⑧斯举：指这次荐举人才的盛事。 ⑨夜光之珠：一称隋珠。传说隋侯救过一条大蛇，后大蛇即衔明月珠报答，遂称为隋珠。 ⑩孟津：古黄河渡口名，在今河南孟津东北，孟县西南。 ⑪盈握之璧：指玉璧之大，握在手上满满一把。盈，满。 ⑫昆仑之山：传说昆仑山盛产美玉。 ⑬大禹：夏代开国之君，为治水英雄。 东夷：古代对东方诸族的称呼，此指东方。 ⑭文王：周文王姬昌。 西羌：羌族居住在我国西部，故称。 ⑮常处：不变的地方，固定的地方。 ⑯武王：周武王。 纣：殷纣王。 ⑰得无：莫非。 苗裔：后代。

【评析】两晋时期存在地域偏见，蔡洪是吴地人，所以到了洛阳后被人取笑。而蔡洪也毫不示弱，引用典故，反讽他们是殷朝顽劣的遗民。

二十四

王武子、孙子荆各言其土地人物之美①。王云："其地坦而平，其水淡而清，其人廉且贞。"孙云："其山崔巍以嵯峨②，其水泙渫而扬波③，其人磊砢而英多④。"

【注释】①王武子：王济，字武子，太原晋阳（今山西太原）人。晋武帝的女婿，官中书郎、骁骑将军、侍中、太仆等。 孙子荆：孙楚，字子荆，太原中都（今山西平遥西）人。官至冯翊太守。 ②嶉（zuì 罪）巍：高大的样子。 嵯（cuó 错）峨：山势高峻。 ③泙渫（yā dié 押蝶）：水波重叠。 ④磊砢（luǒ 裸）：指才能卓越。 英多：奇特。

【评析】王济与孙楚相友善，他们都极有才情，各自夸赞家乡风土，所说不但押韵，而且抒情优美。

二十五

乐令女适大将军成都王颖①，王兄长沙王执权于洛②，遂构兵相图③。长沙王亲近小人，远外君子，凡在朝者，人怀危惧。乐令既允朝望④，加有婚亲，群小谗于长沙。长沙尝问乐令，乐令神色自若，徐答曰："岂以五男易一女⑤？"由是释然⑥，无复疑虑。

【注释】①乐令：乐广。 适：嫁。 成都王颖：司马颖，字章度，晋武帝第十六子，封成都王，为乐广之女婿，镇邺（今河南临漳）。后为东海王司马越所杀。 ②长沙王：司马乂（yì 义），字士度，晋武帝第六子，封长沙王。后为司马越所杀。 ③构兵：出兵交战。 图：图谋。 ④允：允当、适宜。 ⑤易：交换。 ⑥释然：形容打消疑虑。

【评析】长沙王司马乂亲近小人疏远君子，所以朝中官员人人自危。乐广在朝廷上有很高的声望，又和成都王司马颖有姻亲关系，所以有人便在长沙王跟前说他的坏话。长沙王曾责问乐广，乐广神色坦然地回答道："难道我要用五个儿子来交换一个女儿吗？"这才打消了长沙王的疑虑。

二十八

崔正熊诣都郡[①]，都郡将姓陈[②]，问正熊："君去崔杼几世[③]？"答曰："民去崔杼，如明府之去陈恒[④]。"

【注释】①崔正雄：崔豹，字正雄，晋武帝时官至太傅，著有《古今注》。 都郡：郡城。 ②都郡将：郡城守将。 ③去：距离。 崔杼（zhù柱）：春秋时齐国大夫，弑庄公立景公，自己为相，后自缢而死。 ④明府：对太守的尊称。 陈恒：春秋时齐大夫，弑其君简公。

【评析】崔豹去拜访郡城守将，郡城守将姓陈，问崔豹上距崔杼有几代。崔杼是春秋时期齐国的乱臣贼子，所以提这个问题是失礼的，崔豹因此反唇相讥："我距崔杼的世代，同您上距陈恒的世代差不多。"陈恒是另一个齐国的乱臣贼子。

二十九

元帝始过江[①]，谓顾骠骑曰[②]："寄人国土[③]，心常怀惭。"荣跪对曰："臣闻王者以天下为家，是以耿、亳无定处[④]，九鼎迁洛邑[⑤]。愿陛下勿以迁都为念！"

【注释】①元帝（276—323）：司马睿，字景文，初袭封琅邪王，永嘉元年（307）任安东将军，都督扬州、江南诸军事。王导主谋出镇建康（今江苏南京），愍帝死，即帝位，都建康，是为东晋。 ②顾骠（piào票）骑：顾荣，死后赠骠骑将军，故称。 ③寄人国土：东晋建都建康，这里三国时属于孙吴，东晋的皇室士族从中原渡江而来，故有寄人国土之说。 ④耿：一作邢（音耿），古都邑名，在今河南温县东，殷商祖乙迁都于此。 亳（bó薄）：古都邑名，商汤时都城，在今河南商丘东南。 ⑤九鼎：传说夏禹铸造九鼎，象征九州，三代奉为传国之宝，成汤灭夏，迁九鼎于商邑，周武王灭商，迁九鼎于洛邑（即今河南洛阳）。

【评析】晋元帝在江东建立东晋王朝后，广开仕进之路，大量任用南方的士人，其中就包括顾荣在内。元帝对顾荣说的话，既有笼络之意，也有内心的不安。顾荣当然也懂得元帝的意思，故引用商、周屡次迁都为例来宽慰元帝，表示了拥戴之意。

三十

庾公造周伯仁[①]，伯仁曰[②]："君何所欣说而忽肥？"庾曰："君复何所忧惨而忽瘦？"伯仁曰："吾无所忧，直是清虚日来[③]，滓秽日去耳[④]！"

【注释】①庾公：庾亮。造：前往拜访。造，到，去。②周伯仁：周顗（yǐ 已）：字伯仁，汝南安城（今河南平舆西南）人。有重望，性宽厚，嗜酒。官至尚书左仆射。后为王敦误杀。③直：特，只。清虚：清静虚无。日：指一天又一天，形容逐渐。④滓（zì 自）秽：污浊肮脏。

【评析】庾亮和周顗在当时都是有令誉的人物。周顗自称"清虚日来"、"滓秽日去"，并非自夸，可以反映出魏晋士人自我修养的注重。

三十一

过江诸人[①]，每至美日，辄相邀新亭[②]，藉卉饮宴[③]。周侯中坐而叹曰[④]："风景不殊，正自有山河之异[⑤]！"皆相视流泪。唯王丞相愀然变色曰[⑥]："当共戮力王室[⑦]，克复神州[⑧]，何至作楚囚相对[⑨]！"

【注释】①过江诸人：指从北方南渡到建康来的士人。②新亭：三国时吴建，故址在今江苏南京市南，近江滨，依山而筑，东晋时为朝士游宴之所。③藉（jiè 借）卉（huì 会）：坐卧于草垫之上。藉，坐卧；卉，草的总名。④周侯：周顗。⑤正：仅，止。⑥愀（qiǎo 巧）然：变色的样子。⑦戮力：协力。⑧神州：指中原地区。⑨楚囚：原指被俘的楚人。《左传·成公九年》载，楚国伶人钟仪为晋所囚，仍奏楚声，不忘南音。这里比喻过江诸人怀念中原，但却无计可施。

【评析】文中写渡江诸名士宴饮新亭，感伤中原的沦丧，相对叹息流泪。新亭对泣，新亭泪，后遂成为典故，用以表示忧时之叹，家国之思。而王导的慷慨之词，也展现了士人们不愿苟且偷安的心态，所以东晋初期呈现出中兴的局面。

三十五

刘琨虽隔阂寇戎[①]，志存本朝[②]。谓温峤曰[③]："班彪识刘氏之复兴[④]，马援知汉光之可辅[⑤]。今晋祚虽衰[⑥]，天命未改，吾欲立功于河北，使卿延誉于江南[⑦]，子其行乎[⑧]？"温曰："峤虽不敏，才非昔人，明公以桓、文之姿[⑨]，建匡立之功[⑩]，岂敢辞命！"

【注释】①刘琨（271—318）：字越石，中山魏昌（今河北无极）人。少与祖逖为友，俱以雄豪著称。永嘉元年（307）为并州刺史，元帝时为侍中、太尉。长期坚守并州，与石勒对抗，兵败投奔段匹磾（dī 低），后为缢杀。擅诗，与石崇、陆机、陆云等并以文才号"二十四友"。隔阂寇戎：指刘琨在并州（今山西）坚守，中间为西戎敌寇所阻隔。②本朝：指东晋。③温峤（288—329）：字太真，晋太原祁县（今属山西）人。元帝时为刘琨右司马。明帝时拜侍中转中书令，与庾亮等讨平王敦、苏峻之乱。官至骠骑大将军。④班彪（3—54）：字叔皮，扶风安陵（今陕西咸阳东北）人。初依隗（kuí 逵）嚣，东汉初任徐令，病免。专心著史，有《后传》六十五篇，未成。后由其子班固续成《汉书》。识刘氏之复兴：指班彪在隗嚣处知其有不臣之心，作王命以讽之，称扬刘氏受天命之赐，终有复兴之日。⑤马援（前 14—后 49），字文渊，扶风茂陵（今陕西兴平东北）人。西汉末为新成大尹。先依隗嚣，后归刘秀，有功任陇西太守，安定西羌。后任伏波将军，出征匈奴、乌桓，病死军中。汉光：东汉光武帝刘秀（前 6—后 57），字文叔，南阳蔡阳（今湖北枣阳西南）人，建武元年（25）称帝，建都洛阳。⑥晋阼：晋朝的国运。阼，皇位国运。⑦延誉：称扬美德，使名誉远播。⑧其：祈使语气。⑨明公：对有名位者的尊称。桓、文：齐桓公、晋文公。姿：气度。⑩匡立：匡复晋朝，建功立业。匡，匡复，挽救将亡之国，使转危为安。

【评析】刘琨与温峤相约欲效法班彪、马援为匡复晋室而立功，雄豪之气跃然纸上。

三十六

温峤初为刘琨使来过江。于时，江左营建始尔[①]，纲纪未举[②]。

温新至，深有诸虑。既诣王丞相[3]，陈主上幽越、社稷焚灭、山陵夷毁之酷，有黍离之痛[4]。温忠慨深烈[5]，言与泗俱[6]；丞相亦与之对泣。叙情既毕，便深自陈结，丞相亦厚相酬纳[7]。既出，欢然言曰："江左自有管夷吾[8]，此复何忧！"

【注释】①江左：指长江下游以东地区，古以东为左，以西为右，故江东亦称江左。尔：语尾助词。②纲纪：法度，法令。③既：不久。王丞相：王导。④陈：陈述。主上：指晋愍帝。刘曜于建兴四年（316）攻长安，愍帝投降，第二年为刘聪所杀。幽：囚禁。越：远。社稷：古代帝王所祭祀的土神和谷神，后用作国家的代称。山陵：指帝王坟墓。夷毁：夷为平地，摧毁殆尽。黍离：《诗经·王风》篇名。周平王东迁洛阳后，周大夫经过西周都城，目睹西周宗庙宫室夷为田野，长满禾黍，彷徨不忍离去而作此篇。后即用称亡国之痛。⑤忠慨深烈：忠诚慷慨，深沉刚烈。⑥泗：鼻涕。⑦酬纳：酬答接待。⑧管夷吾：管仲（？—前645），名夷吾，字仲，辅佐齐桓公成为春秋时第一位霸主，被齐桓公尊称为"仲父"。

【评析】东晋王朝刚创建时，法度法令等都没有订立。温峤到江东后内心忧虑重重，不久他去拜访王导，向他陈述了愍帝被囚禁远方，社稷宗庙被焚毁，帝王陵墓被夷为平地等等惨酷之状，王导与他一起相对落泪。温峤辞别王导后，认为江东已经有了管仲这样的贤相，所以没什么可忧虑的了。

三十七

王敦兄含，为光禄勋[1]。敦既逆谋，屯据南州[2]，含委职奔姑孰[3]。王丞相诣阙谢[4]。司徒、丞相、扬州官僚问讯[5]，仓卒不知何辞[6]。顾司空时为扬州别驾[7]，援翰曰[8]："王光禄远避流言[9]，明公蒙尘路次[10]，群下不宁[11]，不审尊体起居何如[12]？"

【注释】①王敦（266—324）：字处仲，晋琅邪临沂（今属山东）人。王导族兄。西晋末支持司马睿移镇建康（今江苏南京），任扬州刺史，都督征讨诸军事，以镇压杜弢之功升镇东将军，都督江、扬、荆等州诸军事，握重兵屯武昌。西晋亡与堂弟王导拥戴司马睿为帝，建立东晋王朝，迁大将军、荆州牧。后因元帝信任刘隗、刁协抑制王氏势力，于永昌元年（322）起兵攻入建康，杀刁协、周顗等人，自任丞相，回屯武昌。明帝立，移镇姑孰。后二年，明帝乘其病危下诏讨伐，他遂再次进兵建康，最终病死于军中。 含：王含，字处弘，王敦之兄，任光禄勋。王敦叛乱，他投奔相助。 光禄勋：官名，掌管宿卫侍从之官。 ②南州：即姑孰，故址在今安徽当涂，为长江重要渡口。 ③委职：丢弃官职。 ④王丞相：王导。 诣阙谢：到皇宫前向元帝请罪。诣，到。阙，宫门前两边供瞭望用的建筑，借指皇宫。谢，谢罪，道歉。 ⑤司徒、丞相、扬州：指王导当时担任的官职，他时任司空、丞相、扬州刺史。司徒应是司空之误。 官僚：指王导官府里的僚属。 问讯：问候。 ⑥仓卒（cù促）：匆忙。 ⑦顾司空：顾和。 扬州别驾：扬州刺史的属官。 ⑧援翰：拿起笔。翰，笔。 ⑨王光禄：王含。 远避流言：指王含投奔姑孰为躲避流言。 ⑩明公：对刺史的尊称。 蒙尘路次：指王导在王敦谋反之初，天天到皇宫前请罪。蒙尘，遭受风尘之苦。路次，路途中。 ⑪群下：下属们。 ⑫不审：不知。 起居：日常生活。

【评析】王敦和王导对晋元帝有拥立之功，所以元帝即位后封王敦为大将军，王导为丞相。元帝又重用刘隗、刁协，对王氏加以抑制。王敦便以“清君侧”为名起兵，刘隗劝元帝悉诛王氏，王导只得每天率昆弟子侄二十余人诣台待罪。而王含在王敦占据姑孰后，弃官投奔，让王导的处境越发窘迫。王导在扬州的僚属想向王导问询情况，匆忙之下不知该怎么措词，于是顾和拿起笔来写道：“王光禄远远地避开流言，您天天在道途中奔忙受累，不知贵体如何？”其措辞可谓机敏。

三十八

郗太尉拜司空①，语同坐曰：“平生意不在多，值世故纷纭②，遂至台鼎③。朱博翰音④，实愧于怀。”

【注释】①郗太尉：郗鉴。 拜司空：被授予司空的官职。拜，以一定的礼仪授予官职。司空，主管水土之事。 ②值：遇到。 世故：世事。 纷纭：杂乱、混乱。 ③台鼎：喻指三公。台，星名，有上台、中台、下台，称三台，鼎，古代为国之重器。 ④朱博：字子元，杜陵（今陕西长安东南）人。慷慨好结交。历官县令、刺史、御史大夫，代孔光为丞相，封阳乡侯，后因得罪傅太后下诏狱，自杀。 翰音：飞向高空的声音，比喻徒有虚名，居非其位。

【评析】郗鉴在家乡时躬耕陇亩，博学多识，吟咏不倦，以儒雅著名。他认为自已名实不符，表现出了谦逊的一面。

四十六

谢仁祖年八岁[①]，谢豫章将送客[②]。尔时语已神悟[③]，自参上流[④]。诸人咸共叹之，曰："年少，一坐之颜回[⑤]。"仁祖曰："坐无尼父[⑥]，焉别颜回？"

【注释】①谢仁祖：谢尚（308—357），字仁祖，谢鲲之子，陈郡阳夏（今河南太康）人。自幼聪颖，博综众艺。历任历阳太守、中郎将、尚书仆射、豫州刺史，进号镇守将军。 ②谢豫章：谢鲲（280—322），字幼舆，少知名，能歌善鼓琴。官豫章太守。 将：带、领。 ③尔时：那时。 ④自参：领悟能力。 ⑤颜回（前521—前490）：字子渊，春秋时鲁国人，孔子的得意门生，以德行著称。 ⑥尼父：孔子。

【评析】谢尚小小年纪便跟着父亲与当时的名士酬应，并表现出神奇的领悟能力，故赢得众名士的赞赏，将其比为孔子的高足颜回。

四十七

陶公疾笃[①]，都无献替之言[②]，朝士以为恨[③]。仁祖闻之，曰[④]："时无竖刁[⑤]，故不贻陶公话言[⑥]。"时贤以为德音[⑦]。

【注释】①陶公：陶侃（259—334），字士行，晋庐江寻阳（今江西九江）人。早年孤贫，为县吏，以军功历任荆州刺史、广州刺史。平苏峻之乱，封长沙郡公，都督八州军事。 疾笃：病重。 ②献替：献可替否或献替可否之简称，指臣下对君主劝善规过，议论兴废等。 ③朝士：朝廷官员。 ④仁祖：谢尚。 ⑤竖刁：春秋时齐桓公所宠幸的宦官，他自己施行宫刑入宫，深得桓公宠幸。当管仲病危时，桓公问他死后能否用竖刁为相。管仲谓这种自宫为宦官的人不近人情，绝不能任用。后来竖刁果然使齐国蒙受祸乱。 ⑥贻：留。 话言：指遗嘱。 ⑦时贤：当时的才德之士。 德音：善言。

【评析】陶侃病危时，没有讲过一句有关劝善规过、兴利除弊的话，朝中官员都为此感到遗憾。谢尚认为现在朝中没有像竖刁那样的小人，所以陶公就不必留下遗言了。当时的才德之士对此大为钦佩。

四十九

孙盛为庾公记室参军[①]，从猎，将其二儿俱行[②]，庾公不知。忽于猎场见齐庄[③]，时年七八岁，庾谓曰："君亦复来邪?"应声答曰："所谓'无小无大，从公于迈'[④]。"

【注释】①孙盛（约306—378）：字安国，太原中都（今山西平遥西南）人。历任佐著作郎、长沙太守、秘书监、加给事中。善言名理，与殷浩齐名。著有《魏氏春秋》、《晋阳秋》。 庾公：庾亮。 记室参军：官名，管文书，为王公、将军等幕府中之幕僚。 ②将：带领。 ③齐庄：孙盛次子，名放，字齐庄，官至长沙王相。 ④无小无大，从公于迈：语见《诗经·鲁颂·泮水》，原义为百官不分大小尊卑，都跟着鲁僖公出行。于，往。迈，行。

【评析】孙齐庄才七八岁就能随口引用《诗经》，既反映了他的聪慧，也反映出当时士大夫对子女进行的良好教育。

五十

孙齐由、齐庄二人，小时诣庾公[①]。公问齐由何字[②]，答曰："字齐由。"公曰："欲何齐邪[③]?"曰："齐许由。"齐庄何字，答曰："字齐庄。"公曰："欲何齐?"曰："齐庄周[④]。"公曰："何不慕仲尼而慕庄周[⑤]?"对曰："圣人生知[⑥]，故难企慕[⑦]。"庾公大喜小儿对。

【注释】①孙齐由：孙潜，字齐由，孙盛长子。官豫章太守。 庾公：庾亮。 ②字：古人有名有字，根据名中的字义另取别名叫字，故名与字之间的意义有一定关系。自称时用名不用字，表示谦虚；称他人时则用字不用名，表示尊敬。 ③齐：看齐的意思。 ④庄周（约前369—前286）：战国时宋国蒙（今河南商丘东北）人。做过蒙地的漆园吏。著《庄子》十万言，主张清静无为，独尊老子，排斥儒墨。 ⑤仲尼：孔子。 ⑥圣人生知：谓圣人生下来就知道。《论语·季氏》："生而知之者，上也。" ⑦企慕：仰慕。

【评析】古人取名字，名与字之间都有联系，孙潜和孙放的名与字就是如此。潜有深藏不露意，许由是隐居山林的高士，名潜字齐由，就是欲其像许由一样不慕名利。放有放达意，庄子就是放达任性的典范，名放字齐庄，欲其效法庄子。

五十一

张玄之、顾敷是顾和中外孙[①]，皆少而聪惠，和并知之，而常谓顾胜[②]。亲重偏至，张颇不恹[③]。于时，张年九岁，顾年七岁。和与俱至寺中，见佛般泥洹像[④]，弟子有泣者，有不泣者。和以问二孙。玄谓："被亲故泣，不被亲故不泣。"敷曰："不然。当由忘情故不泣，不能忘情故泣。"

【注释】①张玄之：字祖希，历官吏部尚书、吴兴太守。与谢玄齐名，被称为"南北二玄"。　顾敷：字祖根，吴郡吴人，仕至著作郎。天才早慧，年仅二十三岁即卒。　中外孙：孙子与外孙。儿子所生子称中孙，女儿所生子称外孙。　②胜：胜过，超过。　③恹（yàn 宴）：满足，满意。　④般泥洹（bō niè huán 波涅桓）像：般泥洹为梵文音译，亦译为涅槃，意译为入灭、圆寂。释迦牟尼随缘教化众生，缘尽圆寂于印度的拘尸那拉城跋提河岸沙罗双树间，头北面西，右胁而卧，示现灭度。此像即为卧佛像。

【评析】两位年仅九岁、七岁的孩子能对佛将涅槃时弟子中有哭与不哭的不同表现做出解释，确实不同凡响。而顾敷更有悟性，所言更契合教义。

五十三

庾稺恭为荆州[①]，以毛扇上武帝[②]，武帝疑是故物。侍中刘劭曰[③]："柏梁云构[④]，工匠先居其下；管弦繁奏[⑤]，钟夔先听其音[⑥]。稺恭上扇[⑦]，以好不以新。"庾后闻之，曰："此人宜在帝左右！"

【注释】①庾稚恭：庾翼（305—345），字稚恭，庾亮之弟，亮死，代镇武昌，任都督江、荆等六州军事。有大志，以灭胡平蜀为己任。后为后赵击败，病死。②毛扇：羽毛扇。　③刘劭：字彦祖，彭城（今江苏徐州）人。好学博识，善草书。历官侍中、豫章太守。　④柏梁：台名，汉武帝建此台，故址在长安城中北门内。汉武帝曾在柏梁台上置酒，诏群臣和诗，能七言诗者才能上台。　云构：形容柏梁台高耸入云。　⑤管弦：管乐器和弦乐器。　繁奏：一起演奏。繁，杂。　⑥钟：钟子期，春秋时楚人，精于音律。　夔（kuí 葵）：舜时的乐官。　⑦上扇：献羽扇。

【评析】庾翼当荆州刺史时，把羽毛扇进献给武帝，武帝怀疑此扇是用过的旧扇。侍中刘劭说："柏梁台是高耸入云的伟大建筑，建造该台的工匠就是先在下面建起来的；管弦合奏的乐声，也是钟子期和夔这样知音的乐官首先听的。庾翼进献这把羽扇是因为它好，而不在新不新。"庾翼听说此事后，认为这样的贤人适宜在皇帝的身边。

五十五

桓公北征[①]，经金城[②]，见前为琅邪时种柳[③]，皆已十围[④]，慨然曰："木犹如此，人何以堪[⑤]！"攀枝执条，泫然流泪[⑥]。

【注释】①桓公：桓温（312—373），字元子，东晋谯国龙亢（今安徽怀远西）人。明帝司马绍之婿。永和元年（345）任荆州刺史，握兵权。后定蜀，进位征西大将军。三年（347）灭成汉，后又攻前秦入关中。十二年（356）收复洛阳。太和四年（369）攻前燕，因军粮不继，受挫而返。六年（371）废海西公，立简文帝，专擅朝政，图谋受禅，后病死。 北征：指太和四年（369）北征前燕。 ②金城：在今江苏句容北。 ③琅邪：郡名。东晋太兴三年（320）设置侨州、侨郡、侨县等安置北方渡江而来的士庶。咸康元年（335）分江乘县地置琅邪郡，治所在金城。咸康七年（341），桓温为琅邪内史，出镇金城。 ④围：计量圆周的约略单位，两手拇指和食指合拢的长度，亦指两臂合抱的长度。 ⑤堪：忍受，能支持。 ⑥泫（xuàn 绚）然：流泪的样子。

【评析】桓温北征前燕时路过金城，看到自己以前当琅邪内史时所种的柳树，都已长成十围粗的大树了，他感慨地说："树木尚且这样，人哪堪这岁月的流逝啊！"他虽是一员武将，也禁不住流下泪来。"木犹如此"两句从此成为后人感叹未能一展怀抱、蹉跎岁月的典故。庾信《枯树赋》有"树犹如此，人何以堪"句，辛弃疾《水龙吟·登建康赏心亭》有"可惜流年，忧愁风雨，树犹如此"句，都写出他们功业未就的抑郁之情。

五十九

初，荧惑入太微[①]，寻废海西[②]；简文登阼[③]，复入太微[④]，帝恶之。时郗超为中书，在直[⑤]。引超入曰："天命修短，故非所计。政当无复近日事不？[⑥]"超曰："大司马方将外固封疆[⑦]，内镇社稷，必无若此之虑。臣为陛下以百口保之[⑧]。"帝因诵庾仲初诗曰[⑨]："志士痛朝危，忠臣哀主辱。”声甚凄厉。郗受假还东，帝曰：“致意尊公[⑩]，家国之事，遂至于此[⑪]。由是身不能以道匡卫[⑫]，思患预防。愧叹之深，言何能喻[⑬]！”因泣下流襟。

【注释】①荧惑：即火星，呈红色，亮度常变化，运行规律亦多变，令人迷惑，故称，古人视作灾星。　太微：太微垣，在北斗之南，古人以之为天帝南宫，与人间朝廷相对应。　②寻：不久。　海西：海西公司马奕，字延龄，公元365年即位，371年被桓温废为海西县公，称废帝。　③简文登祚：简文帝即位称帝。　④复入太微：指荧惑星再次进入太微垣。　⑤郗超（336—377）：东晋高平金乡（今山东金乡北）人，字景兴（或作敬兴），一字嘉宾，曾任桓温参军，深获信任。桓温专政，他任中书侍郎等职，参与废立密谋。　在直：正在值班。　⑥政当：只是。政，通正，只，仅。　⑦大司马：桓温。　封疆：疆界，此指边疆、边防。　⑧百口：指全家、整个家族的人。　⑨庾仲初：庾阐，字仲初，晋颍川鄢陵人。历仕尚书郎、彭城内史、郗鉴从事中郎、散骑常侍、给事中等。　⑩尊公：敬称对方的父亲。郗超父亲郗愔（yīn音）忠于晋室，当时任会稽内史，郗超请假东去探亲，故简文帝对郗超说这番话。　⑪遂：竟。　⑫身：晋人多以“身”作第一人称代词。　匡卫：匡正保卫。　⑬喻：说明。

【评析】桓温北伐在枋头（在今河南浚县西东枋城、西枋城）大败，为了慑服百官，重震声威，便采纳郗超之谋，借荧惑入太微的天象行废立之事。简文帝虽当了皇帝，由于外压强臣，忧愤不得志，常惧废黜。所以当荧惑星再次进入太微垣时，简文帝害怕重蹈海西公之覆辙，惶惶不可终日。

六十二

谢太傅语王右军曰[①]：“中年伤于哀乐[②]，与亲友别，辄作数日恶[③]。”王曰：“年在桑榆[④]，自然至此，正赖丝竹陶写[⑤]，恒恐儿辈觉损欣乐之趣。”

【注释】①谢太傅：谢安。　王右军：王羲之（321—379），字逸少，琅邪临沂（今山东临沂）人，官至右军将军、会稽内史，人称王右军。工于书法，尤擅行书，为历代所宗尚，被尊为书圣。　②哀乐：偏义复词，指哀伤。　③作：兴起，生出。　④桑榆：原指落日余辉照在桑树、榆树的梢头，比喻人的晚年。　⑤丝竹：指音乐。丝为弦乐器，竹为管乐器。　陶写：陶冶性情，抒发忧思。

【评析】谢安认为人到中年就常为亲友离别而感伤，王羲之则认为到了一定岁数自然会有这种情景，正需要依赖音乐来陶冶性情，抒发忧思。“丝竹陶写”之语，历来深获士子之心而成为典故。

七十

王右军与谢太傅共登冶城[①]，谢悠然远想，有高世之志[②]。王谓谢曰：“夏禹勤王[③]，手足胼胝[④]；文王旰食[⑤]，日不暇给[⑥]。今四郊多垒[⑦]，宜人人自效；而虚谈废务，浮文妨要，恐非当今所宜。”谢答曰：“秦任商鞅，二世而亡，岂清言致患邪[⑧]？”

【注释】①王右军：王羲之。　谢太傅：谢安。　冶城：故址在今江苏南京朝天宫一带，相传春秋时夫差（一说三国吴）于此冶铸，故名。　②高世：高出世俗之上。　③夏禹勤王：指大禹勤于公事。　④胼胝（pián zhī便知）：茧子。　⑤文王旰（gàn干）食：谓周文王勤于政事迟至晚上才吃饭。　⑥日不暇给：形容事多时间不够用。给（jǐ挤），供应。　⑦四郊多垒：指战事频繁。　⑧清言：指清谈。

【评析】当谢安和王羲之登上冶城时，谢安便发思古之想。王羲之以夏禹、文王为例，认为清谈无益。谢安却不以为然，举出秦用商鞅二世而亡为例，说明清谈和误国之间没有逻辑关系。可见谢安在境界上高过王羲之。

七十一

谢太傅寒雪日内集[①]，与儿女讲论文义[②]，俄而雪骤[③]，公欣然曰：“白雪纷纷何所似？”兄子胡儿曰[④]：“撒盐空中差可拟[⑤]。”兄女曰：“未若柳絮因风起[⑥]。”公大笑乐。即公大兄无奕女[⑦]，左将军王凝之妻也[⑧]。

【注释】①谢太傅：谢安。　内集：家庭内的集会。　②文义：文章的义理。　③雪骤：雪下得又大又急。　④胡儿：谢朗，谢安侄子，次兄谢据之长子，官至东阳太守。　⑤差：尚，略。　拟：相比。　⑥因：凭借。　⑦大兄无奕女：谢安长兄无奕之女谢道韫。谢道韫，王羲之次子王凝之妻。聪慧有才辩，善清谈，时人称其颇有竹林七贤的名士风度。　⑧王凝之：王凝之，字叔平，历仕江州刺史、左将军、会稽内史。工草隶。痴迷于五斗米道，当孙恩进攻时，不设防备，以为有鬼兵相助，遂为孙恩杀害。

【评析】谢朗之咏雪句境界狭小，诗意不浓。而谢道韫之句则诗意盎然，紧扣“雪骤”的情景，形容大雪如柳絮随风起舞，漫天飘扬，迷离轻灵，堪称咏雪一绝。无怪乎谢安对她极为赞赏。

七十六

支公好鹤[1]，住剡东岇山[2]。有人遗其双鹤[3]，少时翅长欲飞，支意惜之，乃铩其翮[4]。鹤轩翥不复能飞[5]，乃反顾翅垂头，视之如有懊丧意。林曰：“既有陵霄之姿，何肯为人作耳目近玩[6]！”养令翮成，置使飞去。

【注释】①支公：支道林，见本篇四十五注②。 好（hào 浩）：爱，喜欢。 ②剡：县名，在今浙江嵊（shèng 剩）县。 岇（àng 盎）山：在今浙江嵊县东。 ③遗（wèi 为）：赠送。 ④铩（shā 杀）：摧残，伤残。 翮（hé 和）：鸟羽的茎状部分。 ⑤轩（xuān 宣）翥（zhù 住）：飞举的样子。 ⑥近玩：亲近的玩物、宠物。

【评析】支道林从爱鹤而残其翅，到不忍其懊丧而养成其翅，任其飞翔而去。伤翅之举与佛法相违，这对于一位高僧来说是不可思议之事，故颇不可信，恐为误传所致。

八十一

王司州至吴兴印渚中看[1]，叹曰：“非唯使人情开涤[2]，亦觉日月清朗。”

【注释】①王司州：王胡之，字修龄，晋琅邪临沂（今属山东）人，王廙之子。年轻时即有声誉。官吴兴太守、司州刺史。 印渚：在吴兴郡于潜县东七十里，有山壁溪流，风景殊胜。 ②非唯：不仅，不只。

【评析】王胡之到吴兴印渚去观赏景物，赞叹道：“这里不仅使人心胸开阔，心情清净，也令人感到日月都清亮明朗起来。”魏晋士人重山水景观，能够达到将身心与自然相融化的境界。

八十三

袁彦伯为谢安南司马[1]，都下诸人送至濑乡[2]。将别，既自凄惘[③]，叹曰："江山辽落[④]，居然有万里之势[⑤]！"

【注释】①袁彦伯：袁宏（328—376），字彦伯，小字虎，东晋阳夏（今河南太康）人，曾任桓温记室。有才学，文章绝美。著有《后汉纪》、《竹林名士传》、《东征赋》、《北征赋》、《三国名臣颂》等。 谢安南：谢奉，字弘道，东晋会稽山阴（今浙江绍兴）人，历仕安南将军、广州刺史、吏部尚书。 司马：官名，将军府的属官，综理一府之事，参预军事计划。 ②都下：指京城。 濑乡：古地名，在今江苏溧阳境内。 ③凄惘：怅惘，失意。 ④辽落：辽远空旷的样子。 ⑤居然：的确，确实。

【评析】袁宏出任谢奉的司马时，京城的朋友们送他到了濑乡。临别时，本来就已经感到怅惘的他，至此不觉感叹"江山如此辽远空旷，令人感到有万里的气势"。感受自然之壮阔需要相当的修养，魏晋士人流传下来的故事，正说明了他们造诣之高。

八十五

桓征西治江陵城甚丽[①]，会宾僚出江津望之[②]，云："若能目此城者[③]，有赏。"顾长康时为客在坐[④]，目曰："遥望层城[⑤]，丹楼如霞。"桓即赏以二婢。

【注释】①桓征西：桓温。 治：治理，营建。 江陵：县名，在今湖北江陵，为南郡的治所。 ②会：会聚。 宾僚：宾客与僚属。 江津：江边渡口。 ③目：品题，评论高下。 ④顾长康：顾恺之（约345—409）：字长康，小字虎头，晋陵无锡（今属无锡）人。曾为桓温及殷仲堪参军，官至通直散骑常侍。多才艺，工诗赋，尤精绘画，对中国绘画的发展有很大的影响。 ⑤层城：古代神话中昆仑山有层城九重，最上层叫层城，此喻指江陵。

【评析】顾恺之博学有才气，先后为桓温、殷仲堪的参军，得到他们的器重。其于桓温座上品题江陵城，用典恰当，诗句如画，这得益于他的文学功底以及超乎常人的审美能力。

八十八

顾长康从会稽还[①]，人问山川之美，顾云："千岩竞秀[②]，万壑争流[③]，草木蒙笼其上，若云兴霞蔚[④]。"

【注释】①顾长康：顾恺之。 会稽：郡名，治所在今浙江绍兴。 ②千山：群山。 ③万壑：众多溪流。 ④蒙笼：覆盖。 云兴霞蔚：形容绚烂美丽，丰富多采。

【评析】顾恺之描绘会稽山川之美，对偶整齐，音调和谐，如诗如画，生动有致，成为经典名句而广为后人引用。

九十三

道壹道人好整饰音辞[①]，从都下还东山[②]，经吴中[③]。已而会雪下[④]，未甚寒，诸道人问在道所经。壹公曰："风霜固所不论，乃先集其惨澹[⑤]；郊邑正自飘瞥[⑥]，林岫便已皓然[⑦]。"

【注释】①道壹道人：东晋高僧，俗姓陆，居京城瓦官寺，从竺法汰求学，讲解经论倾动京师，深得简文帝器重。后居虎丘山，博通内外，为四方僧尼所钦仰。道人，和尚的别称。 整饰（chì）：整顿修饰。 ②都下：京都。 东山：在浙江上虞县西南，谢安隐居地。 ③吴中：吴郡的别称，治所在今苏州。 ④已而：不久。会，正当。 ⑤惨澹：谓天色暗淡无光。⑥郊邑：郊外城内。飘瞥：形容大雪飘扬。 ⑦林岫：树林山峰。

【评析】道壹和尚喜欢修饰言辞，言语往往富于韵律。他从京都回到东山，路经吴郡。不久遇上下雪，和尚们问他路上的景物如何。道壹说："路上的风霜不必说，雪珠下时竟是天色无光。城郊内外飘飘扬扬，洁白的大雪覆盖着，林木山峦一片白茫茫。"极富诗意的描绘，令人神往。

九十四

张天锡为凉州刺史[①]，称制西隅[②]。既为苻坚所禽[③]，用为侍中[④]。后于寿阳俱败[⑤]，至都，为孝武所器[⑥]。每入言论，无不竟日[⑦]。颇有嫉己者，于坐问张："北方何物可贵?"张曰："桑椹甘香[⑧]，鸱鸮革响[⑨]，淳酪养性[⑩]，人无嫉心。"

【注释】①张天锡（346—406）：字纯嘏，小字独活，东晋安定乌氏（今宁夏固原东南）人。兴宁元年（363）杀侄玄靓自立，称凉州牧、西平公，在位十三年，荒于声色。太元元年（376）前秦攻凉，战败降秦，封归义侯。淝水之战时，随军南下，乘前秦大败之机奔晋，后任散骑常侍。桓玄时为凉州刺史。 ②称制：自称帝王。 西隅：西部边陲之地。 ③既：不久。　苻坚（338—385）：字永固，一名文玉，略阳临渭（今甘肃天水东）人，氐族，十六国时前秦国君，公元357—385在位。先后攻灭前燕、前凉、代国，统一北方大部分地区。建元十九年（383）率军攻晋，在淝水大败，后为羌族首领姚苌所杀。　禽：同“擒”。　④侍中：官名，侍从皇帝左右。　⑤寿阳：今安徽寿县。　⑥孝武：孝武帝司马曜。　⑦竟日：终日。　⑧桑葚（shèn）：桑树结的果实。　⑨鸱（chī 吃）鸮（xiāo 消）：猫头鹰。革：鸟翅。响：指猫头鹰振翅发出的声响。　⑩淳酪：纯正的奶酪。淳，通“纯”。

【评析】张天锡趁苻坚在淝水大败之机降晋，受到孝武帝的器重。他每次入宫谈论，就是一整天。当时有些嫉妒他的人就在座上问张天锡：“北方有什么东西可贵?”张天锡说：“桑树的果实又甜又香，猫头鹰振翅作响；纯正的奶酪怡养人性，北方人无有嫉妒之心。”借以讽刺那些心怀嫉妒者。

一〇八

谢灵运好戴曲柄笠[①]，孔隐士谓曰[②]：“卿欲希心高远[③]，何不能遗曲盖之貌[④]?”谢答曰：“将不畏影者未能忘怀[⑤]?”

【注释】①谢灵运（385—433）：谢玄之孙，幼时寄养于外，族人名为客儿，世称谢客。袭封康乐公，故称谢康乐。入宋，任永嘉太守、侍中、临川内史等职，后被诬谋反处死。性爱山水，擅长山水诗，创山水诗一派，影响深远。　曲柄笠：状如曲盖（帝王、高官出行时仪仗用的曲柄伞）的斗笠。　②孔隐士：孔淳之，字彦深，南朝刘宋鲁人，不就征辟，隐于上虞山，故称隐士。　③希心：指有所仰慕之心。希，仰慕。　④遗：抛弃。　⑤将不：得无，莫非。　畏影者：见《庄子·渔父》，谓有害怕自己的影子与足迹者，欲以拼命奔跑来丢弃影子与足迹。他脚步愈多足迹亦愈多，跑得再快影子亦不离身。最终力竭而死。

【评析】畏影者的典故用得恰到好处，谢灵运显然已经达到了“心远地自偏”的境界。

政事第三

一

陈仲弓为太丘长[1]，时吏有诈称母病求假，事觉，收之[2]，令吏杀焉。主簿请付狱考众奸[3]，仲弓曰："欺君不忠，病母不孝[4]，不忠不孝，其罪莫大。考求众奸，岂复过此！"

【注释】①陈仲弓：陈寔。太丘：故址在今河南市西北。②收：逮捕。③主簿：官名，主管文书簿籍等。狱：狱吏。考：拷问。众奸：众多犯罪事实。④病母：把母亲说成有病。病，作动词用。

【评析】陈寔担任太丘长时讲求以德治民。其属下谎称母病，既诅咒了母亲，又欺骗了长官，这在当时已属大逆不道的行为了，所以陈寔将其处死。这种做法在今天看来似乎不可思议，但这是不同时代的观念所致，我们应从这则故事中了解古人对忠孝问题的重视。

二

陈仲弓为太丘长，有劫贼杀财主[1]，主者捕之[2]。未至发所[3]，道闻民有在草不起子者[4]，回车往治之。主簿曰："贼大，宜先按讨[5]。"仲弓曰："盗杀财主，何如骨肉相残？"

【注释】①劫贼：盗贼。②主者：指主管捕盗的官吏。③发所：案发的场所。④在草不起：指生了孩子不肯养育。在草，指临产分娩。草，指草席，古时妇女分娩时垫草席。不起，不育。⑤按讨：查验惩处。

【评析】这则故事同样反映了古人对人伦的重视，所以陈寔认为强盗劫财杀人哪里比得上母子骨肉相残。

三

陈元方年十一时[1]，候袁公[2]。袁公问曰："贤家君在太丘[3]，远

近称之，何所履行[4]？”元方曰：“老父在太丘，强者绥之以德[5]，弱者抚之以仁[6]，恣其所安[7]，久而益敬。”袁公曰：“孤往者尝为邺令[8]，正行此事。不知卿家君法孤[9]，孤法卿父？”元方曰：“周公、孔子，异世而出，周旋动静[10]，万里如一。周公不师孔子[11]，孔子亦不师周公。”

【注释】①陈元方：陈纪。 ②袁公：不祥。 ③贤家君：对对方父亲的敬称。 ④履行：实施，实行。 ⑤绥：安抚。 ⑥抚：慰问，抚慰。 ⑦恣：听任。 ⑧孤：王侯自称，袁公自称孤，当为王侯。 邺：故址在今河北临漳西南。 ⑨法：效法。 ⑩周旋动静：应对举措，指处置世事的举动措施。周旋：应酬。 ⑪师：仿效。

【评析】从严格意义上说，孔子是以周公为师法对象的。不过，陈纪年仅十一岁就能说出“周旋动静，万里如一”的话，已属难得。

四

贺太傅作吴郡，初不出门[1]，吴中诸强族轻之[2]，乃题府门云：“会稽鸡，不能啼[3]。”贺闻，故出行，至门反顾，索笔足之曰[4]：“不可啼，杀吴儿。”于是至诸屯邸[5]，检校诸顾、陆役使官兵及藏逋亡[6]，悉以事言上，罪者甚众。陆抗时为江陵都督[7]，故下请孙皓[8]，然后得释。

【注释】①贺太傅：贺邵，字兴伯，三国吴会稽山阴（今浙江绍兴）人。历官散骑常侍、吴郡太守、太子太傅等。 作吴郡：任吴郡太守。 ②强族：豪强世族。 ③会稽鸡：贺邵为会稽人，故被蔑称。 ④足：补足。 ⑤屯邸（dǐ底）：当时吴地世家子弟多带兵屯戍在外，而他们的居舍却在吴郡，故称之为屯邸。屯，驻军防守；邸，指郡国豪族子弟的居所。 ⑥检校：查核，考察。 顾、陆：顾雍、陆逊。他们是江东世家大族的代表人物，顾雍为相掌朝政，陆逊为将掌兵权。 役使官兵：指顾、陆等豪门驱使官兵为他们服劳役。 藏逋（bū晡）亡：指豪门藏匿逃避赋税徭役的农户。 ⑦陆抗（226—274）：字幼节，吴郡吴县华亭（今上海松江）人，陆逊之子，亦为东吴名将。历仕镇军大将军、大司马、荆州牧。 江陵：今荆州市。 都督：官名，东吴的军事长官或领兵统帅。 ⑧故：特地。 下：指从长江上游的江陵至东吴都城建业（在长江下游）。 孙皓（242—283）：东吴末代皇帝，孙权之孙，字元宗，又字皓宗，公元264—280在位。专横残暴，亡于晋，封归命侯。

【评析】贺邵受到藐视，所以为了杀一杀豪族的气焰，到顾、陆等豪族子弟们的驻地，察看他们驱使官兵服劳役以及藏匿逃亡农户等情况，把事实都报告给朝廷，因此而获罪的人很多。当时担任江陵都督的陆抗不得不从驻地赶到都城，向孙皓求情。

五

山公以器重朝望[①]，年逾七十，犹知管时任[②]。贵胜年少[③]若和、裴、王之徒[④]，并共宗咏[⑤]。有署阁柱曰[⑥]："阁东有大牛，和峤鞅[⑦]，裴楷鞦[⑧]，王济剔嬲不得休[⑨]。"或云潘尼作之[⑩]。

【注释】①山公：山涛。　朝望：在朝廷中有威望。　②知管：主持掌管。知，主持。　时任：指山涛七十余岁仍然担任吏部尚书，照样亲自主持官员的任免之事。　③贵胜年少：显贵并年轻者。　和：和峤。　裴：裴楷。　王：王济。　⑤宗咏：尊仰咏叹。宗，推崇，景仰。　⑥署：题字。　阁：官署，指尚书省官署。　⑦鞅：牛马拉车时套在牛马颈上的皮子。　⑧鞦（qiū 秋）：拴在牛马屁股上的皮带。　⑨剔嬲（niǎo 鸟）：纠缠烦扰。　⑩潘尼（约 250—约 311）：字正叔，荥阳中牟（今属河南）人。官至太常卿。与叔父潘岳以文学齐名，世称"两潘"。

【评析】山涛善于选拔人才，得到朝廷上下的一致赞许。据说潘尼在尚书省官署的柱子上题字说："官署东面有大牛，和峤是牛颈上的鞅，裴楷是牛后部的鞦，王济纠缠不得休。"

七

山司徒前后选[①]，殆周遍百官[②]，举无失才，凡所题目[③]，皆如其言；唯用陆亮[④]，是诏所用[⑤]，与公意异，争之，不从。亮亦寻为贿败[⑥]。

【注释】①山司徒：山涛。　前后选：指山涛先后两次担任选拔官员之职。　②殆：几乎，差不多。　周遍：普遍，遍及。　③题目：品题，评论人物。　④陆亮：字长兴，河内沁阳人，与贾充关系密切。　⑤诏：皇帝的命令。　⑥寻：不久。

【评析】山涛前后两次任职选官，所用的人遍及百官，所选的人没有一个是不当的，凡是他所评论过的人都像他所说的那样。只有陆亮是皇帝下诏命任用的，与山涛的意见不同，结果陆亮因为受贿而罢官。此处印证山涛 精于识人。

九

王安期为东海郡[1]。小吏盗池中鱼，纲纪推之[2]。王曰：“文王之囿，与众共之。池鱼复何足惜！”

【注释】①王安期：王承（275—320），字安期，太原晋阳（今山西太原）人，王述之父。西晋时为东海王司马越记室参军、东海太守。南渡后为元帝镇东府从事中郎。　为东海郡：任东海郡太守。　②纲纪：古称综理州郡之事的官员，即主簿。　推：推究，查究。

【评析】王承体恤民情，这在乱世尤为难得，无怪乎在他死后人们都很怀念他。

十

王安期作东海郡，吏录一犯夜人来[1]。王问：“何处来？”云：“从师家受书还，不觉日晚。”王曰：“鞭挞宁越以立威名[2]，恐非致理之本[3]！”使吏送令归家。

【注释】①录：逮捕。　犯夜：指深夜还在外面走动，违反夜行之禁令。　②宁越：战国赵人，中牟（今河南鹤壁西）人。原为农民，因努力求学，只用了十五年即成为周威公（周考王所分封的小国西周之君）的老师。　③致理之本：达到治理的根本途径。

【评析】王承不愿意责罚因读书而违反宵禁令的学子，可见古人对读书人的爱惜与器重。

十一

成帝在石头[1]，任让在帝前戮侍中钟雅、右卫将军刘超[2]。帝泣曰：“还我侍中。”让不奉诏，遂斩超、雅[3]。事平之后，陶公与让有旧[4]，欲宥之[5]。许柳儿思妣者至佳[6]，诸公欲全之[7]。若全思妣，则不得不为陶全让，于是欲并宥之。事奏，帝曰：“让是杀我侍中者，不可宥!”诸公以少主不可违[8]，并斩二人。

【注释】①成帝：司马衍（321—342），字世根，公元325—342在位。五岁被立为皇帝，母庾氏为皇太后，临朝称制，王导、庾亮辅政。八岁时苏峻作乱，攻破建康，成帝被劫持至石头城（在今南京清凉山）。 ②任让：东晋乐安（今山东博兴）人。为苏峻参军、司马，后随苏峻作乱。苏峻死后，又拥戴其弟苏逸，乱平被诛。 ③钟雅：字彦胄，东晋长社（今河南长葛市东）人。官至侍中。 刘超：字世逾，琅邪（今山东胶南市琅邪台西北）人。官义兴太守、右卫将军。 ④陶公：陶侃。 旧：旧交，交情。 ⑤宥：赦免。 ⑥许柳：字季祖，率军随苏峻作乱，攻陷建康被任命为丹阳尹。乱平被杀。 思妣（bǐ比）：许永，字思妣，许柳之子。 ⑦全：保全。 ⑧少主：指年少的成帝，当时只有八九岁。

【评析】成帝被苏峻劫持在石头城后，任让当着成帝的面杀了钟雅和刘超。所以当苏峻之乱被平定后，虽然陶侃想赦免任让，但成帝还是坚持要杀，以解心头之恨。

十二

王丞相拜扬州[1]，宾客数百人并加霑接[2]，人人有说色。唯有临海一客姓任及数胡人为未洽[3]。公因便还到过任边，云：“君出，临海便无复人。”任大喜说。因过胡人前，弹指云：“兰阇[4]！兰阇!”群胡同笑，四坐并欢。

【注释】①拜扬州：被任命为扬州刺史。拜，授官，任官。 ②霑接：指受到亲切款待。 ③临海：郡名，治所在今浙江临海。 胡人：这里指印度来的僧人。 洽：和谐，融洽。 ④弹指：佛家常用弹指的动作，表示欢喜或许诺。 兰阇（shè舍）：古代印度赞誉别人的话。

【评析】王导被任为扬州刺史时，来道贺的宾客有几百人，全都受到他的亲切款待。只有临海一位姓任的来宾及几位胡人脸上没有融洽的神情。王导于是找个机会过去和任姓客人和胡人表示亲近之意，最终皆大欢喜。由此可见王导不但平易近人，而且善于随机应变。

十三

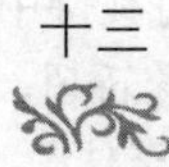

陆太尉诣王丞相咨事[1]，过后辄翻异[2]，王公怪其如此。后以问

陆，陆曰："公长民短，临时不知所言，既后觉其不可耳。"

【注释】①陆太尉：陆玩，字士瑶，东晋吴郡吴（今江苏苏州）人，陆机的叔伯兄弟。器量淹博，年轻时即有美名。历官侍中、尚书左仆射、尚书令，死后追赠太尉。　②翻异：指改变说法。

【评析】陆玩对丞相王导的意见虽然尊重听取，但事后慎重推敲，不肯盲从，觉得不妥，仍然予以推翻改变。可见王导主政时相当开明，朝中官员们也能秉公处理政务，而不必有所忌惮。

十五

丞相末年[①]，略不复省事[②]，正封箓诺之[③]。自叹曰："人言我愦愦[④]，后人当思此愦愦。"

【注释】①末年：晚年。　②略：大体，大概。　省（xǐng 醒）事：指办事，办公。　③正：仅、只。　箓：簿籍文书。　④愦愦（kuì 溃）：糊涂。

【评析】王导晚年几乎不再处理政事，仅仅在封好的簿籍文书上画诺。他自己叹息说："人们都说我糊涂，后代人当会思念这种糊涂呢。"东晋初期之所以有政清民和的局面，正是得益于王导的无为而治。

十六

陶公性检厉，勤于事[①]。作荆州时，敕船官悉录锯木屑[②]，不限多少。咸不解此意。后正会[③]，值积雪始晴，听事前除雪后犹湿[④]，于是悉用木屑覆之，都无所妨。官用竹，皆令录厚头[⑤]，积之如山。后桓宣武伐蜀[⑥]，装船，悉以作钉。又云，尝发所在竹篙[⑦]，有一官长连根取之，仍当足[⑧]，乃超两阶用之[⑨]。

【注释】①陶公：陶侃。　检厉：检点严厉。　②敕：命令。　船官：负责造船的官员。　录：采取、收集。　③正（zhēng 争）会：指正月初一的大聚会。　④除：台阶。　⑤厚头：指毛竹锯剩下来的根。　⑥桓宣武：桓温。　伐蜀：指穆帝永和三年（347），桓温率兵讨伐成汉，次年灭之。⑦发：征调。　⑧仍当足：指就用毛竹的根当作支撑用的铁足。　⑨超：越级提升官职。

【评析】陶侃勤政而节俭，这三个小故事很好地说明了这一点，也可见东晋时期的官员们励精图治的努力。

十八

王、刘与林公共看何骠骑[①]，骠骑看文书，不顾之。王谓何曰："我今故与林公来相看，望卿摆拨常务[②]，应对玄言[③]，那得方低头看此邪[④]？"何曰："我不看此，卿等何以得存？"诸人以为佳。

【注释】①王：王濛。　刘：刘惔。　林：支道林。　向骠骑：何充。　②摆拨：摆脱，搁置。　常务：日常事务。　③应对：答对。　玄言：谈论玄学之言。　④那能：何以，为何。

【评析】这则故事也是东晋官员勤政的写照。

十九

桓公在荆州[①]，全欲以德被江、汉[②]，耻以威刑肃物[③]，令史受杖[④]，正从朱衣上过。桓式年少[⑤]，从外来，云："向从阁下过[⑥]，见令史受杖，上捎云根[⑦]，下拂地足[⑧]。"意讥不著[⑨]。桓公云："我犹患其重。"

【注释】①桓公：桓温。　②全：一心，全力。　被：覆盖，遍及。　江、汉：长江、汉水，指荆州一带的地区。　③肃物：惩治人。　④令史：低级官吏，县令所属办事人员。　⑤桓式：桓歆，字叔道，桓温第三个儿子，官至尚书。　⑥向：刚才。　⑦捎（shāo 稍）：带。云根：云边云脚。　⑧地足：地面。　⑨不著（zháo 着）：指没打着。

【评析】桓温在荆州刺史任上时，想用恩德来加惠江、汉地区的士庶，认为用威力刑法惩治人是可耻的。令史受到杖刑的处罚时，也只是从红衣上轻轻一带而过。所以当桓式为此感到奇怪时，桓温说："我还怕打得太重了。"这则故事有夸张之处，但也可见古人对德治之重视。

二十六

殷仲堪当之荆州[①]，王东亭问曰[②]："德以居全为称[③]，仁以不害物为名[④]。方今宰牧华夏[⑤]，处杀戮之职，与本操将不乖乎[⑥]？"殷答曰："皋陶造刑辟之制[⑦]，不为不贤；孔丘居司寇之任[⑧]，未为不仁。"

【注释】①之：往，到。 ②王东亭：王珣。 ③居全：指具有完美的品格。 ④害物：伤害人。 ⑤宰牧：治理。 华夏：指荆州地区为东晋的重镇。 ⑥本操：一贯的志向行为。操，操守，平时的行为。 乖，违背。 ⑦刑辟：用刑法治罪。 ⑧司寇：掌刑狱、纠察等事。

【评析】仁政与法治非但不矛盾，且能相辅相成，殷仲堪之言可谓深谙为政之道。

文学第四

一

郑玄在马融门下[①]，三年不得相见，高足弟子传授而已[②]。尝算浑天不合[③]，诸弟子莫能解。或言玄能者，融召令算，一转便决[④]，众咸骇服[⑤]。及玄业成辞归，既而融有“礼乐皆东”之叹[⑥]，恐玄擅名而心忌焉[⑦]。玄亦疑有追，乃坐桥下，在水上据屐[⑧]。融果转式逐之[⑨]，告左右曰：“玄在土下水上而据木，此必死矣。”遂罢追。玄竟以得免。

【注释】①郑玄（127—200）：字康成，东汉北海高密（今属山东）人。入太学受业，后从马融学古文经。游学归里后，聚徒讲学，有弟子数千人。因党锢事被禁，潜心著述，遍注群经。晚年为汉献帝大司农，后为袁绍强征随军，中途病死。　马融（79—166）：东汉经学家、文学家，字季长，右扶风茂陵（今陕西兴平东北）人。曾任校书郎、议郎、南郡太守等职。遍注群经，是古文经学大家。　②高足弟子：成就高的学生。　③浑天：古代一种解释宇宙的学说，认为天地的关系好像卵壳包着卵黄、天的形体浑圆如弹丸，天和日月星辰每天绕南北极不停地旋转。　不合：指不符合，不准确。　④转：指转动推算用的栻。栻，即下文的“式”。　⑤骇服：叹服。骇，惊讶。　⑥既而：不久。　⑦擅名：独享盛名。　⑧据：凭靠。　⑨转式：转动栻盘推算。式，一作栻，古代占卜用具，形状似罗盘，上圆下方，可以转动。

【评析】马融身为大儒，服膺仁义，不可能因猜忌而下毒手，这仅是里巷之传言而已。马融慨叹“礼乐皆东”之语，是对郑玄的赞许。

二

郑玄欲注《春秋传》[①]，尚未成，时行与服子慎遇[②]，宿客舍。先未相识，服在外车上与人说己注《传》意，玄听之良久，多与己同。

玄就车与语曰[③]："吾久欲注，尚未了。听君向言[④]，多与吾同，今当尽以所注与君。"遂为《服氏注》。

【注释】①《春秋传》：指《春秋左氏传》，简称《左传》。 ②服子慎：服虔，字子慎，河南荥阳（今属河南）人。举孝廉，东汉灵帝末任九江太守。治古文经学，撰《春秋左氏传解谊》。 ③就：靠近。 ④向：刚才。

【评析】郑玄和服虔对《左传》都深有研究，都要为之作注。两人本不认识，郑玄只是由于偶然的机缘听到了服虔的高论，觉得与自己不谋而合，于是慷慨地把自己所作的注释提供给服虔，促成他完成了《左传》的注解。这是大学者的胸襟。

三

郑玄家奴婢皆读书。尝使一婢，不称旨[①]，将挞之[②]，方自陈说，玄怒，使人曳著泥中[③]。须臾，复有一婢来，问曰："胡为乎泥中[④]？"答曰："薄言往愬，逢彼之怒[⑤]。"

【注释】①称（chèn 趁）旨：符合心意。称，适合；旨，意思。 ②挞（tà 踏）：鞭打。 ③曳（yè 夜）著（zhuó 浊）：拉倒。曳，拉。 ④胡为乎泥中：为什么在泥水中。语见《诗经·邶风·式微》："式微式微，胡不归？微君之躬，胡为乎泥中？"这首诗写黎侯流亡在卫国，随从之臣劝其归国之词。这里借用一句来问询。 ⑤薄言往愬（sù 诉）二句：语见《诗经·邶风·柏舟》："亦有兄弟，不可以据。薄言往愬，逢彼之怒。"诗写女子诉说其不为丈夫所容的忧苦之情，这里借用为对主人的不满。 薄言：发语词。 愬：即"诉"。

【评析】郑玄家的奴婢都读书，而且能引用《诗经》之句应对，颇具幽默感。传说连郑家的牛亦能触墙成字。白居易《双鹦鹉诗》有句曰："郑玄识字吾常叹，丁鹤能歌尔亦知。"自注引谚云："郑玄家牛触墙成八字。"

四

服虔既善《春秋》[①]，将为注，欲参考同异[②]。闻崔烈集门生讲传[③]，遂匿姓名，为烈门人赁作食[④]。每当至讲时，辄窃听户壁间。既知不能逾己[⑤]，稍共诸生叙其短长。烈闻，不测何人。然素闻虔名，意疑之。明蚤往，及未寤[⑥]，便呼："子慎[⑦]！子慎！"虔不觉惊应，遂相与友善[8]。

【注释】①《春秋》：指《左传》。 ②参考：指查阅、考察、比较等。 ③崔烈：字威考，东汉涿郡（今属河北）人。历仕郡守、九卿、司徒、太尉，封阳平亭侯。 ④赁（lìn 吝）：佣工。 ⑤逾：超过。 ⑥寤（wù 悟）：睡醒。 ⑦子慎：服虔，字子慎。 ⑧相与：相互。

【评析】崔烈之父、祖均以《春秋左传》传家，故崔烈对门生讲授《左传》，正得之于家学渊源。服虔为注释《左传》，当了崔烈的佣工，进而与崔烈成为挚友。这是一段文坛佳话，趣味性很强，但真实性值得怀疑。

六

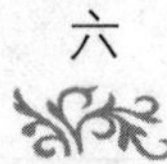

何晏为吏部尚书，有位望，时谈客盈坐。王弼未弱冠[1]，往见之。晏闻弼名，因条向者胜理语弼曰[2]：“此理仆以为极[3]，可得复难不[4]？”弼便作难，一坐人便以为屈。于是弼自为客主数番[5]，皆一坐所不及。

【注释】①王弼（226—249）：字辅嗣，魏国山阳（今河南焦作）人，曾仕魏尚书郎。少年即有高名，好谈儒道，辞才逸辩。主“贵无”而“贱有”。著有《周易注》、《老子注》等。 弱冠：古代男子二十岁行冠礼，表示已经成人，后即指二十岁左右的年纪。 ②条：分条陈述。 向者：往昔，先前。 胜理：精深之理。 ③仆：我，第一人称。 理极：理的极致，最高境界。 ④难：驳难。 ⑤自为客主：一般清谈时，一方为客，提出驳难，另一方为主，予以解答。王弼则自己提问，自己作答。 数番：几次，几遍。番，遍数。

【评析】何晏与王弼均以少年才秀知名，都好老庄，喜欢谈儒论道，同开清谈之风。二人各有短长，王弼文采不如何晏，何晏则理短于王弼。

十四

卫玠总角时，问乐令梦[1]，乐云：“是想。”卫曰：“形神所不接而梦，岂是想邪？”乐云：“因也[2]。未尝梦乘车入鼠穴，捣齑啖铁杵[3]，皆无想无因故也。”卫思因经日不得，遂成病。乐闻，故命驾为剖析之[4]，卫即小瘥[5]。乐叹曰：“此儿胸中当必无膏肓之疾[6]。”

【注释】①总角：古代未成年的人把头发扎成髻，借指童年。 乐令：

乐广。 ②因：原因。 ③捣齑（jī 机）：指捣碎姜、蒜、菜等细粉。 ④命驾：吩咐人驾车出发。 ⑤瘥（chài 柴去声）：病愈。 ⑥膏肓（huāng 荒）之疾：难以治愈之病。

【评析】卫阶小小年纪即好学深思，为了解释成梦的原因，请乐广释疑，听过后还是继续探究，以致病倒。乐广为他进一步剖析，他的病才稍好。由此可见魏晋士人探究义理之执着。

十九

裴散骑娶王太尉女[①]，婚后三日，诸婿大会，当时名士、王、裴子弟悉集。郭子玄在坐[②]，挑与裴谈[③]。子玄才甚丰赡[④]，始数交，未快[⑤]；郭陈张甚盛，裴徐理前语，理致甚微[⑥]，四坐咨嗟称快[⑦]，王亦以为奇，谓诸人曰："君辈勿为尔[⑧]，将受困寡人女婿[⑨]。"

【注释】①裴散骑：裴遐，字叔道，晋河东闻喜（今属山西）人。善言玄理，与郭象谈论，一坐嗟服。东海王司马越引为主簿，后为越子毗所害。王太尉：王衍。 ②郭子玄：郭象。 ③挑：挑头，带头。 ④丰赡（shàn 善）：丰富，充足。 ⑤快：痛快，爽快。 ⑥陈张：铺陈张扬。 理致：义理情趣。 ⑦咨嗟：赞叹。 ⑧尔：如此。 ⑨寡人：晋人喜欢自称寡人。

【评析】裴遐清谈之理致相当精妙，令当时满座宾客赞叹称快。他的清谈不仅以名理服人，更以辞气清新流畅、音韵如琴瑟和谐而引人入胜，难怪连王衍也为之称奇。

二十

卫玠始度江[①]，见王大将军[②]，因夜坐，大将军命谢幼舆[③]。玠见谢，甚说之[④]，都不复顾王，遂达旦微言[⑤]，王永夕不得豫[⑥]。玠体素羸[⑦]，恒为母所禁。尔夕忽极[⑧]，于此病笃[⑨]，遂不起。

【注释】①度：通"渡"。 ②王大将军：王敦。 ③命：召。 谢幼舆：谢鲲。 ④说：即"悦"，高兴，喜悦。 ⑤都：全。 微言：指谈论精微之玄理。 ⑥永夕：整夜。 豫：参预。 ⑦羸（léi 雷）：瘦弱。 ⑧极：困惫，疲倦。 ⑨病笃：病势沉重。

【评析】卫玠渡江南下去拜见王敦，因为夜坐清谈，与谢鲲通宵达旦地清谈玄理，以至于一病不起，殊为可惜。

二十二

殷中军为庾公长史①，下都②，王丞相为之集，桓公、王长史、王蓝田、谢镇西并在③。丞相自起解帐带麈尾，语殷曰："身今日当与君共谈析理④。"既共清言，遂达三更。丞相与殷共相往反⑤，其馀诸贤略无所关⑥。既彼我相尽，丞相乃叹曰："向来语⑦乃竟未知理源所归⑧。至于辞喻不相负⑨，正始之音，正当尔耳⑩。"明旦，桓宣武语人曰⑪："昨夜听殷、王清言，甚佳，仁祖亦不寂寞⑫，我亦时复造心⑬；顾看两王掾⑭，辄翣如生母狗馨⑮。"

【注释】①殷中军：殷浩。　庾公：庾亮。　②下都：指从荆州沿长江东下到京城。　③桓公：桓温。　王长史：王濛。　王蓝田：王述。　谢镇西：谢尚。　④身：晋人自称，第一人称代词。　⑤往反：反复辨难。　⑥略无所关：毫无关联，指不参与辩难。关，关涉，牵连。　⑦向来：过去以来。　⑧理源：玄理的本源。　归：归向。　⑩辞喻：言辞与比喻。　相负：欠缺、违背。　⑨正始之音：指以何晏、王弼为首的名士，用老庄思想糅合儒家经义，谈玄析理，放达不羁，所开创的玄学清谈之风。　⑪桓宣武：桓温。　⑫仁祖：谢尚。　⑬造心：指心有所悟。造，至，到达。　⑭两王掾（yuàn 院）：指王濛、王述，当时都是王导的属官，故称。掾，属官。　⑮翣（shà 煞）、馨（xīn 欣）：当时口语中的语助词，与"样"、"般"同。

【评析】"正始"为三国魏齐王曹芳的年号（240—249），是魏晋玄学的开创时期，后人遂将当时的言谈风尚称为"正始之音"。王导和殷浩清谈，桓温听得津津有味，不料王濛和王述则领会不了他们的精义，以至于坐在一旁就像受罪一样，所以受到了桓温的讥讽。

二十四

谢安年少时，请阮光禄道《白马论》①，为论以示谢。于是谢不即解阮语，重相咨尽②。阮乃叹曰："非但能言人不可得，正索解人亦不可得③！"

【注释】①阮光禄：阮裕。　《白马论》：战国时赵人公孙龙著。公孙龙，字子秉，曾在平原君家当门客，善辩论，倡"白马非马"说。②重

(chóng 虫)相咨尽：一再询问以求详尽的理解。③索解：寻求解释。

【评析】公孙龙是战国时名辩学派的代表人物，“白马非马”是他在《白马论》中阐述的著名论题。他认为“白马”和“马”存在特殊与一般的差别，“马”以形状命名，“白马”以颜色命名，是不同的概念，不能混淆。东晋时“白马非马”之说仍然具有影响，只是已很少有人能予以深入而通达地讲解了，所以阮裕感叹不仅无人能言，就连寻求理解的人亦不可得，以此赞扬谢安之好学深思。

二十五

褚季野语孙安国云[①]：“北人学问，渊综广博[②]。”孙答曰：“南人学问清通简要[③]。”支道林闻之，曰[④]：“圣贤固所忘言[⑤]，自中人以还[⑥]，北人看书如显处视月，南人学问如牖中窥日[⑦]。”

【注释】①褚季野：褚裒。孙安国：孙盛。②渊综：深厚能综合。③清通简要：清楚通达，简明扼要。④支道林：支遁。⑤忘言：语见《庄子·外物》：“言者所以在意，得意而忘言。”意思是言词是用来表达意义的，既得其意就不需要言词了。⑥中人：中等之人，一般人。以还：以下。⑦牖：窗户。窥：从小孔看视。

【评析】褚裒和孙盛对北人、南人的为学特点作了言简意赅的概括，即北人渊博，南人专精，各有特点。支道林则以形象的比喻形容其特点与缺点。总之，他们都认为北人博而不精，南人精而不博。

二十八

谢镇西少时[①]，闻殷浩能清言，故往造之[②]。殷未过有所通[③]，为谢标榜诸义[④]，作数百语，既有佳致[⑤]，兼辞条丰蔚[⑥]，甚足以动心骇听[⑦]。谢注神倾意[⑧]，不觉流汗交面[⑨]。殷徐语左右：“取手巾与谢郎拭面。”

【注释】①谢镇西：谢尚。②造：前往，造访。③过：过分。通：阐发。④标榜：揭示。⑤佳致：美好的情趣。⑥辞条丰蔚：指言词通达，文采华美。⑦动心骇听：形容听了激动人心，感到吃惊。⑧注神倾意：指神情贯注，注意力集中。倾，尽全力。⑨流汗交面：指汗流满面。交，交错。

【评析】谢尚造访殷浩，聆听其清言，只听了数百言，就已汗流满面。殷浩年长谢尚三岁，但清谈之妙已达出神入化之境，所以谢尚自感惭愧。

三十

有北来道人好才理[①]，与林公相遇于瓦官寺[②]，讲小品[③]。于时竺法深、孙兴公悉共听[④]。此道人语，屡设疑难。林公辩答清析，辞气俱爽。此道人每辄摧屈[⑤]。孙问深公："上人当是逆风家[⑥]，向来何以都不言？"深公笑而不答。林公曰："白旃檀非不馥[⑦]，焉能逆风？"深公得此义，夷然不屑[⑧]。

【注释】①道人：和尚。 才理：指玄理。 ②林公：支遁，字道林，故称。 瓦官寺：东晋名寺，在今南京西南。 ③小品：指《道行经》。④竺法深：竺潜。 孙兴公：孙绰。 ⑤摧屈：受挫屈服。 ⑥上人：和尚的尊称。 逆风家：逆风而进的人。 ⑦白旃（zhān沾）檀：即檀香，一名白檀、旃檀，极香，原产印度、非洲等地。 馥（fù复）：香。 ⑧夷然不屑：泰然自若，毫不在意的样子。

【评析】竺法深、孙绰都去听支道林的辩论，孙绰问竺潜："上人应当是逆风而进的人，刚才为什么一言不发？"不料支道林说："白檀木并非不香，但是逆风怎能闻到它的香气呢？"语带讥讽。竺潜也不反驳，只是用"夷然不屑"的态度来回应。

三十一

孙安国往殷中军许共论[①]，往反精苦[②]，客主无间[③]。左右进食，冷而复暖者数四。彼我奋掷麈尾，悉脱落满餐饭中，宾主遂至莫忘食[④]。殷乃语孙曰："卿莫作强口马，我当穿卿鼻！"孙曰："卿不见决鼻牛，人当穿卿颊[⑤]！"

【注释】①孙安国：孙盛。 殷中军：殷浩。 许：处所，住处。 ②往反：指反复辩难。 精苦：指用尽心思。 ③无间（jiàn件）：没有隔阂。④莫：即"暮"，傍晚。 ⑤强（jiàng匠）口马：指口中不肯套上嚼子的倔强的马。 决鼻牛：指挣断鼻缰绳的强牛。

【评析】孙盛与殷浩反复辩论，竭尽全力，左右侍从送上饭菜也不吃，冷了再热，热了再冷，反复多次。双方辩论时都奋力挥动麈尾，连麈尾都脱落下来，结果饭菜上都掉满了毛。其辩论之激烈可以想见。

三十二

《庄子·逍遥篇》[①]，旧是难处，诸名贤所可钻味[②]，而不能拔理于郭、向之外[③]。支道林在白马寺中[④]，将冯太常共语[⑤]，因及《逍遥》。支卓然标新理于二家之表[⑥]，立异义于众贤之外，皆是诸名贤寻味之所不得[⑦]。后遂用支理。

【注释】①《庄子·逍遥游》：《庄子》的第一篇，主旨谓人当看破功、名、利、禄、权、势等的束缚，使精神达到优游自在、无挂无碍的境地。②名贤：知名之贤士。 钻味：钻研玩味。 ③拔：超出。 郭、向：郭象、向秀。 ④支道林：支遁。 白马寺：原在河南洛阳东郊，建于东汉明帝永平十一年（68）。后魏晋各地寺院多有以“白马寺”命名者。此指余杭之白马寺。 ⑤将：与。 冯太常：冯怀，字祖思，长乐（今陕西石泉）人，历官太常、护国将军。 ⑥卓然：卓越、高超的样子。 标：揭出、显出。 表：外。 ⑦寻味：探索。

【评析】支遁在郭象、向秀二家之外，揭示新的义理，都是当时贤人思考时所不曾想到的，后人于是就采用支遁所阐明的义理。可惜支遁的论述至今已经失传。

三十三

殷中军尝至刘尹所[①]，清言良久，殷理小屈，游辞不已[②]，刘亦不复答。殷去后，乃云：“田舍儿[③]强学人作尔馨语[④]！”

【注释】①殷中军：殷浩。 刘尹：刘惔。 ②游辞：指无根据、不着边际的话。 ③田舍儿：没有学养之田家子，鄙薄之称。 ④尔馨：如此，这样，晋时口语。

【评析】刘惔与殷浩清谈，殷浩虽然处于劣势，但他还是说了一些不着边际的话，结果刘惔把他称为乡巴佬。

三十四

殷中军虽思虑通长[①]，然于才性偏精[②]，忽言及《四本》[③]，便若汤池铁城[④]，无可攻之势。

【注释】①殷中军：即殷浩。 思虑：思辩考虑。 通长：全部擅长。通，通通，全部。 ②才性：三国魏末清谈命题之一，指才能与性格的相互关系。③忽：无心，不经意。《四本》：《四本论》，钟会所著。 ④汤池铁城：滚水般的城池，铁铸般的城墙。形容坚固难攻的城池。

【评析】魏晋时善于清谈之士各有专长，殷浩对才性关系问题特别有研究，所以只要谈到《四本论》，就会雄辩滔滔，令人无懈可击。

三十六

王逸少作会稽[①]，初至，支道林在焉。孙兴公谓王曰[②]："支道林拔新领异[③]，胸怀所及乃自佳，卿欲见不[④]？"王本自有一往隽气[⑤]，殊自轻之[⑥]。后孙与支共载往王许[⑦]，王都领域[⑧]，不与交言。须臾支退。后正值王当行，车已在门，支语王曰："君未可去，贫道与君小语[⑨]。"因论《庄子·逍遥游》。支作数千言，才藻新奇[⑩]，花烂映发[⑪]。王遂披襟解带[⑫]，留连不能已[⑬]。

【注释】①王逸少：王羲之。 作会稽：任会稽内史。 ②孙兴公：孙绰。 ③拔新领异：独出新意，标举不同见解。 ④不：同"否"。 ⑤一往：满腹。 隽气：指超脱、不同凡响之气概。隽，同俊。 ⑥殊：很。 ⑦许：住处。 ⑧都：总。 领域：指自设领域，拒人于千里之外。 ⑨贫道：和尚自称的谦词。 小语：稍讲几句话。 ⑩才藻：才思文采。 ⑪映发：交相辉映。 ⑫披襟解带：敞开衣襟，解开衣带，指打消了出门的念头。 ⑬留连：指恋恋不舍。

【评析】王羲之原本轻视支遁，总是保持距离，不和支遁交谈。支遁找了个机会向王羲之谈论《庄子·逍遥游》，洋洋数千言，才思文采新颖奇特，如繁花烂漫，交相辉映，这才让王羲之抛开成见，以礼相待。可见魏晋名士有时虽然存有偏见，但最终还是会折服于义理。

三十八

许掾年少时[①]，人以比王苟子[②]，许大不平。时诸人士及支法师并在会稽西寺讲[③]，王亦在焉。许意甚忿，便往西寺与王论理，共决优劣，苦相折挫[④]，王遂大屈。许复执王理，王执许理，更相覆疏[⑤]，王复屈。许谓支法师曰："弟子向语何似？"支从容曰："君语佳则佳矣，何至相苦邪？岂是求理中之谈哉[⑥]？"

【注释】①许掾：许询。 ②王苟子：王修，字敬仁，小字苟子，太原晋阳（今属山西）人，王濛之子，善隶书。起家著作郎、琅邪王文学，转中军司马，未到任而卒，年仅二十四岁。 ③支法师：支遁。 西寺：光相寺，在会稽（今浙江绍兴）城西。 讲：谈论，指清谈。 ④苦相折挫：相互之间都竭力要折服对方。 ⑤覆疏：指反复辨论。 ⑥理中：得理之中，指玄谈之理不偏不倚、恰到好处。

【评析】许询喜欢争强斗胜，不愿与王修齐名，所以一定要在辩论中击败王修。王修输了他还不罢手，还要互换角色，苦苦相逼，一再挫败之，并自鸣得意，向在座的支遁炫耀。支遁毕竟是出家人，婉转地指出他得理不饶人的举动，有失君子风度。可见魏晋士人好清谈是为了探求义理，而不是为了斗气争胜，否则就会遭到批评。

三十九

林道人诣谢公[①]，东阳时始总角[②]，新病起，体未堪劳，与林公讲论，遂至相苦。母王夫人在壁后听之，再遣信令还[③]，而太傅留之[④]。王夫人因自出，云："新妇少遭家难[⑤]，一生所寄，唯在此儿。"因流涕抱儿以归。谢公语同坐曰："家嫂辞情慷慨[⑥]，致可传述[⑦]，恨不使朝士见！"

【注释】①林道人：支遁。 谢公：谢安。 ②东阳：谢朗。 总角：指童年。 ③再：两次。 信：指传话的人。 ④太傅：谢安。 ⑤新妇：古时已婚妇女自称之词。 家难：家庭遭遇不幸，指其丈夫谢据故世，王夫人年纪轻轻即守寡。 ⑥慷慨：激昂。 ⑦致：通"至"，极，最。

【评析】谢朗小小年纪即能善言玄理，甚至可以与支遁辩难抗衡，可谓少年才俊。其母王夫人关爱体恤儿子的拳拳之心亦跃然纸上，令谢安佩服，所以希望朝士能为之传述。

四十

支道林、许掾诸人共在会稽王斋头[①]，支为法师，许为都讲[②]。支通一义，四坐莫不厌心[③]；许送一难，众人莫不抃舞[④]。但共嗟咏二家之美⑤，不辩其理之所在。

【注释】①许掾：许询。　会稽王：简文帝。　斋头：指清净身心之静室。头，语尾助词，无义。　②支为法师，许为都讲：魏晋时佛教仪规，凡和尚开讲佛经，一人唱经，称为都讲，一人讲解，称为法师。　③厌心：心里感到满足。厌，通“餍”，满足。　④抃舞：鼓掌跳跃。抃，鼓掌。　⑤嗟咏：赞美。

【评析】支遁和许询等人一起在会稽王的静室里讲经，支遁为法师，许询为都讲。每当支遁阐明一条义理，满座人无不感到心满意足；每当许询提出一个疑难问题，众人莫不鼓掌欢呼。大家只是共同赞美两人讲解唱诵的美妙，并不去分辩他们所说所诵的义理是什么。可见当时也有附庸风雅之习。

四十一

谢车骑在安西艰中①，林道人往就语②，将夕乃退。有人道上见者，问云：“公何处来？”答云：“今日与谢孝剧谈一出来③。”

【注释】①谢车骑：谢玄。　安西：谢奕。　艰中：指谢玄因父丧而在居丧期中。艰，指父母之丧。　②林道人：支遁。　③谢孝：谢孝子，指谢玄。为父母守丧穿孝服期间称孝子。　剧谈：畅谈。　一出：一番，一次。

【评析】谢玄为父亲服丧期间还和支遁清谈，直至日落西山方散。这是藐视礼法的行为，但在魏晋时期却是屡见不鲜。

四十二

支道林初从东出①，住东安寺中②，王长史宿构精理③，并撰其才藻④，往与支语，不大当对⑤。王叙致作数百语，自谓是名理奇藻⑥。支徐徐谓曰：“身与君别多年⑦，君义言了不长进⑧。”王大惭而退。

【注释】①东：指在京都建康东面。当时支遁在会稽，故称。　②东安寺：寺名，在今江苏南京。　③王长史：王濛。　宿构：预先构想，计划。　精理：精深之理。　④撰：通“选”。　才藻：才思文采。　⑤当对：相当，相匹敌。　⑥叙致：叙述旨趣事理。　名理：辨名析理之学。　⑦身：第一人称代词。　⑧义言：义理之言论。　了：全。

【评析】王濛预先构思了精深的玄理，准备好了富有才思的辞藻，到支遁那里谈论玄理。结果支遁认为他毫无长进，让他大感惭愧。

四十五

于法开始与支公争名[①]，后情渐归支[②]，意甚不分[③]，遂遁迹剡下[④]。遣弟子出都[⑤]，语使过会稽。于时支公正讲小品。开戒弟子："道林讲，比汝至[⑥]，当在某品中[⑦]。"因示语攻难数十番[⑧]，云："旧此中不可复通。"弟子如言诣支公。正值讲，因谨述开意，往反多时，林公遂屈，厉声曰："君何足复受人寄载[⑨]！"

【注释】①于法开：东晋高僧，才辩纵横，精通《放光经》、《法华经》。常与支遁争论即色空义。 ②情：指人心。 支：支遁。 ③分（fèn 忿）：不平，不服气。 ④遁迹：指隐居。 剡下：剡县，今浙江嵊县。 ⑤弟子：名法威。 出都：往京都。 ⑥比（bì 壁）：及，等到。 ⑦品：佛家经论之篇章。 ⑧攻难：驳斥非难。 数十番：数十次，数十个回合。番，一次，一个回合。 ⑨寄载：指受人委托。

【评析】于法开和支遁都是当时的高僧，但于法开的名声不及支遁。为了争这口气，于法开隐居剡县，深入经藏，力求在与支遁的论辩中占上风。最后他培养弟子法威来担当与支遁争胜的角色，预先精心设计好论辩的内容与步骤。支遁在明处，他在暗处，让他占得先机。聪明透顶的支遁深知法威背后肯定有高手的设计与授意，故情急之下厉声责问。

四十七

康僧渊初过江[①]，未有知者，恒周旋市肆[②]，乞索以自营[③]。忽往殷渊源许[④]，值盛有宾客，殷使坐，粗与寒温[⑤]，遂及义理[⑥]，语言辞旨[⑦]，曾无愧色，领略粗举[⑧]，一往参诣[⑨]，由是知之。

【注释】①康僧渊：东晋名僧，本为西域人，生于长安，晋成帝时过江。 ②周旋：指出入，来往。 市肆：市场，集市。 ③乞索：乞讨。 自营：自己谋生。 ④殷渊源：殷浩。 许：处所。 ⑤寒温：寒暄，见面时谈天气冷暖之类的应酬话。 ⑥义理：指玄学名理。 ⑦辞旨：言谈之意趣。 ⑧领略：领会，理会。 粗举：粗略阐释。 ⑨一往参诣：指直接进入到玄理的至高境界。参，探究并领会。诣，境界。

【评析】康僧渊刚刚过江时没有什么人知道他，靠乞讨为生。一天他突然到殷浩那里去，正遇到殷家宾客盈门，殷浩让他入座，稍稍寒暄几句后便讲到了玄学名理的论题，直接进入到了至高境界，从此名声大噪。可见魏晋士人虽重门第，但更重才学。

四十九

人有问殷中军[①]："何以将得位而梦棺器[②]，将得财而梦矢秽[③]？"殷曰："官本是臭腐，所以将得而梦棺尸；财本是粪土，所以将得而梦秽污。"时人以为名通[④]。

【注释】①殷中军：殷浩。 ②得位：指得到官位。 棺器：棺材。③矢：通"屎"。 ④名通：名言，名论。

【评析】有人问殷浩："为什么将要得到官职时就会梦见棺材？将要得到钱财就会梦见粪便等秽物？"殷浩说："官职本是发臭腐烂之物，所以将得到官职就会梦见棺材尸体；钱财本是粪土一类，所以将得到时就会梦见污秽之物。"当时人都认为是名言。可见魏晋士人对功名利禄是比较看淡的。

五十一

支道林、殷渊源俱在相王许[①]，相王谓二人："可试一交言[②]，而才性殆是渊源崤函之固[③]，君其慎焉！"支初作，改辙远之[④]；数四交，不觉入其玄中[⑤]。相王抚肩笑曰："此自是其胜场[⑥]，安可争锋！"

【注释】①殷渊源：殷浩。 相王：简文帝司马昱，当时以会稽王居相位，故称。 许：处所。 ②交言：交谈，谈论玄理。 ③才性：才能与德性。 殆：几乎，差不多。 崤、函：崤山、函谷关，都是易守难攻的险要关隘。 ④改辙：指改变话题。辙，车辙，车行的路线。 ⑤玄中：指玄理范围中。 ⑥胜场：擅长的领域。

【评析】支遁与殷浩辩论时，司马昱提醒他才性问题是殷浩擅长的领域。支遁因此有意避开这个话题，可是最后仍然不知不觉被诱入殷浩所设定的才性问题中。这是他继于法开师徒之后的又一次败阵。

五十二

谢公因子弟集聚[①]，问："《毛诗》何句最佳[②]？"遏称曰[③]："昔我往矣，杨柳依依；今我来思，雨雪霏霏[④]。”公曰：“‘讦谟定命，远猷辰告[⑤]。’谓此句偏有雅人深致[⑥]。”

【注释】①谢公：谢安。　因：趁。　②《毛诗》：即《诗经》。西汉初传授《诗经》的有四家，其中毛苌和毛亨所传保存至今，称为《毛诗》。③遏：谢玄。　④昔我往矣四句：语见《诗经·小雅·采薇》。这首诗写士兵出征之苦及归途之所见所思。依依，轻柔的样子。思，语末助词。霏霏，雪多的样子。　⑤讦（xū 虚）谟（mó 磨）定命两句：语见《诗经·大雅·抑》。这首诗写卫武公的自责自励。讦，大。谟，计谋，谋略。猷（yóu 犹），谋划。辰告，及时宣告。　⑥偏：特别，偏偏。　雅人：高雅之人。　深致：深远之情致。

【评析】谢安趁着子弟们聚会时，问《诗经》里哪一句最好，谢玄认为是《采薇》中的四句，谢安则认为是“讦谟定命，远猷辰告”，最具高雅之人的深情远意。谢玄是武将，谢安是文臣，所以两人对《诗经》的欣赏角度各有不同。

五十三

张凭举孝廉[①]，出都，负其才气[②]，谓必参时彦[③]。欲诣刘尹[④]，乡里及同举者共笑之。张遂诣刘，刘洗濯料事[⑤]，处之下坐，唯通寒暑，神意不接。张欲自发无端[⑥]。顷之，长史诸贤来清言[⑦]，客主有不通处，张乃遥于末坐判之[⑧]，言约旨远[⑨]，足畅彼我之怀，一坐皆惊。真长延之上坐，清言弥日，因留宿至晓。张退，刘曰：“卿且去，正当取卿共诣抚军[⑩]。”张还船，同侣问何处宿，张笑而不答。须臾，真长遣传教觅张孝廉船，同侣惋愕[⑪]。即同载诣抚军，至门，刘前进谓抚军曰：“下官今日为公得一太常博士妙选[⑫]。”既前，抚军与之话言，咨嗟称善[⑬]，曰：“张凭勃窣为理窟[⑭]。”即用为太常博士。

【注释】①张凭：字长宗，东晋吴郡（今江苏苏州）人。历官太常博士、吏部郎、御史中丞。　孝廉：汉代以后选官的一种科目，州郡每年可荐举孝顺父母和清廉者各一人，经考核后授以一定的官职。　②负：倚靠，仗恃。　③参：参与，加入。　时彦：当时有才学之士。　④刘尹：刘惔，曾任丹阳尹，故称。　⑤洗濯（zhuō 卓）：清洗。　料事：料理事务。　⑥自发：自己引发话题。　端：头绪。　⑦长史：王濛。　⑧判：评判。　⑨言约旨远：言语简要而含意深远。　⑩正当：即将，将要。　抚军：简文帝。　⑪传教：郡吏，宣传达教令者，故称。　惋愕：叹惜惊讶。　⑫太常博士：官名，定礼仪，行礼时导引帝王等。　妙选：最好的人选。　⑬咨嗟：赞叹之意。　⑭勃窣（sù素）：形容才华的由内而外迸发而出。　理窟：富于义理，集于一身之意。

【评析】才气横溢的张凭通过一席清谈，从默默无闻之辈一跃而为刘惔的座上宾，得到时彦的赞赏，受到抚军的器重，立即被委以太常博士之职。这则故事也说明魏晋士人重才学，所以能够不拘一格提拔人才。

五十五

支道林、许、谢盛德[①]共集王家[②]，谢顾谓诸人："今日可谓彦会[③]。时既不可留，此集固亦难常，当共言咏[④]，以写其怀[⑤]。"许便问主人："有《庄子》不?"正得《渔父》一篇[⑥]。谢看题，便各使四坐通[⑦]。支道林先通，作七百许语，叙致精丽，才藻奇拔[⑧]，众咸称善。于是四坐各言怀毕，谢问曰："卿等尽不?"皆曰："今日之言，少不自竭。"谢后粗难[⑨]，因自叙其意，作万余语，才峰秀逸，既自难干[⑩]，加意气拟托[⑪]，萧然自得[⑫]，四坐莫不厌心[⑬]。支谓谢曰："君一往奔诣[⑭]，故复自佳耳。"

【注释】①许：许询。　谢：谢安。　盛德：美德。　②王家：王濛家。　③彦会：贤士聚会。彦，对士的美称。　④言咏：谈论吟咏。　⑤写：抒发。　⑥《渔父》：《庄子》中的一篇，写孔子与渔父对话，渔父劝孔子弃仁义礼乐，返真归朴。　⑦通：解释，阐述。　⑧才藻奇拔：才情和辞藻都很秀异特出。　⑨粗难：粗略地加以驳难。　⑩干：干犯，冒犯，指反驳。　⑪拟托：比拟寄托。　⑫萧然自得：潇洒得意的样子。　⑬厌心：心满意足。厌，满足。　⑭一往奔诣：指直接阐明要领，达到很高境界。

【评析】支遁、王濛、许询等都是一时名流，清谈高手，鲜有人能与之抗衡，但在谢安面前，却都不免有些逊色。

五十六

殷中军、孙安国、王、谢能言诸贤[①]，悉在会稽王许[②]，殷与孙共论《易象妙于见形》[③]，孙语道合，意气干云，一坐咸不安孙理，而辞不能屈。会稽王慨然叹曰："使真长来[④]，故应有以制彼。"即迎真长，孙意已不如。真长既至，先令孙自叙本理，孙粗说己语，亦觉殊不及向。刘便作二百许语，辞难简切[⑤]，孙理遂屈。一坐同时拊掌而笑[⑥]，称美良久。

【注释】①殷中军：殷浩。　孙安国：孙盛。　王：王濛。　谢：谢尚。　②会稽王：简文帝。　许：指住所。　③《易象妙于见形》：孙盛作，今佚。　④真长：刘惔。　⑤辞难：言辞驳难。　简切：简明贴切。　⑥拊（fǔ府）掌：拍掌。拊，拍。

【评析】殷浩、孙盛、王濛、谢尚等善于清谈的众名士都在会稽王司马昱处聚会。殷浩与孙盛一起谈论《易象妙于见形论》这篇文章。孙盛意气飞扬，傲视众人，满座名士虽然不同意他所说之理，但言辞上又不能使之屈服。会稽王认为如果刘惔来，就应该有办法制服他，随即派人去迎接刘惔。刘惔到后，先让孙盛叙述原来的义理。孙盛粗略地说了自己的意见，可能有点心虚，自己也感觉比不上先前所说的。刘惔于是就说了两百多句话，言辞、驳难都简明贴切，孙盛被折服了。满座名士同时拍掌而笑，称赞不已。这则故事形象地反映了魏晋名士们清谈时的热烈场景。

五十七

僧意在瓦官寺中[①]，王苟子来[②]，与共语，便使其唱理[③]。意谓王曰："圣人有情不？"王曰："无。"重问曰："圣人如柱邪？"王曰："如筹算[④]。虽无情，运之者有情。"僧意云："谁运圣人邪？"苟子不得答而去。

【注释】①僧意：东晋僧人，事迹不详。　②王苟子：王修。　③唱理：提出玄理。唱，通"倡"。　④筹算：计算用的筹码。

【评析】僧意在瓦官寺中，王修来与他清谈，请他提出玄理。僧意提出了圣人是否有感情的问题，王修认为没有。僧意又问道："圣人像柱子吗？"王修说："像筹码，虽然没有感情，运用它的人却是有情的。"僧意道："那又是谁来运用圣人呢？"王修回答不出来就离开了。圣人有情还是无情的问题是魏晋士人所喜欢探讨的问题，反映出经学对士人思想的束缚已经被打破。

五十八

司马太傅问谢车骑[①]："惠子其书五车[②]，何以无一言入玄？"谢曰：“故当是其妙处不传。”

【注释】①司马太傅：司马道子（364—403）：晋简文帝之子，初封琅邪王，后改会稽王，太元十年（385）都督中外诸军事，控制朝政，奢侈无度，后为桓玄所杀。 谢车骑：谢玄。 ②惠子：惠施，战国时宋人，哲学家，名家学派的代表人物，与庄子为友。知识渊博，以善辩为名，对先秦逻辑学的发展有贡献。有《惠子》一书，已佚，仅散见于《庄子》、《荀子》等书。其书五车：形容惠施读书著书之多。

【评析】司马道子问谢玄：“惠施著书有五车之多，为什么没有一个字涉及玄理?”谢玄说：“应当是他的奥妙之处没有流传下来吧。”确实，惠施的著作虽多，但至魏晋时已经散佚殆尽。

五十九

殷中军被废[1]，徙东阳，大读佛经，皆精解。唯至事数处不解[2]。遇见一道人[3]，问所签[4]，便释然[5]。

【注释】①殷中军：殷浩。 ②事数：佛教术语。指五阴、十二入、四谛、十二因缘、五根、五九、七觉之声等。 ③道人：即和尚。 ④签：类似书签，读经时有疑难，即加签作记号。 ⑤释然：心中疑问消除的样子。

【评析】殷浩被罢官废为庶人后，迁居东阳，大量阅读佛经，都能精通理解，只有读到带有数字的术语时不能理解。后遇见一位僧人，向他请教后就消除了疑问。可见殷浩悟性之高。

六十二

羊孚弟娶王永言女[1]，及王家见婿，孚送弟俱往。时永言父东阳尚在[2]，殷仲堪是东阳女婿，亦在坐。孚雅善理义[3]，乃与仲堪道《齐物》[4]，殷难之。羊云：“君四番后当得见同。”殷笑曰：“乃可得尽，何必相同。”乃至四番后一通。殷咨嗟曰：“仆便无以相异!”叹为新拔者久之[5]。

【注释】①弟：羊辅，字幼仁，官至卫军功曹，娶王讷之的女儿为妻。 王永言：王讷之，字永言，东晋琅邪（今山东临沂）人，历官尚书左丞、御史中丞。 ②东阳：王临之，王永言之父，官东阳太守，故称。 ③雅：极，甚。 ④《齐物》：《庄子》中的篇名。 ⑤新拔：新颖特出。

【评析】羊孚与殷仲堪一起谈论《庄子·齐物论》，殷仲堪对他加以驳难，羊孚说："您到了四个回合后就会与我的见解相同了。"殷仲堪笑道："我会一直辩到底，又何必要见解相同呢？"等辩难到四个回合以后见解竟然相通，殷仲堪为此久久地感叹，以示钦佩。可见羊孚不仅参透了《庄子·齐物论》，而且也很有辩论技巧，可以预料到对手的思路。

六十六

文帝尝令东阿王七步中作诗①，不成者行大法②。应声便为诗曰："煮豆持作羹，漉菽以为汁③。萁在釜下然④，豆在釜中泣；本自同根生，相煎何太急！"帝深有惭色。

【注释】①文帝：魏文帝曹丕。　东阿王：曹植。　②大法：指死刑。　③漉（lù 路）：水慢慢渗下。　菽：豆类。　④萁：豆茎。

【评析】这则故事流传极广，妇孺皆知，但其真实性是大有疑问的。

六十八

左太冲作《三都赋》初成①，时人互有讥訾②，思意不惬③。后示张公④，张曰："此《二京》可三⑤，然君文未重于世，宜以经高名之士。"思乃询求于皇甫谧⑥，谧见之嗟叹，遂为作叙。于是先相非贰者，莫不敛衽赞述焉⑦。

【注释】①左太冲：左思（约 250—约 305），字太冲，齐临淄（今山东淄博）人。其貌不扬，且又口吃。但为文辞藻壮丽。曾官秘书郎，后退出仕途，专意典籍。其构思十年所作之《三都赋》，洛阳为之纸贵。《咏史》等诗作，亦深得好评。《三都赋》：赋篇名，分《蜀都赋》、《吴都赋》、《魏都赋》三篇，分别描写蜀都成都、吴都建业、魏都邺城的山川、风俗、物产等。　②讥訾（zǐ 紫）：讥刺诋毁。　③不惬：不愉快。　④张公：张华。　⑤《二京》：指班固的《两都赋》和张衡的《二京赋》。二赋都是描写西汉都城长安和东汉都城洛阳的。　⑥皇甫谧（mì 密，215—282）：幼名静，字士安，号玄晏先生，安定郡朝那（今宁夏固原东南）人。晋武帝屡下诏征，都称病不就，终身不仕。中年患风痹，乃钻研医学，著有《甲乙经》。　⑦非贰：非议。　敛衽（rèn 任）：整整衣襟，表示恭敬。

【评析】左思作《三都赋》可谓殚精竭虑，洛阳纸贵的典故也是尽人皆知。

七十二

孙子荆除妇服[①]，作诗以示王武子[②]。王曰："未知文生于情，情生于文？览之凄然，增伉俪之重[③]。"

【注释】①孙子荆：孙楚。　除：指服丧期满脱去丧服。　妇：指孙楚之妻。　②王武子：王济。　③伉俪：夫妻。

【评析】孙楚为亡妻服丧期满后，写了一首诗拿给王济看。王济说："不知道文采是由感情生发出来的，还是感情由文采表现出来的？看了这首诗感到凄凉，更增添了夫妇间的深情厚义。"刘勰《文心雕龙·情采篇》"昔诗人什篇，为情而造文，辞人赋颂，为文而造情"，就是从这两句演化而来的。

七十六

郭景纯诗云[①]："林无静树，川无停流。"阮孚云："泓峥萧瑟[②]，实不可言。每读此文，辄觉神超形越"。

【注释】①郭景纯：郭璞（276—324），字景纯，河东闻喜（今属山西）人。博学有高才，而讷于言论。词赋为中兴之冠。好古文奇字，妙于阴阳历算，精于卜筮。东晋初为著作佐郎，后王敦任为记室参军。因反对王敦起兵而被杀，追赠弘农太守。　②泓峥：水深山高。　萧瑟：形容风吹树木的声音。

【评析】郭璞的游仙诗最为著名，这两句诗于平淡之中寓深意，透着仙风道骨，令人回味无穷。

七十九

庾仲初作《扬都赋》成[①]，以呈庾亮，亮以亲族之怀[②]，大为其名价，云可三《二京》、四《三都》。于此人人竞写，都下纸为之贵。谢太傅云[③]："不得尔[④]，此是屋下架屋耳[⑤]，事事拟学，而不免俭狭[⑥]。"

【注释】①庾仲初：庾阐。　②怀：情怀。　③谢太傅：谢安。　④尔：如此。　⑤屋下架屋：比喻事物的重复，只知摹仿，毫无新意。　⑥俭狭：指内容贫乏狭窄。俭，贫乏。

【评析】庾阐完成《扬都赋》后，送给庾亮看，庾亮出于亲族之谊大加赞赏，誉之为可与《二京》、《三都》媲美。但是谢安则据实评论，认为此赋不过是“屋下架屋”的摹拟之作，内容贫乏，并不足取。

八十

习凿齿史才不常[①]，宣武甚器之[②]，未三十，便用为荆州治中[③]。凿齿谢笺亦云[④]：“不遇明公[⑤]，荆州老从事耳[⑥]！”后至都见简文[⑦]，返命，宣武问：“见相王何如[⑧]？”答云：“一生不曾见此人。”从此忤旨[⑨]，出为衡阳郡[⑩]，性理遂错[⑪]。于病中犹作《汉晋春秋》[⑫]，品评卓逸。

【注释】①史才：史学才华。 不常：不同寻常。 ②宣武：桓温。 ③荆州治中：荆州刺史属下的治中职务。荆州，桓温当时担任荆州刺史。治中，官名，刺史的助理，主管文书。 ④笺：书信。 ⑤明公：对有名位者的尊称。 ⑥从事：州刺史的佐吏。习凿齿原为州从事，桓温赏识其才，在一年中提拔他三次，升其为治中。 ⑦简文：简文帝司马昱。 ⑧相王：简文帝司马昱当时以会稽王的身份担任丞相，故称。 ⑨忤旨：指违逆桓温的意思。 ⑩出：指调出荆州。 衡阳郡：治所在今湖南湘潭西。 ⑪性理：性情理智，神志。 ⑫《汉晋春秋》：习凿齿作，记述东汉光武帝至西晋愍帝间的历史。

【评析】习凿齿的史学才华不同寻常，桓温很器重他，不到三十岁，就任用他为治中。习凿齿在感谢信中也说：“如果不是遇到明公，我只不过一辈子是个荆州的老从事罢了。”后来习凿齿到都城谒见了司马昱，桓温问：“见到了相王，你认为他怎么样?”他回答说：“我一生中没有见过这样的人。”从这件事开始就忤逆了桓温的心意，被调出荆州任衡阳郡守，于是他的神志就错乱了。但他病中还在写《汉晋春秋》，评论史实和人物，见识卓越不凡。

八十二

谢太傅问主簿陆退[①]：“张凭何以作母诔，而不作父诔?”退答曰：“故当是丈夫之德[②]，表于事行[③]；妇人之美，非诔不显。”

【注释】①谢太傅：谢安。 陆退：字黎民，晋吴郡吴（今江苏苏州）

人。张凭的女婿。官至光禄大夫。 ②丈夫：男子的通称。 ③事行：指事业。

【评析】谢安问主簿陆退："张凭为什么只写哀悼母亲的诔文而不写哀悼父亲的诔文?"陆退回答说："应当是男人的德行表现在事业上；而妇人的美德没有诔文就不能得到表彰。"可见魏晋士人对妇女也能体现出了某种程度的尊重和重视。

八十八

袁虎少贫[①]，尝为人佣载运租[②]。谢镇西经船行，其夜清风朗月，闻江渚间估客船上有咏诗声[③]，甚有情致；所诵五言，又其所未尝闻，叹美不能已。即遣委曲讯问[④]，乃是袁自咏其所作《咏史诗》[⑤]。因此相要[⑥]，大相赏得。

【注释】①袁虎：袁宏。 ②佣：受人雇佣，雇工。 ③谢镇西：谢尚。 江渚：江中的小洲。 估客：商贩。 ④委曲：原委，经过。 ⑤《咏史诗》：见《艺文类聚》卷五十五《杂文部·史传》。 ⑥要：通"邀"，邀请。

【评析】袁宏年轻时很穷，曾经被人雇佣运粮。有天夜里清风明月，镇西将军谢尚乘船经过，听到江中小洲边的商船上有吟诗声，很有情趣，所吟诵的五言诗又是自己从来没有听到过的，便赞美不止。谢尚立即派人把情况问清楚，原来是袁宏在吟诵自己作的《咏史诗》。于是就邀请袁宏，大加赏识。可见魏晋时期虽然讲究门第，但只要有才学，哪怕出身贫寒之人，还是能够得到人们的欣赏。

方正第五

二

南阳宗世林[①]，魏武同时[②]，而甚薄其为人[③]，不与之交。及魏武作司空，总朝政，从容问宗曰："可以交未?"答曰："松柏之志犹存。"世林既以忤旨见疏，位不配德。文帝兄弟每造其门[④]，皆独拜床下[⑤]。其见礼如此。

【注释】①南阳：郡名，治所在宛县（今河南南阳）。　宗世林：宗承，字世林，三国时魏南阳安众（今河南省邓县东北）人。曹丕时征为直谏大夫。明帝时欲以之为相，以年老固辞不就。　②魏武：曹操。　③薄：轻视，看不起。　④文帝兄弟：指曹丕、曹植兄弟。　⑤床：指坐榻。

【评析】宗承不肯与曹操结交，即使曹操做了司空，大权在握，仍然坚持"松柏之志"。但曹操仍然要求曹丕兄弟对宗承执弟子之礼，故他们造访宗承时，都拜在他的坐榻下。可见曹操对于贤人能以礼相待，并非如民间所传嫉贤妒能。

四

郭淮作关中都督[①]，甚得民情，亦屡有战庸[②]。淮妻，太尉王凌之妹[③]，坐凌事，当并诛[④]，使者征摄甚急[⑤]。淮使戒装[⑥]，克日当发[⑦]。州府文武及百姓劝淮举兵，淮不许。至期遣妻，百姓号泣追呼者数万人。行数十里，淮乃命左右追夫人还，于是文武奔驰，如徇身首之急[⑧]。既至，淮与宣帝书曰[⑨]："五子哀恋，思念其母。其母既亡，则无五子；五子若殒[⑩]，亦复无淮。"宣帝乃表[⑪]，特原淮妻[⑫]。

【注释】①郭淮：字伯济，三国魏太原阳曲（今山西太原）人。历官雍州刺史、征西将军等，进封都乡侯。　关中：指东至函谷关，西至散关，南至武关，北至萧关的地区。　都督：地方军政长官，都督诸州军事，兼任所驻地之州刺史。　②战庸：战功。庸，功。　③王凌：字彦云，三国魏太原祁（今属太原）人。曹操时辟为丞相掾属。曹丕为帝时，拜散骑常侍，伐吴有功，封宜城亭侯，加建武将军等。后迁车骑将军、仪同三司、司空等。司马懿当权时，以其为太尉。后拟迎立楚王曹彪为帝，司马懿诛其三族。 ④坐：因。 ⑤征摄：指捉拿。 ⑥戒装：指准备行装。 ⑦克日：限定时间。 ⑧徇：营救。 ⑨宣帝：司马懿。 ⑩殒：死亡。 ⑪表：指司马懿上表给魏帝。 ⑫原：宽恕，赦免。

【评析】郭淮之妻是王凌的妹妹，王凌被夷三族，郭淮之妻自然要受到株连。但郭淮战功显赫，曾击败诸葛亮，素为司马懿所赏识，所以其妻子也就得到了破例赦免。

五

诸葛亮之次渭滨[1]，关中震动[2]。魏明帝深惧晋宣王战[3]，乃遣辛毗为军司马[4]。宣王既与亮对渭而陈[5]，亮设诱谲万方[6]，宣王果大忿，将欲应之以重兵。亮遣间谍觇之[7]，还曰："有一老夫，毅然仗黄钺[8]，当军门立，军不得出。"亮曰："此必辛佐治也。"

【注释】①诸葛亮（181—234）：字孔明，三国蜀汉琅邪阳都（今山东沂南南）人。初隐居隆中，留心世事，被称为"卧龙"。后刘备三顾茅庐，遂出山，成为刘备的主要谋士，提出联吴抗曹之策，建立蜀汉政权。曹丕代汉后，拥刘备称帝，任丞相。后病死于五丈原军中。 次渭滨：驻扎在渭水旁。次，停留。 ②关中：指今陕西地区。 ③晋宣王：司马懿。 ④辛毗（pí皮）：字佐治，三国魏颍川阳翟（今河南禹县）人，官至卫尉。 军司马：应作"军师"。晋人避司马师之名讳，故改为"军司"。"马"为衍字。 ⑤对渭而陈：隔着渭水对阵。陈，战阵。 ⑥设诱谲（jué决）：指设计诱骗。谲，欺骗。 万方：千方百计。 ⑦觇（chān搀）：窥视，察看。 ⑧钺（yuè越）：古兵器，圆刃或平刃，形似斧，有木柄，用以砍斫。

【评析】魏明帝太和二年（228），诸葛亮率兵十余万远征曹魏，屯于渭水之南，因劳师远征，故力求速战。而司马懿则回避决战，以求消耗诸葛亮的实力。两军对垒百余日后，诸葛亮劳累过度，病死于军中。

六

夏侯玄既被桎梏[1]，时钟毓为廷尉[2]，钟会先不与玄相知[3]，因便狎之[4]。玄曰："虽复刑余之人[5]，未敢闻命。"考掠初无一言[6]，临刑东市⑦，颜色不异。

【注释】①夏侯玄（209—254）：字太初（亦作“泰初”），三国魏谯县（今安徽亳县）人，为早期玄学领袖。曾任魏征西将军，都督雍、凉诸州军事。中书令李丰等拟杀司马师，以之取代，事泄被杀。 桎（zhì 至）梏（gù 故）：脚镣和手铐。 ②廷尉：掌刑狱之官。 ③相知：互相交好。 ④因便：乘机，顺便。 狎（xiá 侠）：亲近而态度不庄重，意指戏辱。 ⑤刑余之人：指犯罪之人。 ⑥考掠：指拷问刑讯逼供。 初：根本，从来。 ⑦东市：汉代在长安东市处死犯人，后即指刑场。

【评析】夏侯玄是曹爽之姑子，曹爽为司马懿所杀后，曹氏与司马氏之间的斗争趋于白热化。后中书令李丰等拟谋杀司马师，夺回大权，以夏侯玄辅政。事泄，李丰等被诛三族，夏侯玄亦被杀。他与何晏是玄学的倡导者，首开清谈之风。

七

夏侯泰初与广陵陈本善①，本与玄在本母前宴饮，本弟骞行还②，径入至堂户。泰初因起曰：“可得同，不可得而杂③。”

【注释】①夏侯泰初：即夏侯玄。 广陵：郡名，汉代治所在今扬州，三国魏时移治淮阴（今江苏淮阴市西南甘罗城）。 陈本：字休元，临淮东阳（今安徽天长市西北）人。历官郡府、廷尉、镇北将军。 ②骞：字休渊，陈本之弟，官至大司马。 ③“可得同”两句：指其交友的原则，大意是自己可与志趣相同者相交，而不能与相异者混杂。

【评析】陈骞没有正直敢言之风，这正是夏侯玄不愿与之交往相处的原因。古代士人重德行，慎交友，这则记载与割席断交的故事相类似。

十

诸葛靓后入晋①，除大司马②，召不起。以与晋室有仇③，常背洛水而坐。与武帝有旧④，帝欲见之而无由，乃请诸葛妃呼靓⑤。既来，帝就太妃间相见。礼毕，酒酣，帝曰：“卿故复忆竹马之好不⑥？”靓曰：“臣不能吞炭漆身⑦，今日复睹圣颜。”因涕泗百行⑧。帝于是惭悔而出。

【注释】①入晋：诸葛靓仕吴为右将军、大司马，吴灭后，他到了晋的都城洛阳。②除：拜官授职。 大司马：官名，上公之一，位在三公之上。 ③与晋室有仇：诸葛靓之父诸葛诞原为魏将，后为吴臣，被司马昭所杀，故与晋有杀父之仇。 ④旧：指交情。 ⑤诸葛妃：司马懿子琅邪王伷（zhòu 宙）的王妃，为诸葛靓之姊，也是司马炎的叔母。后文之“太妃”亦指诸葛妃。 ⑥竹马之好：指儿时的友情。竹马为儿童玩具，当马骑的竹竿。 ⑦吞炭漆身：事见《战国策·赵策》。战国时韩、魏、赵合力杀智伯，智伯的门客豫让为报仇，漆身为癞，吞炭为哑，改变容貌声音，想刺杀赵襄子，事败而死。后即喻指矢志复仇。 ⑧涕泗（sì 四）：眼泪鼻涕。

【评析】诸葛靓因为与晋朝王室有杀父之仇，所以常常背对洛水而坐，不愿面向洛阳。武帝司马炎想和他叙旧，结果诸葛靓的一番回答让武帝大感惭愧，悔恨而去。

十一

武帝语和峤曰[①]：“我欲先痛骂王武子[②]，然后爵之[③]。”峤曰：“武子俊爽，恐不可屈。”帝遂召武子苦责之，因曰：“知愧不？”武子曰：“尺布斗粟之谣[④]，常为陛下耻之。它人能令疏亲[⑤]，臣不能使亲疏[⑥]，以此愧陛下！”

【注释】①武帝：晋武帝。 ②王武子：王济。 ③爵之：封给他爵位。 ④尺布斗粟之谣：见《史记·淮南衡山列传》。汉文帝弟淮南厉王刘长以谋反罪被流放，途中绝食而死，民谣曰：“一尺布，尚可缝；一斗粟，尚可舂。兄弟二人，不能相容。”讥讽汉文帝不能容纳兄弟。当时武帝命同母弟齐王司马攸离开京城到封地，情况类似，故王济举汉代民谣以刺之。 ⑤令疏亲：使疏远的人亲近。 ⑥使亲疏：使亲近的人疏远。

【评析】王济力谏武帝勿遣齐王离京就藩而引起他的不满，所以痛骂王济。王济则不仅不为所屈，还引用汉文帝放逐兄弟时的民谣来喻指武帝不容兄弟。王济言辞犀利，丝毫不给武帝留情面。而武帝虽然生气，但也没有因此责罚王济，说明武帝还是比较开明和大度的。

十四

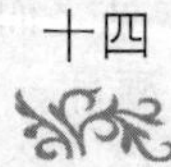

晋武帝时，荀勖为中书监[①]，和峤为令。故事[②]：监、令由来共车[③]。峤性雅正[④]，常疾勖谄谀[⑤]。后公车来[⑥]，峤便登，正向前坐，不复容勖。勖方更觅车[⑦]，然后得去。监、令各给车[⑧]，自此始。

【注释】①荀勖（xù 绪，？—289）：字公曾，西晋颍阴（今河南许昌）人。初仕魏，入晋后领秘书监，进光禄大夫，尚书令等。 中书监：官名。中书在汉朝时由宦官担任，总管宫廷文书奏章。魏文帝改为中书令，增设中书监，同掌机密。 ②故事：成例，旧时的典章制度。 ③由来：向来。 ④雅正：方正，端方正直。 ⑤疾：恨。 谄（chǎn 产）谀（yú 鱼）：奉承，巴结。 ⑥公车：官车。 ⑦方：才。 ⑧给车：供应车子。

【评析】按照惯例，中书监和中书令一向是同乘一辆车的。和峤性格方正，常常痛恨荀勖的奉承讨好，所以和峤上车后故意正对着前面端坐，不给荀勖留地方。荀勖只能另外找车。从此，中书监和中书令就各乘一辆车子了。

十五

山公大儿著短帢[①]，车中倚。武帝欲见之，山公不敢辞，问儿，儿不肯行。时论乃云胜山公。

【注释】①山公：山涛。 大儿：长子，名该，字伯伦，官至左卫将军。 著：通“着”，穿，戴。 短帢（qià 恰）：古代士人戴的一种便帽。

【评析】据说短帢是曹操模拟古代的帽子用缣（细绢）帛裁制而成的，比较简易随便，适合非正规的场合戴。在朝见皇帝时戴这种帽子是不够庄重的，故山该不肯去见武帝。时论认为他胜过山涛，就是因为山该在武帝召见时并没有忘形，仍能以礼仪为重。

十七

齐王冏为大司马[①]，辅政，嵇绍为侍中，诣冏咨事[②]。冏设宰会[③]，召葛旟、董艾等共论时宜[④]。旟等白冏：“嵇侍中善于丝竹[⑤]，公可令操之。”遂送乐器，绍推却不受，冏曰：“今日共为欢，卿何却邪？”绍曰：“公协辅皇室，令作事可法。绍虽官卑，职备常伯[⑥]，操丝比竹[⑦]盖乐官之事，不可以先王法服[⑧]为伶人之业[⑨]。今逼高命[⑩]，不敢苟辞[⑪]，当释冠冕[⑫]，袭私服[⑬]，此绍之心也。”旟等不自得而退。

【注释】①齐王冏：字景治，齐王司马攸之子，袭封齐王。赵王司马伦篡位，冏起兵杀伦，拜大司马，执掌朝政。信用小人，日益骄恣，后为长沙王司马乂所杀。 ②咨事：请示公事。 ③宰会：设宴邀请僚属聚会。宰，指朝中官员。 ④葛旟（yú余）：字虚旟，司马冏的属官。 董艾：字叔智，司马冏属官。 时宜：指适合当时的措施。 ⑤嵇侍中：嵇绍。 丝竹：弦乐器和管乐器。 ⑥法：仿效，效法。 备：充当，充任。 常伯：指皇帝近臣。 ⑦操丝比竹：指演奏乐器。 ⑧法服：古代礼法规定的官服。 ⑨伶人：乐师。 ⑩高命：尊命。 ⑪苟辞：随便推辞。 ⑫冠冕：官员所戴的礼帽，此指官服。 ⑬袭：穿。

【评析】齐王冏诛赵王司马伦辅政后，大权在握，耽于酒色。嵇绍曾上书劝谏，所以葛旟等就想着当众羞辱他，让他穿着朝服弹奏曲子。但嵇绍不为所屈，没让葛旟的计谋得逞。

十八

卢志于众坐问陆士衡[①]："陆逊、陆抗是君何物[②]？"答曰："如卿于卢毓、卢珽[③]。"士龙失色[④]。既出户，谓兄曰："何至如此？彼容不相知也[⑤]。"士衡正色曰："我父、祖名播海内，宁有不知[⑥]，鬼子敢尔[⑦]！"议者疑二陆优劣，谢公以此定之[⑧]。

【注释】①卢志：字子道，西晋范阳涿（今河北涿州）人。历官邺令、成都王司马颖长史、中书监、尚书。 陆士衡：陆机。 ②陆逊（183—245）：陆机祖父。本名议，字伯言，三国吴之名将。善谋略，曾打败刘备取得夷陵之战的胜利，官至丞相。 陆抗（226—274）：陆机父亲。字幼节，亦为吴名将，孙皓时任大司马、荆州牧。 何物：什么人。 ③卢毓：卢志祖父，字子家，曹丕时拜黄门侍郎，后为吏部尚书、司空。 卢珽：卢志父亲。字子笏，官至尚书。 ④士龙：陆云（262—303）：字士龙，陆机之弟，曾任清河内史，转大将军右司马等职。陆机遇害后亦被杀。 ⑤容：也许、或许。 ⑥宁：岂，难道。 ⑦鬼子：鬼的子孙。据说卢志的祖先卢充入崔少府墓，与崔氏亡女成婚，三日后回家。崔氏怀孕生子，四年后送子还给卢充。此儿生卢植，后为马融之高足，历仕博士，九江、庐江太守，尚书。卢植即为卢毓的父亲，也就是卢志的曾祖。 尔：如此。 ⑧谢公：谢安。

【评析】卢志当着众人之面直呼陆机父、祖之名，可谓无礼，故陆机立即反唇相讥，亦直呼其父、祖之名。陆云竟然不知道卢志是故意轻慢，所以谢安因此判定兄弟两人的高下。

十九

羊忱性甚贞烈[①]。赵王伦为相国[②]，忱为太傅长史[③]，乃版以参相国军事[④]。使者卒至[⑤]，忱深惧豫祸[⑥]，不暇被马[⑦]，于是帖骑而避[⑧]。使者追之，忱善射，矢左右发，使者不敢进，遂得免。

【注释】①羊忱（？—311）：一名陶，字长和，西晋泰山（在今山东）人。历官太傅长史、扬州刺史、侍中。②赵王伦：赵王司马伦。为相国：司马伦于永康元年（300）四月，杀贾后及大臣张华等，自为相国，都督中外诸军，专朝政。③太傅长史：太傅的属官。④版：指书写于木版上的文书。时赵王伦专朝政，故用版诏的形式授以官职。参相国军事：官名，相国府属下的参军事官，亦称参军。⑤卒：同“猝”，忽然。⑥豫祸：参与到祸事中，受祸害牵累。豫，通“与”，参与。⑦被马：给马加上鞍勒。⑧帖骑：指骑上没有鞍勒之马，贴身在马背上骑。

【评析】这个故事传奇色彩颇浓，羊忱想辞官也不必像在逃避追杀似的落荒而逃，所以其情节应是民间演绎而来。

二十

王太尉不与庾子嵩交[①]，庾卿之不置[②]。王曰：“君不得为尔[③]。”庾曰：“卿自君我[④]，我自卿卿；我自用我法，卿自用卿法。”

【注释】①王太尉：王衍。庾子嵩：庾敳。②卿之：称他为“卿”。卿，第二人称，你。之，代词，他。不置：不停止。③尔：如此。④君：指称呼。

【评析】王衍不和庾敳交往，庾敳却不在乎王衍的不满，还是不停地用“卿”去称呼他，展现出了名士风范。

二十二

阮宣子论鬼神有无者[①]。或以人死有鬼，宣子独以为无，曰：“今见鬼者云，著生时衣服，若人死有鬼，衣服复有鬼邪？”

【注释】①阮宣子：阮修。

【评析】阮修谈论鬼神有没有的问题，认为现在那些自称见到鬼的人，说鬼穿着生前的衣服，如果人死了有鬼，那衣服也有鬼吗？这种见解别出心裁，很有说服力。

二十三

元皇帝既登阼[①]，以郑后之宠[②]，欲舍明帝而立简文[③]。时议者咸谓舍长立少，既于理非伦[④]，且明帝以聪亮英断，益宜为储副[⑤]。周、王诸公[⑥]并苦争恳切[⑦]，唯刁玄亮独欲奉少主[⑧]以阿帝旨[⑨]。元帝便欲施行，虑诸公不奉诏，于是先唤周侯、丞相入[⑩]，然后欲出诏付刁。周、王既入，始至阶头，帝逆遣传诏[⑪]遏使就东厢。周侯未悟，即却略下阶[⑫]；丞相披拨传诏[⑬]，迳至御床前[⑭]，曰："不审陛下何以见臣[⑮]？"帝默然无言，乃探怀中黄纸诏裂掷之。由此皇储始定。周侯方慨然愧叹曰："我常自言胜茂弘[⑯]，今始知不如也！"

【注释】①元皇帝：晋元帝。 登阼：指即位。 ②郑后：郑阿春，河南荥阳（今属河南）人。元帝封为琅邪夫人，得宠，生简文帝司马昱。孝武帝时追尊为简文太后。 ③明帝：晋明帝司马绍，元帝长子，公元323年至326年在位。 ④非伦：不合伦常。 ⑤益：更。 储副：储君，太子。 ⑥周、王：周顗、王导。 ⑦苦：竭力。 ⑧刁玄亮：刁协（？—322），字玄亮，东晋渤海饶安（今河北盐山西南）人。元帝心腹，任尚书令。为人刚悍，崇上抑下，为朝臣所侧目。王敦以除刁协为名举兵，攻入建康后杀之。 ⑨阿：迎合。 ⑩周侯：周顗。 丞相：王导。 ⑪逆：预先。 遏（è 厄）：阻止。 ⑫却略：倒退着走。 ⑬披拨：用手拨开。 ⑭御床：皇帝的坐榻。 ⑮审：知道。 ⑯茂弘：王导。

【评析】晋元帝想废嫡立庶，此举当然遭到朝中大臣们的强烈反对，于是他把周顗和王导召进宫，准备让刁协向他们宣读诏书，造成废立的既成事实。没想到王导敏锐地预感到了可能会遭到算计，所以直接冲到了元帝面前。元帝对王导相当忌惮，只得默默地把诏书给撕了。

二十四

王丞相初在江左[①]，欲结援吴人[②]，请婚陆太尉[③]。对曰："培塿无松柏[④]，薰莸不同器[⑤]。玩虽不才[⑥]，义不为乱伦之始。"

【注释】①王丞相：王导。 江左：江东。 ②结援：以结交来求得援助。 吴人：指南方人。 ③请婚：请求通婚。 陆太尉：陆玩。 ④培(pǒu 掊)塿(lǒu 篓)：小土丘。 ⑤薰莸(yóu 尤)：香草和臭草。 ⑥不才：无才，自谦之词。

【评析】以王导为首的北方士族迁到南方建立东晋王朝，必定要取得南方士族的支持才能立住脚，故王导以向陆玩请婚的办法来联络感情。而陆玩竟然直截了当予以拒绝，可见当时南北的对立情绪还是相当普遍的。

二十六

周叔治作晋陵太守①，周侯、仲智往别②，叔治以将别，涕泗不止。仲智恚之曰③："斯人乃妇女，与人别，唯啼泣。"便舍去。周侯独留与饮酒言话，临别流涕，抚其背曰："奴好自爱④。"

【注释】①周叔治：周谟，字叔治，周顗的二弟，官至中护军。 晋陵：治所在今江苏常州。 ②周侯：周顗。 仲智：周嵩，字仲智，周顗弟，周谟之兄。曾官御史中丞，后为王敦所杀。 ③恚(huì 惠)：恨，怒。 ④奴：长兄对小弟的昵称。

【评析】周嵩性格爽直，所以他看不得周顗因兄弟离别而落泪，把他称为妇人。这则故事很形象地反映出了周氏兄弟不同的个性。

二十七

周伯仁为吏部尚书①，在省内②，夜疾危急。时刁玄亮为尚书令③，营救备亲好之至④，良久小损⑤。明旦，报仲智⑥，仲智狼狈来⑦。始入户，刁下床对之大泣⑧，说伯仁昨危急之状。仲智手批之⑨，刁为辟易于户侧⑩。既前，都不问病⑪，直云："君在中朝⑫，与和长舆齐名⑬，那与佞人刁协有情⑭！"径便出。

【注释】①周伯仁：周顗。 吏部尚书：掌全国官吏任免、升降、调动等。 ②省：指官署。 ③刁玄亮：刁协。 尚书令：尚书省长官，负责政令。 ④备：指全力、竭力。 至：极。 ⑤损：指病情减缓。 ⑥仲智：周嵩。 ⑦狼狈：指慌忙。 ⑧床：坐榻。 ⑨批：用手掌打。 ⑩辟易：退避。 ⑪都：完全。 ⑫中朝：指西晋。 ⑬和长舆：和峤。 ⑭那(nǎ 哪)：何，疑问词。 佞人：善以花言巧语奉承他人者。

【评析】虽说刁协对病中的周顗呵护备至，但因其以善于阿谀奉承著称，所以周嵩毫不留情地打了刁协，认为刁协的虚情假意会影响他们兄弟清高的名声。

二十八

王含作庐江郡[①]，贪浊狼籍[②]。王敦护其兄[③]，故于众坐称："家兄在郡定佳，庐江人士咸称之。"时何充为敦主簿，在坐，正色曰："充即庐江人，所闻异于此。"敦默然。旁人为之反侧[④]，充晏然神意自若[⑤]。

【注释】①庐江郡：治所在舒（今安徽庐江西南）。 ②狼籍：散乱，不可收拾。此指行为不检点，名声极坏。 ③护：庇护。 ④反侧：转侧，形容不安。 ⑤晏然：安详的样子。

【评析】何充是王导妻之外甥，王敦是王导的堂兄，王、何两家有亲戚关系。王敦明知兄长王含在庐江任上声名狼籍，却偏偏当众称颂之，在座者畏惧王敦，随声附和。只有何充一人毫不顾忌王敦的威势，说出事实真相，而且神色坦然。

二十九

顾孟著尝以酒劝周伯仁[①]，伯仁不受，顾因移劝柱，而语柱曰："讵可便作栋梁自遇[②]！"周得之欣然，遂为衿契[③]。

【注释】①顾孟著：顾显，字孟著，吴郡吴县（今江苏苏州）人，顾荣的侄子。少有重名，元帝太兴中为散骑侍郎。 周伯仁：周顗。 ②讵：岂，怎。 遇：对待。 ③衿契：情投意合的好朋友。

【评析】顾显曾经向周顗劝酒，周顗推辞不喝。顾显于是就转身向柱子劝酒，并对柱子说道："怎么可以就把自己当作栋梁来对待呢？"讽刺周顗无能。周顗听了这话非但没生气，反而和顾显成了情投意合的好朋友。这便是魏晋士人的风度。

三十

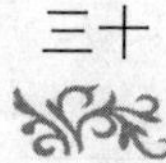

明帝在西堂会诸公饮酒，未大醉，帝问："今名臣共集，何如

尧、舜时？”周伯仁为仆射[①]，因厉声曰：“今虽同人主，复那得等于圣治！”帝大怒，还内，作手诏满一黄纸，遂付廷尉令收[②]，因欲杀之。后数日，诏出周，群臣往省之[③]，周曰：“近知当不死，罪不足至此。”

【注释】①周伯仁：周顗。 仆射（yè 夜）：尚书仆射，当时分左右仆射，周顗任左仆射。 ②廷尉：官名，掌刑狱。 收：逮捕。 ③省：看望。

【评析】东晋初期的政治比较开明，臣子们可以大胆进谏而不用担心引来杀身之祸，君王也不会因臣子直言而大开杀戒。

三十四

苏峻既至石头[①]，百僚奔散[②]，唯侍中钟雅独在帝侧[③]。或谓钟曰：“见可而进，知难而退[④]，古之道也。君性亮直[⑤]，必不容于寇雠，何不用随时之宜[⑥]，而坐待其弊邪[⑦]？”钟曰：“国乱不能匡[⑧]，君危不能济[⑨]，而各逊遁以求免[⑩]，吾惧董狐将执简而进矣[⑪]。”

【注释】①石头：石头城。 ②僚：官吏。 ③帝：晋成帝。 ④见可而进，知难而退：语见《左传·宣公十二年》，谓作战时要见机而动，形势不利则退却。可，合适。 ⑤亮直：诚实正直。 ⑥宜：适合，适当。 ⑦弊：通毙。 ⑧匡：匡扶，辅佐。 ⑨济：救助。 ⑩逊遁：退避。 ⑪董狐：春秋时晋国的史官，以秉笔直书著称，为古代良史的代表。 简：古代用来写字的竹片。

【评析】苏峻率叛军刚到石头城时，百官奔散，成帝身边只有钟雅不畏叛军，坚持侍奉在幼帝身边，最终遇难。

四十二

江仆射年少[①]，王丞相呼与共棋[②]。王手尝不如两道许[③]，而欲敌道戏[④]，试以观之。江不即下。王曰：“君何以不行？”江曰：“恐不得尔。”傍有客曰：“此年少戏乃不恶。”王徐举首曰：“此年少，非唯围棋见胜[⑤]。”

【注释】①江仆射：江虨。 ②王丞相：王导。 ③手：指棋艺。道：指围棋的格子，一道格子一颗棋，故以道称棋子。 许：大约。 ④敌道戏：指下棋时双方对等，互不让子。⑤非唯：非但，不仅。

【评析】江虨的棋力在当时属于第一品，而王导则是第五品，可知他们的棋艺不在一个档次上。王导这次下棋偏不要江虨让子，想与之分先下，但江虨不愿意阿谀奉承，希望实事求是地进行对局，所以迟迟不肯落子。王导所说"非唯围棋见胜"，是在肯定他的人品。

四十七

王述转尚书令[①]，事行便拜[②]。文度曰[③]："故应让杜、许[④]。"蓝田曰："汝谓我堪此不[⑤]？"文度曰："何为不堪，但克让自是美事[⑥]，恐不可阙[⑦]。"蓝田慨然曰[⑧]："既云堪，何为复让？人言汝胜我，定不如我。"

【注释】①转：迁调官职。②拜：授官，拜官。③文度：王坦之。④故：固，毕竟。杜、许：不详为何人。⑤堪：胜任。⑥克让：能谦让。⑦阙：古"缺"字。⑧蓝田：王述。

【评析】王述为人处世总是量力而行，如有所辞就一定不肯接受，反之就决不推辞。其为人率真，受到士人的交口称赞。

五十

刘简作桓宣武别驾[①]，后为东曹参军[②]，颇以刚直见疏。尝听记[③]，简都无言。宣武问："刘东曹何以不下意[④]？"答曰："会不能用[⑤]。"宣武亦无怪色。

【注释】①刘简：字仲约，东晋南阳（今属河南）人。官至大司马参军。桓宣武：桓温。别驾：官名，刺史的佐吏。②东曹参军：州郡属官。③记：教、命等公文。④下意：指发表意见。⑤会：当然，应当。

【评析】刘简因其刚直的性格，故敢于直言。而桓温听后没有责怪之色，说明他也是一个大度之人。

五十一

刘真长、王仲祖共行[①]，日旰未食[②]。有相识小人贻其餐[③]，肴案甚盛[④]，真长辞焉。仲祖曰：“聊以充虚[⑤]，何苦辞[⑥]？”真长曰：“小人都不可与作缘[⑦]。”

【注释】①刘真长：刘惔。　王仲祖：王濛。　②日旰（gàn 干）：天晚。　③小人：指人格低下者。　贻：赠给。　④肴案：指菜肴。案，端饭菜用的木盘。　⑤充虚：充饥。　⑥何苦：何必，不值得。　⑦作缘：指结交，交往。

【评析】魏晋南北朝时期的士人非常注重个人品行的修炼，一些品格不高者往往会在社交中受到排斥，刘惔甚至在饥饿时都不愿意吃“小人”送来的食物。可见虽逢乱世，但当时的社会主流阶层仍能恪守传统的道德规范。

五十四

王、刘与桓公共至覆舟山看[①]，酒酣后，刘牵脚加桓公颈，桓公甚不堪，举手拨去。既还，王长史语刘曰[②]：“伊讵可以形色加人不[③]？”

【注释】①王、刘：王濛、刘惔。　桓公：桓温。　覆舟山：在今江苏南京东北，形如覆舟，故名。　②王长史：王濛。　③形色：指脸色。

【评析】酒足饭饱后刘惔忘情地把脚架到了桓温的脖颈上，这是东晋士人放浪形骸的习惯动作之一，用以表示相互间的亲近。但桓温感到难受就毫不客气地把脚拨开了，以致事后王濛责备桓温不该给人看脸色，为刘惔鸣不平。

五十八

王文度为桓公长史时[①]，桓为儿求王女，王许咨蓝田[②]。既还，蓝田爱念文度[③]，虽长大，犹抱著膝上。文度因言桓求己女婚。蓝田大怒，排文度下膝。曰：“恶见[④]文度已复痴，畏桓温面[⑤]，兵，那可嫁女与之！”文度还报曰：“下官家中先得婚处。”桓公曰：“吾知矣，此尊府君不肯耳。”后桓女遂嫁文度儿。

【注释】①王文度：王坦之。　桓公：桓温。　②蓝田：王述。　咨：商议。　③爱念：怜爱。　④恶见：佛家语，指不好的见解。　⑤畏桓温面：害怕桓温的脸。据说桓温的面容令人生畏。

【评析】王坦之虽然是个成年人，但其父王述还是喜欢把他抱在膝盖上坐着，这是很有趣味的举动。桓温的权势、地位不可谓不高，王坦之对他就有所忌惮。但王述根本不管这些，觉得当兵的寿命不会长，不能把自己的孙女嫁给他儿子。桓温无奈之下只好把自己的女儿嫁给了王坦之的儿子。

六十三

王恭欲请江卢奴为长史[①]，晨往诣江，江犹在帐中。王坐，不敢即言，良久乃得及。江不应，直唤人取酒，自饮一碗，又不与王。王且笑且言："那得独饮？"江云："卿亦复须邪？"更使酌于王。王饮酒毕，因得自解去。未出户，江叹曰："人自量，固为难！"

【注释】①江卢奴：江敳（ái 捱），字仲凯，小子卢奴，济阳（在今山东）人。江虨之子，历官黄门侍郎、骠骑咨议。

【评析】江敳以性情坦率和易、不拘礼节著称。王恭为晋武帝皇后之兄，曾为平北将军，青州、兖州二州刺史，受到朝廷器重，也是清操过人的名士。但是江敳自视甚高，不肯屈于人下，所以对王恭之请不留情面地加以拒绝了。

六十五

王爽与司马太傅饮酒[①]，太傅醉，呼王为"小子"。王曰："亡祖长史[②]，与简文皇帝为布衣之交；亡姑、亡姊，伉俪二宫[③]。何小子之有？"

【注释】①司马太傅：司马道子。 ②亡祖长史：指王濛。 ③亡姑：王濛之女为晋哀帝皇后。 亡姊：指王爽姊法惠，为晋孝武帝皇后。 伉俪：夫妻，配偶。

【评析】司马道子是孝武帝的同母弟，深得孝武帝的宠信，总揽朝政，他醉后呼王爽为"小子"，不料王爽毫不示弱，其刚直的性格跃然纸上。

雅量第六

二

嵇中散临刑东市[①]，神色不变，索琴弹之，奏《广陵散》[②]。曲终，曰："袁孝尼尝请学此散[③]，吾靳固不与[④]，《广陵散》于今绝矣！"太学生三千人上书[⑤]，请以为师，不许。文王亦寻悔焉[⑥]。

【注释】①嵇中散：嵇康。 东市：刑场。 ②广陵散：琴曲名，又称《广陵止息》，嵇康以善弹此曲著称。 ③袁孝尼：袁准。 ④靳（jìn 晋）固：吝惜固执。 ⑤太学生：古代的官学学生。 ⑥文王：司马昭。

【评析】嵇康临刑前还能弹奏《广陵散》，并且为此曲将会失传而感到遗憾，可见其气度之超卓。

三

夏侯太初尝倚柱作书[①]，时大雨，霹雳破所倚柱，衣服焦然[②]，神色无变，书亦如故。宾客左右皆跌荡不得住[③]。

【注释】①夏侯太初：夏侯玄。 ②焦然：烧焦的样子。 ③跌荡：指神色举动慌乱。

【评析】夏侯玄曾经靠在柱子上写字，一声惊雷击中他所靠的柱子，衣服都烧焦了，但他却神色不变，照样写字。这就是泰山崩于前而面不改色的心胸。

五

魏明帝于宣武场上断虎爪牙[①]，纵百姓观之[②]。王戎七岁，亦往看。虎承间攀栏而吼，其声震地，观者无不辟易颠仆[③]，戎湛然不动[④]，了无恐色[⑤]。

【注释】①宣武场：操练场，在洛阳宣武观北面。 断：隔断。 ②纵：放纵，听任。 ③辟（bì 避）易：避开，退避。 颠仆（pū 扑）：跌倒。 ④湛（zhàn 站）然：安适的样子。 ⑤了：全。

【评析】王戎观虎而安然不惧，可见他从小就有过人的胆识。

六

王戎为侍中[1]，南郡太守刘肇遗筒中笺布五端[2]，戎虽不受，厚报其书[3]。

【注释】①侍中：官名，魏晋时相当于宰相。 ②刘肇：曾为廷尉，生世不详。 笺布：指精美的布。 遗（wèi 为）：赠送。 端：古代布帛长度名。二丈为一端，相当于一匹。 ③厚：深，重。 报：答谢。

【评析】王戎虽未接受刘肇的赠物，但写信答谢，故为时人所议。这则故事收在“雅量”中，说明编者对此事未持贬义。

八

王夷甫尝属族人事[1]，经时未行[2]。遇于一处饮燕[3]，因语之曰：“近属尊事，那得不行？”族人大怒，便举樏掷其面[4]。夷甫都无言，盥洗毕[5]，牵王丞相臂[6]，与共载去。在车中照镜，语丞相曰：“汝看我眼光，乃出牛背上[7]。”

【注释】①王夷甫：王衍。 属：通“嘱”，托付，请托。 ②经时：指很多时间。 ③燕：通“宴”。 ④樏（lěi 磊）：食盒，有底有隔。 ⑤盥洗：洗手洗脸。 ⑥王丞相：王导。 ⑦汝看我两句：谓自己风采神韵英俊超迈，不与他人计较。

【评析】王衍曾经托付族人办事，过了很久也没有办。后在一处宴会上喝酒时遇到，就对那位族人说：“前些日子托付您办事，怎么没有办啊？”族人听了大怒，拿起食盒就扔到他的脸上。王衍风神英俊，人称“宁馨儿”，他自己也以此自负。因为自视甚高，所以不与他人计较小事，即便受辱也毫不在意。王衍之所以能成为一代名士，就是因为有着极高的雅量。

九

裴遐在周馥所[1]，馥设主人[2]。遐与人围棋，馥司马行酒[3]，遐正戏，不时为饮[④]，司马恚[⑤]，因曳遐坠地[⑥]。遐还坐，举止如常，颜色不变，复戏如故。王夷甫问遐："当时何得颜色不异？"答曰："直是暗当故耳[⑦]！"

【注释】①周馥：字祖宣，汝南（今河南正阳东北）人。惠帝时为平东将军，都督扬州诸军事，因讨陈敏有功封永宁伯。后兵败，忧愤而死。 ②设主人：准备酒肴当东道主。设，准备食物。 ③行酒：依次斟酒。 ④时：按时，及时。 ⑤恚：恨，怒。 ⑥曳：拉，拖。 ⑦直：正。 暗：愚昧。

【评析】周馥的司马依次给客人斟酒，裴遐正忙于下棋，没有及时喝酒，这位司马恼怒之余竟然把裴遐拉倒在地。但裴遐神色不变，照旧下棋。王衍问裴遐怎么能做到不动声色，裴遐答道："他正是愚昧无知才会如此缘故罢了。"言下之意是何必与愚者计较。

十

刘庆孙在太傅府[①]，于时人士多为所构[②]，唯庾子嵩纵心事外[③]，无迹可间[④]。后以其性俭家富，说太傅令换千万[⑤]，冀其有吝，于此可乘。太傅于众坐中问庾，庾时颓然已醉[⑥]，帻堕几上[⑦]，以头就穿取。徐答云："下官家故可有两娑千万[⑧]，随公所取。"于是乃服。后有人向庾道此，庾曰："可谓以小人之虑，度君子之心[⑨]。"

【注释】①刘庆孙：刘玙，字庆孙，西晋中山魏昌（今河北无极）人。刘琨之兄，两人齐名。历官散骑侍郎、中书侍郎、颍川太守、魏郡太守等。 太傅：东海王司马越，字元超，讨杨骏有功，封东海王。怀帝永嘉初为丞相，专擅威权，导致上下离心，忧惧成疾而死。 ②构：挑拨离间，陷害。 ③庾子嵩：庾敳。 纵心：放任其心意。 ④间（jiàn 见）：空隙，裂缝。 ⑤说：劝说。 换：换借，借取。 ⑥颓然：醉酒的样子。 ⑦帻（zé 责）：头巾。 ⑧两娑（sà 萨）千万：两三千万。娑，当时口语，即"三"之重读。 ⑨度：推测。

【评析】刘玙因为庾敳生性节俭，就劝说太傅向庾敳借钱一千万，希望他吝啬不借，可以寻机陷害他。没想到庾敳纵心事外，根本无隙可趁。"以己之心，度人之腹"的成语即由此而来。

十一

王夷甫与裴景声志好不同[①]，景声恶欲取之[②]，卒不能回[③]。乃故诣王肆言极骂，要王答己，欲以分谤[④]。王不为动色，徐曰："白眼儿遂作[⑤]。"

【注释】①王夷甫：王衍。　裴景声：裴邈，字景声，西晋河东闻喜（今属山西）人。历官从事中郎、左司马、监东海王军事。　②恶：厌恶。　③卒：终于。　④分谤：共同承受诽谤。　⑤遂作：终于发作。

【评析】裴遐不愿在王衍处任职，竟然想出放肆骂人以图引起王衍回击的招数。不料王衍雍容大度，不为所动。

十三

有往来者云[①]："庾公有东下意[②]。"或谓王公[③]："可潜稍严[④]，以备不虞[⑤]。"王公曰："我与元规虽俱王臣，本怀布衣之好[⑥]。若其欲来，吾角巾径还乌衣，何所稍严[⑦]！"

【注释】①往来者：指往来于京都的人。　②庾公：庾亮。　东下意：指带兵镇守武昌的庾亮，有准备东下京都罢黜丞相王导的意图。　③王公：王导。　④潜：暗中。　严：指严密防备。　⑤不虞：不测。虞，猜测，预料。　⑥布衣之好：指故交。布衣，平民百姓，未做官时穿布衣，故称。　⑦角巾：隐士常戴的一种有棱角的头巾，借指退隐。　乌衣：乌衣巷，在今南京市东南，以兵士服乌衣而得名，东晋时王、谢家族居此。　何所：有什么。

【评析】流言说庾亮有东下京都罢黜王导的意图，所以有人劝王导要加以提防。但王导却相当坦然，原意虚位以待，表现出了过人的气度。

十四

王丞相主簿欲检校帐下[①]，公语主簿："欲与主簿周旋[②]，无为知人几案间事[③]。"

【注释】①王丞相：王导。　检校：查核。　帐下：指丞相府的僚属。

②周旋：应酬，打交道。 ③无为：不要，不必。 几案间事：指处理公文案卷等。文书等放在几案上，故称。

【评析】王导的主簿要查核丞相府僚属的情况，王导却对他表示不想知道人家处理公文案卷等事情。这也是王导为政“务在清静”的具体例子。

十五

祖士少好财[①]，阮遥集好屐[②]，并恒自经营[③]。同是一累[④]，而未判其得失[⑤]。人有诣祖，见料视财物[⑥]，客至，屏当未尽[⑦]，余两小簏，著背后[⑧]，倾身障之[⑨]，意未能平。或有诣阮，见自吹火蜡屐[⑩]，因叹曰：“未知一生当著几量屐[⑪]！”神色闲畅。于是胜负始分。

【注释】①祖士少：祖约（？—330）：字士少，东晋范阳遒县（今河北涞水）人。祖逖弟。祖逖死后，继任平西将军、豫州刺史。后与苏峻起兵，失败后投奔后赵，为石勒所杀。 ②阮遥集：阮孚。 屐：一种有齿的木头鞋。 ③经营：筹划制作。 ④累：连累，牵累。 ⑤判：分别，辨别。 ⑥料视：料理查看。 ⑦屏当：收拾，料理。 ⑧簏（lù路）：竹箱。 ⑨倾：斜，歪。 ⑩蜡屐：给木屐上蜡。 ⑪量：通“緉”（liǎng两），量词，双。

【评析】祖约和阮孚各有嗜好，如何评其优劣，确是不易。但祖约当着客人的面躲躲藏藏，鬼鬼祟祟；而阮孚则神态自若，只是牵挂一生还能穿几双屐，显得洒脱。所以他们之间高下立现。

十六

许侍中、顾司空俱作丞相从事[①]，尔时已被遇[②]，游宴集聚，略无不同。尝夜至丞相许戏[③]，二人欢极。丞相便命使入己帐眠。顾至晓回转[④]，不得快孰[⑤]。许上床便咍台大鼾[⑥]。丞相顾诸客曰：“此中亦难得眠处。”

【注释】①许侍中：许璪（zǎo早），字思文，东晋义兴阳羡（今江苏宜兴）人。官至吏部侍郎。 顾司空：顾和。 ②遇：遇合，指被赏识重用。 ③许：住所。 ④回转：指翻来覆去不能入睡。 ⑤孰：通“熟”。 ⑥咍（hāi嗨）台：打鼾声。 鼾：睡熟打呼噜。

【评析】在王导的帐中，顾和一夜难寐，辗转反侧；许璪则倒头大睡，鼾声大作。不过王导并不生气，只是语带幽默地说："这里也难以找到可以安睡的地方。"

十七

庾太尉风仪伟长[①]，不轻举止，时人皆以为假。亮有大儿数岁，雅重之质，便自如此，人知是天性。温太真尝隐幔怛之[②]，此儿神色恬然，乃徐跪曰："君侯何以为此[③]？"论者谓不减亮。苏峻时遇害。或云："见阿恭[④]，知元规非假。"

【注释】①庾太尉：庾亮。　风仪：风度和仪容。　②温太真：温峤。　幔：帐幕。　怛（dá达）：惊吓。　③君侯：对达官贵人的尊称。　④阿恭：庾亮长子，名会，字会宗，小字阿恭。

【评析】庾亮魁梧高大，风度仪容特别出众，以至于有人认为他是装出来的。其实，名士风度都是内在气质的自然体现。

十八

褚公于章安令迁太尉记室参军[①]，名字已显而位微，人未多识。公东出，乘估客船[②]，送故吏数人，投钱唐亭住[③]。尔时，吴兴沈充为县令[④]，当送客过浙江[⑤]，客出[⑥]，亭吏驱公移牛屋下。潮水至，沈令起彷徨[⑦]，问："牛屋下是何物[⑧]？"吏云："昨有一伧父来寄亭中[⑨]，有尊贵客，权移之[⑩]。"令有酒色，因遥问："伧父欲食麦不？姓何等？可共语。"褚因举手答曰："河南褚季野[⑪]。"远近久承公名，令于是大遽[⑫]，不敢移公，便于牛屋下修刺诣公[⑬]，更宰杀为馔具[⑭]，于公前鞭挞亭吏，欲以谢惭。公与之酌宴，言色无异，状如不觉。令送公至界。

【注释】①褚公：褚裒。　章安令：章安县令。章安，在今浙江临海东。　记室参军：将军府的重要幕僚。　②估（gǔ古）客船：商贩船。估客，商贩。　③钱唐：钱塘，旧县名，治在今浙江杭州市西。　亭：驿亭，古时供行旅途中歇宿的处所。　④吴兴：郡名，治在今浙江湖州。　沈充：事迹不详。　⑤浙江：水名，即钱塘江。　⑥出：来到。　⑦彷徨：来回徘徊。　⑧何物：轻蔑语，哪一个，什么人。　⑨伧（cāng苍）父：鄙贱之人，南人对北人的蔑称。 ⑩权：暂且。 ⑪褚季野：褚裒。 ⑫遽：惊慌。 ⑬修刺：写好名帖。刺，名帖，名片。 ⑭馔（zhuàn 赚）：指菜肴等食物。 具：摆设，供置。

【评析】褚裒上任途中被钱塘亭吏移入牛屋，后又受到吴兴县令的盛情款待，他都毫无异色，这样的气度非等闲之辈所能有。

十九

郗太傅在京口[①]，遣门生与王丞相书[②]，求女婿。丞相语郗信[③]："君往东厢，任意选之。"门生归白郗曰："王家诸郎亦皆可嘉，闻来觅婿，咸自矜持[④]。唯有一郎在东床上坦腹卧，如不闻。"郗公云："正此好[⑤]！"访之，乃是逸少[⑥]，因嫁女与焉。

【注释】①郗太傅：郗鉴。 京口：古城名，故址在今江苏镇江。 ②门生：依附于世家豪族供差遣者。 王丞相：王导。 ③信：使者，即上文送信的门生。 ④矜持：指拘谨，做出端庄严肃的样子。 ⑤正：恰，表情态之词。 ⑥逸少：王羲之。

【评析】王羲之讷于言，但洒脱不羁，坦腹东床，遂为郗鉴所欣赏。后即称佳婿为"坦腹"、"东床"。

二十一

周仲智饮酒醉[①]，瞋目还面，谓伯仁曰[②]："君才不如弟，而横得重名[③]！"须臾，举蜡烛火掷伯仁，伯仁笑曰："阿奴火攻[④]，固出下策耳！"

【注释】①周仲智：周嵩。 ②瞋（chēn 郴）目：瞪大眼睛怒目相向。 伯仁：周顗。 ③横：指不正常的，意外的。 ④阿奴：兄对弟的爱称。

【评析】周氏兄弟性格大相径庭，一次醉酒之余弟弟便对兄长怒目相向，还投掷烛火，借此发泄郁闷之气。但周顗却以幽默之言予以化解，丝毫没有生气。

二十二

顾和始为扬州从事，月旦当朝[①]，未入顷[②]，停车州门外。周侯诣丞相[3]，历和车边[4]。和觅虱，夷然不动[5]。周既过，反还，指顾心曰："此中何所有?"顾搏虱如故[6]，徐应曰："此中最是难测地。"周侯既入，语丞相曰："卿州吏中有一令仆才。[7]"

【注释】①月旦：阴历每月初一。 朝：聚会。 ②顷：指短时间。③周侯：周顗。 丞相：王导。 ④历：经过。 ⑤夷然：愉悦的样子。⑥搏：捕捉。 ⑦令仆：尚书令和仆射之简称。

【评析】周顗从顾和的搏虱与应答之语中看出他是一个镇定自若之人，堪为三公之才，所以立即向王导推荐。后来顾和果然做到了尚书令。

二十四

庾小征西尝出未还[1]。妇母阮，是刘万安妻[2]，与女上安陵城楼上[3]。俄顷[4]，翼归，策良马[5]，盛舆卫[6]。阮语女："闻庾郎能骑，我何由得见?"妇告翼，翼便为于道开卤簿盘马[7]，始两转，坠马堕地，意色自若。

【注释】①庾小征西：庾翼。庾翼任征西将军，其兄庾亮亦曾为征西将军，为了区别，故称其为小征西将军。 ②妇母：妻子的母亲。 阮：阮姓，阮蕃之女，字幼娥。 刘万安：刘绥，字万安。东晋高平（今山东巨野南）人，官至骠骑长史。 ③安陵：当作"安陆"，是江夏之郡治，在今湖北安陆市北。 ④俄顷：转眼，短时间。 ⑤策：鞭打。 ⑥舆卫：车马卫兵。 ⑦卤簿：仪仗队。 盘马：骑马驰骋盘旋。

【评析】庾翼精通骑术，但一不小心出了洋相，换了别人一定会感到恼怒羞愧，但他却泰然自若。这正是魏晋士人的风度所在。

二十五

宣武与简文、太宰共载[1]，密令人在舆前后鸣鼓大叫。卤簿中惊扰，太宰惶怖，求下舆。顾看简文，穆然清恬[2]。宣武语人曰："朝廷间故复有此贤。"

【注释】①宣武：桓温。 简文：简文帝。 太宰：武陵王司马晞，字道升，晋元帝第四子，封武陵王曾官太宰，后徙新安。 ②穆然：镇静的样子。 清恬：清静安适。

【评析】司马晞在突发的鸣鼓声中惊慌失措，而简文帝则镇定安详。简文帝具有名士风范，所以能够做到处惊不乱。

二十七

桓宣武与郗超议芟夷朝臣[1]，条牒既定[2]，其夜同宿。明晨起，呼谢安、王坦之入，掷疏示之，郗犹在帐内。谢都无言，王直掷还，云："多[3]。"宣武取笔欲除，郗不觉，窃从帐中与宣武言。谢含笑曰："郗生可谓入幕宾也[4]。"

【注释】①桓宣武：桓温。 芟（shān 山）夷：铲除，消灭。 ②条牒：条款文书。牒，文书，证件。 ③多：指铲除的人太多了。 ④生：即先生之简称。 幕宾：将军府的僚属。

【评析】郗超为桓温的谋士，谢安语意双关，既谓郗超是桓温的亲信僚属，又暗指他在幕后出谋画策。后即以"入幕宾"指称参与机密、为人出谋画策者。

二十八

谢太傅盘桓东山时[1]，与孙兴公诸人泛海戏[2]。风起浪涌，孙、王诸人色并遽[3]，便唱使还[4]。太傅神情方王[5]，吟啸不言[6]。舟人以公貌闲意说[7]，犹去不止。既风转急，浪猛，诸人皆喧动不坐。公徐曰："如此将无归[8]？"众人即承响而回[9]。于是审其量[10]，足以镇安朝野。

【注释】①谢太傅：谢安。 盘桓：逗留。 东山：谢安早年隐居之地，在今浙江上虞西南。 ②孙兴公：孙绰。 泛海戏：乘船到海上游玩。 ③孙、王：孙绰、王羲之。 遽：惊惧。 ④唱：高呼。 ⑤王（wàng 旺）：指精神旺，兴致高。 ⑥吟啸：吟诗与啸呼。啸，撮口发出长而清脆的声音。 ⑦闲：闲静。 说：通"悦"，愉悦。 ⑧将无：大概、恐怕。 ⑨承响：应声。 ⑩审：知悉。 量：气量。

【评析】谢安处变不惊的事例不少，本文即为其一，他也由此获得声誉，成为众望所归的领袖人物。

二十九

桓公伏甲设馔[1]，广延朝士，因此欲诛谢安、王坦之。王甚遽[2]，问谢曰："当作何计?"谢神意不变，谓文度曰[③]："晋祚存亡[④]，在此一行。"相与俱前。王之恐状，转见于色。谢之宽容，愈表于貌，望阶趋席[⑤]，方作洛生咏[⑥]，讽"浩浩洪流[⑦]"。桓惮其旷远[⑧]，乃趣解兵[⑨]。王、谢旧齐名，于此始判优劣。

【注释】①桓公：桓温。 伏甲：埋伏兵士。甲，武装的兵士。 设馔：备好酒食。馔，饮食。 ②遽：惊惧。 ③文度：王坦之。 ④祚：指皇位，国运。 ⑤趋：快步走。 ⑥方：模仿。 洛生咏：指仿效西晋首都洛阳读书之音以吟诗，在东晋名士中盛行。 ⑦浩浩洪流：嵇康《赠秀才入军五首》第四首第一句，谓大河流水浩浩荡荡奔腾不息。 ⑧旷远：指胸襟开阔超脱。 ⑨趣（cù促）：赶快。 解兵：撤走伏兵。

【评析】心怀篡夺野心的桓温欲借宴会之机，除掉王坦之、谢安。谢安临危不惧，非但从容不迫，还作起了洛生咏，其旷达洒脱的气度使桓温望而生畏，从而化险为夷。王坦之、谢安过去齐名，经过此事才分出了高下。

三十一

支道林还东[①]，时贤并送于征虏亭[②]。蔡子叔前至[③]，坐近林公；谢万石后来[④]，坐小远[⑤]。蔡暂起，谢移就其处。蔡还，见谢在焉，因合褥举谢掷地[⑥]，自复坐。谢冠帻倾脱[⑦]，乃徐起，振衣就席[⑧]，神意甚平，不觉瞋沮[⑨]。坐定，谓蔡曰："卿奇人，殆坏我面[⑩]。"蔡答曰："我本不为卿面作计[⑪]。"其后二人俱不介意。

【注释】①还东：回到东边。 ②征虏亭：在今江苏江宁东。 ③蔡子叔：蔡系，字子叔，东晋济阳（治在今山东定陶西北）人，蔡谟第二子，有才学文义，位至抚军长史。 ④谢万石：谢万。 ⑤小：稍微。 ⑥褥：指坐垫。 ⑦帻（zé则）：裹头发的头巾。 ⑧振衣：拂拭衣服上的灰尘。 ⑨瞋沮：生气懊丧。 ⑩殆：几乎，差不多。 ⑪作计：作打算。

【评析】谢万喜欢炫耀，所以当靠近支遁的蔡系暂时离席时，他就不客气地移至蔡系的座位上。谁知蔡系回来后毫不留情地把他连人带坐垫扔到了地上，弄得他连头巾都掉了。不料此后两人都像没事人一样，这种洒脱的风度得到了时人的赞许。

三十三

谢安南免吏部尚书，还东[①]；谢太傅赴桓公司马，出西[②]。相遇破冈[③]，既当远别，遂停三日共语。太傅欲慰其失官，安南辄引以它端。虽信宿中涂[④]，竟不言及此事。太傅深恨在心未尽[⑤]，谓同舟曰："谢奉故是奇士。"

【注释】①谢安南：谢奉。 还东：指从京城建康回到东边会稽。 ②谢太傅：谢安。 赴桓公司马：出任桓温的司马一职。桓公，桓温。 出西：往西边来。 ③破岗：三国时孙权发兵所凿之航道，自句容（在今江苏）至云阳（今江苏丹阳）。 ④信宿：连宿两夜。信，住两夜的意思。中涂：路途中。 ⑤恨：遗憾。

【评析】谢安想对谢奉免去官职一事加以安慰，谢奉却总是引开话题。两人虽然在一起交谈了三天，却竟然没有说到这件事。谢安因此为未能表达安慰之意而耿耿于心，并由衷表示赞叹。

三十四

戴公从东出[①]，谢太傅往看之[②]。谢本轻戴，见，但与论琴书，戴既无吝色[③]，而谈琴书愈妙。谢悠然知其量[④]。

【注释】①戴公：戴逵（约326—396），字安道，谯郡铚县（今安徽宿州西南）人，后徙居会稽剡县（今浙江嵊州西南）。少博学，好谈论，善属文，能鼓琴，工书画，精通雕塑。他为瓦官寺所塑之《五世佛》，与顾恺之的壁画《维摩诘像》、狮子国（斯里兰卡）送来的玉佛，并称"三绝"。性高洁，常以琴书自娱，不就国子祭酒、散骑常侍之征召。 ②谢太傅：谢安。 ③吝色：指不乐意的神色。 ④悠然：深远的样子。 量：气度。

【评析】谢安原本轻视戴逵，但戴逵并不介意，畅谈琴艺书画，议论精妙。谢安这才深切地体会到戴逵具有超然脱俗的气度。

三十五

谢公与人围棋[①]，俄而谢玄淮上信至[②]，看书竟，默然无言，徐向局[③]。客问淮上利害[④]，答曰："小儿辈大破贼[⑤]。"意色举止，不异于常。

【注释】①谢公：谢安。 ②俄而：不久。 淮上：淮河上。晋孝武帝太元八年（383）前秦苻坚率八十七万大军南下攻晋，晋相谢安派谢玄等领军八万迎战，以少胜多，大破前秦苻坚，是为淝水之战。淝水为淮河上游之支流，故称。　信：信使。　③徐：缓慢。　局：棋局。　④利害：指胜负。　⑤小儿辈：谢安被任为征讨大都督，他派遣弟谢石、侄谢玄、子谢琰率军北上拒敌，诸谢大多为其子侄，故称。

【评析】面对空前的大捷，谢安没有欢呼雀跃，依然稳如泰山，真正做到了镇定自若、喜怒不形于色。

三十六

王子猷、子敬曾俱坐一室[①]，上忽发火，子猷遽走避[②]，不惶取屐[③]；子敬神色恬然[④]，徐唤左右扶凭而出[⑤]，不异平常。世以此定二王神宇[⑥]。

【注释】①王子猷：王徽之（？—388），字子猷，王羲之第五子，官至黄门侍郎。　子敬：王献之，字子敬，王羲之第七子。　②遽：急。　③惶：通“遑”，闲暇。　④恬然：安闲的样子。　⑤扶：搀。　凭：靠。　⑥神宇：神情器宇。

【评析】王徽之、王献之兄弟都是一代名士，难分伯仲。但在突发火灾时，王徽之慌乱中都来不及穿上木屐，而王献之则显得不慌不忙。由此可以分出两人的高下。

识鉴第七

一

曹公少时见乔玄[①]，玄谓曰：“天下方乱，群雄虎争，拨而理之[②]，非君乎？然君实是乱世之英雄，治世之奸贼。恨吾老矣，不见君富贵，当以子孙相累[③]。”

【注释】①曹公：曹操。　乔玄：字公祖，东汉梁国睢阳（今河南商丘）人，官至尚书令。　②拨：整顿。　③累：劳累，麻烦。

【评析】据《后汉书》许劭本传记载，曹操为了达到扬名的目的逼许劭为自己品题，许劭不得已称其为“清平之奸贼，乱世之英雄”。本则故事与之类似，应是民间附会所致。“乱世之英雄，治世之奸贼”成为后人对曹操最为普遍的一种评价。

三

何晏、邓飏、夏侯玄并求傅嘏交[①]，而嘏终不许。诸人乃因荀粲说合之[②]，谓嘏曰：“夏侯太初一时之杰士[③]，虚心于子，而卿意怀不可交。合则好成，不合则致隙[④]。二贤若穆[⑤]，则国之休[⑥]。此蔺相如所以下廉颇也。”傅曰：“夏侯太初志大心劳[⑦]，能合虚誉[⑧]，诚所谓利口覆国之人[⑨]。何晏、邓飏有为而躁，博而寡要[⑩]，外好利而内无关籥[⑪]，贵同恶异[⑫]，多言而妒前[⑬]。多言多衅[⑭]，妒前无亲。以吾观之，此三贤者皆败德之人尔，远之犹恐罹祸[⑮]，况可亲之邪？”后皆如其言。

【注释】①邓飏：字玄茂，三国魏南阳宛（今河南南阳）人。明帝时官颍川太守、侍中尚书。　②说合：从中介绍，促成他人之事。　③夏侯太初：夏侯玄。　杰士：杰出之士。　④致隙：导致隔阂。　⑤穆：和睦。　⑥休：美善，福禄。　⑦心劳：指思虑过多，费尽心思。　⑧合：聚，会。　虚誉：虚名。　⑨利口覆国：指花言巧语会导致国家败亡。语见《论语·

阳货》："恶利口之覆邦家者。"利口，花言巧语。覆，失败，毁灭。 ⑩寡要：不得要领。 ⑪关籥（yuè月）：关门之锁，引申为检点、约束。 ⑫贵同恶异：看重意见相同者而厌恶意见不同的人。 ⑬妒前：忌妒胜过自己的人。 ⑭衅：缝隙。 ⑮罹（lí离）祸：遭到祸害。罹，遭遇。

【评析】何晏是曹操的养子，夏侯玄是曹爽的表兄弟，曹爽执政时他们二人与邓飏一起都是曹爽的心腹。傅嘏则是司马氏党，他对三人的评论其实反映出的是敌对情绪，并非真实的识鉴。

六

潘阳仲见王敦小时[①]，谓曰："君蜂目已露[②]，但豺声未振耳[③]。必能食人，亦当为人所食。"

【注释】①潘阳仲：潘滔，字阳仲，西晋荥阳（在今河南）人，仕至河南尹，石勒之乱时遇害。 ②蜂目：眼睛如蜂，比喻人的相貌凶恶。 ③豺声：声音如豺，比喻恶人的声音。

【评析】"蜂目豺声"，语出《左传·文公元年》："楚子将以商臣为太子，访诸令尹子上。子上曰：'是人也，蜂目而豺声，忍人也。'""能食人，亦当为人所食"，又《汉书·王莽传》："是时有用方技待诏黄门者，或问以莽形貌，待诏曰：'莽所谓鸱目虎吻豺狼之声者也。故能食人，亦当为人所食。'"商臣弑父自立为王，王莽则篡位为帝。王莽杀人无数，最后自己亦被杀，王敦与之近似。

七

石勒不知书[①]，使人读《汉书》[②]。闻郦食其劝立六国后[③]，刻印将授之，大惊曰："此法当失，云何得遂有天下！"至留侯谏[④]，乃曰："赖有此耳！"

【注释】①石勒（274—333）：字世龙，上党武乡（今山西榆社北）人，羯族。为刘渊大将，联合汉族失意官僚发展为割据势力。319年自称赵王，建立政权，史称后赵。329年灭前赵，取得北方大部分地区，建都襄国（今河北邢台），称帝。 ②《汉书》：班固著。 ③郦食（yì亦）其（jī基）（?—前203）：秦汉之际陈留高阳乡（今河南杞县）人。以"高阳酒徒"自称，见刘邦，献计攻克陈留，封广野君。后为齐王田广烹杀。 ④留侯：张良（?—前189），字子房，相传为城父（今河南宝丰东）人。刘邦的主要谋士，汉朝建立，封留侯。

【评析】石勒虽然目不识丁，但常使人诵读史书，取鉴其中，故其见解往往超过常人。

十

张季鹰辟齐王东曹掾[①]，在洛，见秋风起，因思吴中菰菜羹、鲈鱼脍[②]，曰："人生贵得适意尔[③]，何能羁宦数千里以要名爵[④]？"遂命驾便归。俄而齐王败，时人皆谓为见机[⑤]。

【注释】①张季鹰：张翰，字季鹰，吴郡（今江苏苏州）人。齐王冏时为大司马东曹掾。因秋风起，思念故乡的菰菜、莼羹、鲈鱼脍而归故乡。辟（bì 避）：征召。　齐王：司马冏。　东曹掾：东曹的属官。曹，官署中分科办事的机构。　②吴中：吴地，苏州。　菰菜：茭白，生长于长江以南的低洼地，可作蔬菜食用。　鲈鱼脍（kuài 快）：鲈鱼切片或切碎做的菜。　③尔：罢了，而已。　④羁宦：在异乡作官。　要（yāo 腰）：求。　爵：官位。　⑤见机：在事前即已察知其结果。

【评析】张翰在洛阳为齐王冏属官时，见秋风起而思念家乡的菰菜羹、鲈鱼脍，即命驾而归。其中含有对齐王冏的不满，所以为了适意而舍弃名利，其洒脱不羁直追阮籍。后即以"莼羹鲈脍"或"莼鲈"作为辞官归乡或乡国之思的典故。

十一

诸葛道明初过江左[①]，自名道明，名亚王、庾之下[②]。先为临沂令[③]，丞相谓曰[④]："明府当为黑头公[⑤]。"

【注释】①诸葛道明：诸葛恢。　江左：江南。　②亚：次，次一等。　王、庾：王导、庾亮。　③令：县令。　④丞相：王导。　⑤明府：汉时对郡守的尊称，后沿用，亦可称县令。　黑头公：指年轻人未到老年头发花白之时，官位已升至三公高位。

【评析】诸葛恢前后不过数年时间就因政绩突出，升至朝廷大臣之列。王导的识鉴确实高人一等。

十三

王大将军始下[①]，杨朗苦谏不从[②]，遂为王致力[③]。乘中鸣云露车径前，曰[④]："听下官鼓音，一进而捷。"王先把其手曰："事克，当相用为荆州[⑤]。"既而忘之[⑥]，以为南郡[⑦]。王败后，明帝收朗[⑧]，欲杀之；帝寻崩，得免。后兼三公[⑨]，署数十人为官属[⑩]。此诸人当时并无名，后皆被知遇[⑪]。于时称其知人。

【注释】①王大将军：王敦。　下：指王敦于永昌元年（322）起兵从武昌沿江而下进攻建康（今江苏南京）。　②杨朗：字世彦，东晋弘农（今属陕西）人，官至雍州刺史。　③致力：效力。　④中鸣云露车：一种战车，车上有层楼，车中置锣鼓，可观察敌情，指挥军队进退。　径前：勇往直前。　⑤相用为荆州：指任为荆州刺史。　⑥既而：不久。　⑦南郡：治在今湖北江陵。　⑧收：逮捕。　⑨三公：即三公曹，主管选拔官吏。　⑩署：委任。　⑪知遇：赏识。

【评析】王敦初攻京城时，杨朗苦谏而不听，遂替王敦效命，一战而捷。王敦感动之余欲委以重镇荆州刺史的重任，但事后竟然忘记。王敦失败后杨朗当受重罚，幸而因明帝驾崩而躲过一劫。

十五

王大将军既亡[①]，王应欲投世儒[②]，世儒为江州[③]；王含欲投王舒[④]，舒为荆州[⑤]。含语应曰："大将军平素与江州云何，而汝欲归之？"应曰："此乃所以宜往也。江州当人强盛时，能抗同异[⑥]，此非常人所行。及睹衰厄，必兴愍恻[⑦]。荆州守文[⑧]，岂能作意表行事[⑨]！"含不从，遂共投舒，舒果沈含父子于江。彬闻应当来，密具船以待之，竟不得来，深以为恨。

【注释】①王大将军：王敦。　②王应：字安期，王敦兄王含之子，因王敦无子收为嗣子，以其为武卫将军，后被诛。　世儒：王彬，王敦的堂弟，官至江州刺史、左仆射。　③江州：指王彬。　④王含：王敦之兄。⑤舒：字处明，东晋琅邪（今山东临沂）人。王敦堂弟，为王敦赏识，用为荆州刺史。后讨苏峻有功，封彭泽侯。　⑥抗：抗论，直言不阿。　同异：

主要指异，不同的意见，偏义复词。 ⑦愍恻：哀怜，恻隐。 ⑧守文：遵守成法。 ⑨意表：意外。 行事：行为。

【评析】王含是王敦之兄，王应为其子，因王敦无子，养为嗣子。王彬和王舒都是王敦的堂弟，他们可说是一家人，但他们的表现却迥异。王彬为人素朴方直，得知王含父子来投奔自己时，便早早地准备迎候他们。但王含父子俩却去投奔王舒，被王舒所害。

十六

武昌孟嘉作庾太尉州从事[①]，已知名。褚太傅有知人鉴[②]，罢豫章[③]，还过武昌，问庾曰："闻孟从事佳，今在此不[④]？"庾云："试自求之。"褚眄睐良久[⑤]，指嘉曰："此君小异，得无是乎[⑥]？"庾大笑曰："然。"于时既叹褚之默识，又欣嘉之见赏[⑦]。

【注释】①武昌：郡名，治在今湖北鄂城。 孟嘉：字万年，东晋江夏鄳（今河南信阳东北）人。官至庾亮从事中郎，迁长史。 庾太尉：庾亮。 ②褚太傅：褚裒。 鉴：察照的能力。 ③罢豫章：被罢免豫章太守之官职。 ④不：同"否"。 ⑤眄（miàn 面）睐（lài 赖）：斜视，眷顾，这里指四处察看。 ⑥得无：莫非。

【评析】褚裒虽闻孟嘉之名，却未曾谋面，但他竟然能在庾亮的满座高朋中认出孟嘉，足见他在鉴人方面有着过人之处。

二十

桓公将伐蜀[①]，在事诸贤，咸以李势在蜀既久[②]，承藉累叶[③]，且形据上流，三峡未易可克。唯刘尹云[④]："伊必能克蜀。观其蒲博[⑤]，不必得则不为。"

【注释】①桓公：桓温。 蜀：指成汉，十六国之一。 ②在事诸贤：指朝中大臣。 李势：成汉的国君。 ③承借：凭借，依靠。 累叶：累世，不止一代。叶，世代。 ④刘尹：刘惔。 ⑤蒲博：即樗（chū 初）蒱，古代的一种赌博游戏。

【评析】成汉位于长江上游，想要攻克是有难度的，所以朝中大臣多存顾虑。惟有刘惔认为桓温既然发兵就必有攻克的把握。最终桓温以少胜多，迫使李势面缚而降。

二十二

郗超与谢玄不善[①]。苻坚将问晋鼎[②]，既已狼噬梁、岐[③]，又虎视淮阴矣[④]。于时朝议遣玄北讨，人间颇有异同之论[⑤]。唯超曰："是必济事[⑥]。吾昔尝与共在桓宣武府[⑦]，见使才皆尽，虽履屐之间[⑧]，亦得其任。以此推之，容必能立勋[⑨]。"元功既举[⑩]，时人咸叹超之先觉，又重其不以爱憎匿善。

【注释】①不善：不和。 ②问晋鼎：指进攻东晋。 ③狼噬：像狼似的吞食，这里指吞并。 梁：梁州，治所在今陕西汉中。 岐：岐山。 ④虎视：如虎之视，指将欲有所攫取。 淮阴：指淮河以南地区。 ⑤异同：指不同。 ⑥济事：成事。 ⑦桓宣武府：桓温幕府。 ⑧履屐（jī基）：泛指鞋子，这里喻指小事。屐，木头鞋。 ⑨容：也许，或许。 ⑩元功：大功。指谢玄在淝水之战中大破苻坚，立了大功。

【评析】郗超与谢玄不和，但他在大敌当前的情况，还是实事求是地对谢玄的才能作出了评价，所以受到时人的好评。

赏誉第八

二

世目李元礼[①]："谡谡如劲松下风[②]。"

【注释】①世：世人。　目：品评。　李元礼：李膺。　②谡谡（sù速）：风起的样子。

【评析】魏晋清谈家好以简要语言，运用比喻的手法来勾画士人的风貌，言简意赅，生动形象。

四

公孙度目邴原[①]："所谓云中白鹤，非燕雀之网所能罗也[②]。"

【注释】①公孙度：字升济，一字叔济，襄平（今辽宁辽阳北）人，官至辽东太守。东伐高句骊，西击乌桓，南取东莱诸县，威行海外，自立为辽东侯、平州牧。曹操表其为永宁乡侯。　邴原：字根矩，朱虚（今山东临朐东）人。后避乱至辽东，公孙度厚礼之。　②罗：张网捕捉。

【评析】邴原少时以操尚著称，有勇略雄气，名重一时。所以公孙度赞赏他为"云中白鹤"，不是过誉之词。

十

王戎目山巨源[①]："如璞玉浑金[②]，人皆钦其宝[③]，莫知名其器[④]。"

【注释】①山巨源：山涛。　②璞玉浑金：未雕琢之玉，未冶炼之金，比喻人品真诚质朴。　③钦：钦佩，敬重。　④器：器重，度量。

【评析】王戎认为山涛就像是未经雕琢的玉石，未经冶炼的金子，人人都敬重它是宝物，但就是无法形容它。

十一

羊长和父繇与太傅祜同堂相善①，仕至车骑掾②，早卒。长和兄弟五人幼孤。祜来哭，见长和哀容举止，宛若成人，乃叹曰："从兄不亡矣③！"

【注释】①羊长和：羊忱。 繇：羊繇，字堪甫，官至车骑掾。 太傅祜：羊祜。 同堂：堂房的兄弟。 ②车骑掾：车骑将军的属官。 ③从兄：堂兄。

【评析】羊祜来哭吊羊繇，看到羊忱犹如成年人一般，因而感叹堂兄后继有人。

十二

山公举阮咸为吏部郎①，目曰："清真寡欲，万物不能移也②。"

【注释】①山公：山涛。 阮咸：字仲容，西晋陈留尉氏（今属河南）人，"竹林七贤"之一，阮籍之侄，与阮籍并称为"大小阮"。旷放不拘礼节，善弹琵琶，历官散骑郎，补始平太守。 ②清真：纯洁质朴。 寡欲：节制私欲。 移：改变。

【评析】所谓"万物不能移"，正是阮咸高尚节操的写照。

十三

王戎目阮文业①："清伦有鉴识②，汉元以来③，未有此人。"

【注释】①阮文业：阮武，字文业，三国魏陈留尉氏（今属河南）人。阮籍族兄，官至清河太守。 ②清伦：人品清高。 鉴识：精辟的见识。 ③汉元：指汉朝初期。

【评析】王戎的品鉴著称于当时，根据《晋书》本传的记载，他还品评过山涛、王衍、裴頠、荀勖、陈道宁等人。

十五

庾子嵩目和峤①："森森如千丈松②，虽磊砢有节目③，施之大厦，有栋梁之用。”

【注释】①庾子嵩：庾敳。 ②森森：树木茂盛的样子。 ③磊砢：树木多节的样子。 节目：树木枝干交接之处为节，纹理纠结不顺的部分为目。

【评析】庾敳对和峤的评价极为形象，认为他就像繁密茂盛的千丈松树，虽然树干多节，枝条交叉，但如果用来建造大厦，却可以用作栋梁。

十六

王戎云[1]：“太尉神姿高彻[2]，如瑶林琼树[3]，自然是风尘外物。”

【注释】①太尉：王衍。 神姿：丰采。 高彻：超脱通达。 ②瑶林琼树：比喻人之品格如美玉般高洁。瑶、琼，均为美玉。 ③风尘：世俗，尘世。

【评析】王衍的风姿是西晋士人中非常突出的一个，所以王戎誉之为世俗外人也是不为过的。

十七

王汝南既除所生服[1]，遂停墓所。兄子济每来拜墓[2]，略不过叔[3]，叔亦不候。济脱时过[4]，止寒温而已。后聊试问近事[5]，答对甚有音辞[6]，出济意外，济极惋愕。仍与语，转造精微。济先略无子侄之敬，既闻其言，不觉懔然[7]，心形俱肃[8]。遂留共语，弥日累夜。济虽俊爽，自视缺然[9]，乃喟然叹曰[10]：“家有名士，三十年而不知！”济去，叔送至门。济从骑有一马[11]，绝难乘，少能骑者。济聊问叔：“好骑乘不？”曰：“亦好尔。”济又使骑难乘马。叔姿形既妙，回策如萦[12]，名骑无以过之。济益叹其难测，非复一事。既还，浑问济[13]：“何以暂行累日[14]？”济曰：“始得一叔[15]。”浑问其故，济具叹述如此[16]。浑曰：“何如我？”济曰：“济以上人。”武帝每见济，辄以湛调之曰[17]：“卿家痴叔死未？”济常无以答。既而得叔后[18]，武帝又问如前。济曰：“臣叔不痴。”称其实美。帝曰：“谁比？”济曰：“山涛以下，魏舒以上[19]。”于是显名，年二十八始宦。

【注释】①王汝南：王湛，字处冲，西晋太原晋阳（今山西太原）人。

少有识度，少言语。历官尚书郎，太子中庶子，出为汝南内史。 除所生服：脱去为父母守丧所穿的孝服。 所生，指生养自己的父母。 ②济：王济。 ③略不：完全不，几乎不。 ④脱：偶或。 ⑤聊：姑且。 ⑥音辞：指言辞很有意味。 ⑦懔（lǐn凛）然：肃然起敬的样子。 ⑧心形：内心与外表。 ⑨缺然：有所欠缺的样子。 ⑩喟（kuì愧）然：叹气的样子。⑪从骑：随从的马。 ⑫策：马鞭。 索：盘旋，回绕。 ⑬浑：王浑，字玄冲，王济之父，王湛之兄，官至录尚书事。 ⑭累日：连日，几天。⑮始：方才。 ⑯具：俱，全，都。 ⑰调：调笑，开玩笑。 ⑱既而：不久。 ⑲魏舒：字阳元，任城樊（今山东济宁附近）人。不修常人之节，性好骑射，为司马昭器重。入晋，官至司徒。

【评析】王济先前对王湛完全没有敬意，但一番交谈过后，不觉肃然起敬。王济虽然才高俊迈，性格爽朗，但自觉比起王湛来也有所欠缺，于是向晋武帝大力推荐，并认为其在山涛之下，魏舒之上。

二十

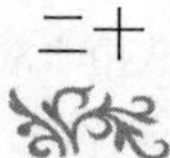

有问秀才[①]："吴旧姓何如[②]？"答曰："吴府君[③]，圣王之老成[④]，明时之俊乂[⑤]；朱永长[⑥]，理物之至德[⑦]，清选之高望[⑧]；严仲弼[⑨]，九皋之鸣鹤[⑩]，空谷之白驹[⑪]；顾彦先[⑫]，八音之琴瑟[⑬]，五色之龙章[⑭]；张威伯[⑮]，岁寒之茂松，幽夜之逸光[⑯]；陆士衡、士龙[⑰]，鸿鹄之徘徊[⑱]，悬鼓之待槌。凡此诸君：以洪笔为锄耒[⑲]，以纸札为良田，以玄默为稼穑[⑳]，以义理为丰年，以谈论为英华[㉑]，以忠恕为珍宝，著文章为锦绣，蕴五经为缯帛[㉒]，坐谦虚为席荐[㉓]，张义让为帷幕，行仁义为室宇，修道德为广宅。"

【注释】①秀才：才能秀美者，这里指蔡洪。 ②旧姓：指世家大族。③吴府君：吴展，字士季，吴下邳（今江苏睢宁西北）人。官至吴广州刺史、吴郡太守。吴亡，闭门谢客。府君，对郡相、太守的尊称。 ④老成：指阅历多而通于世故者。 ⑤俊乂（yì义）：贤能的人。 ⑥朱永长：朱诞，字永长，吴郡（治在今江苏苏州）人，官至议郎。 ⑦理物：治理百姓。至德：最高的德行。 ⑧清选：精选。 高望：崇高的名望。 ⑨严仲弼：严隐，字仲弼，吴郡人，吴时为宛陵令。 ⑩九皋之鸣鹤：语见《诗经·小雅·鹤鸣》。皋，沼泽。九，喻沼泽曲折深远。鹤，比喻严仲弼为隐居之贤人。 ⑪空谷之白驹：语见《诗经·小雅·白驹》："皎皎白驹，在彼空谷。"

谓皎洁的小白马，在那空谷中奔驰。为思念友人之意。 ⑫顾彦先：顾荣。 ⑬八音：中国古代乐器，指金、石、丝、木、竹、匏（páo 袍）、土、革。 琴瑟：两种乐器名。 ⑭五色：青、黄、赤、白、黑为五色，这里泛指各种颜色。 龙章：龙形花纹。 ⑮张威伯：张畅，字威伯，吴郡人。 ⑯逸光：放出的光。 ⑰陆士衡、士龙：陆机、陆云。 ⑱鸿鹄：天鹅。 徘徊：指盘旋飞翔。 ⑲洪笔：大笔。 锄耒（lěi 垒）：锄头和木叉，农具。 ⑳玄默：深沉寡言。 稼穑：种植和收割。 ㉑英华：草木之美者。 ㉒蕴：积聚。 缯帛：丝织物的总称。 ㉓席荐：草垫。

【评析】蔡浩列举吴地世族大姓七人，称赞他们为国之栋梁，治民之贤才，可见在两晋时期江南就已经涌现出了大批人才。

二十九

林下诸贤[①]，各有俊才子[②]：籍子浑[③]，器量弘旷[④]；康子绍[⑤]，清远雅正[⑥]；涛子简[⑦]，疏通高素[⑧]；咸子瞻[⑨]，虚夷有远志[⑩]，瞻弟孚[⑪]，爽朗多所遗[⑫]；秀子纯、悌[⑬]，并令淑有清流[⑭]；戎子万子[⑮]，有大成之风，苗而不秀[⑯]，唯伶子无闻[⑰]。凡此诸子，唯瞻为冠，绍、简亦见重当世。

【注释】①林下诸贤：指竹林七贤嵇康、阮籍、山涛、向秀、阮咸、王戎、刘伶。 ②俊才子：指他们的儿子均有卓越的才能。 ③籍：阮籍。 浑：阮浑，字长成，官至太子中庶子。 ④弘旷：宽广开朗。 ⑤康：嵇康。 绍：嵇绍。 ⑥清远雅正：志向高远，本性正直。 ⑦涛：山涛。 简：山简，字季伦，官至征南将军。 ⑧疏通高素：通达高洁。 ⑨咸：阮咸。 瞻：阮瞻，字千里，官至太子舍人。 ⑩虚：谦虚平易。 ⑪孚：阮孚。 ⑫遗：指超脱世俗。 ⑬秀：向秀。 纯、悌：向纯、向悌。向纯，字长悌，官至侍中。向悌，字叔逊，官至御史中丞。 ⑭令淑：美好善良。 清流：指具有时望的清高的名士。 ⑮戎：王戎。 万子：王绥，字万子，有美名，十九岁即早死。 ⑯苗而不秀：语见《论语·子罕》："苗而不秀者，有矣夫！"为孔子痛惜学生颜渊早逝而发，后即喻未成年而早夭。秀，指庄稼吐穗开花。 ⑰伶子：刘伶之子，佚名。

【评析】竹林诸位都有才能卓越的儿子：阮籍的儿子阮浑，度量宽广开朗；嵇康的儿子嵇绍，志向高远，本性正直；山涛的儿子山简，通达高洁；阮咸的儿子阮瞻，谦虚平易，志向远大；阮瞻的弟弟阮孚，性格爽朗；向秀的儿子向纯、向悌，都是具有时望的清高名士；王戎的儿子王绥，颇有成就大器的风度；只有刘伶的儿子默默无闻。

三十八

庾太尉在洛下[①]，问讯中郎[②]。中郎留之云："诸人当来。"寻温元甫、刘王乔、裴叔则俱至[③]，酬酢终日[④]。庾公犹忆刘、裴之才俊，元甫之清中[⑤]。

【注释】①庾太尉：庾亮。 ②问讯：问候。 中郎：庾敳。 ③寻：不久。 温元甫：温几，字元甫，太原（今属山西）人。历官司徒右长史、湘州刺史。 刘王乔：刘畴，字王乔，彭城（今江苏徐州）人。官至司徒左长史。 裴叔则：裴楷。 ④酬酢（zuò作）：筵席上主宾相互敬酒。 ⑤清中：清朗平和。

【评析】文中诸人都是当时善于清谈、名噪一时的名士，他们在庾敳家酬酢，盘桓终日，其才能与风度给庾亮留下深刻的印象，使他久久难忘。

四十

王长史是庾子躬外孙[①]，丞相目子躬云[②]："入理泓然[③]，我已上人[④]。"

【注释】①王长史：王濛。 庾子躬：庾琮。 ②丞相：王导。 ③泓然：水深清澈的样子。 ④已上：以上。

【评析】魏晋名士虽然大多自负，但也能肯定他人的才华，所以王导认为庾琮超过了自己。

四十五

王平子迈世有俊才[①]，少所推服[②]。每闻卫玠言，辄叹息绝倒[③]。

【注释】①王平子：王澄。 迈世：超脱世俗。 ②推服：推崇佩服。 ③绝倒：极为佩服倾倒。

【评析】王衍曾把王澄排名为天下士人第一名，王澄对别人也很少推崇，可他每次听到卫玠的清谈，总会赞叹不已，为之倾倒。

四十七

周侯于荆州败绩还[①]，未得用。王丞相与人书曰[②]："雅流弘器[③]，何可得遗[④]？"

【注释】①周侯：周顗。 败绩：大败。 ②王丞相：王导。 ③雅流：高雅之辈。 弘器：指有大才干的人。 ④遗：遗弃。

【评析】周顗在荆州大败而归后，王导并不以成败论英雄，认为周顗是高雅之人，具有大才干，所以不可以弃之不用。

六十二

王蓝田为人晚成[①]，时人乃谓之痴。王丞相以其东海子[②]，辟为掾[③]。常集聚[④]，王公每发言，众人竞赞之。述于末坐曰："主非尧、舜[⑤]，何得事事皆是?"丞相甚相叹赏[⑥]。

【注释】①王蓝田：王述。 晚成：成就较迟。 ②东海：王承，曾任东海太守，故称。 ③辟（bì 避）：征召。 掾：属官。 ④常：经常。 ⑤主：主人，对长官的尊称，指王导。 ⑥丞相：王导。

【评析】王述成名比较迟，当时人甚至认为他是个呆子。王述虽然得到了王导的提拔，但敢于直言，认为王导不是圣贤，怎么可能会没有错。王导对此非但不生气，反而大为欣赏，展现了豁达的胸襟。

七十四

王蓝田拜扬州[①]，主簿请讳[②]，教云："亡祖先君，名播海内，远近所知。内讳不出于外[③]，余无所讳。"

【注释】①王蓝田：王述。 拜扬州：受任扬州刺史。 ②请讳：请示该避讳的字。 ③教：指大臣的指示。 内讳：指家中女性长辈的名字。

【评析】旧时为表示对君主或尊长的尊重，所以要避免说到或写到他们的名字，改用其他字代替，称为避讳。晋人尤重家讳，所以新官上任时属吏要请示避讳的字。

七十七

王右军语刘尹[①]："故当共推安石[②]。"刘尹曰："若安石东山志立[③]，当与天下共推之。"

【注释】①王右军：王羲之。　刘尹：刘惔。　②故当：当然。　安石：谢安。　③东山志：指不愿出仕而隐居的志趣。

【评析】谢安在未成年时已受到当时名士王濛、王导等的器重。他寓居会稽、高卧东山，名望日隆，所以王羲之、刘惔要联合天下人共同推举谢安。

八十二

王司州与殷中军语[①]，叹云："己之府奥[②]，早已倾写而见[③]；殷陈势浩汗[④]，众源未可得测。"

【注释】①王司州：王胡之。　殷中军：殷浩。　②府奥：指胸中所有。　③倾写：即倾泻。"写"，通"泻"。　④陈势：阵势。陈，通阵。浩汗：广大辽阔的样子。

【评析】王胡之对殷浩非常钦佩，所以感叹自己虽然发挥了所有的才学，但殷浩却还是莫测高深。

九十七

谢公道豫章[①]："若遇七贤[②]，必自把臂入林[③]。"

【注释】①谢公：谢安。　豫章：谢鲲。　②七贤：即竹林七贤。　③把臂：挽着手臂。　入林：指加入竹林七贤。

【评析】谢鲲为人放浪形骸，不拘形迹，有竹下之风。所以谢安认为谢鲲如果遇到七贤，肯定会被他们视为知己。

九十九

殷渊源在墓所几十年[①]。于时朝野以拟管、葛[②]，起不起[③]，以卜江左兴亡[④]。

【注释】①殷渊源：殷浩。　几：将近。　②拟：比拟。　管、葛：管仲、诸葛亮。　③起不起：指出仕与否。　④卜：预测。　江左：指东晋。

【评析】殷浩在祖先的墓地隐居了将近十年，当时朝廷内外都把他比拟为管仲、诸葛亮，以他出仕与否，来预测东晋的兴亡。可见殷浩深得众望。

一〇二

谢公作宣武司马[①]，属门生数十人于田曹中郎赵悦子[②]。悦子以告宣武，宣武云："且为用半[③]。"赵俄而悉用之[④]，曰："昔安石在东山[⑤]，缙绅敦逼[⑥]，恐不豫人事[⑦]。况今自乡选[⑧]，反违之邪？"

【注释】①谢公：谢安。　宣武：桓温。　②属：嘱托。　田曹中郎：官名，管理农事。　赵悦子：赵悦，字悦子，东晋下邳（今江苏宿县）人。官至左卫将军。　③且：暂时。　④俄而：不久。　⑤东山：谢安隐居之地。　⑥缙绅：古代大官插笏垂绅，后指官僚士大夫。　敦逼：催促逼迫。　⑦豫：参预，同"预"。　人事：世事。　⑧乡选：在乡里选拔人才。

【评析】赵悦认为谢安隐居在东山时，缙绅们催逼他出仕，就怕他不肯参预政事，现在既然他亲自从乡里选拔了人才，怎么可以违背他的意愿。所以赵悦不顾桓温的旨意，将谢安推荐的人悉数任用了。

一一四

初，法汰北来[①]，未知名，王领军供养之[②]。每与周旋行来[③]，往名胜许[④]，辄与俱。不得汰，便停车不行。因此名遂重。

【注释】①法汰：竺法汰。　北来：从北方来。　②王领军：王洽，字敬和，王导第三子。历官吴郡内史、中领军。　③周旋：应酬，往来。　行来：往来，交往。　④名胜：有名望的人，名流。　许：处。

【评析】王洽是王导诸子中最为知名的一个，他十分钦佩竺法汰，不但供养他而且常常与他一同应酬，到名流家，总要与他一起去。法汰的名望也因此高了起来。

一一九

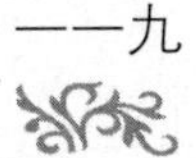

孙兴公、许玄度共在白楼亭[①]，共商略先往名达[②]。林公既非所

关[3]，听讫云："二贤故自有才情[4]。"

【注释】①孙兴公：孙绰。 许玄度：许询。 白楼亭：驿亭名：在今浙江绍兴。 ②商略：讨论，筹划。 先往：先前，以往。 名达：名流贤达。 ③林公：支道林。 ④故自：的确，确实。

【评析】孙绰少以文才垂称，号为文士之冠，而许询则以神童著称。他们在白楼亭一起评论名流贤达，想必有不少精妙之论，所以支道林虽然对这些并不关心，但听了之后还是认为他们确实有才华。

一五三

王恭始与王建武甚有情[1]，后遇袁悦之间[2]，遂致疑隙[3]。然每至兴会[4]，故有相思。时恭尝行散至京口射堂[5]，于时清露晨流，新桐初引[6]，恭目之曰："王大故自濯濯[7]。"

【注释】①王建武：王忱。 ②间（jiàn 见）：离间。 ③疑隙：因猜疑而造成的隔阂。 ④兴会：兴致所至。 ⑤行散：指服食五石散后须出外散步，使药性散发。 京口：今江苏镇江。 射堂：练习射箭的场所。 ⑥引：萌发。 ⑦王大：王忱。 濯濯：光明清新的样子。

【评析】王恭是王忱的叔伯侄子，二人齐名，而且互相友善。后来由于袁悦的挑拨，二人间有了隔阂，但还是时常想念。所以王恭见到清晨的美景时，不由自主地赞赏王忱如清晨的露水、新生的桐叶，澄明清新。

品藻第九

一

汝南陈仲举、颍川李元礼二人[①]，共论其功德，不能定先后。蔡伯喈评之曰[②]："陈仲举强于犯上[③]，李元礼严于摄下[④]，犯上难，摄下易。"仲举遂在"三君"之下[⑤]，元礼居"八俊"之上[⑥]。

【注释】①陈仲举：陈蕃。李元礼：李膺。②蔡伯喈（jiē街）：蔡邕（132—192），字伯喈，东汉陈留圉（今河南杞县南）人。官至中郎将，因依附董卓被杀。③犯上：指触犯皇帝。④李元礼：李膺。摄下：指管束下属。摄，通"慑"。⑤三君：指东汉末之窦武、刘淑、陈蕃三人，为当时人所尊。陈蕃位居三君之末。君，对才德出众者之尊称。⑥八俊：指东汉末之李膺、荀翌、杜密、王畅、刘祐、魏朗、赵典、朱寓八人，为当时人赞为杰出之士。李膺位居八俊之首。俊，才智杰出之士。

【评析】人们对汝南陈蕃、颍川李膺两人的功业德行不能确定高下，但蔡邕认为陈蕃敢于冒犯上司，李膺管束下属很严厉，而冒犯上司困难，管束下属容易。于是陈蕃就排在"三君"之末，李膺则居于"八俊"之首。

三

顾劭尝与庞士元宿语[①]，问曰："闻子名知人[②]，吾与足下孰愈[③]？"曰："陶冶世俗[④]，与时浮沉[⑤]，吾不如子。论王霸之余策[⑥]，览倚伏之要害[⑦]，吾似有一日之长[⑧]。"劭亦安其言[⑨]。

【注释】①庞士元：庞统。②名知人：以知人而闻名。③愈：优，强。④陶冶：熏陶化育。⑤浮沉：指追随世俗，随波逐流。⑥王霸：先秦儒家称以仁义治天下为王道，以武力平天下为霸道。⑦倚伏：谓祸福之间互相依存。⑧一日之长：指自己略胜一筹。⑨安：指合适。

【评析】庞统评论顾劭和自己各有长短，顾劭听了亦坦承庞统之说公允。可知二人的胸襟都很坦荡，能客观地看待自己和别人的优缺点。

四

诸葛瑾、弟亮及从弟诞[1]，并有盛名，各在一国。于时以为蜀得其龙，吴得其虎，魏得其狗。诞在魏，与夏侯玄齐名。瑾在吴，吴朝服其弘量[2]。

【注释】①诸葛瑾（174—241）：字子瑜，诸葛亮之兄，三国琅邪阳都（今山东沂南南）人。孙权称帝后，官至大将军。 亮：诸葛亮。 从弟：堂弟，族弟。 诞：诸葛诞，字公休，诸葛瑾的族弟，在魏担任镇东将军、司空，后因谋逆被诛。 ②弘量：宏大的器量。

【评析】《六韬》以文、武、龙、虎、豹、犬的次序排列，可知古人以犬排在龙虎之后，并无贬意，只是排名稍后而已。本文喻三人为龙、虎、狗，指他们分别在三国任职，均有功于国，都是值得称赞的功臣。

六

正始中[1]，人士比论[2]，以五荀方五陈[3]，荀淑方陈寔，荀靖方陈谌[4]，荀爽方陈纪，荀彧方陈群，荀顗方陈泰[5]。又以八裴方八王：裴徽方王祥，裴楷方王夷甫[6]，裴康方王绥[7]，裴绰方王澄[8]，裴瓒方王敦[9]，裴遐方王导，裴頠方王戎，裴邈方王玄。

【注释】①正始：三国魏齐王曹芳的年号（240—249）。 ②人士：有名的人。 比论：比较评论。 ③五荀：指荀淑、荀靖、荀爽、荀彧、荀顗。 方：比拟。 五陈：指陈寔、陈谌、陈纪、陈群、陈泰。 ④荀靖：字叔慈，荀淑第三子，有才学，不就征聘。 ⑤荀顗：字景倩，荀彧之子，曹魏时官至光禄大夫，晋时官至太尉。 ⑥王夷甫：王衍。 ⑦裴康：裴徽之子，字仲豫，官太子左率。 王绥：字彦猷，王愉之子，官至荆州刺史，因王愉谋乱被诛。 ⑧裴绰：字仲舒，裴楷之弟，官中书黄门侍郎。 ⑨裴瓒：字国宝，裴楷之子，才气爽俊，官至中书郎。

【评析】正始年间，名士们品评人物，以五荀比拟五陈：荀淑比拟陈寔，荀靖比拟陈谌，荀爽比拟陈纪，荀彧比拟陈群，荀顗比拟陈泰；又以八裴比拟八王：裴徽比拟王祥，裴楷比拟王衍，裴康比拟王绥，裴绰比拟王澄，裴瓒比拟王敦，裴遐比拟王导，裴頠比拟王戎，裴邈比拟王玄。可见曹魏时期就已经人才辈出了，这是曹魏能够平定蜀、吴的重要原因。

七

冀州刺史杨准二子乔与髦[①]，俱总角为成器[②]。准与裴頠、乐广友善，遣见之。頠性弘方[③]，爱乔之有高韵[④]，谓准日“乔当及卿，髦小减也[⑤]。”广性清淳[⑥]，爱髦之有神检，谓准曰：“乔自及卿，然髦尤精出[⑦]。”准笑曰：“我二儿之优劣，乃裴、乐之优劣。”论者，以为乔虽高韵，而检不匝[⑧]；乐言为得。然并为后出之俊。

【注释】①乔：杨乔，字国彦，官至二千石。　髦：杨髦，字士彦，官至二千石。　②总角：指童年。　成器：喻指成材。　③弘方：旷达正直。　④高韵：高雅的气质。　⑤减：不如，差。　⑥清淳：高洁淳朴。　神检：精神操守。　⑦精出：优秀杰出。　⑧匝：周遍，完备。

【评析】性格弘方的裴頠欣赏杨乔，认为他更优秀；而性情清淳的乐广则认为杨髦更杰出。当时的士人偏重精神操守，所以大多同意乐广之言。

十二

王大将军在西朝时[①]，见周侯辄扇障面，不得住[②]。后度江左[③]，不能复尔[④]。王叹曰：“不知我进伯仁退[⑤]！”

【注释】①王大将军：王敦。　西朝：指西晋。　②周侯：周顗。　住：停止。　③江左：江东，指东晋。　④尔：如此。　⑤伯仁：周顗。

【评析】王敦在西晋时，看见周顗时总是用扇子不停地遮脸，南渡以后就不这样了。王敦感叹说：“不知道是我进步了还是周顗退步了！”可见王敦对周顗还是比较忌惮的。

十三

会稽虞骙[①]，元皇时与桓宣武同侠[②]，其人有才理胜望[③]。王丞相尝谓骙曰[④]：“孔愉有公才而无公望，丁潭有公望而无公才[⑤]。兼之者，其在卿乎？”骙未达而丧[⑥]。

【注释】①虞骙（fēi 非）：字思行，东晋会稽余姚（今属浙江）人。官至金紫光禄大夫。　②元皇：晋元帝。　桓宣武：当为“桓宣城”之误，指桓温父亲宣城内史桓彝。　同侠：当为“同僚”之误。　③才理胜望：指才思名望。　④王丞相：王导。　⑤丁潭：字世康，东晋山阴（今浙江绍兴）人，官至光禄大夫。　⑥达：显达，显贵。

【评析】王导认为虞騑既有才思又有声望，是难得的人才。可惜虞騑英年早逝。

十四

明帝问周伯仁[①]：“卿自谓何如郗鉴？”周曰：“鉴方臣，如有功夫[②]。”复问郗，郗曰：“周颛比臣，有国士门风[③]。”

【注释】①明帝：晋明帝。　周伯仁：周颛。　②功夫：修养，造诣。　③国士：国中有才德声望的人。　门风：家风。

【评析】周颛认为郗鉴比自己有修养，郗鉴则认为周颛更有国士之风。可见东晋初期大臣们之间非但能够融洽相处，而且也能彼此欣赏，为政局的稳定打下了基础。

十五

王大将军下[①]，庾公问[②]：“闻卿有四友，何者是？”答曰：“君家中郎、我家太尉、阿平、胡毋彦国[③]。阿平故当最劣。”庾曰：“似未肯劣[④]。”庾又问：“何者居其右[⑤]？”王曰：“自有人。”又问：“何者是？”王曰：“噫！其自有公论。”左右蹑公[⑥]，公乃止。

【注释】①王大将军：王敦。　下：指东下京都建康。　②庾公：庾亮。　③中郎：庾颛。　太尉：王衍。　阿平：王澄。　④肯：必，一定。　⑤右：上。古以右为尊。　⑥蹑：踩。

【评析】王敦认为四友并非最为杰出，还有人更出其上，言下之意就是自己。庾亮看他不肯明说，就想刨根问底，最后经左右蹑足提醒才不再问了。这则故事颇富戏剧性。

二十二

明帝问周伯仁[①]：“卿自谓何如庾元规[②]？”对曰：“萧条方外[③]，

亮不如臣；从容廊庙[4]，臣不如亮。”

【注释】①明帝：晋明帝司马绍。 周伯仁：周顗。 ②庾元规：庾亮。 ③萧条：超脱自在。 方外：世俗之外。 ④从容：优闲，自在。 廊庙：指朝廷。

【评析】庾亮为明帝皇后之父，与王导受遗诏辅幼主，故能从容周旋于朝廷之上。周顗则以好饮出名，以宽容、友爱过人而得到重名，为保全王导甚至不惜性命，故其自称超脱自在于方外胜过庾亮，符合事实，确有自知之明。

二十四

卞望之云[1]：“郗公体中有三反[2]：方于事上[3]，好下佞己[4]，一反；治身清贞[5]，大修计校[6]，二反；自好读书，憎人学问，三反[7]。”

【注释】①卞望之：卞壶。 ②郗公：郗鉴。 反：互相矛盾。 ③方：正直。 事上：指侍奉皇帝。 ④佞：谄媚。 ⑤治身：修身。 清贞：清廉正派。 ⑥修：指讲究。 计校：计较。 ⑦学问：指学习。

【评析】郗鉴是东晋初的大臣，三朝元老，但他多有言行不一的地方。所以卞壶认为郗鉴身上有三个相互矛盾的地方：侍奉皇上时正直，却喜欢下属谄媚自己；自己修身清廉正派，而对他人则斤斤计较；自己爱好读书，却讨厌他人学习。

四十六

谢公与时贤共赏说[1]，遏、胡儿并在坐[2]。公问李弘度[3]：“卿家平阳[4]，何如乐令[5]？”于是李潸然流涕曰[6]：“赵王篡逆[7]，乐令亲授玺绶[8]。亡伯雅正[9]，耻处乱朝，遂至仰药[10]，恐难以相比。此自显于事实，非私亲之言。”谢公语胡儿曰：“有识者果不异人意。”

【注释】①谢公：谢安。 时贤：名流，贤达。 赏说：谈论，品评人物。 ②遏：谢玄。 胡儿：谢朗。 ③李弘度：李充。 ④平阳：李重，字茂曾，江夏钟武（今河南信阳东南）人。历官吏部郎、平阳太守。 ⑤乐令：乐广。 ⑥潸（shān 山）然：流泪的样子。 ⑦赵王：司马伦。 篡逆：指赵王司马伦废惠帝自立为帝事。 ⑧玺绶：古代印玺上必有组绶，故称印玺为玺绶。此指皇帝之印玺。 ⑨亡伯：指李重。 雅正：正派，正直。⑩仰药：服毒自杀。

【评析】李重为官以清尚见称，家贫，死后连殡敛之地都没有。所以李充认为亲自为篡逆的赵王授玺绶的乐广是难以与自己的伯父相提并论的。

四十七

王修龄问王长史[①]："我家临川[②]，何如卿家宛陵[③]？"长史未答。修龄曰："临川誉贵[④]。"长史曰："宛陵未为不贵。"

【注释】①王修龄：王胡之。王长史：王濛。②临川：指王羲之，曾任临川太守，故称。③宛陵：指王述，曾任宛陵令，故称。④誉：声誉。

【评析】王胡之与王羲之是堂房兄弟，王濛与王述是堂房兄弟，所以各人都夸自家兄弟。

四十八

刘尹至王长史许清言[①]，时苟子年十三[②]，倚床边听。既去，问父曰："刘尹语何如尊[③]？"长史曰："韶音令辞不如我[④]，往辄破的胜我[⑤]。"

【注释】①刘尹：刘惔。王长史：王濛。许：处。清言：清谈。②苟子：王修。③尊：对父亲的敬称。④韶音：美好的音调。令辞：美好的言辞。⑤往：指与对方辩难。的：原指箭靶中心，此指要害。

【评析】王濛认为在音调和言辞方面，刘惔不如自己；但辩论起来刘惔总能切中要害方面，胜过自己。认识别人的优缺点容易，但客观认识自己的优缺点却不容易。魏晋士人的可贵之处在于，不仅有知人之明，也有自知之明。

四十九

谢万寿春败后[①]，简文问郗超[②]："万自可败，那得乃尔失卒情[③]？"超曰："伊以率任之性[④]，欲区别智勇。"

【注释】①寿春：今安徽寿县。②简文：简文帝。③那得：怎么，为什么。 乃尔：如此。 ④伊：他，第三人称代词。 率任：随意放任。

【评析】谢万在寿春大败后，简文帝问郗超："谢万自然可能失败，但怎么会如此失去士卒之心呢?"郗超说："他凭着随意放任的性子，想要把智谋和勇敢区分开来。"可见谢万之败是因为太过任性而为，以为可以用自己的智，来驾驭部下的勇，结果引起部下的反感。将士失和，焉有不败之理。

五十一

世目殷中军[①]："思纬淹通[②]，比羊叔子[③]。"

【注释】①殷中军：殷浩。 ②思纬：思路。 淹通：广博通达。 ③羊叔子：羊祜。

【评析】世人品评殷浩时认为，他的思路广博通达，可以和羊祜相媲美。但是刘孝标不同意这种说法，认为羊祜的德才犹如日月之明，绝非殷浩所能比拟。可见世人的品评也有言过其实的时候。

五十二

有人问谢安石、王坦之优劣于桓公[①]。桓公停欲言[②]，中悔曰："卿喜传人语，不能复语卿。"

【注释】①谢安石：谢安。 桓公：桓温。 ②停：正，副词。

【评析】有人向桓温问谢安和王坦之两人的优劣，桓温正想说，马上后悔道："你喜欢传话，我不能再对你说了。"可见当时私下议论是非的风气盛行，桓温不得不加以提防。

五十四

支道林问孙兴公[①]："君何如许掾[②]？"孙曰："高情远致[③]，弟子早已服膺[④]；一吟一咏[⑤]，许将北面[⑥]。"

【注释】①支道林：支遁。 孙兴公：孙绰。 ②许掾：许询，曾被征为司徒掾，故称。 ③高情远致：高尚的情操，深远的志趣。 ④服膺(yīng 应)：指衷心佩服。膺，胸。 ⑤一吟一咏：吟诗作赋。 ⑥北面：指服输，折服于人。

【评析】许询以高迈著称，而孙绰则以才藻名世，所以孙绰也佩服许询的高尚情操和深远的志趣，但孙绰认为在吟咏诗赋方面，自己可以做许询之师。

五十五

王右军问许玄度[①]：“卿自言何如安石[②]？”许未答，王因曰：“安石故相与雄[③]，阿万当裂眼争邪[④]？”

【注释】①王右军：王羲之。 许玄度：许询。 ②安石：当作“安、万”，指谢安与谢万。 ③相与雄：一起称雄。 ④阿万：谢万。 裂眼：瞪大眼睛。

【评析】王羲之问许询：“你自己认为和谢安、谢万比怎么样？”许询还没有回答，王羲之就说：“谢安和你一起称雄，谢万却应当瞪大眼睛来争呢？”说明王羲之早就有了自己的看法，认为谢万根本不能与谢安和许询相提并论。

六十一

孙公兴、许玄度皆一时名流[①]。或重许高情[②]，则鄙孙秽行[③]；或爱孙才藻[④]，而无取于许。

【注释】①孙兴公：孙绰。 许玄度：许询。 ②高情：高尚的情操。 ③秽行：污浊的行为。 ④才藻：才思文采。

【评析】孙绰、许询都是当时的名流。有的人敬重许询的高尚情操，就鄙视孙绰的污浊行为，有的人喜爱孙绰的才思文采，而认为许询一无可取。说明孙绰的品行是受到世人诟病的。

六十二

郗嘉宾道谢公[①]：“造膝虽不深彻[②]，而缠绵[③]纶至[④]。”又曰：“右军诣嘉宾[⑤]。”嘉宾闻之云：“不得称诣，政得谓之朋耳[⑥]。”谢公以嘉宾言为得[⑦]。

【注释】①郗嘉宾：郗超。 谢公：谢安。 ②造膝：原指亲近，此指交谈、谈论。 深彻：深刻透彻。 ③缠绵：情意深厚，此指周详备至。④纶至：指思路明晰，有条理。 ⑤右军：王羲之。 诣：造诣。 ⑥政：通“正”，只。 朋：同等，齐同。 ⑦得：对，正确。

【评析】郗超认为谢安的谈论虽然不很深刻透彻，但是却周详备至，条理分明。有人认为王羲之的造诣比郗超高，郗超则认为王羲之的造诣和自己是相差无几的。谢安对郗超的看法表示了赞同。

六十三

庾道季云[①]：“思理伦和[②]，吾愧康伯[③]；志力强正[④]，吾愧文度[⑤]。自此以还[⑥]，吾皆百之[⑦]。”

【注释】①庾道季：庾龢。 ②思理：指思路。 伦和：指有条理。③康伯：韩伯。 ④志力：意志力。 强正：坚强。 ⑤文度：王坦之。⑥以还：以外。 ⑦百：百倍。

【评析】 庾龢认为在思路的条理性方面不如韩伯，在意志的坚强方面不如王坦之，其他方面都超过他们百倍。可见他自视甚高。

六十四

王僧恩轻林公[①]，蓝田曰[②]：“勿学汝兄[③]，汝兄自不如伊。”

【注释】①王僧恩：王祎之，字文劭，小字僧恩，东晋太原晋阳（今山西太原）人。王述次子，官至中书郎。 林公：支遁。 ②蓝田：王述。③汝兄：指王坦之。

【评析】王坦之原本轻视支遁，现在王祎之对支遁也采取轻蔑的态度，所以王述告诫次子王祎之不要学哥哥的样，并认为长子王坦之不如支遁。这种真率的态度体现了魏晋名士的风范。

六十五

简文问孙兴公[①]：“袁羊何从[②]？”答曰：“不知者不负其才[③]，知之者无取其体[④]。”

【注释】①简文：简文帝。 孙兴公：孙绰。 ②袁羊：袁乔。 ③负：指舍弃。 ④体：指品德。

【评析】孙绰对袁乔的评价是有才而无德。

六十六

蔡叔子云[①]："韩康伯虽无骨干[②]，然亦肤立[③]。"

【注释】①蔡叔子：蔡系。 ②韩康伯：韩伯。 骨干：骨架。 ③肤立：指外表形象尚能树立。

【评析】据说韩伯长得肥胖，样子像肉鸭，所以蔡系认为韩伯的身材看上去没有骨架。

六十七

郗嘉宾问谢太傅曰[①]："林公谈何如嵇公[②]？"谢云："嵇公勤著脚[③]，裁可得去耳[④]。"又问："殷何如支[⑤]？"谢曰："正尔有超拔[⑥]，支乃过殷。然亹亹论辩[⑦]，恐殷欲制支。"

【注释】①郗嘉宾：郗超。 谢太傅：谢安。 ②林公：支遁。 嵇公：嵇康。 ③勤著脚：指努力赶向前。 ④裁：通"才"。 ⑤殷：殷浩。 ⑥正尔：正好。 超拔：指超凡拔俗的风度。 ⑦亹亹（wěi 尾）：形容谈话不绝的样子。

【评析】谢安认为嵇康和支遁相比的话，嵇康只有努力向前，才能赶得上；殷浩和支遁相比的话，支遁只有用超凡脱俗的风度才能超过殷浩，但殷浩可以用滔滔不绝的论辩制服支遁。

六十八

庾道季云[①]："廉颇、蔺相如虽千载上死人[②]，懔懔恒如有生气[③]；曹蜍、李志虽见在[④]，厌厌如九泉下人[⑤]。人皆如此，便可结绳而治[⑥]，但恐狐狸猯狢啖尽[⑦]。"

【注释】①庾道季：庾龢。 ②廉颇、蔺相如：战国时赵国的将、相。 ③懔懔（lǐn 凛）：严正的样子。 ④曹蜍：曹茂之，字永世，小字蜍，晋彭城（今江苏徐州）人。官至尚书郎。 李志：字温祖，江夏钟武（今河南信阳东南）人。官至员外常侍、南康相。 见：同"现"。 ⑤厌厌（yān 烟）：精神不振的样子。 九泉：黄泉，指死人埋葬处。 ⑥结绳而治：原指文字产生前帮助记忆的方法，相传大事打大结，小事打小结。此指上古时代民风纯朴，易于治理。 ⑦猯（tuán 团）：猪獾（huān 欢）。 狢（hé 合）：亦称狗獾。 啖：吃。

【评析】庾龢认为廉颇、蔺相如虽然死了千年以上，但是仍然正气懔然，勃勃有生气；曹蜍、李志现在虽然活着，却精神萎靡不振像死人一样。如果人人都像曹、李这样，那就回到了结绳而治的远古时代，但恐怕会被野兽吃光。庾龢的意思是人们应当积极进取，则虽死犹生；如果苟且而活，则虽生犹死。

七十

王子敬问谢公①："林公何如庾公②？"谢殊不受，答曰："先辈初无论，庾公自足没林公③。"

【注释】①王子敬：王献之。 谢公：谢安。 ②林公：支遁。 庾公：庾亮。 ③没：超过，胜过。

【评析】王献之希望谢安比较一下支遁和庾亮，但谢安很不愿意做这样的比较，回答道："先辈们当初没有议论过，庾亮本来就足以超过支遁。"显然，谢安认为支遁并不足以和庾亮相提并论。

七十一

谢遏诸人共道竹林优劣①，谢公云②："先辈初不藏贬七贤③。"

【注释】①谢遏：谢玄。 竹林：指竹林七贤。 ②谢公：谢安。 ③臧贬：褒贬，评论。 臧，善，称许。 七贤：指嵇康、阮籍、山涛、向秀、阮咸、王戎、刘伶七人。

【评析】谢安所说先辈当初并无褒贬七贤之言，说明当时的士人将竹林七贤视为一个整体，是他们引领了魏晋的潮流，所以他们之间不应区分伯仲。

七十四

王黄门兄弟三人俱诣谢公①，子猷、子重多说俗事②，子敬寒温而已③。既出，坐客问谢公："向三贤孰愈④？"谢公曰："小者最胜。"客曰："何以知之？"谢公曰："吉人之辞寡，躁人之辞多⑤。推此知之。"

【注释】①王黄门：王徽之，官至黄门侍郎，故称。 兄弟三人：指王徽之、王操之、王献之兄弟三人。 谢公：谢安。 ②子猷：王徽之。 子重：王操之。 ③子敬：王献之。 寒温：寒暄，说客气话。 ④向：刚才。 孰：谁，哪一个。 愈：优，强。 ⑤吉人之辞寡两句：语见《周易·系辞下》，谓善人真诚正直，所以说话少；浮躁的人轻浮，所以说话多。吉人，善人。躁人，浮躁之人。

【评析】谢安认为美善之人的言辞少而精，浮躁之人的言辞多而杂，所以他从王献之的稳重寡言推知其为兄弟中的佼佼者，可谓独具慧眼。

七十六

王孝伯问谢太傅[①]："林公何如长史[②]？"太傅曰："长史韶兴[③]。"问："何如刘尹[④]？"谢曰："噫[⑤]！刘尹秀。"王曰："若如公言，并不如此二人邪？"谢云："身意正尔也[⑥]。"

【注释】①王孝伯：王恭。 谢太傅：谢安。 ②林公：支遁。 长史：王濛，曾任司徒左长史，故称。 ③韶兴：美好的兴致。 ④刘尹：刘惔。 ⑤噫：叹词。 ⑥身：我，第一人称代词。

【评析】谢安认为王濛和刘惔都比支遁优秀，说明他对支遁的评价相当有限。

七十八

谢公语孝伯[①]："君祖比刘尹[②]，故为得逮[③]。"孝伯云："刘尹非不能逮，直不逮[④]。"

【注释】①谢公：谢安。 孝伯：王恭。 ②君祖：指王恭的祖父王濛。 刘尹：刘惔。 ③逮：及，赶得上。 ④直：只是，仅仅。

【评析】王濛和刘惔各有所长，所以王恭认为祖父没必要去追赶刘惔。

七十九

袁彦伯为吏部郎[①]，子敬与郗嘉宾书曰[②]："彦伯已入[③]，殊足顿兴往之气[④]。故知捶挞自难为人[⑤]，冀小却[⑥]，当复差耳[⑦]。"

【注释】①袁彦伯：袁宏。 ②子敬：王献之。 郗嘉宾：郗超。 ③已入：指袁宏已进入吏部担任吏部郎。 ④顿：顿挫，挫伤。 兴往之气：指锐意行事的气概。 ⑤捶挞：指笞刑。 ⑥小却：稍后，过些时候。 ⑦差（chài 瘥）：同“瘥”，病愈，此指情况好转。

【评析】自东汉开始，当郎官者一旦犯错，就要受笞刑，即用荆条或小竹板打臀、腿或背的刑罚。而吏部郎官很容易因过错而受笞刑。后来袁宏自吏部郎出为东阳郡守，终于得到解脱。

八十

王子猷、子敬兄弟共赏《高士传》人及赞[①]，子敬赏“井丹高洁[②]”，子猷云：“未若‘长卿慢世[③]’。”

【注释】①王子猷：王徽之。 子敬：王献之。 《高士传》：书名，嵇康撰，已佚。 人及赞：指《高士传》中的人物传记及附于文后之赞语。 ②井丹：字大春，东汉扶风郿（今属陕西）人，以高洁著称。 ③长卿：司马相如，西汉成都（今属四川）人，辞赋大家。 慢世：任性不拘礼法。

【评析】王徽之、王献之兄弟一起欣赏《高士传》中的人物传记及赞语，王献之欣赏“井丹高洁”之赞，王徽之则认为“长卿慢世”更好。一则“高洁”，一则“慢世”，反映出兄弟俩不同的个性。

八十一

有人问袁侍中曰[①]：“殷仲堪何如韩康伯[②]？”答曰：“理义所得[③]，优劣乃复未辨[④]。然门庭萧寂[⑤]，居然有名士风流[⑥]，殷不及韩。”故殷作诔云[⑦]：“荆门昼掩[⑧]，闲庭晏然[⑨]。”

【注释】①袁侍中：袁恪之，字元祖，东晋陈郡阳夏（jiǎ，今河南太康）人。官至侍中。 ②韩康伯：韩伯。 ③理义：名理经义。 ④乃复：竟，竟然。 ⑤萧寂：冷落寂寞。 ⑥居然：显然。 风流：风度。 ⑦诔（lěi 垒）：记叙死者生平以示哀悼的文字。 ⑧荆门：用荆条编的门，状其简陋。 ⑨晏然：平静的样子。

【评析】殷仲堪为韩伯所作的诔文，着力赞赏了韩伯淡泊宁静的性情，而这正是魏晋士人所企慕的风度。

八十三

王珣疾，临困[1]，问王武冈曰[2]：“世论以我家领军比谁[3]？”武冈曰：“世以比王北中郎[4]。”东亭转卧向壁[5]，叹曰：“人固不可以无年[6]！”

【注释】①困：病重。 ②王武冈：王谧（mì 密），字稚远，一作雅远。王导之孙，王劭之子。少有美誉，官至司徒。 ③领军：指王洽，王珣之父，王导子，曾征拜领军，故称。 ④王北中郎：王坦之，曾任北中郎将，故称。 ⑤东亭：王珣。 ⑥无年：无寿。

【评析】王珣临终时尚念念难忘世人对父亲王洽的评论，当听到人们将其与王坦之相比时，竟面壁而叹。因为他认为父亲王洽的名望才德超过王坦之，只是年寿不永才会与王坦之相等。

八十六

桓玄为太傅，大会，朝臣毕集。坐裁竟[1]，问王桢之曰[2]：“我何如卿第七叔[3]？”于时宾客为之咽气[4]。王徐徐答曰：“亡叔是一时之标[5]，公是千载之英[7]。”一坐欣然[6]。

【注释】①裁：通“才”，刚刚。 ②王桢之：字公干，王徽之之子。历官侍中、大司马长史。 ③第七叔：指王献之。 ④咽气：屏住气，不敢出气，状紧张。 ⑤标：楷模，典范。 ⑥英：英杰。 ⑦欣然：喜悦的样子。

【评析】桓玄权柄在握，所以当他让王桢之评价自己和王献之时，宾客们都紧张得透不过气来。王桢之不慌不忙，作了得体的回答。所以满座宾客无不为之欣喜。

规箴第十

一

汉武帝乳母尝于外犯事[①]，帝欲申宪[②]。乳母求救东方朔[③]，朔曰："此非唇舌所争[④]，尔必望济者[⑤]，将去时，但当屡顾帝[⑥]，慎勿言，此或可万一冀耳[⑦]。"乳母既至，朔亦侍侧，因谓曰："汝痴耳！帝岂复忆汝乳哺时恩邪？"帝虽才雄心忍，亦深有情恋，乃凄然愍之[⑧]，即赦免罪。

【注释】①犯事：犯罪。 ②申宪：依法惩办。 ③东方朔（前154—前93）：字曼倩，西汉平原厌次（今山东惠民东）人，武帝时拜郎中。性诙谐滑稽，曾以辞赋谏武帝奢侈，陈农战强国之策，但不为用。 ④唇舌：指言辞。 ⑤济：指成功。 ⑥顾：回头看。 ⑦冀：希望。 ⑧愍：怜悯。

【评析】汉武帝的乳母曾经犯了罪，武帝想要依法惩办，乳母向东方朔求救。东方朔说："这不是靠言辞所能够争辩的，你唯一的希望，是在你将要离开时，只应当频频回头看，千万不要说话，这样或许有万一的机会。"乳母来向武帝告别时，东方朔也在武帝身边侍立，于是就对乳母说："你真愚笨啊！皇帝哪里再能回想起你小时候给他哺乳的恩情呢？"武帝感到悲伤，就赦免了她。据《史记·滑稽列传》，实则乳母求救于郭舍人，而非东方朔，故知本故事系误衍。

二

京房与汉元帝共论[①]，因问帝："幽、厉之君何以亡[②]？所任何人？"答曰："其任人不忠。"房曰："知不忠而任之，何邪？"曰："亡国之君各贤其臣，岂知不忠而任之？"房稽首曰[③]："将恐今之视古，亦犹后之视今也。"

【注释】①京房（前77—前37）：西汉今文易学京氏学的开创者。本姓李，字君明，东郡顿丘（今河南清丰西南）人。曾学《易》于焦延寿，以通变说《易》，好讲灾异。元帝时立为博士，屡次上疏，以灾异推论时政得失，因劾奏石显等专权，出为魏郡太守，不久下狱死。 ②幽、厉之君：周幽王和周厉王，均为无道昏君。 ③稽首：古时一种最恭敬的跪拜礼，叩头到地。

【评析】汉元帝亲信重用宦官与外戚，使朝政陷于混乱。京房借古喻今，直问元帝幽、厉之君何以任人不忠。元帝说："亡国之君各自认为他们的臣子是贤能的，哪里会知道他们不忠还去任用他们呢？"京房叩头说："恐怕我们今人看古人，也就像后人看今人一样呢。"京房最终死于奸佞之手，而元帝则一直执迷不悟。

三

陈元方遭父丧①，哭泣哀恸，躯体骨立②。其母愍之③，窃以锦被蒙上④。郭林宗吊而见之⑤，谓曰："卿海内之俊才，四方是则⑥，如何当丧⑦，锦被蒙上？孔子曰：'衣夫锦也，食夫稻也。于汝安乎⑧？'吾不取也！"奋衣而去⑨。自后宾客绝百所日⑩。

【注释】①陈元方：陈纪。 ②骨立：形容人消瘦到极点，只乘下骨架子。 ③愍：怜悯。 ④窃：私下，暗地。 ⑤郭林宗：郭泰。 吊：吊丧。 ⑥则：准则，模范。 ⑦当：面对。 ⑧衣夫锦也几句：语出《论语·阳货》："宰我问：'三年之丧，其已久矣……'子曰：'食夫稻，衣夫锦，于汝安乎？'" ⑨奋衣：摔开衣服，以示激动。 ⑩所：许，表示约数。

【评析】陈纪遭遇父亲的丧事，哭泣哀痛，瘦得只剩下骨架子了。他母亲怜悯他，私下里用锦缎被子盖在他身上。郭林宗来吊丧看见了，大为不满，拂袖而去，结果此后有一百多天宾客不上门。古时特别重视丧礼制度，特别是在士大夫阶层，所以陈纪因人们的误会而受到了冷遇。

四

孙休好射雉①，至其时，则晨去夕反。群臣莫不止谏②："此为小物，何足甚耽③？"休曰："虽为小物，耿介过人④，朕所以好之。"

【注释】①孙休：字小烈，孙权第六子，初封琅邪王，公元 258 年即位，死谥景帝。 雉：野鸡。 ②止谏：指劝阻出猎。 ③耽：沉溺，入迷。 ④耿介：有节操，正直。

【评析】孙休爱好射野鸡，到了射猎的季节，就早出晚归地去狩猎。臣子们都加以劝阻："这是小东西，哪里值得过于入迷？"孙休说："虽然是小东西，但它有节操超过一般人，我所以喜欢它。"据记载，孙休在位时锐意典籍，欲毕览百家之事，只有在射雉时才放下书。

五

孙皓问丞相陆凯曰①："卿一宗在朝有几人②？"陆曰："二相、五侯、将军十余人。"皓曰："盛哉！"陆曰："君贤臣忠，国之盛也；父慈子孝，家之盛也。今政荒民弊③，覆亡是惧，臣何敢言盛！"

【注释】①孙皓：三国吴末代君主。 陆凯：字敬风，三国吴郡吴（今江苏苏州）人。与陆逊同族。官至左丞相。 ②在朝：指在朝为官。 ③荒：荒废。 弊：疲困。

【评析】孙皓问丞相陆凯："你们家族在朝廷当官的有几个人？"陆凯说："两个丞相、五个侯爵，十多个将军。"孙皓说："真兴旺啊！"陆凯说："国君贤明，臣下忠诚，是国家的兴旺；父母慈爱，儿子孝顺，是家庭的兴旺。如今政务荒废，民众疲困，恐怕国家有覆亡的危险，我怎么敢说兴旺呢！"孙皓是个暴虐的君主，但陆凯仍然敢于强谏，气节过人。

六

何晏、邓飏令管辂作卦①，云："不知位至三公不②？"卦成，辂称引古义，深以戒之。飏曰："此老生之常谈。"晏曰："知几其神乎③，古人以为难；交疏而吐诚④，今人以为难。今君一面，尽二难之道，可谓'明德惟馨⑤'。《诗》不云乎：'中心藏之，何日忘之⑥！'"

【注释】①管辂（lù 路，209—256）：字公明，平原（今山东平原西南）人，官至少府丞。幼好天文，通《周易》，为三国魏术士。 ②三公：太尉、司徒、司空的合称。此指与三公官位相当的高官。 ③知几其神乎：语见《周易·系辞下》，意思是预知细微征兆之理就能达到神妙境界。几，细微，征兆。 ④交疏：交情疏远。 吐诚：吐露真诚。 ⑤明德惟馨：语见《左传·僖公五年》引《周书》："黍稷非馨，明德惟馨。"意思是祭祀所用的谷物不一定香，只有君王完美的德行才能芬芳远播。 ⑥中心藏之两句：见《诗经·小雅·桑》。意思是思念之情藏心里，没有一天忘记。

【评析】何晏荐举邓飏为官，但邓飏为人好货，是个贪官。管辂借卦象称引古义以戒之，被邓飏视之为老生常谈，而何晏倒是体会其苦心，引经据典以示衷心铭记之意。卜卦之后十余日，何晏、邓飏果然被司马氏所诛。

七

晋武帝既不悟太子之愚[①]，必有传后意[②]，诸名臣亦多献直言。帝尝在陵云台上坐[③]，卫瓘在侧，欲申其怀[④]，因如醉跪帝前，以手抚床曰："此坐可惜！"帝虽悟，因笑曰："公醉邪？"

【注释】①太子：司马衷。 ②传后意：指武帝死后将帝位传给太子的心意。 ③陵云台：台名，故址在今河南洛阳东。 ④怀：想法，心意，指规劝武帝废太子之意。

【评析】晋武帝对太子的愚痴毫无察觉，诸位名臣虽然多直言进谏，但武帝还是打定主意要将帝位传给他。武帝曾在陵云台上坐，卫瓘陪在旁边想要申说他自己的心意，便像喝醉似的跪在武帝前，用手抚摸武帝的坐榻说："这个座位多么可惜啊！"武帝明白他的意思，但还是不为所动，所以笑着说："你喝醉了吗？"

八

王夷甫妇[①]，郭泰宁女[②]，才拙而性刚，聚敛无厌[③]，干豫人事[④]。夷甫患之而不能禁。时其乡人幽州刺史李阳[⑤]，京都大侠，犹汉之楼护[⑥]，郭氏惮之。夷甫骤谏之[⑦]，乃曰："非但我言卿不可，李阳亦谓卿不可。"郭氏小为之损[⑧]。

【注释】①王夷甫：王衍。 ②郭泰宁：郭泰，字太宁，太原（今属山西）人。官至相国参军。 ③聚敛：搜刮财物。 无厌：不满足。厌，满足。 ④干豫人事：强行干涉他人之事。 ⑤李阳：字景祖，高平（今山东巨野南）人。官幽州刺史。 ⑥楼护：字君卿，西汉齐（治所在今山东淄博）人，官至天水太守。 ⑦骤：屡次。 ⑧小：稍微。 损：收敛。

【评析】王衍的妻子才能笨拙而性格倔强，对钱财贪得无厌，还喜欢干涉别人的事情。王衍很不满意她的行为，但又制止不了她。王衍的同乡幽州刺史李阳是京都有名的大侠，就像汉代的楼护那样，郭氏很怕他。王衍屡次劝谏郭氏无效，就说："不只是我说你不能这样，就连李阳也说你不可以如此。"郭氏听了才稍微收敛了一点。王衍妻子郭氏与惠帝皇后贾后是表姐妹，故其借中宫之势，刚愎贪戾，连王衍也无奈何，只好借老乡幽州刺史李阳来威慑她。

九

王夷甫雅尚玄远[1]，常嫉其妇贪浊[2]，口未尝言“钱”字。妇欲试之，令婢以钱绕床，不得行。夷甫晨起，见钱阂行[3]，呼婢曰：“举却阿堵物[4]！”

【注释】①王夷甫：王衍。　雅：素来，向来。　尚：高尚。　玄远：指深奥精微的玄理。　②嫉：憎恨，厌恶。　③阂：阻碍，阻隔。　④举却：拿掉。　阿堵：这个，六朝人口语。

【评析】王衍是个崇尚玄理的名士，因为厌恶妻子的贪婪污浊，所以口中从来不说“钱”字。妻子想试探他，便命婢女用钱围绕在床边，让他无法下床行走，王衍早晨起床后就叫婢女，说：“拿掉这个东西!”“阿堵物”后成为钱的别称。

十

王平子年十四五[1]，见王夷甫妻郭氏贪，欲令婢路上儋粪[2]。平子谏之，并言不可。郭大怒，谓平子曰：“昔夫人临终[3]，以小郎嘱新妇[4]，不以新妇嘱小郎。”急捉衣裾[5]，将与杖。平子饶力[6]，争得脱，逾窗而走。

【注释】①王平子：王澄。　②儋：“擔（担）”的古体字。　③夫人：指她的婆婆，王衍、王澄兄弟之母。　④小郎：指小叔子。　新妇：当时已婚妇女的自称。　⑤裾：衣服的大襟。　⑥饶力：指力气大。

【评析】王衍妻子除了贪婪之外，还很凶悍。王澄十四五岁时看到王衍妻子郭氏想让婢女到路上去担粪，就去劝谏她，郭氏听了大怒，对王澄说：“过去老夫人临终时把你托付给我，而没有把我托付给你。”就抓住王澄的衣襟准备拿杖打他。王澄力气大，挣扎脱身，跳窗逃跑了。

十一

元帝过江犹好酒[1]，王茂弘与帝有旧[2]，常流涕谏。帝许之，命

酌酒一酣[3]，从是遂断。

【注释】①元帝：晋元帝司马睿。 ②王茂弘：王导。 有旧：旧相识，老交情。 ③酣：酒喝得很痛快。

【评析】晋元帝听从王导劝谏，痛饮一番后即戒酒，像这样的皇帝实在少见。

十二

谢鲲为豫章太守[1]，从大将军下至石头[2]。敦谓鲲曰："余不得复为盛德之事矣[3]！"鲲曰："何为其然？但使自今已后[4]，日亡日去耳[5]。"郭又称疾不朝，鲲谕郭曰[6]："近者明公之举，虽欲大存社稷[7]，然四海之内，实怀未达[8]。若能朝天子，使群臣释然[9]，万物之心[10]，于是乃服。仗民望以众怀，尽冲退以奉主上[11]，如斯则勋侔一匡[12]，名垂千载。"时人以为名言。

【注释】①豫章：古郡名，即今江西省。 ②大将军：王敦。 石头：石头城。 ③不得复为盛德句：指不再为皇上效力。 ④已后：以后。 ⑤日亡日去：指一天又一天，渐渐淡忘过去。 ⑥谕：劝告。 ⑦大存社稷：指用力保存社稷。 ⑧实怀：实际用意。怀，用意，心意。 ⑨释然：指疑虑消除。 ⑩万物：指万从，众人。 ⑪冲退：谦和退让。 ⑫侔：相等。一匡：指辅佐王室，匡正天下。

【评析】王敦称病不去朝见晋元帝，谢鲲劝告说："近来你的举动虽然是想尽力保存国家社稷，但你的真实心意并未表达出来。如果你能去朝见天子，让群臣的疑虑消除，万众之心就会敬服你。依靠百姓的愿望顺从众人的心意，竭尽谦和退让的态度来奉侍主上，这样你就可一匡天下，名垂千古了。"王敦一直有异心，但谢鲲却敢于直谏，所以当时人都认为他的话是至理名言。

十三

元皇帝时[1]，廷尉张闿在小市居[2]，私作都门[3]，早闭晚开，群小患之[4]，诣州府诉，不得理；遂至檛登闻鼓[5]，犹不被判。闻贺司空出[6]，至破冈[7]，连名诣诉。贺曰："身被征作礼官[8]，不关此事。"群小叩头曰："若府君复不见治[9]，便无所诉。"贺未语。令且去，见张廷尉当为及之。张闻，即毁门，自至方山迎贺[10]。贺出见，辞之曰[11]："此不必见关，但与君门情[12]，相为惜之。"张愧谢曰："小人有如此，始不即知，早已毁坏。"

【注释】①元皇帝：晋元帝。 ②廷尉：掌管刑狱的官。 张闿：字敬绪，丹阳（今江苏南京）人。历官晋陵内史、廷尉卿。 小市：指小集市。 ③都门：指小集市的总门。 ④群小：指百姓。 患：忧虑，厌恶。 ⑤檛（zhuā 抓）：击。 登闻鼓：古时帝王在朝堂外悬鼓，臣民如有冤情或谏议可击鼓上闻。 ⑥贺司空：贺循。 ⑦破冈：即破冈渎，水渠名。 ⑧征：召，征聘。 礼官：掌礼仪之官。 ⑨府君：对官员的尊称。 ⑩方山：山名，在江苏江宁县东南。 ⑪辞：辞谢。 ⑫门情：指门第间有情谊，即世交之意。贺循祖父贺齐为吴之将军，张闿之祖父张昭为吴相，两人颇有交情，故两家堪称世交。

【评析】廷尉张闿住在小集市，私自做了里巷的总门，每天早关门晚开门，老百姓到州衙门去告状也得不到审理，于是到朝堂外去击打登闻鼓，还是没有得到判处。百姓便联名到贺循处申诉，张闿听说后立即拆去总门，亲自到方山去迎候贺循，贺循对他说："此事本不与我相关，只是我家与你家有世交之谊，相互间要爱惜这份情。"张闿惭愧地道歉说："百姓有此等情形，当初我并不知道，否则早已把门拆毁了。"贺循处理此事相当讲究策略，既照顾到张闿的面子，又为百姓解决了问题，可谓两全其美。

十五

王丞相为扬州[1]，遣八部从事之职[2]。顾和时为下传还[3]，同时俱见。请从事各奏二千石官长得失[4]，至和独无言。王问顾曰："卿何所闻?"答曰："明公作辅[5]，宁使网漏吞舟[6]，何缘采听风闻[7]，以为察察之政[8]?"丞相咨嗟称佳[9]，诸从事自视缺然也[10]。

【注释】①王丞相：王导。 为扬州：指兼任扬州刺史。 ②八部从事：州刺史属官。扬州刺史统领丹阳、会稽、吴、吴兴、宣城、东阳、临海、新安八部，故分别派遣从事八人。 之职：到职。 ③下传（zhuàn 转）：指顾和作为刺史属官乘驿车到下面去视察。传，指驿车。 ④二千石：对郡守的通称。汉时郡守俸禄为二千石，故称。 ⑤辅：宰相为辅佐帝王之人，故称。 ⑥网漏吞舟：谓鱼网太疏会漏掉吞舟之大鱼，比喻法令很宽松。 ⑦缘何：为何。 风闻：传闻。 ⑧察察之政：严苛细小之政。 ⑨

咨嗟：指赞赏。 ⑩自视缺然：自己认为有缺点。

【评析】王导任丞相时兼领扬州刺史，派遣八位属官去各地视察。诸位从事各自奏说二千石官长的得失，唯独轮到顾和时无话可说。王导问顾和道："你听到些什么？"顾和回答说："您担任宰辅，宁可让吞舟之鱼漏网，现在为何要采集传闻之辞，用这种手段来实行严苛琐碎的政令呢？"言下之意是王导既然采取宽松的为政方略，就不应该再采取监督地方官吏的方法。王导被他点醒，所以对他的话赞叹叫好。

十六

苏峻东征沈充[①]，请吏部郎陆迈与俱[②]。将至吴[③]，密敕左右[④]，令人阊门放火以示威[⑤]。陆知其意，谓峻曰："吴治平未久，必将有乱。若为乱阶[⑥]，请从我家始。"峻遂止。

【注释】①沈充：字士居，东晋吴兴（今浙江湖州）人，谄事王敦，为车骑将军，领吴国内史。王敦死后，为其将吴儒所杀。 ②陆迈：字功高，吴郡人，历官振威太守，尚书吏部郎。 ③吴：吴郡。 ④敕：命令。 ⑤阊门：苏州城西门。 ⑥乱阶：祸端。

【评析】苏峻东征沈充时请吏部郎陆迈与他一起去，将到吴郡时，苏峻密令左右随从在进入阊门后放火制造混乱。陆迈知道他的用意，对苏峻说："吴郡安定不久，必将有祸乱发生。如果要制造祸端，请先从我家放火烧起。"苏峻听了就放弃放火的打算了。陆迈于不动声色之中巧妙制止了一场人祸，保全了一城百姓的财产。

十七

陆玩拜司空[①]，有人诣之索美酒[②]，得便自起，泻著梁柱间地[③]，祝曰："当今乏才，以尔为柱石之用[④]，莫倾人栋梁[⑤]。"玩笑曰："戢卿良箴[⑥]。"

【注释】①拜：授予官职。 ②索：索取。 ③泻：倾倒。 ④柱石：柱子及其下面的基石，比喻担当国家重任。 ⑤倾：倾覆。 ⑥戢（jí 急）：收藏，引申为记住。 箴：规劝。

【评析】陆玩是陆机的堂弟，为江南望族。东晋朝廷的大权均掌握在北方士人之手，但当王导、郗鉴、庾亮等相继去世之后，无人堪继其后，陆玩有德行名望，才被授予三公之位。

十八

小庾在荆州[①]，公朝大会[②]，问诸僚佐曰："我欲为汉高、魏武，何如[③]？"一坐莫答，长史江虨曰："愿明公为桓、文之事[④]，不愿作汉高、魏武也。"

【注释】①小庾：庾翼，庾亮弟，故称。 在荆州：指在荆州刺史任上。 ②公朝：指僚属参拜长官。 ③汉高：汉高祖刘邦。 魏武：曹操。 ④桓：齐桓公。 文：晋文公。

【评析】庾翼在荆州刺史任上时，向下属表示想做一番刘邦、曹操那样的事业，结果江虨说："希望您做齐桓公、晋文公那样的事业，而不希望您成为汉高祖、魏武帝那种人。"言下之意是希望庾翼应当以辅佐周天子的齐桓公、晋文公为榜样，而不要像刘邦、曹操那样篡夺江山。

二十四

远公在庐山中[①]，虽老，讲论不辍[②]。弟子中或有堕者[③]，远公曰："桑榆之光[④]，理无远照，但愿朝阳之晖[⑤]，与时并明耳。"执经登坐，讽诵朗畅[⑥]，词色甚苦[⑦]。高足之徒[⑧]，皆肃然增敬。

【注释】①远公：慧远。 ②辍：停止。 ③堕：通"惰"，懒惰，懈怠。 ④桑榆之光：比喻人的晚年。 ⑤晖：阳光。 ⑥讽诵：背诵。 朗畅：响亮流畅。 ⑦苦：指恳切。 ⑧高足之徒：指学业优秀的学生。 高足：敬称别人的学生。

【评析】慧远是净宗法门的初祖，在庐山时虽然年纪老了，但没有停止讲论佛经。弟子中有偷懒的，慧远说："我像日暮的夕阳，应当不会久远照耀了，但愿你们如清晨朝阳之光，能随着时光的推移而越发明亮。"他手执经卷登上讲坛，背诵经文之声响亮流畅，言辞神色都很恳切，他的高足弟子由此对他更加肃然起敬。

捷悟第十一

一

杨德祖为魏武主簿[①]，时作相国门[②]，始构榱桷[③]，魏武自出看，使人题门作“活”字，便去。杨见，即令坏之[④]。既竟[⑤]，曰：“‘门’中‘活’，‘阔’字，王正嫌门大也[⑥]。”

【注释】①杨德祖：杨修（175—219），字德祖，东汉末弘农华阴（今属陕西）人。曹操辟为主簿，有才学，为曹操所忌，被杀。 魏武：曹操。 主簿：官名，总领府事，参与机要。 ②相国门：相国府的门。 ③构：建，搭。 榱（cuī 崔）桷（jué 决）：椽子，屋椽。 ④坏：拆毁。 ⑤竟：完毕，终了。 ⑥王：指曹操。

【评析】杨修聪慧过人，曹操的心思一般人难以捉摸，偏偏杨修就能参悟。但这对他而言并非好事，反而引来杀身之祸。民间也因此产生了大量有关杨修与曹操的故事，而这类故事大多不足采信。

二

人饷魏武一杯酪[①]，魏武啖少许[②]，盖头上题“合”字以示众。众莫能解。次至杨修，修便啖曰：“公教人啖一口也[③]，复何疑？”

【注释】①饷：赠送。 酪：用牛或羊乳制成的乳浆。 ②啖：吃。 ③啖一口：曹操题“合”字，拆开“合”字，即为“人一口”。

【评析】这则故事与上一则类似，都是猜字谜，恐怕也只是民间传说而已。

三

魏武尝过曹娥碑下[①]，杨修从。碑背上见题作“黄绢幼妇，外孙齑臼”八字[②]，魏武谓修曰：“解不[③]？”答曰：“解。”魏武曰：“卿未可言，待我思之。”行三十里，魏武乃曰：“吾已得。”令修别记所知。修曰："黄绢，色丝也，于字为'绝'；幼妇，少女也，于字为'妙'；外孙，女子也，于字为'好'；齑臼，受辛也[4]，于字为'辞[5]'：所谓'绝妙好辞'也。"魏武亦记之，与修同，乃叹曰："我才不及卿，乃觉三十里[6]。"

【注释】①魏武：曹操。 曹娥碑：曹娥，上虞（今属浙江）人。其父曹盱被水淹死，十四岁的曹娥为寻父尸，投江而死。县令度尚悲怜孝女，命弟子邯郸淳撰文，为之立碑。此碑今已不存。 ②齑（jī机）：切（捣）成细末的腌菜。 臼：石制的舂东西的器具。 ③不：同"否"。 ④受辛：古时用石臼舂菜时，常加大蒜等辛辣的佐料，石臼要承受辛辣之味，故谓之"受辛"。 ⑤辞：繁体字为"辭"，即"受辛"之异体字。 ⑥觉：通"较"，相差之意。

【评析】这又是一个有关字谜的故事。曹操和杨修看到曹娥碑上留下的字谜，杨修立即猜出其意，而曹操走了三十里地才明白，所以曹操感叹自己的才思不及杨修。据说《曹娥碑》上的字谜为蔡邕所题。

四

魏武征袁本初[1]，治装[2]，余有数十斛竹片[3]，咸长数寸。众云并不堪用，正令烧除。太祖思所以用之[4]，谓可为竹椑楯[5]，未显其言。驰使问主簿杨德祖[6]，应声答之，与帝心同[7]。众伏其辩悟[8]。

【注释】①魏武：曹操。 袁本初：袁绍（？—202），东汉末汝南汝阳（今河南商水西北）人，字本初，出身于四世三公的世家大族。董卓专擅朝政时，他起兵讨伐，称冀州牧，后占有冀、青、幽、并等地。建安五年（200），在官渡被曹操打败，后病死。 ②治装：整治、备办军队的装备。 ③斛（hú胡）：古代量器，十斗为一斛。 ④太祖：指曹操。 ⑤竹椑（pí皮）楯（dùn顿）：椭圆形的竹盾牌。椑，椭圆形。楯，同"盾"，盾牌。 ⑥杨德祖：杨修。 ⑦帝：指曹操。 ⑧辩悟：善言有悟性。

【评析】这则故事附会之处是显而易见的，曹操作为主帅，不可能把心思花费到几十斛竹片上，更没必要让杨修来猜测自己的意图。

五

王敦引军，垂至大桁[1]。明帝自出中堂[2]。温峤为丹阳尹，帝令

断大桁，故未断[3]，帝大怒瞋目[4]，左右莫不悚惧[5]。召诸公来，峤至不谢[6]，但求酒炙[7]。王导须臾至，徒跣下地谢曰[8]："天威在颜[9]，遂使温峤不容得谢[10]。"峤于是下谢，帝乃释然[11]。诸公共叹王机悟名言[12]。

【注释】①引军：率领军队。　垂：将，快。　大桁（háng 杭）：桥名，即朱雀桥，在建康（今南京）南朱雀门外，故名。　②中堂：都城屯军之处，在建康宣阳门外。　③故：仍然。　④瞋目：瞪大眼睛。　⑤悚惧：恐惧。　⑥谢：道歉，陪罪。　⑦炙：烤肉。　⑧徒跣（xiǎn 险）：赤足步行，以示谢罪。　⑨天威：天子的威严，指皇帝发怒。　⑩谢：谢罪。　⑪释然：指怒气消除。　⑫机悟：机警聪明。

【评析】温峤不听明帝之言，未断大桥，致使明帝大怒。但史料中的记载却与此恰好相反，相较而言，本文的故事性较强。

六

郗司空在北府[1]，桓宣武恶其居兵权[2]。郗于事机素暗[3]，遣笺诣桓[4]："方欲共奖王室[5]，修复园陵"。世子嘉宾出行[6]，于道上闻信至，急取笺，视竟，寸寸毁裂，便回。还更作笺，自陈老病不堪人间[7]，欲乞闲地自养。宣武得笺大喜，即诏转公督五郡、会稽太守[8]。

【注释】①郗司空：郗愔。　北府：指军府所在地京口。当时郗超兼任徐、兖二州刺史，徐州刺史移镇京口，故称京口为北府。　②桓宣武：桓温。　恶：憎恨。　③事机：指事势机巧。　素：素来，一向。　暗：昏暗不明。　④笺：书信。　⑤奖：指辅助。　⑥世子：古代天子、诸侯的嫡长子之称。郗愔袭爵南昌郡公，故其长子郗超亦可称世子。　嘉宾：郗超。⑦人间：指世事，担任官职。　⑧转：调任。

【评析】郗愔忠于王室，而郗超则是桓氏之党，只是郗超瞒着父亲，不让其知道。据说郗超病危时，将收有与桓温来往信件的箱子交给门生，嘱咐他：如果父亲过于伤心，就交给父亲看；反之则烧掉。后郗超果然哀悼成疾，门生便呈上这些信件，郗愔知道儿子与桓温的图谋后就不再悲伤了。

七

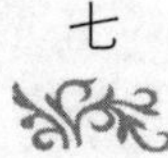

王东亭作宣武主簿[1]，尝春月与石头兄弟乘马出郊[2]。时彦同游

者连镳俱进[3]，唯东亭一人常在前，觉数十步[4]，诸人莫之解。石头等既疲倦，俄而乘舆回[5]，诸人皆似从官[6]，唯东亭奕奕在前[7]，其悟捷如此。

【注释】①王东亭：王珣。　宣武：桓温。　②石头：桓熙，桓温长子，小字石头。　③时彦：当时的名流。彦，有才学之士。　连镳（biāo标）：并辔。镳，马嚼子，指马。　④觉：通“较”，相差。　⑤俄而：一会儿，不久。　⑥从官：下属官吏，侍从官。　⑦奕奕：神采焕发的样子。

【评析】王珣担任桓温主簿时，曾在春天里与桓熙兄弟骑马到郊外游玩。当时名流并辔与他们同游，只有王珣一人常常走在前面，大家都不理解他为什么如此。桓熙兄弟等人玩得疲倦了，一会儿就乘车子回来了，同行的名士们都像随从官一样跟在后面，只有王珣神采焕发地在前面。对自然景物的欣赏也是需要灵性的，王珣一旦置身于山水之间，就能感受其中的美，所以才会显得兴致勃勃。

夙惠第十二

一

宾客诣陈太丘宿[①]，太丘使元方、季方炊[②]。客与太丘论议，二人进火，俱委而窃听[③]，炊忘著箪[④]，饭落釜中。太丘问："炊何不馏[⑤]？"元方、季方长跪曰[⑥]："大人与客语，乃俱窃听，炊忘著箪，饭今成糜[⑦]。"太丘曰："尔颇有所识不[⑧]？"对曰："仿佛志之[⑨]。"二子俱说，更相易夺[⑩]，言无遗失。太丘曰："如此，但糜自可，何必饭也！"

【注释】①陈太丘：陈寔。 ②元方：陈纪。 季方：陈谌。 炊：烧火做饭。 ③委：舍弃，抛开。 ④著箪（bì 必）：放置蒸饭用的竹制盛器。著，放置。箪，竹制的蒸饭用的盛器。 ⑤馏（liù 溜）：指先将米下水煮，再捞出来蒸熟。 ⑥长跪：挺直上身而跪。 ⑦糜（mí 迷）：粥。 ⑧识（zhì 志）：记住。 ⑨仿佛：大略。 ⑩易夺：订正补充。

【评析】陈寔叫儿子陈纪、陈谌烧火做饭，二人烧上火后，就去偷听，蒸饭时忘了放上竹箪，结果饭全都掉落在了蒸锅里，烧成了粥。陈寔也很开通，看到儿子们能把听到的话全都复述出来，就不加责怪了。

二

何晏七岁，明惠若神[①]，魏武奇爱之[②]。因晏在宫内[③]，欲以为子。晏乃画地令方[④]，自处其中。人问其故，答曰："何氏之庐也。"魏武知之，即遣还。

【注释】①明惠：聪明。惠，通"慧"。 ②魏武：曹操。 奇：极，很。 ③何晏在宫内：何晏父死后，曹操娶何晏母尹氏为夫人，故何晏生长在宫中。 ④画地令方：在地上画成方形。令方，使其成方形。

【评析】何晏七岁时就聪明过人，曹操非常喜欢他，还想认其为子。不料何晏画地为庐，表达出思家之情，曹操也只得作罢。

三

晋明帝数岁，坐元帝膝上。有人从长安来，元帝问洛下消息[1]，潸然流涕[2]。明帝问何以致泣，具以东渡意告之[3]。因问明帝："汝意谓长安何如日远？"答曰："日远。不闻人从日边来，居然可知[4]。"元帝异之。明日，集群臣宴会，告以此意，更重问之。乃答曰[5]："日近。"元帝失色曰："尔何故异昨日之言邪？"答曰："举目见日，不见长安。"

【注释】①洛下：指洛阳，西晋京城。 ②潸然：流泪的样子。 ③东渡：指西晋灭亡，司马睿东渡，在建康（今江苏南京）重建政权，史称东晋。 ④居然：显然。 ⑤乃：竟。

【评析】晋明帝的这则故事在常人看来自然是早慧的表现，但其实几岁的孩子不可能具有成人的思维能力，只不过明帝的话在无意中勾起了元帝及朝臣们的思乡之情，以至于让人感到诧异。

四

司空顾和与时贤共清言[1]，张玄之，顾敷是中外孙[2]，年并七岁，在床边戏。于时闻语，神情如不相属[3]。瞑于灯下[4]，二儿共叙客主之言，都无遗失。顾公越席而提其耳曰："不意衰宗复生此宝[5]。"

【注释】①清言：清谈。 ②中外孙：孙子和外孙。儿子所生为中，女儿所生为外。 ③相属（zhǔ主）：彼此关注。属，关注。 ④瞑：闭目。⑤衰宗：谦称自己的家族衰落。

【评析】顾和于无意中听到孙子、外孙竟能一字不漏地复述主客对话，其欣喜之情于提耳的动作中表现了出来。这个记载与陈寔之子陈纪、陈谌偷听的故事相类似。

五

韩康伯数岁[1]，家酷贫，至大寒，止得襦[2]。母殷夫人自成之，

令康伯捉熨斗[3]，谓康伯曰："且著襦，寻作複裈[4]。"儿云："已足，不须複裈也。"母问其故？答曰："火在熨斗中而柄热，今既著襦，故不须耳。"母甚异之，知为国器[5]。

【注释】①韩康伯：韩伯。 ②襦（rú如）：短袄。 ③捉：拿，握。 ④複裈（kūn昆）：夹裤。裈，有裆的裤。 ⑤国器：治国之才。

【评析】韩伯只有几岁就能体谅母亲之艰辛，所以他母亲认为儿子具有治国之才。

六

晋孝武年十二，时冬天，昼日不著复衣[1]，但著单练衫五六重[2]，夜则累茵褥[3]。谢公谏曰[4]："圣体宜令有常[5]。陛下昼过冷，夜过热，恐非摄养之术[6]。"帝曰："昼动夜静。"谢公出叹曰："上理不减先帝[7]。"

【注释】①复衣：夹衣。 ②单练衫：单层白绢上衣。练，白色熟绢。衫，上衣。 ③累：重叠， 茵褥：垫褥。 ④谢公：谢安。 ⑤常：规律。 ⑥摄养：调理保养。 ⑦理：指玄理。先帝：去世的皇帝，指简文帝。

【评析】晋孝武帝"昼动夜静"之语合乎玄理，所以得到谢安的赞赏。但孝武帝不久就溺于酒色，为长夜之饮，最后为宠姬张贵人害死。说明孝武帝的所谓早慧不过是一种误会而已。

七

桓宣武薨[1]，桓南郡年五岁[2]，服始除[3]，桓车骑与送故文武别[4]，因指语南郡："此皆汝家故吏佐[5]。"玄应声恸哭，酸感傍人[6]，车骑每自目己坐曰："灵宝成人[7]，当以此坐还之。"鞠爱过于所生[8]。

【注释】①桓宣武：桓温。 薨：指达官显贵之死。 ②桓南郡：桓玄。 ③服：丧服。 ④桓车骑：桓冲（328—384），字幼子，桓温弟，官至车骑将军。谢安执政，出镇京口（今江苏镇江）等地。 送故：指送丧。 文武：文武官员。 ⑤故吏佐：旧部属。 ⑥酸：悲痛。 傍人：别人。 ⑦灵宝：桓玄的小字。 ⑧鞠爱：抚育爱护。

【评析】桓温死时，桓玄才五岁，丧服刚刚脱去，桓冲与送丧的文武官员们道别，便指着他们对桓玄说："这些人都是你家的旧部属。"桓玄听后失声痛哭。后人将此事视为早慧，不免显得牵强。

豪爽第十三

一

王大将军年少时[①]，旧有田舍名[②]，语音亦楚[③]。武帝唤时贤共言伎艺事[④]，人皆多有所知，唯王都无所关[⑤]，意色殊恶[⑥]。自言知打鼓吹[⑦]，帝令取鼓与之。于坐振袖而起，扬槌奋击，音节谐捷[⑧]，神气豪上[⑨]，傍若无人，举坐叹其雄爽[⑩]。

【注释】①王大将军：王敦。 ②田舍：指乡巴佬，有轻视意。 ③楚：指楚音。王敦为琅邪临沂人，其地属鲁，战国时鲁为楚所灭，故受楚音的影响。 ④伎艺：技能、才艺。 ⑤关：关涉。 ⑥意色：表情神色。 ⑦鼓吹：指击鼓。 ⑧谐捷；和谐敏捷。 ⑨豪上：豪迈向上。 ⑩雄爽：雄壮豪爽。

【评析】王敦年轻时一直有乡巴佬的名声，说话也带有楚地的口音。晋武帝召集当时名流共同谈论技能才艺，别人都谈论得很多，只有他毫不关心，而且表情神色难看。于是他自己说懂得击鼓，晋武帝就叫人拿鼓给他。他从座位上挥袖而起，拿起鼓槌奋力击打，音节和谐敏捷，神气豪迈冲天，旁若无人，满座人都为之折服。

二

王处仲[①]，世许高尚之目[②]，尝荒恣于色[③]，体为之弊[④]。左右谏之，处仲曰："吾乃不觉尔，如此者甚易耳!"乃开后阁[⑤]，驱诸婢妾数十人出路，任其所之，时人叹焉。

【注释】①王处仲：王敦。 ②许：赞许。 目：品评，评价。 ③荒恣：放纵。 ④弊：疲困。 ⑤后阁：后阁小楼，女子妾妇所居。阁，"阁"的异体字。

【评析】王敦曾经纵情声色，身体为此疲惫。左右劝谏他，他说："我却没有这样的感觉，如果是这样的话也很容易解决!"于是就打开后阁小楼，把几十个婢妾赶到路上，随她们到哪里去。王敦的做法在今天人看来很粗暴，但在魏晋时期却是相当令人佩服的。

三

王大将军自目[1]：“高朗疏率，学通《左氏》[2]。”

【注释】①王大将军：王敦。 ②高朗：高尚爽朗。 疏率：疏放真率。 《左氏》：指《左氏春秋传》。

【评析】王敦不但勇武过人，而且精通《春秋左氏传》，可以说是文武兼备。

四

王处仲第酒后[1]，辄咏“老骥伏枥[2]，志在千里。烈士暮年[3]，壮心不已[4]”。以如意打唾壶[5]，壶口尽缺。

【注释】①王处仲：王敦。 ②骥：千里马。 枥：马厩。 ③烈士：胸怀壮志者。 暮年：晚年。 ④壮心：雄心。 不已：不止。 ⑤如意：器物名，供赏玩用。 唾壶：痰盂。

【评析】老骥伏枥等句是曹操《步出夏门行·龟虽寿》中的名句，王敦心怀异志，所以对此诗会有特别的感触。

五

晋明帝欲起池台[1]，元帝不许。帝时为太子，好武养士。一夕中作池，比晓便成[2]。今太子西池是也。

【注释】①池台：池沼台榭。 ②比晓：等到天亮。

【评析】晋明帝想建造池沼台榭，晋元帝不同意。明帝当时还是太子，喜欢养一些武士，就让他们用一个晚上造池沼，等到天亮就造成了。一夕即成，属于夸张之词。

六

王大将军始欲下都处分树置[1]，先遣参军告朝廷[2]，讽旨时贤[3]。

祖车骑尚未镇寿春[4]，瞋目厉声语使人曰[5]：“卿语阿黑[6]，何敢不逊[7]，催摄面去[8]，须臾不尔[9]，我将三千兵槊脚令上[10]！”王闻之而止。

【注释】①王大将军：王敦。 下都；指沿长江东下至东晋都城建康。处分树置：安排处置。 ②参军：属官。 ③讽旨：以委婉的语言暗示意图。 时贤：当时的名流贤达。 ④祖车骑：祖逖。 寿春：今安徽寿县。 ⑤瞋目：瞪大眼睛以示愤怒。 ⑥阿黑：王敦之小字。 ⑦逊：恭顺。 ⑧催摄：指快速。 面：背向，转面。 ⑨须臾：片刻，一会儿。 不尔：不是如此。 ⑩将：率领。 槊（shuò 硕）：长矛，这里用作动词，指戳、刺。

【评析】王敦对朝政指手画脚擅作主张，派参军去向当时的名流暗示自己的意图。祖逖知道后大怒，对使者说：“你去告诉阿黑，他怎么敢如此不恭！叫他速速转身向回去，如果稍有耽误不照办，我就率领三千兵马赶他回去！”王敦听后就打消了东下京都的企图。王敦之威名足以震慑朝野，但他对祖逖却有所忌惮。

七

庾稚恭既常有中原之志[1]，文康时[2]，权重未在己。及季坚作相[3]，忌兵畏祸，与稚恭历同异者久之[4]，乃果行。倾荆、汉之力[5]，穷舟车之势，师次于襄阳[6]，大会参佐[7]，陈其旌甲[8]，亲授弧矢曰[9]：“我之此行，若此射矣！”遂三起三叠[10]。徒众属目[11]，其气十倍。

【注释】①庾稚恭：庾翼。 中原之志：指恢复中原的志向。 ②文康：庾亮死后之谥号。 ③季坚：庾冰，庾亮之弟，庾翼之兄。 ④同异：不同，偏义复词，偏指“异”。 ⑤荆、汉：指荆州地区和汉水流域。 ⑥次：驻扎。 ⑦参佐：下属。 ⑧陈：陈列。旌甲：旗帜与穿戴盔甲的士兵。 ⑨授：拿起。 弧矢：弓箭。 ⑩三起三叠：指三发三中。起，古时以发射为起。叠，指击鼓，古时阅兵射箭中的以击鼓为号。 ⑪属：关注，注目。

【评析】庾翼早就有收复中原的志向，但庾冰顾忌出兵惹来祸乱，最后才同意发兵北伐。庾翼倾尽全力，在襄阳大会部属，陈列旗帜，亲自拿起弓箭来说：“我这次出征就像这回射箭一样！”说罢便三发三中，部属为之士气大涨。

八

桓宣武平蜀[1]，集参僚置酒于李势殿[2]，巴、蜀缙绅莫不来萃[3]。桓既素有雄情爽气，加尔日音调英发[4]，叙古今成败由人，存亡系才。其状磊落[5]，一坐叹赏。既散，诸人追味余言。于时寻阳周馥曰[6]："恨卿辈不见王大将军[7]。"

【注释】①平蜀：指桓温平定成汉事。　②李势：成汉第二代国主。③缙绅：指官僚士大夫。　萃：聚集。　④尔日：这天。　英发：英武奋发。　⑤磊落：形容人的状貌英武，气概不凡的样子。　⑤寻阳：今江西九江。　周馥：字湛隐，曾为王敦的属官。　⑦王大将军：王敦。

【评析】桓温平定蜀地以后，召集部下僚属以及当地的官僚士大夫聚会。桓温原本就有雄壮豪爽的气概，加上这天说话时英武奋发，谈古论今，让满座的人都为之叹服。但是周馥却说："遗憾的是你们没有见到过王敦大将军。"

十

桓石虔[1]，司空豁之长庶也[2]，小字镇恶。年十七八，未被举[3]，而童隶已呼为镇恶郎[4]。尝住宣武斋头[5]。从征枋头[6]，车骑冲没陈[7]，左右莫能先救。宣武谓曰："汝叔落贼，汝知不？"石虔闻之，气甚奋[8]。命朱辟为副[9]，策马于数万众中，莫有抗者，径致冲还[10]，三军叹服。河朔后以其名断疟[11]。

【注释】①桓石虔：小字镇恶，桓温之侄。有才干，矫捷勇武，官至豫州刺史。　②司空豁：桓豁。　长庶：指庶出的长子。　③举：指正式承认身份地位。当时看重门第，并严分长庶。庶出者须经其父正式承认方能确立身份，否则即备受歧视。　④童隶：仆役。童，即僮，奴仆。　郎：奴仆对主人的称呼。　⑤宣武：桓温。　斋头；卧室、书房。　⑥枋头：地名，在今河南浚县西南。　⑦车骑冲：桓冲。　没陈：指陷入敌阵。　⑧奋：振作。　⑨朱辟：桓石虔的副将。　⑩径：直接。　⑪河朔：指黄河以北地区。

【评析】桓石虔是司空桓豁的庶出长子，到了十七八岁时还没有被正式承认身份，但是家里的奴仆都已称他为镇恶郎了。后随桓温北征至枋头，车骑将军桓冲陷入敌阵，桓温对石虔说："你叔叔陷落在贼寇阵中，你知道吗？"石虔听到后非常振作，命朱辟为副将，策马在数万敌军中驰骋，没人能够抵挡他，把桓冲救了回来，三军将士无不叹服。河朔地区百姓后来即用他的名字来驱逐疟疾鬼。

十一

陈林道在西岸[1]，都下诸人共要至牛渚会[2]。陈理既佳[3]，人欲共言折[4]，陈以如意拄颊[5]，望鸡笼山叹曰：[6]“孙伯符志业不遂[7]！”于是竟坐不得谈[8]。

【注释】①陈林道：陈逵，字林道。 ②都下：指京都建康。 要：通“邀”，相约。 牛渚：山名，在安徽当涂西北，山脚突入长江部分叫采石矶。 ③陈理：指陈逵所谈论的玄理。 ④言折：用言论使其折服。 ⑤拄：支撑。 ⑤鸡笼山：在南京西北，山形如鸡笼，故名。 ⑦孙伯符：孙策，字伯符。 遂：成功。 ⑧竟坐：满座。

【评析】陈逵领兵驻守在京城要地，面对鸡笼山，不由想起曾在此创业而早死的孙策，发出其志业未获成功的感叹。豪爽的语气中透露出一丝野心，使得与会者只能缄默不语。

十二

王司州在谢公坐[1]，咏“入不言兮出不辞[2]，乘回风兮载云旗”。语人云：“当尔时[3]，觉一坐无人。”

【注释】①王司州：王胡之。 谢公：谢安。 ②入不言兮二句：屈原《九歌·少司命》中的两句诗，写少司命（主宰人类子嗣之神）与恋人匆匆定情之后，既没有说话，也不及告辞，就飘然而去。 ③尔时：此时。

【评析】王胡之在谢安处做客时，吟咏“入不言兮出不辞，乘回风兮载云旗”诗句。他对人说：“这个时候我感觉满座空无一人。”王胡之不仅能够感悟《九歌》之意境，而且可以完全沉浸其中，所以达到超然的境界。

十三

桓玄西下[1]，入石头，外白司马梁王奔叛[2]。玄时事形已济[3]，在平乘上笳鼓并作[4]，直高咏云[5]：“箫管有遗音[6]，梁王安在哉[7]？”

【注释】①西下：指桓玄于 402 年作乱，第二年底称帝。 ②白：禀告，报告。 司马梁王：司马珍之，字景度，晋宗室，封梁王。 奔叛：逃亡，逃跑。 ③事形：形势。 济：成。 ④平乘：一种大船。 笳：胡笳，类似笛子，我国北方民族的一种乐器。 ⑤直：仅仅，只是。 ⑤箫管有遗音二句：阮籍《咏怀诗》中的诗句。全诗凭吊战国时魏国的古迹吹台，借古喻今，感慨时政腐败。箫管，管乐器。遗音，指战国魏时流传下来的音乐。 ⑦梁王，指战国魏王婴，因魏都大梁，故又称魏王为梁王。

【评析】桓玄西下进入京城，梁王司马珍之逃亡，于是桓玄满怀得意之情，便在船上大奏其乐，借用阮籍凭吊战国魏王之诗来讥刺梁王司马珍之。

容止第十四

一

魏武将见匈奴使[①]，自以形陋，不足雄远国[②]，使崔季珪代[③]，帝自捉刀立床头[④]。既毕，令间谍问曰："魏王何如?"匈奴使答曰："魏王雅望非常[⑤]，然床头捉刀人，此乃英雄也。"魏武闻之，追杀此使。

【注释】①魏武：曹操。 ②雄：称雄，威慑。 ③崔季珪：崔琰，字季珪，三国魏东武城（今山东武城西）人，眉目疏朗，鬓长四尺，很有威仪，后被曹操赐死。 ④帝：指曹操。 捉刀：握刀。 ⑤雅望：高雅的仪容风采。

【评析】曹操与崔琰换位的故事，纯系民间野史。大约因为崔琰相貌堂堂，而曹操则是貌不惊人的五短身材，于是便有了这则故事，也因此有了"捉刀"的典故。

二

何平叔美姿仪[①]，面至白。魏明帝疑其傅粉[②]，正夏月，与热汤饼[③]。既啖[④]，大汗出，以朱衣自拭，色转皎然[⑤]。

【注释】①何平叔：何晏。 ②魏明帝：曹叡。 傅粉：搽粉。 ③汤饼：指汤面。 ④啖：吃。 ⑤皎然：洁白的样子。

【评析】魏晋时士子们喜欢在脸上搽粉，何晏也不例外。这则故事说明何晏的肤色原本就极好。

三

魏明帝使后弟毛曾与夏侯玄共坐[①]，时人谓"蒹葭倚玉树"[②]。

【注释】①魏明帝：曹叡。 毛曾：魏明帝毛皇后之弟，官驸马都尉，散骑侍郎。 ②蒹葭：芦苇一类草本植物。 玉树：传说中的仙树，比喻姿容美好之人。

【评析】魏明帝让皇后的弟弟毛曾与夏侯玄坐在一起，结果人们认为这就像芦苇倚靠着玉树。

四

时人目夏侯太初“朗朗如日月之入怀[①]”，李安国“颓唐如玉山之将崩[②]”。

【注释】①夏侯太初：夏侯玄。 朗朗：明亮的样子。 ②李安国：李丰。 颓唐：精神萎靡不振的样子。 玉山：比喻仪容美好如美玉之山。 崩：倒塌。

【评析】夏侯玄风姿照人，所以人们评价他明亮如日月入怀。而李丰虽然貌似萎靡不振，但仍不失优雅风度，所以人们评价他颓唐如玉山之将崩。

五

嵇康身长七尺八寸，风姿特秀。见者叹曰：“萧萧肃肃[①]，爽朗清举[②]。”或云：“肃肃如松下风[③]，高而徐引[④]。”山公曰[⑤]：“嵇叔夜之为人也[⑥]，岩岩若孤松之独立[⑦]；其醉也，傀俄若玉山之将崩[⑧]。”

【注释】①萧萧肃肃：形容风度萧洒严整的样子。 ②清举：清高脱俗的样子。 ③肃肃：形容风声畅快有力的样子。 ④高而徐引：高远而绵长。 ⑤山公：山涛。 ⑥嵇叔夜：嵇康。 ⑦岩岩：高大威武的样子。 ⑧傀（guī 龟）俄：山高峻的样子。傀俄，通“巍峨”。

【评析】嵇康是竹林七贤中风姿仪容最为突出的一个，身材高大威武如孤松，气质洒脱如松下之风；就连喝醉了酒，也像将要崩塌的玉山一样让人着迷。

六

裴令公目王安丰[①]：“眼烂烂如岩下电[②]。”

【注释】①裴令公：裴楷。 王安丰：王戎。 ②烂烂：明亮的样子。 电：闪电。

【评析】王戎的眼睛明亮有神，所以裴楷认为就像山岩下的闪电似的。

七

潘岳妙有姿容，好神情[1]。少时挟弹出洛阳道[2]，妇人遇者，莫不连手共萦之[3]。左太冲绝丑[4]，亦复效岳游遨[5]。于是群妪齐共乱唾之[6]，委顿而返[7]。

【注释】①神情：神态风度。②弹：弹弓。③萦：围绕。④左太冲：左思。⑤游遨：游玩。⑥妪（yù玉）：妇人。⑦委顿：疲乏困顿。

【评析】潘岳有美好的姿态风度，是古代著名的美男子。潘岳少年时带着弹弓走在洛阳的街道上，妇女们遇到他，就会手拉手围观他。左思相貌极丑，也仿效潘岳出游，结果妇女们都朝他吐唾沫，弄得左思极其沮丧。可见魏晋时期女性往往会大胆地表达出对美丑的爱憎。

八

王夷甫容貌整丽[1]，妙于谈玄[2]。恒捉白玉柄麈尾[3]，与手都无分别[4]。

【注释】①王夷甫：王衍。整丽：端正美好。②妙：精熟，擅长。③麈尾：形似扇，以麈（鹿类动物）尾制成的拂尘，当时名士喜执之清谈，以示高雅。④都：完全。

【评析】王衍容貌端正美好，擅长谈论玄理，常拿着白玉柄的麈尾，因为肤色非常白皙，所以手和玉柄完全分别不出。

九

潘安仁、夏侯湛并有美容[1]，喜同行，时人谓之“连璧[2]”。

【注释】①潘安仁：潘岳。②连璧：并列在一起的两块玉，比喻并美的人或物。

【评析】潘岳、夏侯湛都有漂亮的容貌，又喜欢一起同行，所以当时人称他们为“连璧”。

十一

有人语王戎曰："嵇延祖卓卓如野鹤之在鸡群[①]。"答曰："君未见其父耳。"

【注释】①嵇延祖：嵇绍，嵇康之子。　卓卓：突出的样子。

【评析】成语"鹤立鸡群"即由此而来。

十二

裴令公有俊容仪[①]，脱冠冕[②]，粗服乱头皆好[③]。时人以为"玉人"。见者曰："见裴叔则，如玉山上行，光映照人。"

【注释】①裴令公：裴楷。　②冠冕：礼帽。　③粗头乱服：粗劣的衣服，蓬乱的头发，形容仪容不整的样子。

【评析】裴楷的仪容举止十分俊美，哪怕不修边幅，别人都会觉得很好。"粗服乱头"的成语即由此而来。

十三

刘伶身长六尺，貌甚丑悴[①]，而悠悠忽忽[②]，土木形骸[③]。

【注释】①丑悴：丑陋憔悴。　②悠悠忽忽：悠然自得，神情恍惚。③土木：指不加修饰。　形骸：指人的身体躯壳。

【评析】魏晋士人重外貌修饰，但刘伶却相反。他身高六尺，容貌丑陋憔悴，神情恍惚，不修边幅，表现出了特立独行的一面。

十四

骠骑王武子是卫玠之舅[①]，俊爽有风姿[②]。见玠，辄叹曰："珠玉在侧，觉我形秽[③]。"

【注释】①骠骑：将军名号。　王武子：王济。　②俊爽：俊美豪爽。③形秽：指相貌丑陋。

【评析】王济无论是容貌还是举止都相当出众，但在卫玠面前，却自感惭愧。成语“自惭形秽”即由此而来。

十五

有人诣王太尉①，遇安丰、大将军、丞相在坐②；往别屋，见季胤、平子③。还，语人曰：“今日之行，触目见琳琅珠玉④。”

【注释】①王太尉：王衍。 ②安丰：王戎。 大将军：王敦。 丞相：王导。 ③季胤：王诩，字季胤，王衍之弟，官至修武令。 平子：王澄。 ④触目：目光所及。 琳琅：美玉。

【评析】有人去拜访王衍，遇见王戎、王敦、王导在座；到另一间屋里去，又见到王诩、王澄。王家人都是名士，风姿冠绝当时，所以那人感叹满眼见到的都是珠宝美玉。“琳琅满目”之成语即由此而来。

十九

卫玠从豫章至下都①，人久闻其名，观者如堵墙②。玠先有羸疾③，体不堪劳，遂成病而死。时人谓“看杀卫玠”。

【注释】①豫章：郡名，治所在今江西南昌。 下都：指东晋都城建康，相对于西晋都城洛阳（称上都）而言。 ②堵墙：墙壁，比喻人多而密集。 ③羸疾：瘦弱多病。

【评析】卫玠从豫章郡来到京城，京城人早就听到他的名声，围观的人多得像墙壁一样。卫玠原先就瘦弱多病，这样一来体力上就难以承受了，结果病重而死。当时人都说是“看杀卫玠”。

二十三

石头事故①，朝廷倾覆。温忠武与庾文康投陶公求救②，陶公云：“肃祖顾命不见及③，且苏峻作乱，衅由诸庾④，诛其兄弟，不足以谢天下。”于是庾在温船后闻之⑤，忧怖无计。别日，温劝庾见陶，庾犹豫未能往，温曰：“溪狗我所悉⑥，卿但见之⑦，必无忧也！”庾风姿神貌，陶一见便改观。谈宴竟日，爱重顿至⑧。

【注释】①石头事故：指苏峻、祖约之乱。 ②温忠武：温峤，死谥忠武，故称。 庾文康：庾亮，死谥文康，故称。 陶公：陶侃。 ③肃祖：晋明帝司马绍庙号。 顾命：指皇帝的遗诏。 ④衅：罪责。 诸庾：指庾亮、庾翼等人。 ⑤庾：庾亮。 ⑥溪狗：六朝时北方的世家大族对江西一带人的蔑称。陶侃是江西人，又出身寒微，故温峤以此蔑称之。溪，一作“傒”。 ⑦但：尽管，只管。 ⑧竟日：终日，整日。 顿：顿时，立刻。

【评析】苏峻、祖约叛乱后，陶侃认为由庾氏兄弟引起，即使诛杀庾氏兄弟也不足以向天下人谢罪。庾亮为此感到忧惧，在温峤的劝说下，庾亮才鼓起勇气去见陶侃。庾亮的风度神态，让陶侃改变了原来的看法，两人叙谈宴饮了一整天。陶侃这才决定出兵讨伐苏峻。

二十四

庾太尉在武昌[①]，秋夜气佳景清，佐吏殷浩、王胡之之徒登南楼理咏[②]。音调始遒[③]，闻函道中有屐声甚厉[④]，定是庾公。俄而率左右十许人步来[⑤]，诸贤欲起避之，公徐云：“诸君少住，孝子于此处兴复不浅。”因便据胡床与诸人咏谑[⑥]，竟坐甚得任乐[⑦]。后王逸少下[⑧]，与丞相言及此事[⑨]，丞相曰：“元规尔时风范不得不小颓[⑩]。”右军答曰：“唯丘壑独存[⑪]。”

【注释】①庾太尉：庾亮。 ②佐吏：属下官吏。 理咏：调理音律，吟诵诗歌。 ③遒：强劲有力。 ④函道：楼梯。 屐：木屐，底部有齿的鞋子。 厉：猛烈。 ⑤俄而：不久。 ⑥据：靠。 胡床：古代由胡地传入的折叠坐具。 咏谑（xuè 血）：吟咏说笑。 ⑦竟坐：满座。 任乐：尽情快乐。 ⑧王逸少：王羲之。 下：指从上游武昌到下游建康。 ⑨丞相：王导。 ⑩元规：庾亮。 风范：风度气派。 颓：减弱。 ⑪丘壑：指高雅的情趣。

【评析】庾亮在武昌时，属官殷浩、王胡之等人登上南楼调理音律，吟诵诗歌，音调正要转向强劲有力时，听到楼梯上传来响亮的木屐声，大家知道一定是庾亮。后来王羲之与王导说起这件事，王导认为庾亮这时的风度气派不得不说已稍稍减弱，王羲之则认为他那高雅的情趣依然如故。

二十六

王右军见杜弘治[①]，叹曰：“面如凝脂[②]，眼如点漆[③]，此神仙中人。”时人有称王长史形者④，蔡公曰：“恨诸人不见杜弘治耳。”

【注释】①王右军：王羲之。 杜弘治：杜乂。 ②凝脂：凝结的油脂，形容皮肤细腻光洁。 ③点漆：形容眼睛黑亮如漆。 ④王长史：王濛。 形：指容貌好。

【评析】杜乂的风姿极为出众，所以王羲之赞叹他的脸如凝结的油脂般细洁，眼如点漆似的黑亮，是神仙之中的人。

三十

时人目王右军①：“飘如游云②，矫若惊龙③。”

【注释】①王右军：王羲之。 ②飘：飘逸。 游云：流动的云。 ③矫：矫健。 惊龙：受惊的龙。

【评析】当时人品评王羲之：“他飘逸得如流动的云，矫健得像受惊的龙。”这个评语系套用《洛神赋》“翩若惊鸿，婉若游龙”。

三十一

王长史尝病①，亲疏不通②。林公来③，守门人遽启之曰④：“一异人在门⑤，不敢不启。”王笑曰：“此必林公。”

【注释】①王长史：王濛。 ②亲疏：指亲友关系亲近的或疏远的。 通：通报。 ③林公：支遁。 ④遽（jù据）：急忙，赶快。 启：禀报。 ⑤异人：指相貌丑异。

【评析】支道林拜访王濛时，守门人急急忙忙去禀告：“有一位相貌怪异的人在门口，不敢不报。”因为支道林以长相怪异著称，所以王濛立刻就猜到了。

三十二

或以方谢仁祖不乃重者①。桓大司马曰②：“诸君莫轻道，仁祖企脚北窗下弹琵琶③，故自有天际真人想④。”

【注释】①方：比方，比拟。 谢仁祖：谢尚。 乃：是。 重：指轻视。 ②桓大司马：桓温。 ③企脚：提起脚后跟。企，通“跂”。 ④天际真人：修真得道之人，神仙。 想：情怀。

【评析】谢尚的风度气质在东晋士人中是比较突出的一个，所以桓温认为：当谢尚踮起脚跟在北窗下弹琵琶时，有天上神仙般的情怀。

三十三

王长史为中书郎[①]，往敬和许[②]。尔时积雪，长史从门外下车，步入尚书[③]，著公服[④]。敬和遥望叹曰："此不复似世中人！"

【注释】①王长史：王濛。 ②敬和：王洽。 许：处所。 ③尚书：指尚书省衙门。 ④著：穿。 公服：官服。

【评析】王濛的姿容出众，有风流美誉，连他自已都览镜自夸。在积雪的映衬之下，本就潇洒放达的他，就更显出仙风道骨，无怪乎王洽赞其不像是世俗之人。

三十四

简文作相王时[①]，与谢公共诣桓宣武[②]。王珣先在内[③]，桓语王："卿尝欲见相王，可住帐里[④]。"二客既去，桓谓王曰："定何如[⑤]？"王曰："相王作辅[⑥]，自湛若神君[⑦]。公亦万夫之望[⑧]，不然，仆射何得自没[⑨]？"

【注释】①简文：简文帝司马昱。 相王：指司马昱以会稽王的身份担任丞相。 ②谢公：谢安。 桓宣武：桓温。 ③王珣：王洽之子。 内：指帷帐内。 ④住：留。 ⑤定：到底，究竟。 ⑥辅：指辅佐大臣。 ⑦湛：深沉。 神君：形容贤明若神。 ⑧万夫之望：为万人所敬仰的人。 ⑨仆射（yè 夜）：官名，尚书省主管。指谢安。 何得：岂可。 自没：埋没自己。

【评析】王珣曾为桓温的属下，为桓温所敬重，所以当会稽王与谢安一起去拜访桓温时，桓温有意留王珣在帐内，想听他对二人的评价。

三十六

谢车骑道谢公[①]："游肆复无乃高唱[②]，但恭坐捻鼻顾睐[③]，便自有寝处山泽间仪。"

【注释】①谢车骑：谢玄。　谢公：谢安。　②游肆：指游乐场所。　③捻：捏。　顾睐（lài 赖）：环视。睐，看。

【评析】谢玄称道谢安："他处在游乐之所不再高歌唱咏，只是捏着鼻子端坐，环顾四周，便自然有一种栖息在山林水泽间的潇洒仪态。"可见，谢安超然的风姿让时人为之倾倒。

三十七

谢公云[①]："见林公双眼[②]，黯黯明黑[③]。"孙兴公见林公[④]："棱棱露其爽[⑤]。"

【注释】①谢公：谢安。　②林公：支遁。　③黯黯：形容眸子黑亮的样子。　④孙兴公：孙绰。　⑤棱棱：威严的样子。　爽：豪爽。

【评析】支道林的样貌虽然有点怪异，但他的气质却很超凡，所以谢安认为支道林黑亮的眸子足以使黑夜明亮，而孙绰则认为支道林威严的样子显露出豪爽的姿态。

自新第十五

一

周处年少时[①]，凶强侠气[②]，为乡里所患[③]。又义兴水中有蛟[④]，山中有邅迹虎[⑤]，并皆暴犯百姓[⑥]。义兴人谓为“三横”[⑦]，而处尤剧[⑧]。或说处杀虎斩蛟[⑨]，实冀三横唯余其一[⑩]。处即刺杀虎，又入水击蛟。蛟或浮或没，行数十里。处与之俱，经三日三夜，乡里皆谓已死，更相庆[⑪]。竟杀蛟而出[⑫]，闻里人相庆，始知为人情所患，有自改意。乃入吴寻二陆[⑬]，平原不在[⑭]，正见清河[⑮]，具以情告，并云：“欲自修改，而年已蹉跎[⑯]，终无所成。”清河曰：“古人贵朝闻夕死[⑰]，况君前途尚可。且人患志之不立，亦何忧令名不彰邪？”处遂改励[⑱]，终为忠臣孝子。

【注释】①周处：字子隐，西晋义兴（今江苏宜兴）人。年轻时凶强，为害乡里，后发奋改过，官至御史中丞。后战死。 ②侠气：指意气用事。 ③患：祸患。 ④义兴：郡名，西晋时治所在阳羡县（今江苏宜兴县）。 蛟：扬子鳄。古人神化为蛟龙类动物。 ⑤邅（zhān沾）迹虎：跛足虎，因腿歪而行走不便的老虎。 ⑥暴犯：侵犯，祸害。 ⑦横：专横。 ⑧剧：厉害，严重。 几句谓：周处年轻时，凶狠蛮横意气用事，被乡邻们当作祸害。另外义兴的河水中有蛟龙为害，山中有跛足虎肆虐，它们都祸害百姓，义兴人把它们称为“三横”，而其中周处尤其厉害。 ⑨或说（shuì税）：有人劝说。 ⑩冀：希望。 ⑪更相：互相。 ⑫竟：竟然。 ⑬入吴：到吴郡。吴郡治所在今江苏苏州。 二陆：陆机、陆云。 ⑭平原：陆机。 ⑮正：只。 清河：陆云。 ⑯蹉跎：虚度光阴。 ⑰朝闻夕死：《论语·里仁》：“朝闻道，夕死可矣。” ⑱改励：改过自新，励志上进。

【评析】周处改过自新，努力上进，终于成为忠臣孝子。他在父老的劝说下射虎搏蛟，为民除害；任太守时，裁决了滞讼三十年的积案，使叛乱戎狄归附，为远近称叹；最后他带兵作战，在粮绝矢尽的形势下力战而死。他的事迹被后人广为传诵，被视为弃恶从善的典型。

二

戴渊少时[①]，游侠不治行检[②]，尝在江淮间攻掠商旅[③]。陆机赴假还洛[④]，辎重甚盛[⑤]。渊使少年掠劫，渊在岸上，据胡床指麾左右[⑥]，皆得其宜。渊既神姿锋颖[⑦]，虽处鄙事[⑧]，神气犹异。机于船屋上遥谓之曰："卿才如此，亦复作劫邪?"渊便泣涕，投剑归机，辞厉非常[⑨]。机弥重之[⑩]，定交[⑪]，作笔荐焉[⑫]。过江，仕至征西将军。

【注释】①戴渊：戴俨。②游侠：指好交游、乐助人、重义轻生、行为不检点。行检：品行操守。③江淮：指处于江淮流域一带的江苏、安徽地区。攻掠：抢劫。商旅：商人、旅客。④赴假：销假。⑤辎重：行李物品。⑥胡床：可折叠的轻便坐具。指麾：指挥。⑦神姿：神情姿态。锋颖：形容其神情姿态不凡，引人注目。⑧鄙事：为人所鄙视之事，此指抢劫之事。⑨辞厉：言辞激切。⑩弥：更加。⑪定交：结为朋友。⑫作笔：提笔写文。

【评析】戴渊年轻时一派游侠作风，在江淮一带抢劫商人旅客。陆机觉得他气质不凡，于是将其感化，还和他结为朋友。戴渊最终官至征西将军。

企羡第十六

一

王丞相拜司空[1]，桓廷尉作两髻、葛裙、策杖[2]，路边窥之，叹曰："人言阿龙超[3]，阿龙故自超[4]。"不觉至台门[5]。

【注释】①王丞相：王导。　司空：官名，三公之一，一品官。　②桓廷尉：桓彝。　髻（jì 即）：梳在头顶的发结。　葛裙：葛布做的下裳。裙，下裳。　③阿龙：王导的小字。　超：超脱。　④故自：本来。　⑤台门：指朝廷所在的官府。

【评析】桓彝乔装打扮去偷看王导，结果被他超凡脱俗的风度所倾倒，情不自禁地一路跟到了台门，企羡之情溢于言表。

二

王丞相过江[1]，自说昔在洛水边，数与裴成公、阮千里诸贤共谈道[2]。羊曼曰："人久以此许卿[3]，何须复尔[4]？"王曰："亦不言我须此[5]，但欲尔时不可得耳[6]！"

【注释】①王丞相：王导。　过江：指西晋末渡江南下。　②数（shuò 硕）：屡次。　裴成公：裴頠。　阮千里：阮瞻。　道：指玄理。　③许：赞许。　④何须：何必。　⑤须：需要。　⑥但：只是。

【评析】王导回忆过去在洛水边与诸贤谈玄论道的盛况，如今不可再得，流露出对往昔岁月的怀念及惆怅之情。

三

王右军得人以《兰亭集序》方《金谷诗序》[1]，又以己敌石崇[2]，甚有欣色。

【注释】①王右军：王羲之。　《兰亭集序》：王羲之于穆帝永和九年

(353)三月三日与谢安等四十一人会于会稽山阴之兰亭。王羲之为之作序三百二十四字，世称《兰亭序》。 方：比拟。 《金谷诗序》：晋惠帝元康六年(296)，石崇、苏绍等三十人集于河南县金谷涧(在今河南洛阳西北)，游宴赋诗，各抒其怀，后编为一集，石崇为之作序。 ②敌：相当，匹敌。石崇(249—300)：字季伦，西晋渤海南皮(今属河北)人。历官散骑常侍、荆州刺史。为赵王伦所杀。

【评析】王羲之得知别人把《兰亭集序》比作《金谷诗序》，又把自己与石崇相比，脸上便颇有喜悦之神色。可知《兰亭集序》最初是以文采著称，而非书法。郭沫若在二十世纪六十年代提出今传《兰亭集序》并非王羲之真迹，有其道理。

四

王司州先为庾公记室参军[①]，后取殷浩为长史[②]。始到，庾公欲遣王使下都[③]。王自启求住曰[④]：“下官希见盛德[⑤]，渊源始至[⑥]，犹贪与少日周旋[⑦]。”

【注释】①王司州：王胡之。 庾公：庾亮。 记室参军：官名，诸侯、三公、大将军等所设属官，掌表章文书。 ②长史：将军府的属官。 ③下都：东下都城建康。 ④自启：自己报告。 住：留下。 ⑤希：少。 盛德：德高望重之人。 ⑥渊源：殷浩。 少日：指几天。 ⑦周旋：交往。

【评析】王胡之担任庾亮的记室参军，后来庾亮又用殷浩做长史。殷浩到后，庾亮便派王胡之出使去都城。王胡之不愿意失去和殷浩交往的机会，于是自己要求留了下来。

六

孟昶未达时[①]，家在京口[②]，尝见王恭乘高舆[③]，被鹤氅裘[④]。于时微雪，昶于篱间窥之，叹曰：“此真神仙中人!”

【注释】①孟昶(chǎng 厂)：字彦达，桓玄称帝，与刘裕合谋讨伐。官至吏部尚书，加尚书右仆射。后自杀。 达：显达，显贵。 ②京口：今江苏镇江。 ③高舆：高车。 ④被(pī 披)：披。 鹤氅裘：用鸟羽制作的皮衣。

【评析】孟昶还没有显达时，家住京口，曾经看到王恭乘坐在高车上，身披用鸟羽制作的皮衣。当时正下着小雪，孟昶透过篱笆缝隙暗自观察，赞叹道：“这真是神仙中人啊!”曹雪芹《红楼梦》第五十回写宝琴时的场景与此类似。

伤逝第十七

一

王仲宣好驴鸣[①]。既葬，文帝临其丧[②]，顾语同游曰[③]：“王好驴鸣，可各作一声以送之[④]。”赴客皆一作驴鸣[⑤]。

【注释】①王仲宣：王粲（177—217）字仲宣，山阳高平（今山东邹城西南）人。先依刘表，未得重用，后为曹操幕僚，官侍中。学识溥洽，以诗、赋著称，为建安七子之一。②文帝：魏文帝曹丕。临（lìn吝）：哭吊死者。③顾：回头看。④作：充当。⑤赴客：送葬的客人。

【评析】王粲喜欢驴的叫声，他去世后，曹丕亲自参加丧礼哭吊，让大家学一下驴子的叫声以示送别，于是参加丧礼的来客都学了一次驴叫。这种做法看似荒诞无稽，但却是魏晋名士真率风度的极佳体现。

二

王浚冲为尚书令[①]，著公服，乘轺车[②]，经黄公酒垆下过[③]。顾谓后车客：“吾昔与嵇叔夜、阮嗣宗共酣饮于此垆[④]。竹林之游[⑤]，亦预其末[⑥]。自嵇生夭[⑦]、阮公亡以来，便为时所羁绁[⑧]。今日视此虽近，邈若山河[⑨]。”

【注释】①王浚冲：王戎，字浚冲。尚书令：官名，尚书省长官。②轺（yáo摇）车：用一匹马拉的轻便马车。③黄公酒垆：酒家名。酒垆，酒店前放置酒瓮的土台，此指酒店。④嵇叔夜：嵇康。阮嗣宗：阮籍。⑤竹林之游：指嵇康、阮籍、山涛、刘伶、阮咸、向秀、王戎等人常宴集于竹林之下。⑥预其末：参与末座，谦词。⑦夭：早死。⑧羁（jī机）绁（xiè泄）：束缚，约束。⑨邈：遥远。

【评析】王戎曾参与竹林之游，睹物思人，不免感伤。后即以“黄垆之叹”形容对亡友的悼念。

三

孙子荆以有才[1]，少所推服，唯雅敬王武子[2]。武子丧时[3]，名士无不至者。子荆后来，临尸恸哭，宾客莫不垂涕。哭毕，向灵床曰："卿常好我作驴鸣，今我为卿作。"体似真声[4]，宾客皆笑。孙举头曰："使君辈存，令此人死！"

【注释】①孙子荆：孙楚。　以：凭借。②雅敬：非常敬重。雅，甚，极。　王武子：王济。　③丧：治丧。　④体似真声：应为"体似声真"，指模拟逼真。

【评析】孙楚恃才傲物，但敬重王济。王济死后，他对着灵床说："你平时喜欢听我学驴叫，今天我就为你学。"他模仿得很像，叫声逼真，以至于宾客都笑了起来。孙楚抬头说："怎么让你们这班人活着，却叫这个人死了呢！"这则故事与曹丕命人在王粲灵前学驴叫一样，是魏晋士人真率性情的体现。

四

王戎丧儿万子[1]，山简往省之[2]，王悲不自胜。简曰："孩抱中物[3]，何至于此？"王曰："圣人忘情[4]，最下不及情[5]。情之所钟[6]，正在我辈。"简服其言，更为之恸[7]。

【注释】①万子：王绥，王戎子，年十九卒。　②省（xǐng 醒）：看望。③孩抱中物：泛指年幼的孩子。　④忘情：指不动感情。　⑤最下：指最下等的愚民。　不及情：指不懂感情。　⑥钟：专注。　⑦更：竟然，反而。　恸（tòng 痛）：悲痛。　全文谓：王戎死了儿子万子，山简前去看望他，王戎悲痛得无法自制。山简说："不过是一个年幼的孩子，何致于伤心到这种地步？"王戎说："圣人能不动感情，最下等的愚民不懂感情。感情最专注的，正是我们这种人。"山简佩服他的话，更加为之悲痛。

【评析】喜怒哀乐虽是人之常情，但不同人对情感的理解和感触会有程度上的差别，王戎所说"情之所钟，正在我辈"，很好地揭示出文人士子对情感问题的深切体会。

六

卫洗马以永嘉六年丧[1]，谢鲲哭之，感动路人。咸和中[2]，丞相

王公教曰[3]：“卫洗马当改葬。此君风流名士，海内所瞻，可修薄祭[4]，以敦旧好[5]。”

【注释】①卫洗马：卫玠，官任太子洗（xiǎn 险）马，故称。 永嘉：晋怀帝年号。 六年：公元 312 年。 ②咸和：东晋成帝年号（326—334）。 ③丞相王公：王导。 ④修：治备。 薄祭：指简单的祭礼。 ⑤敦：增强，增加。

【评析】卫玠幼时即与众不同，不仅相貌俊美，且好言玄理，亲友时请一言，无不咨嗟，以为入微。连心高气傲的王澄，都会为卫玠的言论叹息绝倒。卫玠死时仅二十七岁，王导特地为之改葬，从南昌迁至江宁。

七

顾彦先平生好琴[1]，及丧，家人常以琴置灵床上。张季鹰往哭之[2]，不胜其恸，遂径上床鼓琴[3]，作数曲竟，抚琴曰：“顾彦先颇复赏此不[4]？”因又大恸，遂不执孝子手而出。

【注释】①顾彦先：顾荣。 ②张季鹰：张翰。 ③径：直接。 ④不：通“否”。

【评析】顾荣平生喜欢弹琴，去世后，家人常把琴放在灵床上。张翰前去哭吊他，悲痛得无法自抑，便直接上床弹琴，弹了几个曲子，抚摸着琴说：“顾彦先还能再欣赏这曲子吗？”于是又痛哭起来，没有握孝子的手就出来了。按照当时的礼仪，吊丧者皆须执主人之手以示哀悼。但张翰对老友之死过于悲伤，以至于把礼数抛诸脑后。

八

庾亮儿遭苏峻难遇害[1]。诸葛道明女为庾儿妇[2]，既寡，将改适[3]，与亮书及之。亮答曰：“贤女尚少，故其宜也[4]。感念亡儿，若在初没[5]。”

【注释】①儿：庾会。 苏峻难：指苏峻的叛乱。 ②诸葛道明：诸葛恢。 ③改适：改嫁。 ④宜：应当。 ⑤没：通“殁”，死亡。

【评析】庾亮对儿子的死虽然十分悲伤，但对儿媳的改嫁却予以支持，认为她还年轻，改嫁是适宜的。可见魏晋时期妇女改嫁是习以为常之事。

九

庾文康亡[1]，何扬州临葬[2]，云：“埋玉树著土中[3]，使人情何能已已[4]！”

【注释】①庾文康：庾亮，谥号文康，故称。 ②何扬州：何充，曾任扬州刺史，故称。 ③玉树：比喻庾亮姿容美又有才干。 ④已已：静止下来。后面的“已”为语气词，加重语气。

【评析】庾亮去世时，何充亲临葬礼，认为这是把玉树埋在土里，让人的悲痛之情无法平复下来。

十

王长史病笃[1]，寝卧灯下，转麈尾视之[2]，叹曰：“如此人，曾不得四十！”及亡，刘尹临殡[3]，以犀柄麈尾著柩中[4]，因恸绝[5]。

【注释】①王长史：王濛。 ②麈（zhǔ 主）尾：魏晋时人手中常执的一种拂尘，用麈的尾毛制成。 ③刘尹：刘惔，曾为丹阳尹，故称。 ④犀柄：以犀牛角做柄。

【评析】王濛与刘惔在当时齐名，而且互相友善。王濛病危时，躺在灯下，转动麈尾看着，叹息道：“像这样的人，竟活不到四十岁！”死后，刘惔亲临葬礼，把犀牛角做柄的麈尾放在棺中，竟悲痛得昏了过去。

十一

支道林丧法虔之后[1]，精神霣丧[2]，风味转坠[3]。常谓人曰：“昔匠石废斤于郢人[4]，牙生辍弦于钟子，推己外求[5]，良不虚也[6]。冥契既逝[7]，发言莫赏，中心蕴结[8]，余其亡矣！”却后一年[9]，支遂殒[10]。

【注释】①法虔：晋时僧人，支道林的同学。 ②霣（yǔn 允）丧：坠落，指消沉、沮丧。 ③风味：风采，风貌神韵。 转：渐渐。 坠：衰退。 ④匠石废斤于郢人句：见《庄子·徐无鬼》。谓楚国的郢人鼻尖上沾上如苍蝇翅膀一般的小污点，便让匠石用斧子把污点除掉。结果鼻尖上的污点除去后，郢人的鼻子丝毫没有受伤。 匠石：匠人的名字叫石。 斤：斧类工具。 郢：郢都，楚国的都城，在今湖北江陵北。 ⑤牙生辍弦于钟子句：见《淮南子·修务》。谓春秋时楚人伯牙精于音律，鼓琴时志在高山流水，钟子期听而知之。后子期死，伯牙谓世无知音，遂绝弦破琴，终身不再鼓琴。牙生，伯牙。 辍（chuò 绰）弦：停止弹琴。 钟子：钟子期。 推：推想，推测。 ⑥良：确实。 ⑦冥契；指相互投合的知音。 ⑧中心：内心。 蕴结：郁闷。 ⑨却后，以后。 ⑩殒（yǔn 允）：死亡。

【评析】支道林在法虔去世以后精神消沉，风貌神韵渐渐衰退。他常对人说："过去匠石因为郢人的去世而丢掉斧子不用，伯牙因为知音去世而不再弹琴，以自己的体验去推想，确实不假。既然知音已经去世，自己说话已无人欣赏，内心郁闷，我恐怕要死了！"一年后，支道林就去世了。

十三

戴公见林法师墓曰[①]："德音未远[②]，而拱木已积[③]。冀神理绵绵[④]，不与气运俱尽耳[⑤]。"

【注释】①戴公：戴逵。 林法师：支道林。 ②德音：对他人言辞的敬称。 ③拱木：指墓地上的大树，两手可围抱。语出《左传·僖公三十二年》："中寿，尔墓之木拱矣！"后即以"拱木"指墓地之木。 ④神理绵绵：精妙的玄理延续不断。 ⑤气运：气数命运。

【评析】戴逵经过支道林法师的墓地时说："支公的高论犹在耳旁萦绕，而墓地的树木已成合抱。希望你的精妙玄理能流传不绝，不会与气数命运一同消逝。"可见时人非常推重支道林。

十四

王子敬与羊绥善[①]。绥清淳简贵[②]，为中书郎[③]，少亡。王深相痛悼，语东亭云[④]："是国家可惜人[⑤]。"

【注释】①王子敬：王献之。 ②清淳：清正朴实。 简贵：简约尊贵。 ③中书郎：官名，中书侍郎。 ④东亭：王珣。 ⑤可惜：值得珍惜。

【评析】王献之与羊绥相交友好，对好友的品德才能十分了解，故痛悼羊绥的早逝，也为国家失去一位人才而惋惜。

十五

王东亭与谢公交恶[①]。王在东闻谢丧，便出都诣子敬道[②]："欲哭谢公。"子敬始卧，闻其言，便惊起曰："所望于法护[③]。"王于是往哭。督帅刁约不听前[④]，曰："官平生在时，不见此客。"王亦不与语，直前哭，甚恸，不执末婢手而退[⑤]。

【注释】①王东亭：王珣。 谢公：谢安。 交恶（wù 物）：彼此憎恨。 ②出都：到京都，赴京都。 子敬：王献之。 ③法护：王珣的小名。 ④督帅：指谢安帐下的领兵官。 刁约：督帅名，生平不详。 ⑤末婢：谢琰，字瑗，小字末婢，谢安之子。官著作郎、秘书丞、侍中等。

【评析】王谢两家原为儿女亲家，后因猜忌嫌隙离婚而导致不睦。但王珣在谢安去世后，不顾谢安手下人的阻挠，径直前往哭吊，表现了惺惺相惜的名士风度。

十六

王子猷、子敬俱病笃[①]，而子敬先亡。子猷问左右："何以都不闻消息？此已丧矣！"语时了不悲[②]。便索舆来奔丧，都不哭。子敬素好琴，便径入坐灵床上，取子敬琴弹，弦既不调[③]，掷地云："子敬，人琴俱亡！"因恸绝良久。月余亦卒。

【注释】①王子猷：王徽之。 子敬：王献之。 ②了：完全。 ③调：协调，和谐。

【评析】王徽之与王献之既是兄弟又是知己，所以王徽之在王献之亡后有"人琴俱亡"之痛。一个多月后，王徽之也身故。这个记载与支遁哀悼法虔的故事非常相似。

十七

孝武山陵夕[①]，王孝伯入临[②]，告其诸弟曰："虽榱桷惟新[③]，便自有《黍离》之哀[④]。"

【注释】①孝武：东晋孝武帝司马曜。 山陵夕：指皇帝去世之夜。山陵，指帝王之死。 ②王孝伯：王恭。 入临：指参加丧礼哭吊。 ③榱（cuī 崔）桷（jué 决）：椽子，此指帝王陵寝建筑。 ④黍离：《诗经·王风》中的篇名，写周大夫叹西周衰亡之事，后即用为感触亡国，触景生情之词。

【评析】王恭对执政者司马道子宠幸奸人王国宝深为不满，故于入宫吊丧时表达《黍离》之叹。

栖逸第十八

一

阮步兵啸闻数百步[①]。苏门山中[②]，忽有真人[③]，樵伐者咸共传说。阮籍往观，见其人拥膝岩侧，籍登岭就之，箕踞相对[④]。籍商略终古[⑤]，上陈黄、农玄寂之道[⑥]，下考三代盛德之美[⑦]，以问之，仡然不应[⑧]；复叙有为之教[⑨]，栖神导气之术[⑩]，以观之，彼犹如前，凝瞩不转[⑪]。籍因时对之长啸。良久，乃笑曰："可更作。"籍复啸。意尽退。还半岭许，闻上啾然有声[⑫]，如数部鼓吹[⑬]，林谷传响。顾看，乃向人啸也[⑭]。

【注释】①阮步兵：阮籍。　啸：撮口作声，即口哨。　②苏门山：山名，又名苏岭，北门山，在今河南辉县。　③真人：得道之人。　④箕踞：一种傲慢放达的坐姿，两足叉开，状如簸箕。　⑤商略：商讨，评论。　终古：往昔，往古。　⑥黄、农：黄帝和神农氏，传说中的远古帝王。　玄寂：指玄远深奥的道理。　⑦三代：夏、商、周三个朝代。　盛德：指夏、商、周三代所施行的大德美政。　⑧仡（yì 意）然：昂首的样子。　⑨有为之教：有作为的学说，指儒家学说。　⑩栖神导气之术：道家的修炼方法。栖神，凝聚心神使其不散乱。导气，指导引气息，摄气运息。　⑪凝瞩：集中注视，目不转睛。　⑫哂（jīu 究）然：形容啸声。　⑬鼓吹：古代一种器乐合奏，用鼓、钲、箫、笳等乐器演奏。　⑭向人：刚才那个人。

【评析】本文的真人，有人称其为苏门先生，有人则认为是孙登。阮籍以善啸自负，可以声闻数百步。但这位得道隐者的啸声更是出神入化，若鸾凤之音，在山林幽谷间回响，好像乐队在演奏鼓吹时的合声。

二

嵇康游于汲郡山中[①]，遇道士孙登[②]，遂与之游。康临去，登曰："君才则高矣，保身之道不足。"

【注释】①汲郡：郡名，治所在今河南汲县西南。 ②道士：有道之人，隐居不仕者。 孙登：字公和，魏末晋初道士，无家，隐居汲郡山中。

【评析】据说嵇康曾跟孙登游处三年，临别时孙登认为嵇康难以保全性命。可能是因为孙登觉得嵇康个性狂放，难免会引祸上身。

三

山公将去选曹[1]，欲举嵇康[2]，康与书告绝[3]。

【注释】①山公：山涛。 去：离开。 选曹：主管选拔官吏的官署。 ②举：荐举。 ③与书告绝：嵇康给山涛写信宣告与他绝交，这封断交信即《与山巨源绝交书》。

【评析】山涛将要离开选曹的官职，想举荐嵇康来接替，但嵇康却写信宣告与他绝交。嵇康是个超然物外的人，他认为山涛的举荐是因为不了解自己的志趣，所以不能成为自己的朋友。其情形类似于管宁与华歆割席断交。

四

李廞是茂曾弟五子[1]，清贞有远操[2]，而少羸病[3]，不肯婚宦[4]。居在临海[5]，住兄侍中墓下[6]。既有高名，王丞相欲招礼之[7]，故辟为府掾[8]。廞得笺命[9]，笑曰："茂弘乃复以一爵假人[10]。"

【注释】①李廞（xīn 欣）：字宗子，江夏钟武（今河南信阳东南）人。家世有名望，父李重。好学，善草隶。腿瘸不能行走，常仰卧，好弹琴、饮酒。以疾辞官不赴。茂曾：李重，字茂曾。 ②清贞：指心性清雅贞洁。 远操：远大的志向。 ③羸（léi 雷）病：瘦弱多病。 ④婚宦：结婚、为官。 ⑤临海：郡名，治在今浙江临海。 ⑥兄：指李廞长兄李式，字景则，任临海太守、侍中。 墓下：指墓地。 ⑦王丞相：王导。 ⑧故：特意。 辟：征召。 府掾：丞相府的属官。 ⑨笺命：授官文书。 ⑩茂弘：王导，字茂弘。 爵：官爵。 假人：借给人，这里指给予人。

【评析】李廞是李重的第五个儿子，心性清雅贞洁，不愿结婚和为官，以免为世俗所累。所以王导想礼聘他时，他笑着说"王导竟然拿一个官爵送给我"，可见他已经完全将功名利禄抛在了九霄云外。

五

何骠骑弟以高情避世[①]，而骠骑劝之令仕[②]，答曰："予第五之名，何必减骠骑[③]！"

【注释】①何骠骑：何充。　弟：何充之五弟何准，字幼道。志趣高尚，不就征辟，不问世事。　高情：高尚的情操。　②仕：出仕，做官。　③何必：未必不见得。　减：不如，差。

【评析】何充的弟弟何准有高尚的情操，远避世事，何充劝他做官，何准回答说："我这排名第五的名望，未必比你骠骑将军逊色吧！"可见魏晋士人不以功名之高低论人，而是重德行、节操、境界和才学。

六

阮光禄在东山[①]，萧然无事[②]，常内足于怀。有人以问王右军[③]，右军曰："此君近不惊宠辱[④]，虽古之沈冥[⑤]，何以过此[⑥]？"

【注释】①阮光禄：阮裕。　东山：指隐居之地。　②萧然：冷落寂寞的样子。　③王右军：王羲之。　④不惊宠辱：语见《老子》："何谓宠辱若惊？宠为下。得之若惊，失之若惊，是谓宠辱若惊。"意谓，什么叫做得宠和受辱都感到惊慌失措？得宠本来就是不好的。得到恩宠感到心惊，失去恩宠也感到惊恐，这就叫做得宠和受辱都感到惊慌失措。　⑤沈冥：深藏不露之人，指隐士。沈，通"沉"。

【评析】阮裕淡泊功名，能够享受精神上的满足。所以王羲之认为他已经达到了宠辱不惊的境界。

七

孔车骑少有嘉遁意[①]，年四十余，始应安东命[②]。未仕宦时，常独寝[③]，歌吹箴诲[④]。自称孔郎，游散名山[⑤]。百姓谓有道术，为生立庙。今犹有孔郎庙。

【注释】①孔车骑：孔愉。　嘉遁：善守其德以避世，指隐居不仕。嘉，善。遁，隐避。　②安东：安东将军，此指晋元帝司马睿，他即帝位前曾任安东将军。 命：任命。 ③独寝：独居。 ④歌吹：歌声与乐器吹奏声。此指吟咏弹唱。 箴诲：告诫教诲。 ⑤游散：漫游。

【评析】孔愉年轻时就有隐居不仕的心意，到了四十多岁才接受安东将军司马睿的任命。他尚未做官时，常常一个人独居，吟咏弹唱，自我告诫教诲。自称孔郎，漫游名山。老百姓都认为他是神人，所以在他活着时就为他立庙，对他顶礼膜拜。

八

南阳刘驎之[1]，高率[2]，善史传，隐于阳岐[3]。于时苻坚临江[4]，荆州刺史桓冲将尽讦谟之益[5]，征为长史，遣人船往迎，赠贶甚厚[6]。驎之闻命，便升舟，悉不受所饷[7]，缘道以乞穷乏，比之上明亦尽[8]。一见冲，因陈无用，翛然而退[9]。居阳岐积年[10]，衣食有无，常与村人共。值己匮乏[11]，村人亦如之，甚厚，为乡闾所安[12]。

【注释】①刘驎之：字子骥，南阳（今河南南阳市）人。好游山水，清心寡欲，有避世隐居之志。 ②高率：高尚真率。 ③阳岐：村名，濒临长江，距荆州二百里。 ④临江：指苻坚兵临长江。 ⑤讦谟（xū mó 虚模）：宏图大计。 ⑥赠贶（kuàng 况）：赠送礼物。 ⑦饷：赠送。 ⑧缘道：沿途。 乞：给予。 比：等到。 上明：城名，在今湖北省松滋县南。 ⑨翛（xiāo 肖）然：超脱自在的样子。 ⑩积年：多年。 ⑪匮乏：穷困。 ⑫乡闾（lǘ 驴）：乡里。

【评析】南阳刘驎之为人高尚真率，他不慕荣利，潇洒拒绝了刺史桓冲的征聘，把刺史的礼物都送了穷苦人。他在阳岐村居住，与村里的人和睦相处。他在平民阶层悠然自得的风范，在居于上层的魏晋名士之外别有一番风采。

九

南阳翟道渊与汝南周子南少相友[1]，共隐于寻阳[2]。庾太尉说周以当世之务[3]，周遂仕，翟秉志弥固[4]。其后周诣翟，翟不与语。

【注释】①翟道渊：翟汤，字道渊，南阳（今河南南阳）人。隐居不仕，屡辞征聘，人称卧龙。 汝南：郡名，治在今河南汝南。 周子南：周邵，字子南，汝南人。少与翟汤共隐于寻阳，后为庾亮所举，官至西阳太守。 ②寻阳：郡名，治在今江西九江市西。 ③庾太尉：庾亮。 说：劝说、打动别人。④秉志：坚守自己隐居不仕的志趣。弥：更。

【评析】翟汤与周邵是少年时的好朋友，一起隐居在寻阳。周邵在庾亮的劝说下出仕做官了，翟汤则坚持自己的志趣。后来周邵去拜访翟汤，翟汤却不再同他说话，从此两人成了陌路人。这则记载与割席断交的故事类似。

十

孟万年及弟少孤[①]，居武昌阳新县。万年游宦[②]，有盛名当世。少孤未尝出，京邑人士思欲见之，乃遣信报少孤曰："兄病笃。"狼狈至都。时贤见之者，莫不嗟重。因相谓曰："少孤如此，万年可死。"

【注释】①孟万年：孟嘉。少孤：孟陋，字少孤，孟嘉之弟。布衣蔬食，口不言世事，独来独往，博学多通，注《论语》。②游宦：外出做官。

【评析】孟嘉外出做官，在当时有很大的名声。孟陋没有离开家到外面去过，京城里的名流想见他，就派人送信给孟陋说："令兄病重。"孟陋就匆忙地赶到京城，当时见到他的贤达无不赞叹敬重。可见魏晋士人对有才学者是何等的敬重。

十一

康僧渊在豫章[①]，去郭数十里精舍[②]。傍连岭，带长川，芳林列于轩庭[③]，清流激于堂宇。乃闲居研讲，希心理味[④]。庾公诸人多往看之，观其运用吐纳[⑤]，风流转佳[⑥]。加处之怡然[⑦]，亦有以自得[⑧]，声名乃兴。后不堪，遂出。

【注释】①豫章：郡名，治在今江西南昌。②郭：外城。精舍：僧人诵经修持的地方。③轩庭：长廊庭院。④希心：潜心，专心。理味：研究体会。⑤运用：指灵活多变地利用。吐纳：吐故纳新，古人修炼养生之术，吐出污秽之气，吸入清新之气。⑥风流：风度神采。转：更加。⑦加：加上。怡然：和悦愉快的样子。⑧自得：自在。

【评析】康僧渊是西域来的高僧，他在豫章城外幽静的院子里修道养性，当时名士庾亮等人常往来，扰乱了他的清修，他就离开了。这说明高僧也受不了俗人的一再干扰。《高僧传》里说他在此寺院里去世，大概没了干扰，康僧渊又回去了。

十二

戴安道既厉操东山①，而其兄欲建式遏之功②。谢太傅曰③：“卿兄弟志业④，何其太殊？”戴曰：“下官不堪其忧，家弟不改其乐⑤。”

【注释】①戴安道：戴逵。　厉操：磨练节操。　东山：在今浙江嵊县。　②其兄：戴逵之兄戴逯，字安丘，官至大司农。　式遏（è恶）：指为国立功。语见《诗·大雅·民劳》：“式遏寇虐，僭不畏明。柔远能迩，以定我王。”　③谢太傅：谢安。　④志业：志趣事业。　⑤不堪其忧、不改其乐：语出《论语·雍也》：“贤哉回也！不箪食，一瓢饮，在陋巷，人不堪其忧，回也不改其乐。”

【评析】戴逵隐居，而其兄戴逯出仕。谢安问戴逯原因，戴逯引用孔子赞弟子颜回的话，用以自嘲自己经不起忧苦，所以要出仕当官；而其弟戴逵则安贫乐道，所以隐居不仕。

十三

许玄度隐在永兴南幽穴中①，每致四方诸侯之遗②。或谓许曰：“尝闻箕山人③，似不尔耳④。”许曰：“筐篚苞苴⑤，故当轻于天下之宝耳⑥。”

【注释】①许玄度：许询。　永兴：县名，故址在今浙江萧山西。　幽穴：很深的山洞。　②致：招引。　诸侯：指地方长官。　遗（wèi位）：赠与。　③箕（jī基）山：在今河南登封县。传说唐尧时巢父、许由曾隐居于此。　④尔：如此。　⑤筐篚（fěi匪）苞苴（jū居）：指装在盛器内的礼物。筐篚，方形与圆形的盛物竹器。苞苴，裹鱼肉的草包。　天下之宝：喻指天子的尊位。

【评析】许询隐居时常有各方送来馈赠，引起非议，人们用许由因隐居招致尧帝让位加以比较。许询则认为自己所得之赠物比起天子之位来说实在是太轻了，不失幽默风趣。确实，只要接受馈赠不带有功利目的，也无伤大雅。

十四

范宣未尝入公门①，韩康伯与同载②，遂诱俱入郡③，范便于车

后趋下[4]。

【注释】①公门：官府之门，衙门。 ②韩康伯：韩伯。 ③郡：指衙门。 ④趋：快步走，小跑。

【评析】范宣一生未曾做官，也从来没有进过官府。韩伯想骗他一起进衙门，范宣察觉后便在车后快步地跑掉了。

十五

郗超每闻欲高尚隐退者[1]，辄为办百万资[2]，并为造立居宇。在剡[3]，为戴公起宅[4]，甚精整。戴始往旧居[5]，与所亲书曰："近至剡，如官舍。"郗为傅约亦办百万资[6]，傅隐事差互[7]，故不果遗[8]。

【注释】①高尚：崇尚高远。 ②办：备办。 ③剡：县名，在今浙江嵊县。 ④戴：戴逵。 ⑤旧：为多余的字，无义。 ⑥傅约：傅琼，小字约。 ⑦差互：指事情出差错或未办成。 ⑧果：成为现实。 遗：馈赠。

【评析】郗超以喜好施舍著称，特别愿意为隐居的人花费大量钱财，曾给戴逵提供了丰厚的隐居基础。后来他知道傅约想隐居，就准备了百万钱财，结果傅约没隐居，钱财没用上。魏晋之时隐逸成风，也不乏以钱财支持隐士的人，郗超就是其中有代表性的一个。

十六

许掾好游山水[1]，而体便登陟[2]。时人云："许非徒有胜情[3]，实有济胜之具[4]。"

【注释】①许掾：许询，曾征为司徒掾，故称。 ②便：便利，此指轻捷，矫健。 登陟（zhì 至）：攀登。 ③非徒：不仅、不只。 胜情：指高雅的情怀。 ④济胜之具：指身体强健，具有游览名山胜景的条件。

【评析】许询喜欢游览山水，而且身体轻捷，善于攀登。所以当时人说，许询不仅具有高雅的情怀，而且确实拥有登临名山胜景的强健体魄。

贤媛第十九

一

陈婴者[1]，东阳人。少修德行，著称乡党[2]。秦末大乱，东阳人欲奉婴为王，母曰："不可！自我为汝家妇，少见贫贱，一旦富贵，不祥。不如以兵属人[3]，事成少受其利；不成祸有所归。"

【注释】①陈婴：秦末东阳（今安徽天长）人。秦末起兵，为项梁将，封上柱国。项羽死后归汉。 ②乡党：乡里，家乡。 ③属：归属，属于。

【评析】陈婴母亲虽出身贫贱，但她分析儿子称王的利弊得失却十分中肯。陈婴少修德行，著称乡党，这应与其母的教导有关。

二

汉元帝宫人既多[1]，乃令画工图之[2]，欲有呼者，辄披图召之。其中常者[3]，皆行货赂[4]。王明君姿容甚丽[5]，志不苟求[6]，工遂毁为其状[7]。后匈奴来和[8]，求美女于汉帝，帝以明君充行[9]。既召见而惜之，但名字已去[10]，不欲中改[11]，于是遂行。

【注释】①汉元帝：刘奭。 ②图：画。 ③披：翻阅。 中常：指相貌中等平常。 ④货赂：指向画工行贿。 ⑤王明君：王昭君，晋人为避文帝司马昭之讳，改为王明君。王昭君为汉元帝时宫人，汉元帝对北方匈奴实行和亲政策，将昭君嫁给匈奴呼韩邪单于，为宁胡阏氏（yān zhī 烟支）。 ⑥苟求：苟且求情。 ⑦毁为其状：指作画时毁坏其容貌。 ⑧匈奴来和：指匈奴呼韩邪单于向汉要求和亲事。 ⑨充行：充当皇家宗室之女出嫁匈奴。 ⑩去：送去。 ⑪中改：路途更改。

【评析】有关王昭君出嫁匈奴单于的故事有各种不同的说法，属于民间传说。

三

汉成帝幸赵飞燕[①]，飞燕谗班婕妤祝诅[②]，于是考问[③]。辞曰[④]：“妾闻死生有命[⑤]，富贵在天。修善尚不蒙福，为邪欲以何望？若鬼神有知，不受邪佞之诉[⑥]；若其无知，诉之何益？故不为也。”

【注释】①汉成帝：刘骜（前51—前7），字太孙，元帝子，前33—前7在位。 幸：宠爱。 赵飞燕：原为长安宫女，善歌舞，号飞燕，后为成帝所宠幸，立为皇后。 ②谗：说别人坏话。 班婕（jié 捷）妤（yú 余）：汉成帝宠姬，因遭赵飞燕谗毁失宠，退处东宫，作赋自伤。 祝诅：指向鬼神祷告诅咒。 ③考问：拷打审问。 ④辞曰：供辞。 ⑤妾：女子自称，表示谦卑。 死生有命两句：语见《论语·颜渊》，谓人的生死富贵，均由天命注定。 ⑥邪佞：邪恶的谄媚。 诉：指诅咒。

【评析】赵飞燕诬告班婕妤向鬼神诅咒，于是成帝就审问班婕妤。班婕妤认为人的死生由命运来决定，富贵由天意来安排，修善还不能受到福报，作恶还能指望什么？如果鬼神有知觉的话，就不会接受邪恶谄媚的诬告诅咒；如果鬼神没有知觉，诬告诅咒又有什么用呢？班婕妤的应对有理有据，所以史书记载成帝听后也对她心生怜悯。

四

魏武帝崩[①]，文帝悉取武帝宫人自侍[②]。及帝病困[③]，卞后出看疾[④]。太后入户，见直侍并是昔日所爱幸者[⑤]。太后问：“何时来邪？”云：“正伏魄时过[⑥]。”因不复前而叹曰：“狗鼠不食汝余[⑦]，死故应尔[⑧]！”至山陵[⑨]，亦竟不临[⑩]。

【注释】①魏武帝：曹操。 ②文帝：曹丕。 ③病困：病重。 ④卞后：曹丕之母，曹丕称帝后尊为皇太后。 ⑤直侍：当班伏侍的人。 直，值。 并是：都是。 ⑥伏魄：招魂。古人死后，举行招魂仪式，称伏魄。 ⑦余：剩余的东西。 ⑧故：确实。 ⑨山陵：帝王陵墓，此指曹丕葬礼。 ⑩竟：终于。 临：指哭吊。

【评析】古代帝王的宫廷生活颇为糜烂，淫乱无度，但民间所流传的故事则大多出于附会，不可轻信。

五

赵母嫁女[1]，女临去，敕之曰[2]：“慎勿为好！”女曰：“不为好，可为恶邪？”母曰：“好尚不可为，其况恶乎！”

【注释】①赵母：三国吴人，桐乡令虞韪妻，虞韪死后，孙权敬其有文才，诏入宫省，作《列女传解》，号赵母注。 ②敕：告诫。

【评析】赵母嫁女儿，女儿临去时，告诫女儿说：“切莫做好事！”女儿说：“不做好事，可以做坏事吗？”赵母说：“好事尚且不可以做，何况做坏事呢！”赵母的意思是女子切忌张扬，行善则扬名，容易招人猜忌，引来灾祸。

六

许允妇是阮卫尉女[1]，德如妹[2]，奇丑。交礼竟[3]，允无复入理[4]，家人深以为忧。会允有客至，妇令婢视之，还答曰：“是桓郎。”桓郎者，桓范也[5]，妇云：“无忧，桓必劝人。”桓果语许云：“阮家既嫁丑女与卿，故当有意[6]，卿宜察之。”许便回入内。既见妇，即欲出。妇料其此出，无复入理，便捉裾停之[7]。许因谓曰：“妇有四德[8]，卿有其几？”妇曰：“新妇所乏唯容尔。然士有百行[9]，君有几？”许曰：“皆备。”妇曰：“夫百行以德为首，君好色不好德，何谓皆备？”允有惭色，遂相敬重[10]。

【注释】①阮卫尉：阮共，字伯彦，尉氏（今河南尉氏）人，官至卫尉卿。卫尉，负责宫门警卫的官员。 ②德如：阮侃，字德如，阮共之子，官至河内太守。 ③交礼：指结婚时行交拜礼。 竟：完毕。 ④理：指意愿。 ⑤桓范：字元则，魏沛郡（今安徽宿县）人，官大司农。 ⑥故当：必定，自然。 ⑦裾：衣服前襟或后襟。 ⑧四德：旧时指妇女应具备四种德行：品德、言语、容仪、女工。 ⑨百行：指多方面的品行。

【评析】许允之妻容貌虽丑，但德行兼备。许允因嫌其貌丑而不愿与之同房，其妻责以“好色不好德”，令其大感惭愧，从此夫妻互相敬重，传为美谈。可见魏晋士人对德行之重视。

七

许允为吏部郎[1]，多用其乡里[2]，魏明帝遣虎贲收之[3]。其妇出

诫允曰："明主可以理夺，难以情求。"既至，帝覈问之[4]。允对曰："'举尔所知[5]。'臣之乡人，臣所知也。陛下检校为称职与不[6]，若不称职，臣受其罪。"既检校，皆官得其人，于是乃释。允衣服败坏，诏赐新衣。初，允被收，举家号哭。阮新妇自若云[7]："勿忧，寻还[8]。"作粟粥待[9]，顷之允至[10]。

【注释】①吏部郎：官名，主管官吏选拔。 ②乡里：指同乡人。 ③魏明帝：曹叡。 虎贲（bēn 奔）：官名，管宫门警卫之官。 收：逮捕。 ④覈（hé 核）：核实。 ⑤举尔所知：举荐你所了解的人。语出《论语·子路》："曰：'焉知贤才而举之?'子曰：'举尔所知。'" ⑥检校：检查，考察。 不：同"否"。 ⑦自若：自如，与平常一样。 ⑧寻：不久。 ⑨粟：小米。 ⑩顷之：不一会。

【评析】许允担任吏部郎时，任用的官员大都是同乡人，魏明帝知道后就派禁卫军去逮捕他们。明帝审问许允，他回答说："孔子说'荐举你所了解的人。'臣子的同乡人都是臣子所了解的，陛下可以考察他们是否称职，如果不称职，臣子愿意接受应得的罪名。"经过考察，他们的才能都与职务相称，于是就把他们释放了。此则故事可作为举贤不避亲的一例。

八

许允为晋景王所诛[1]，门生走入告其妇[2]。妇正在机中[3]，神色不变，曰："蚤知尔耳[4]！"门人欲藏其儿，妇曰："无豫诸儿事[5]。"后徙居墓所，景王遣钟会看之，若才流及父[6]，当收[7]。儿以咨母[8]。母曰："汝等虽佳，才具不多[9]，率胸怀与语[10]，便无所忧。不须极哀，会止便止[11]。又可少问朝事[12]。"儿从之，会反以状对[13]，卒免。

【注释】①晋景王：司马师。 ②门生：供驱使的门人。 ③正在机中：指正在织机上织布。 ④蚤：通"早"。 尔：如此。 ⑤豫：参与，关涉。 ⑥才流：才智流品。 及：赶得上。 ⑦收：逮捕。 ⑧咨：商议，咨询。 ⑨才具：才能。 ⑩率胸怀：直爽坦白。 ⑪止：指停止哭泣。 ⑫少：稍微，略微。 ⑬反：通"返"，指返回朝廷。

【评析】许允因与夏侯玄、李丰亲近，遭司马师猜忌，被流放边关而死，并非如本文开篇所说是被杀的。

九

王公渊娶诸葛诞女[1]。入室，言语始交，王谓妇曰：“新妇神色卑下，殊不似公休[2]！”妇曰：“大丈夫不能仿佛彦云[3]，而令妇人比踪英杰[4]？”

【注释】①王公渊：王广，字公渊，三国魏太原祁（今山西祁县）人。王凌子，有才学，官屯骑校尉、尚书。其父谋立楚王曹彪为帝，事泄自杀，广受牵连，为司马氏所杀。 ②公休：诸葛诞。 ③仿佛：仿效。 彦云：王凌，字彦云。 ④比踪：比拟追踪。

【评析】王广娶诸葛诞的女儿为妻。进入洞房后开始交谈起来，王广认为新娘子神态表情很卑下，太不像其父诸葛诞了。新娘子反唇相讥，认为王广不能仿效其父王凌，却要让我这个妇道人家去比拟英雄豪杰？以戏言对戏言，可见新娘子之机智与风趣。

十

王经少贫苦，仕至二千石[2]，母语之曰：“汝本寒家子，仕至二千石，此可以止乎？”经不能用。为尚书，助魏[3]，不忠于晋[4]，被收。涕泣辞母曰：“不从母敕[5]，以至今日。”母都无戚容，语之曰：“为子则孝，为臣则忠，有孝有忠，何负吾邪？”

【注释】①王经：字彦纬，三国魏人，官至尚书。 ②二千石：指郡守。汉代郎将、郡守俸禄等级是二千石，后即称郎将、郡守等为二千石。③助魏：指王经帮助魏高贵乡公曹髦。 ④晋：当时还是曹魏时期，晋朝尚未建立。为了叙述方便，后人即以“晋”称司马氏。 ⑤敕：指教诲。

【评析】王经因忠于曹魏而为司马昭所杀，其母亦受牵连被杀。其母曾劝其不必当官，王经不听，且进而助魏抗晋，导致母子俱被杀的惨祸。临终前王经涕泣辞母，其母并不悲伤，反而认为儿子忠孝两全，毫无过错。王经之母既明事理又识大体，所以被视作贤媛。

十一

山公与嵇、阮一面[1]，契合金兰[2]。山妻韩氏觉公与二人异于常

交，问公，公曰：“我当年可以为友者[3]，唯此二生耳。”妻曰：“负羁之妻亦亲观狐、赵[4]，意欲窥之[5]，可乎？”他日，二人来，妻劝公止之宿，具酒肉。夜穿墉以视之[6]，达旦忘反[7]。公入曰：“二人何如？”妻曰：“君才致殊不如[8]，正当以识度相友耳[9]。”公曰：“伊辈亦常以我度为胜[10]。”

【注释】①山公：山涛。 嵇：嵇康。 阮：阮籍。 ②契合金兰：形容彼此相投，友谊深厚。契合，投合。金兰，形容友情深厚，引申为异姓结拜兄弟。 ③当年：现在。 ④负羁之妻：典出《左传·僖公二十三年》：“僖负羁之妻曰：‘吾观晋公子之从者皆足以相国，若以相，夫子必反其国。反其国，必得志于诸侯。’”指晋公子重耳遭骊姬之谗，流亡在外，到了曹国。随从亲信中有晋大夫狐偃、赵衰（cuī 崔）等人，曹大夫僖负羁妻仔细观察狐偃、赵衰后认为晋公子的随从都可以做国家的相国，如果用他们来辅佐，一定能回到晋国，做诸侯的霸主。 狐、赵：狐偃、赵衰。 ⑤窥：暗中观察。 ⑥墉：墙。 ⑦达旦：通宵。 ⑧才致：才气，才情旨趣。 ⑨识度：见识气度。 ⑩伊辈：他们。

【评析】山涛之妻韩氏暗中观察了嵇康和阮籍之后，认为山涛的才情志趣远远不如他们，应当以见识气度与他们交朋友。韩氏效僖负羁之妻，显然有知人之明。

十二

王浑妻钟氏生女令淑[1]，武子为妹求简美对而未得[2]，有兵家子，有俊才，欲以妹妻之，乃白母。曰：“诚是才者[3]，其地可遗[4]，然要令我见。”武子乃令兵儿与群小杂处，使母帷中察之。既而母谓武子曰：“如此衣形者，是汝所拟者非邪？”武子曰：“是也。”母曰：“此才足以拔萃[5]，然地寒[6]，不有长年[7]，不得申其才用[8]。观其形骨[9]，必不寿，不可与婚。”武子从之。兵儿数年果亡。

【注释】①令淑：美貌贤惠。 ②武子：王济，字武子，王浑之子。 简：选择。 美对：美好的配偶。 ③诚：确实，果真。 ④地：出身门第。 遗：忽略，抛开。 ⑤拔萃：超群。 ⑥地寒：门第寒微。 ⑦长年：长寿。 ⑧申其才用：施展他的才干。 ⑨形骨：形貌骨相。

【评析】王济母亲要求亲眼见过女儿的对象，然后才决定女儿的婚姻。她能从人的外貌骨相判断其人的健康状况，从风度气质判断才干的高低，把健康寿数放在第一位，而对出身门第则不计较，可谓慧眼独具。

十三

贾充前妇[①]，是李丰女。丰被诛，离婚徙边[②]，后遇赦得还。充先已取郭配女[③]，武帝特听置左右夫人[④]。李氏别住外[⑤]，不肯还充舍。郭氏语充，欲就省李[⑥]，充曰：“彼刚介有才气[⑦]，卿往不如不去。”郭氏于是盛威仪[⑧]，多将侍婢[⑨]。既至，入户，李氏起迎，郭不觉脚自屈，因跪再拜。既反，语充，充曰：“语卿道何物[⑩]？”

【注释】①前妇：前妻。 ②徙边：流放到边远地区。 ③郭配：字仲南，三国魏人，官至城阳太守。 ④武帝：晋武帝司马炎。 听：准许。 ⑤别：另外。 ⑥省：看望。 ⑦刚介：刚强耿直。 ⑧威仪：服饰仪表。 ⑨将：带。 ⑩何物：当时口语，什么。

【评析】贾充前妻李氏淑美有才行，而其后妻郭槐则性妒。郭氏想向李氏示威，带了随从，盛装而去。可是当她见到李氏出迎时，却不知不觉地双腿下跪。可见李氏之气质令郭氏心虚脚软，竟不得不拜。

十四

贾充妻李氏作《女训》[①]，行于世。李氏女[②]，齐献王妃[③]；郭氏女[④]，惠帝后。充卒，李、郭女各欲令其母合葬，经年不决[⑤]。贾后废，李氏乃祔葬[⑥]，遂定。

【注释】①《女训》：书名，贾充妻李氏作，已佚。 ②李氏女：贾充与前妻李氏生二女：褒、裕。褒，名荃，为齐王攸妃。裕，名浚。 ③齐献王：司马攸，字大猷，司马昭之子，晋武帝之弟，封齐王。后遭武帝猜忌，被贬斥，忧惧而死，谥号献。 ④郭氏女：郭槐生一女，名南风，为晋惠帝之皇后，与贾谧等专朝政十余年，后被赵王伦所废。 ⑤经年：指多年。⑥祔（fù 附）：合葬。

【评析】贾充有两个妻子，李氏和郭氏，各生有一个女儿，一个是王妃，一个是皇后，两个女儿的夫家权势都非常显赫，这就让贾充与哪个妻子合葬的问题不好处理。最终皇后被废，权势平衡被打破，王妃这一方占了上风，她的母亲李氏得以与贾充合葬。

十五

王汝南少无婚①，自求郝普女②。司空以其痴③，会无婚处④，任其意便许之⑤。晚婚，果有令姿淑德⑥。生东海⑦，遂为王氏母仪⑧。或问汝南："何以知之?"曰："尝见井上取水，举动容止不失常⑨，未尝忤观⑩，以此知之。"

【注释】①王汝南：王湛，曾任汝南内史，故称。 ②郝普：字道匡，太原襄城人，官洛阳太守。 ③司空：指王昶，字文舒，王湛之父，官至司空。 ④会：反正，终究。 ⑤任：听凭。 ⑥令姿淑德：漂亮的姿容，善良的品德。 ⑦东海：指王承，曾任东海郡太守，故称。 ⑧母仪：做母亲的典范。 ⑨容止：仪容举止。 ⑩忤观：指碍眼、不雅观。

【评析】王家一门显宦，而郝家门第孤陋，可谓门不当户不对。但王昶认为儿子王湛痴呆，也没人愿意嫁给他，所以任其自由选择。其实王湛是个有心之人，早就暗中观察过郝氏。郝氏容貌出众，举止优雅稳重，所以能够母仪家族。

十六

王司徒妇①，钟氏女，太傅曾孙②，亦有俊才女德③。钟、郝为娣姒④，雅相亲重⑤。钟不以贵陵郝⑥，郝亦不以贱下钟。东海家内⑦，则郝夫人之法⑧；京陵家内⑨，范钟夫人之礼⑩。

【注释】①王司徒：王浑，曾为司徒，故称。 ②太傅：指钟繇，曾为太傅，故称。 ③俊才：出众的才能。 ④娣（dì 弟）姒（sì 似）：妯娌。弟妻为娣，兄妻为姒。 ⑤雅：极，甚。 ⑥陵：欺侮。 ⑦东海：指王湛与郝氏所生之子王承。 ⑧则：效法。 ⑨京陵：指王浑，袭父爵京陵侯，故称。 ⑩范：仿效。

【评析】王浑和王湛是兄弟，王浑妻郝氏与王湛妻钟氏为妯娌，她们门第各有贵贱，却能互相尊重。王承家里效法郝氏之规范，王浑家里则以钟氏夫人为范，这是相当难能可贵的。

十七

李平阳①，秦州子②，中夏名士③，时以比王夷甫④。孙秀初欲立

威权[5]，咸云："乐令民望[6]，不可杀，减李重者又不足杀[7]。"遂逼重自裁[8]。初，重在家，有人走从门入[9]，出髻中疏示重[10]。重看之色动[11]，入内示其女，女直叫"绝"[12]。了其意[13]，出则自裁。此女甚高明[14]，重每咨焉[15]。

【注释】①李平阳：李重，曾任平阳太守，故称。②秦州：李秉，字玄胄，曾任秦州刺史，故称。③中夏：中原地区。④王夷甫：王衍。⑤孙秀：字俊忠，琅邪（今山东临沂北）人。晋赵王伦篡位，任中书令，专朝政，赵王伦败，被杀。⑥乐令：乐广。民望：民众所仰望的人。⑦减：不如，次于。⑧自裁：自杀。⑨走：跑。⑩疏：给皇帝的奏议。⑪色动：脸色改变。⑫直：只是。⑬了：明了，明白。⑭高明：见解高，有智慧。⑮咨：咨询，征求意见。

【评析】李重的女儿极有智慧，李重有什么事也常和她商量。孙秀当初想树立威望，于是就想办法去构陷李重。李重在家，有人跑着从大门进来，从发髻中拿出奏议来给李重看，他拿进内室给女儿看，女儿只是叫"完了"。他明白女儿的意思，所以出了内室就自杀了。

十八

周浚作安东时[1]，行猎，值暴雨，过汝南李氏[2]。李氏富足，而男子不在。有女名络秀[3]，闻外有贵人，与一婢于内宰猪羊，作数十人饮食，事事精办，不闻有人声。密觇之[4]，独见一女子，状貌非常，浚因求为妾。父兄不许，络秀曰："门户殄瘁[5]，何惜一女？若连姻贵族，将来或大益。"父兄从之。遂生伯仁兄弟[6]。络秀语伯仁等："我所以屈节为汝家作妾，门户计耳[7]。汝若不与吾家作亲亲者[8]，吾亦不惜余年[9]！"伯仁等悉从命。由此李氏在世，得方幅齿遇[10]。

【注释】①周浚：字开林，汝南安成（今河南汝南县）人。仕魏为扬州刺史，平吴有功，封成武侯。晋武帝时为侍中，后代王浑都督扬州诸军事，加安东将军。②汝南：郡名，在今河南。③络秀：汝南李宗伯之女，安东将军周浚之妻，生三子：𫖮、嵩、谟。④觇（chān 搀）看：窥视。⑤殄（tiǎn 舔）瘁（cuì 翠）：败落。⑥伯仁：周𫖮。⑦计：考虑。⑧亲亲：亲戚。⑨不惜余年：不爱惜晚年，指不如死掉算了。⑩方幅：当时口语，指正当，正式。齿遇：受到礼遇。

【评析】络秀不仅貌美，而且能从长远出发，甘愿委身为周浚的小妾；她对儿子们也不隐瞒，坦言了自己的想法，终于为自己争取到了正当的礼遇。其处事之从容令人佩服。

十九

陶公少有大志①，家酷贫，与母湛氏同居②。同郡范逵素知名③，举孝廉④，投侃宿。于时冰雪积日，侃室如悬磬⑤，而逵马仆甚多。侃母湛氏语侃曰："汝但出外留客⑥，吾自为计。"湛头发委地⑦，下为二髲⑧，卖得数斛米⑨；斫诸屋柱⑩，悉割半为薪；剉诸荐⑪，以为马草。日夕，遂设精食，从者皆无所乏。逵既叹其才辩，又深愧其厚意。明旦去，侃追送不已，且百里许。逵曰："路已远，君宜还。"侃犹不返。逵曰："聊可去矣。至洛阳，当相为美谈。"侃乃返。逵及洛，遂称之于羊晫、顾荣诸人⑫。大获美誉。

【注释】①陶公：陶侃。 ②湛氏：陶侃之母，豫章新淦（在今江西）人。 ③范逵：鄱阳（在今江西）人，闻名乡里，与陶侃友善。 ④孝廉：选拔官吏的科目。 ⑤室如悬磬：形容室内空无所有，如悬挂的石磬一样。磬：古代的打击乐器。 ⑥但：只要。 ⑦委：垂、拖。 ⑧髲（bì 闭）：假发。 ⑨斛：量器名，古以十斗为斛，后又以五斗为斛。 ⑩斫：砍。 ⑪剉（cuò 错）：铡碎。 荐：草垫。 ⑫羊晫（zhuó 卓）：历仕豫章郎中令、十郡中正。

【评析】陶侃家境孤贫，难以有出人头地的机会。幸而其母贤明，能抓住时机，竭尽所能来招待范逵，赢得他的好感，为陶侃延誉。足见陶母的良苦用心。陶侃后来屡立战功，官至刺史、太尉，封长沙郡公，成为一代名臣。

二十

陶公少时作鱼梁吏①，尝以坩鲊饷母②。母封鲊付使，反书责侃曰③："汝为吏，以官物见饷，非唯不益，乃增吾忧也。"

【注释】①陶公：陶侃。 鱼梁吏：指管理堵水捕鱼的官吏。 ②坩（gān 甘）：盛物的陶器。 鲊（zhǎ 眨）：腌制的鱼。 饷：指赠送。 ③反书：回信。

【评析】陶侃送给母亲的腌鱼，文中没有说是公家之物，但她还是退了回去。陶母公私分明的家风对陶侃影响很大，所以陶侃一生也以清廉著称。

二十一

桓宣武平蜀[①]，以李势妹为妾[②]，甚有宠，常著斋后[③]。主始不知[④]，既闻，与数十婢拔白刃袭之。正值李梳头，发委藉地[⑤]，肤色玉曜[⑥]，不为动容。徐曰："国破家亡，无心至此，今日若能见杀，乃是本怀[⑦]。"主惭而退。

【注释】①桓宣武：桓温。 平蜀：指平定成汉政权。 ②李势：字子仁，成汉第二代君主，在位四年，降晋，封归义侯。 ③著：安置。 ④主：公主，指桓温妻晋明帝女南康长公主。 ⑤委：下垂。 藉：铺。 ⑥曜（yào耀）：明亮。 ⑦本怀：本愿、本意。

【评析】李氏不仅容貌美丽，且沉着冷静，言辞得当，连妒忌成性的桓温妻也感到惭愧。据记载，南康公主还掷刀拥抱李氏，从此怜爱并善待李氏。

二十二

庾玉台[①]，希之弟也[②]。希诛，将戮玉台。玉台子妇，宣武弟桓豁女也[③]，徒跣求进[④]。阍禁不内[⑤]，女厉声曰："是何小人？我伯父门，不听我前[⑥]！"因突入[⑦]，号泣请曰："庾玉台常因人[⑧]，脚短三寸，当复能作贼不？"宣武笑曰："婿故自急[⑨]。"遂原玉台一门[⑩]。

【注释】①庾玉台：庾友，字惠彦，小字玉台，庾冰第三子，历仕中书郎、东阳太守。 ②希：庾希，字始彦，庾冰长子，官至徐、兖二州刺史，为桓温所杀。 ③宣武：桓温。 桓豁：桓温弟，字朗子，官征西大将军。 ④徒跣（xiǎn显）：光着脚，赤脚。 ⑤阍（hūn昏）：守门人。 内：同"纳"，进入。 ⑥听：让，准许。 ⑦突入：冲进去。 ⑧因人：指庾友脚比常人短，必须靠他人帮助才能行走。因，依靠，凭借。 ⑨故自：确实，的确。 ⑩原：赦免。

【评析】庾友是庾希的弟弟，桓温杀了庾希后，将要株连杀死庾友。庾友的儿媳是桓温弟弟桓豁的女儿，情急之下光着脚就跑去见桓温，大哭大叫道："庾友常常要依靠别人帮助才能走路，他的脚要短三寸，还能谋反吗？"桓温被侄女打动，庾友一家人才因此得以幸免。

二十三

谢公夫人帏诸婢[1]，使在前作伎[2]，使太傅暂见，便下帏。太傅索更开[3]，夫人云："恐伤盛德[4]。"

【注释】①谢公夫人：谢安夫人。　帏：帷帐，这里用作动词，即用帷帐遮隔之意。　②作伎：表演歌舞，演奏乐曲。　③索：要求。　④伤：损害。

【评析】谢安好声乐妓女，每次游赏，必以妓女相从。谢夫人于是令诸婢作伎，并以不伤盛德为由不让其沉迷其中，让谢安无言以对。

二十四

桓车骑不好著新衣[1]，浴后，妇故送新衣与[2]。车骑大怒，催使持去。妇更持还，传语云："衣不经新，何由而故？"桓公大笑，著之。

【注释】①桓车骑：桓冲。　②故：故意，特意。

【评析】桓冲不喜欢穿新衣服，大概是因为性格节俭，所以当夫人送来新衣服时大为恼怒。而桓冲夫人之答语则寓意深刻，遂使桓冲转怒为笑。

二十五

王右军郗夫人谓二弟司空、中郎曰[1]："王家见二谢[2]，倾筐倒庋[3]；见汝辈来，平平尔[4]。汝可无烦复往。"

【注释】①王右军：王羲之。　郗夫人：王羲之夫人为郗鉴之女，故称。　司空：郗愔，郗鉴的长子，死赠司空，故称。　中郎：郗昙，字重熙，郗鉴次子，官北中郎将，徐、兖二州刺史。　②王家：指王羲之一家人。　二谢：谢安、谢万。　③倾筐倒庋（guǐ 轨）：形容倾其所有，热情款待。庋，放东西的架子。　④平平：指态度平淡。

【评析】王家对谢安、谢万等人热情款待，对舅家的郗愔、郗昙则态度冷漠。郗夫人没有责怪王家人，因为她知道自己的弟弟们才能平庸，所以她干脆让弟弟们以后别去王家了。

二十六

王凝之谢夫人既往王氏[①]，大薄凝之[②]。既还谢家，意大不悦。太傅慰释之曰[③]："王郎，逸少之子[④]，人身亦不恶[⑤]，汝何以恨乃尔[⑥]？"答曰："一门叔父[⑦]，则有阿大、中郎[⑧]；群从兄弟[⑨]，则有封、胡、遏、末[⑩]。不意天壤之中，乃有王郎！"

【注释】①王凝之：王羲之次子。 谢夫人：王凝之妻谢道韫，谢安侄女。 往：指嫁出去。 ②薄：轻视。 ③慰释：宽慰劝解。 ④逸少：王羲之。 ⑤人身：指人的品貌、才干等等。 ⑥乃尔：如此。 ⑦叔父：父亲的兄弟。 ⑧阿大：指谢尚。谢安叔父谢鲲只生谢尚一子，故称阿大。 中郎：指谢安的二哥谢据，老二居中，故称。 ⑨群从：指同族兄弟。从，堂房亲属。 ⑩封、胡、遏、末：封，谢韶，字穆度，小字封。胡，谢朗，小字胡儿。遏，谢玄，小字遏。末，谢渊，字叔度，小字末。

【评析】两晋时期王姓是世家大族，人才辈出，风流一时。不料王凝之却是个例外，才能平庸，以至于谢道韫嫁到王家后感叹："想不到天地之间，竟有王郎这样的人！""天壤王郎"后遂成为典故，寓称不合意的丈夫。

二十八

王江州夫人语谢遏曰[①]："汝何以都不复进？为是尘务经心[②]，天分有限[③]？"

【注释】①王江州夫人：谢道韫。王江州，王凝之，曾任江州刺史，故称。 谢遏：谢玄，谢道韫之弟。 ②为是：表示选择的词，还是之意。 尘务：世俗之事。 经心：烦扰于心。 ③天分：天资。

【评析】谢道韫对谢玄说："你为什么一点儿都不见长进，是世俗之事烦扰于心呢，还是天资有限呢？"谢玄并非凡夫俗子，但谢道韫仍然激励他积极进取，殷殷之情跃然纸上。

二十九

郗嘉宾丧[①]，妇兄弟欲迎妹还[②]，终不肯归，曰："生纵不得与郗郎同室[3]，死宁不同穴[4]？”

【注释】①郗嘉宾：郗超。 ②妇：郗超妻。 还：指回家。 ③纵：即使。 ④宁：难道。

【评析】郗超死后，他妻子的兄弟想接妹妹回娘家，妹妹始终不肯回去，说：“我活着即使不能与郗郎同居一室，死后难道不能与他同穴合葬吗？”郗超之妻的行为在明清时期是司空见惯的，但在魏晋时期却很少见，所以人们视之为贤媛。

三十

谢遏绝重其姊[1]，张玄常称其妹[2]，欲以敌之[3]。有济尼者[4]，并游张、谢二家，人问其优劣，答曰：“王夫人神情散朗[5]，故有林下风气[6]；顾家妇清心玉映[7]，自是闺房之秀[8]。”

【注释】①谢遏：谢玄。 绝：极，甚。 姊：指谢道韫。 ②妹：佚名。 ③敌：相当，匹配。 ④济尼：法名叫济的尼姑。 ⑤王夫人：指谢道韫。 散朗：洒脱开朗。 ⑥林下风气：指有竹林七贤那样超脱的风度。 ⑦顾家妇：顾家媳妇，指张玄之妹。 清心玉映：指其心胸明净，如美玉照人。 ⑧闺房之秀：妇女中的优秀人物。

【评析】谢玄与张玄当时齐名，称为“南北二玄”，他们的姊妹同为名门闺秀，也引人注目。张玄的妹妹虽有闺房之秀的美誉，但谢道韫的风度与文才却有竹林贤士之风，所以更胜一筹。

术解第二十

一

荀勖善解音声[1]，时论谓之“闇解”[2]。遂调律吕[3]，正雅乐[4]。每至正会[5]，殿庭作乐，自调宫商[6]，无不谐韵[7]。阮咸妙赏[8]，时谓“神解”[9]。每公会作乐[10]，而心谓之不调[11]，既无一言直勖[12]，意忌之，遂出阮为始平太守[13]。后有一田父耕于野，得周时玉尺，便是天下正尺[14]。荀试以校己所治钟鼓、金石、丝竹[15]，皆觉短一黍[16]，于是伏阮神识[17]。

【注释】①善解：指精通。　音声：乐理。　②闇（àn 暗）解：精通之意。　③调：调整。　律吕：古代乐律有阴阳十二律，阳六为律，阴六为吕，合称律吕。　④正：校正。　雅乐：典雅纯正之乐，古代帝王用于祭祀、朝会的音乐。　⑤正（zhēng 征）会：元旦朝会，指正月初一日皇帝朝会群臣。　⑥宫商：古以宫、商、角、徵、羽代表五个不同的音阶，此泛指五音。　⑦谐韵：音韵和谐。　⑧妙赏：美妙的欣赏能力。　⑨神解：神奇之见解。　⑩公会：因公事聚会。　⑪不调：不协调。　⑫既：竟然。　直勖：以荀勖为正确。　⑬始平：郡名，治所在槐里（今陕西兴平）。　⑭正尺：标准尺。　⑮治：制作。　金石：钟磬类乐器。　丝竹：管弦乐器。　⑯黍（shǔ 蜀）：古长度单位。　一黍为一分，百黍为尺。　⑰伏：通“服”，佩服。　神识：见识高超。

【评析】荀勖精通乐律，每当正月元旦聚会时，他都亲自调整五音。阮咸对音乐的鉴赏能力不同一般，总认为荀勖的乐声不协调。荀勖因此心中忌恨，便把阮咸调出朝廷去当始平太守。后来发现了一把周代的玉尺，荀勖试着用它来校正自己所制作的钟鼓、金石、丝竹等乐器，发现都短了一黍，这才佩服阮咸见识高超。

二

荀勖尝在晋武帝坐上食笋进饭[1]，谓在坐人曰：“此是劳薪炊

也[2]。”坐者未之信，密遣问之，实用故车脚。

【注释】①晋武帝：司马炎。　②劳薪：指以旧车轮当柴火烧。车子运行以车脚车轮最受重，故称。

【评析】荀勖曾经在晋武帝宴席上吃笋，对在座的人说：“这是用旧车轮当柴火烧出来的。”在座者不信他的话，暗中派人去问这事，果然用的是旧车轮。荀勖不仅精于乐理，且亦能从食物的色香味中辨别其柴火的来源，堪称神奇。

三

人有相羊祜父墓，后应出受命君[1]。祜恶其言[2]，遂掘断墓后以坏其势[3]。相者立视之[4]，曰：“犹应出折臂三公[5]。”俄而祜坠马折臂[6]，位果至公。

【注释】①后：后代。　受命君：接受天命的君主。　②恶：厌恶。③势：指地理形势。　④立：立即。　⑤三公：太尉、司徒、司空为三公。⑥俄而：不久。

【评析】有位看相的人为羊祜父亲的坟墓看风水，说其后代会出一位受天命的君主。羊祜厌恶他的话，便掘断坟墓的后部，来破坏坟墓的风水。看相人立即去察看坟墓说：“还是会出一位折臂三公的。”不久羊祜从马上摔下折断了手臂，而他的官位也果然升到三公。这种记载当然纯属好事者的附会。

四

王武子善解马性[1]。尝乘一马，著连钱障泥[2]，前有水，终日不肯渡。王云：“此必是惜障泥。”使人解去，便径渡。

【注释】①王武子：王济。　②著：放置。　连钱：钱纹相连的一种花饰。　障泥：从马鞍下垂至马腹两侧的垫子，用来阻挡泥水。

【评析】王济曾经骑着一匹马，马背上铺着一块钱纹相连的垫子，前面有河水，马始终不肯渡水。王济说：“这一定是马爱惜垫子。”派人解下垫子，马就渡河了。王济有马癖，故善解马性。

六

晋明帝解占冢宅[1]，闻郭璞为人葬[2]，帝微服往看[3]，因问主人：

“何以葬龙角[④]？此法当灭族[⑤]！”主人曰：“郭云此葬龙耳，不出三年，当致天子[⑥]。”帝问：“为是出天子邪？”答曰：“非出天子，能致天子问耳。”

【注释】①解：懂得。　占冢宅：占卜推算坟墓的吉凶祸福。占，占卜，推算风水。　②为人葬：为人择地安葬。　③微服：君王或官员穿平民百姓的衣服。　④龙角：古时看风水者将绵延的山势喻为龙，相风水者根据情况选择某处为墓地。此指选龙角之处为墓地。　⑤灭族：灭门之祸。　⑥致：招来。

【评析】郭璞妙于阴阳算历，洞五行、天文、卜筮之术，所以当时流传了很多有关他的传说，后世阴阳家也多宗奉他为祖师。

七

郭景纯过江[①]，居于暨阳[②]，墓去水不盈百步。时人以为近水，景纯曰：“将当为陆。”今沙涨，去墓数十里皆为桑田[③]。其诗曰：“北阜烈烈[④]，巨海混混[⑤]，垒垒三坟[⑥]，唯母与昆[⑦]。”

【注释】①郭景纯：郭璞，字景纯。　过江：指从北方渡江至南方。　②暨阳：县名，在今江苏江阴县。　③桑田：陆地，田地。　④阜：土山。　烈烈：高峻的样子。　⑤混混：通“滚滚”，大河奔流的样子。　⑥垒垒：重叠的样子。　⑦唯：语气词，强调语气。　昆：兄长。

【评析】郭璞渡江后住在暨阳，他家的墓地距离江水不足一百步，当时人认为离江水太近，郭璞则认为今后将会成为陆地。此后果然泥沙淤积，距离墓地几十里地都成了农田。郭璞不仅擅长阴阳历算，而且精通地理，曾为《山海经》、《水经》等作注。

八

王丞相令郭璞试作一卦[①]。卦成，郭意色甚恶，云：“公有震厄[②]。”王问：“有可消伏理不[③]？”郭曰：“命驾西出数里[④]，得一柏树，截断如公长，置床上常寝处，灾可消矣。”王从其语，数日中，果震柏粉碎。子弟皆称庆。大将军云[⑤]：“君乃复委罪于树木[⑥]！”

【注释】①王丞相：王导。　②震厄：雷击的灾难。　③消伏理：消除的办法。理：办法。　不：同“否”。④命驾：指出行。　⑤大将军：王敦。　⑥乃复：竟，竟然。　委罪：把罪过推给别人。

【评析】郭璞不仅精于占卜，而且传说他能攘灾转祸，化凶为吉。当然这则故事只是一个民间传说，不足采信。

九

桓公有主簿[①]，善别酒[②]，有酒则令先尝，好者谓“青州从事[③]”，恶者谓“平原督邮[④]”。青州有齐郡，平原有鬲县；“从事”言到脐[⑤]，“督邮”言在鬲上住[⑥]。

【注释】①桓公：桓温。　②别：辨别。　③从事：州刺史的属官，此处比喻好酒。　④督邮：郡守的佐吏，此处比喻劣酒。　⑤脐：肚脐。　⑤鬲（gé 格）：横隔膜。

【评析】桓温属下有位主簿，善于区别酒的优劣好坏，桓温有酒总是让他先品尝。他把好酒称为“青州从事”，把劣酒称为“平原督邮”。青州有齐郡，平原有鬲县。“从事”就是说好酒入口后酒力可直达肚脐下面，“督邮”就是说劣酒入口后酒力只能停留在横隔膜上面。

十

郗愔信道甚精勤[①]，常患腹内恶[②]，诸医不可疗。闻于法开有名，往迎之。既来便脉[③]，云：“君侯所患[④]，正是精进太过所致耳[⑤]。”合一剂汤与之[⑥]。一服即大下[⑦]，去数段许纸[⑧]，如拳大，剖看，乃先所服符也[⑨]。

【注释】①信道：信奉天师道。　精勤：专心勤奋。　②恶：指身体有病或情绪不好。　③脉：指按脉以诊断病情。　④君侯：对高官或士大夫的尊称。　⑤精进：指虔诚勤奋。　⑥合一剂汤：调配一剂汤药。合，调配。　⑦大下：大泻。　⑧去：指泻出。　许：约略估计之词。　⑨乃：竟。　符：符箓，道士画的一种图形或线条，据说可用以召神驱鬼，消灾去病。

【评析】魏晋时期是各种思想交流非常活跃的时期，有佛教高僧宣讲佛理，有名士高坐清谈，也有喜欢隐居林下的，还有天师道的信徒。郗愔是天师道的铁杆信徒，修炼太勤，竟然把符箓吞进肚子，引起身体不适。

十一

殷中军妙解经脉[①]，中年都废[②]。有常所给使[③]，忽叩头流血。浩问其故，云："有死事，终不可说。"诘问良久，乃云："小人母年垂百岁，抱疾来久[④]，若蒙官一脉[⑤]，便有活理，讫就屠戮无恨[⑥]。"浩感其至性[⑦]，遂令舁来[⑧]，为诊脉处方。始服一剂汤便愈。于是悉焚经方[⑨]。

【注释】①殷中军：殷浩。　经脉：经络血脉。　②废：荒废。　③常：经常。　所给使：供差遣、使唤的仆役。　④抱疾：指身带疾病。　来久：指时间很久。　⑤官：尊称长官。　⑥讫：指诊治完毕。　⑦至性：指孝顺父母的至诚之性。　⑧舁（yú余）：抬。　⑨经方：古代对医药方书的统称。

【评析】殷浩治好了差役老母之病，之所以要烧掉医书，是因为自古医术被视为不入流的小道，他想从此做回士人，所以不愿意再去干雕虫小技了。

巧艺第二十一

一

弹棋始自魏[①]，宫内用妆奁戏[②]。文帝于此戏特妙[③]，用手巾角拂之[④]，无不中。有客自云能，帝使为之。客著葛巾角[⑤]，低头拂棋，妙逾于帝。

【注释】①弹棋：魏晋时的一种博戏。一般为二人对局，白黑棋各六枚，先列棋相当，以手指或他物弹动己方棋子碰撞对方棋子，进而攻破对方棋门。 ②用妆奁戏：指以宫女梳妆用的金钗、玉梳等放在梳妆用盒上，当作游戏的器具。 ③文帝：魏文帝曹丕。 ④拂：碰触。 ⑤葛巾：用葛布制成的头巾。

【评析】弹棋的游戏从魏开始，宫女们在梳妆盒上用金钗、玉梳等作弹棋的器具来游戏。魏文帝对这种游戏玩得特别精妙，他用手巾来碰弹，没有不击中的。有位客人自称很会玩，文帝便让他来表演。客人戴着葛布头巾，低头碰触棋子，比文帝更为娴熟。有记载说弹棋之戏始于汉成帝，可能魏晋时期这种游戏比较盛行。

二

陵云台楼观精巧[①]，先称平众木轻重，然后造构，乃无锱铢相负揭[②]。台虽高峻，常随风摇动，而终无倾倒之理。魏明帝登台[③]，惧其势危[④]，别以大材扶持之，楼即颓坏[⑤]。论者谓轻重力偏故也。

【注释】①陵云台：楼台名，在河南洛阳，今不存。 楼观：楼台观舍。 ②乃：竟。锱铢：指极微小的重量。 负揭：指上下出入，形容建筑物的轻重等计算精确，误差极小。 ③魏明帝：曹叡。 ④危：高，险，不安全。 ⑤颓坏：坍塌。

【评析】陵云台的楼台观舍设计精巧，建造时先称量木料的分量，然后才建造构筑，没有丝毫的误差。楼台虽然高峻，常常随风而摇动，但始终没有倾倒的问题。魏明帝登上楼台时，怕楼台高峻有危险，所以另外用大木材来支撑它，结果楼台立即坍塌。建筑结构讲求力学原理，所以当时议论者都认识到这是轻重失去了平衡的结果。

三

韦仲将能书[①]。魏明帝起殿[②]，欲安榜[③]，使仲将登梯题之。既下，头鬓皓然[④]，因敕儿孙勿复学书[⑤]。

【注释】①韦仲将：韦诞，字仲将。 能书：擅长书法。 ②魏明帝：曹叡。 ③安榜：安放匾额。 ④皓然：雪白的样子。 ⑤敕：告诫。

【评析】韦诞擅长书法，魏明帝建造宫殿后想安放匾额，便让韦诞登上梯子题写匾额。韦诞大概有恐高症，题好字下来后，他的鬓发都变得雪白了，甚至于告诫儿孙们今后不要再学书法了。

四

钟会是荀济北从舅[①]，二人情好不协[②]。荀有宝剑，可直百万[③]，常在母钟夫人许。会善书，学荀手迹[④]，作书与母取剑，仍窃去不还[⑤]。荀勖知是钟而无由得也，思所以报之。后钟兄弟以千万起一宅，始成，甚精丽，未得移住。荀极善画，乃潜往画钟门堂[⑥]，作太傅形象[⑦]，衣冠状貌如平生。二钟入门[⑧]，便大感恸[⑨]，宅遂空废。

【注释】①荀济北：荀勖。 从舅：母亲的叔伯兄弟。 ②情好：交情，友谊。 不协：不和睦。 ③直：值，价值。 ④学：模仿。 ⑤仍：就，于是。 ⑥门堂：指门侧堂屋。 ⑦太傅：钟繇，钟会和钟毓的父亲。 ⑧二钟：指钟会和钟毓。 ⑨感恸：大受感动而悲痛。

【评析】钟会伪造书信，骗取荀勖母亲保存的价值百万的宝剑；荀勖为了报复，在大门上画了钟会父亲的像，令兄弟二人不忍住进价值千万的豪宅。虽然这是个恶作剧的故事，但也反映出他们的书法绘画技艺精湛，达到了炉火纯青的地步。

五

羊长和博学工书[①]，能骑射，善围棋。诸羊后多知书[②]，而射、弈余艺莫逮[③]。

【注释】①羊长和：羊忱，字长和。 工书：擅长书法。 ②知书：懂得书法。 ③射、奕：射箭、下棋。 莫逮：没有人赶得上。

【评析】羊忱学问渊博，又擅长书法，能骑马射箭，还擅长围棋。羊忱的后人多数懂书法，但射箭、下棋等方面的技艺都赶不上他。可见自古通才难得，大多数人往往只能精通一种技艺。

六

戴安道就范宣学①，视范所为，范读书亦读书，范抄书亦抄书。唯独好画，范以为无用，不宜劳思于此②。戴乃画《南都赋图》③，范看毕咨嗟④，甚以为有益，始重画⑤。

【注释】①戴安道：戴逵。 就：向。 ②劳思：花费心思。 ③《南都赋图》：戴逵根据《南都赋》之意所作画。《南都赋》，东汉张衡作。④咨嗟：赞叹。 ⑤始：才。

【评析】范宣是戴逵学习的榜样，却对绘画存有偏见。工于书画的戴逵以自己精湛的画艺将张衡的名赋绘成图画，令范宣赞叹不已，从此改变了看法，终于也重视起了绘画。

七

谢太傅云①：“顾长康画②，有苍生来所无③。”

【注释】①谢太傅：谢安。 ②顾长康：顾恺之。 ③苍生：人。

【评析】谢安认为顾恺之的画是有人类以来所未曾有过的。顾恺之为后人尊为“画圣”，所以谢安赞誉他的话并不为过。

八

戴安道中年画行像甚精妙①。庾道季看之②，语戴云：“神明太俗③，由卿世情未尽④。”戴云：“唯务光当免卿此语耳⑤。”

【注释】①戴安道：戴逵。 行像：佛像。 ②庾道季：庾龢。 ③神明：神情。 ④世情：世俗之情。 ⑤务光：夏代的隐士。传说汤将伐桀时向他问计，他认为与己无关。汤灭桀后欲以天下让给他，务光认为是无道之世，便负石自沉于芦水，被后人尊为贤者。

【评析】庾龢评戴逵画的佛像未能脱俗，是由于未能根除世情所致，但戴逵却不接受这种批评，认为世人要想免俗是很困难的，恐怕只有务光才做得到。

九

顾长康画裴叔则①，颊上益三毛②。人问其故，顾曰："裴楷俊朗有识具③，正此是其识具。看画者寻之④，定觉益三毛如有神明⑤，殊胜未安时⑥。"

【注释】①顾长康：顾恺之。　裴叔则：裴楷，字叔则。　②益：增加。　③俊朗：俊逸开朗。　识具：见识才具。　④寻：寻味，探求玩味。　⑤定：确定，的确。　神明：指人的精神。　⑥殊：甚，颇。

【评析】顾恺之画裴楷像，脸颊上加了三根毫毛。有人问其中的缘故，顾恺之说："裴楷俊逸开朗，又有见识才能，这正是表现了他的见识才能。"看画的人玩味此画，确实感觉到加了三根毫毛好像更有精神，远远胜过没有加上去的时候。中国传统绘画艺术重神韵，顾恺之显然已经谙熟此道。

十

王中郎以围棋是坐隐①，支公以围棋为手谈②。

【注释】①王中郎：王坦之，曾任北中郎将，故称。　坐隐：在座位上坐着隐居。　②支公：支道林。　手谈：用手交谈。

【评析】王坦之认为围旗是坐着隐居，支道林认为围棋是用手谈话。此后即以"坐隐"、"手谈"作为围棋的别称。

十一

顾长康好写起人形①，欲图殷荆州②，殷曰："我形恶③，不烦耳。"顾曰："明府正为眼尔④。但明点童子⑤，飞白拂其上⑥，使如轻云之蔽日⑦。"

【注释】①顾长康：顾恺之。　起：选取。　②殷荆州：殷仲堪，曾任荆州刺史，故称。　③形恶：形象丑陋。　④明府：对太守或刺史的尊称。

正：只。　为眼尔：指殷仲堪有一只眼是瞎的，所以要考虑到眼睛的问题。　⑤明：明显。　点：用笔点画。　童子：瞳子，眼珠。　⑥飞白：中国画的一种笔法，线条枯笔露白。　拂：画的一种笔法，轻轻拂拭。　⑦蔽日：一作“蔽月”。

【评析】顾恺之喜爱选人来画像，想给殷仲堪画像，殷仲堪认为自己形貌丑陋，就不麻烦了。顾恺之说：“您不过是为了眼睛的缘故罢了，这只需点上瞳子，再用飞白的笔法在上面轻轻拂过，使得眼部好像轻云遮住明月一样。”可见，顾恺之画艺之高已是出神入化。

十二

顾长康画谢幼舆在岩石里[①]。人问其所以[②]，顾曰：“谢云：‘一丘一壑，自谓过之[③]。’此子宜置丘壑中。”

【注释】①谢幼舆：谢鲲。　②所以：原因。　③一丘一壑两句：见《品藻》第十七则，晋明帝问谢鲲，有人将他与庾亮相比，自认为如何，谢鲲回答自己在做官的能力方面不如庾亮，而“一丘一壑，自谓过之”，即在放情山水、隐居不仕方面，自己远远超过庾亮。

【评析】顾恺之为谢鲲画像，让他处身在岩石之中。有人问他这样画的原因，顾恺之说：“谢鲲说过：‘在隐居深山幽谷方面，我自认为超过庾亮。’所以这位先生应当置身于深山幽谷之中。”这是根据各人的性格、志趣、特长、气质等特点来作画，所以他的画作总是给人以神似之感。

十三

顾长康画人，或数年不点目精[①]。人问其故。顾曰：“四体妍蚩[②]，本无关于妙处；传神写照[③]，正在阿堵中[④]。”

【注释】①目睛：眼珠。　②四体：人的四肢。　妍蚩（chī 吃）：美丑。　③写照：指画人物肖像，写真。　④阿堵：这个。

【评析】顾恺之画人物画，有时几年都不点上眼珠。有人问他是什么缘故，顾恺之认为人的四肢美丑与画的精妙无关，而传神写照正是在这个点睛之中。“传神阿堵”这个成语，正是顾恺之从自己的绘画实践中总结出来的经验。

十四

顾长康道："画'手挥五弦'易，'目送归鸿'难[①]。"

【注释】①"手挥五弦易"两句：语出嵇康《赠秀才入军五首》："目送归鸿，手挥五弦。俯仰自得，游心泰玄。"

【评析】用手指弹琴只是一个动作，可以简单地描摹，所以容易画；而目送归鸿，则需要表达人物的情绪、心境及神态，这些都是极为抽象的意涵，所以很难画。

宠礼第二十二

一

元帝正会[1]，引王丞相登御床[2]，王公固辞，中宗引之弥苦[3]。王公曰："使太阳与万物同辉，臣下何以瞻仰？"

【注释】①元帝：晋元帝司马睿。 正会：指正月初一的朝会。 ②王丞相：王导。 御床：皇帝的坐卧之榻。 ③中宗：晋元帝司马睿的庙号。 弥苦：更加恳切。

【评析】晋元帝能登上帝位，全赖王导的支持，故元帝于朝会时要让王导共坐御榻，以表达自己对王导的恩宠之意。但王导很有分寸，坚决予以推辞。

二

桓宣武尝请参佐入宿[1]，袁宏、伏滔相次而至[2]。莅名[3]，府中复有袁参军。彦伯疑焉，令传教更质[4]。传教曰："参军是袁、伏之袁，复何所疑？"

【注释】①桓宣武：桓温。 参佐：僚属，部下。 入宿：入府值宿。 ②相次：先后依次。 ③莅名：列名，通报来人姓名。 ④传教：传达教令的小吏。 更质：再次询问。

【评析】袁宏与伏滔同在桓温府，府中呼为"袁、伏"。他经常感叹桓温对他的礼遇不够，而与滔比肩，是奇耻大辱。正因为袁宏认为桓温对自己的重视不够，所以他怀疑小吏通报姓名时所说到的"袁"，有可能指的是别人。

三

王珣、郗超并有奇才，为大司马所眷拔[1]。珣为主簿[2]，超为记室参军[3]。超为人多髯[4]，珣形状短小，于时荆州为之语曰："髯参军，短主簿，能令公喜，能令公怒[5]。"

【注释】①大司马：指桓温。 眷拔：宠爱提拔。 ②主簿：官名，统兵大臣幕府中重要僚属，参与机要，总领府事。 ③记室参军：官名，负责表堂文书等。 ④髯：面颊上的胡须。 ⑤公：指桓温。

【评析】王珣、郗超都很有才干，得到大司马桓温的提拔。王珣担任主簿，郗超担任记室参军。郗超脸上多胡须，王珣身材矮小，当时荆州人为他们编了顺口溜说："大胡子参军，矮个子主簿，能让桓公喜欢，也能让桓公恼怒。"

四

许玄度停都一月①，刘尹无日不往②，乃叹曰："卿复少时不去，我成轻薄京尹③！"

【评析】①许玄度：许询。 停都：停留京城。 ②刘尹：刘惔。 ③轻薄：轻佻浅薄，不负责任。 京尹：京兆尹，都城地区的行政长官。

【评析】许询在京城停留了一个月，刘惔没有一天不到他那里去。刘惔于是叹息道："你再过些日子不离开京城，我要成为不负责任的轻薄京兆尹了！"可见这两位名士非常投缘，可以累日畅谈。

五

孝武在西堂会①，伏滔预坐②。还下车呼其儿，语之曰："百人高会，临坐未得他语，先问：'伏滔何在？在此不？'此故未易得③。为人作父如此，何如？"

【注释】①孝武：东晋孝武帝司马曜。 西堂：皇宫听堂名，指太极殿的西厅。 ②预：参与，参加。 ③故：确实。

【评析】伏滔在朝会上受到孝武帝的首先问讯，回家即迫不及待地对儿子炫耀，其受宠若惊、无比欣喜之状表露无遗。可见伏滔的境界确实低了一些，这也就是袁宏耻于和他并肩的原因。

任诞第二十三

一

陈留阮籍[①]、谯国嵇康[②]、河内山涛[③]，三人年皆相比[④]，康年少亚之[⑤]。预此契者[⑥]，沛国刘伶[⑦]、陈留阮咸、河内向秀、琅邪王戎[⑧]。七人常集于竹林之下，肆意酣畅[⑨]，故世谓“竹林七贤”。

【注释】①陈留：郡名，治所在陈留县（今河南开封东南）。②谯国：谯郡，治所在谯县（今安徽亳县）。③河内：郡名，治所在野王县（今河南沁阳县）。④比：接近。⑤亚：次于。⑥预：参与。契：约会，聚会。⑦沛国：沛郡，治所在相县（今安徽濉溪县）。⑧琅邪：治所在今山东胶南诸城县一带。⑨肆意：任意，随心所欲。酣畅：畅快地饮酒。

【评析】阮籍、嵇康、山涛、刘伶、阮咸、向秀、王戎常常在竹林下聚会，纵情地畅饮，开魏晋时期思想自由之风气，引领时代潮流，所以被人们称为“竹林七贤”。

二

阮籍遭母丧，在晋文王坐[①]，进酒肉。司隶何曾亦在坐[②]，曰：“明公方以孝治天下，而阮籍以重丧[③]，显于公坐饮酒食肉[④]，宜流之海外[⑤]，以正风教[⑥]。”文王曰：“嗣宗毁顿如此[⑦]，君不能共忧之，何谓？且有疾而饮酒食肉，固丧礼也[⑧]。”籍饮啖不辍[⑨]，神色自若[⑩]。

【注释】①晋文王：司马昭。②司隶：官名，司隶校尉。何曾：字颖考，官司隶校尉。晋初，官至侍中、太保，后进位太傅。③重丧：重大的丧事。④显：公开。⑤流：流放。海外：指边远地区。⑥风教：风俗教化。⑦嗣宗：阮籍，字嗣宗。毁顿：因哀伤过度而导致身体毁损，精神困顿。⑧有疾而饮酒两句：见《礼记·曲礼上》：“居丧之礼，头有创则沐，身有痒则浴，有疾则饮酒食肉，疾止复初。不胜丧，乃比于不慈不孝。” 固：本来。 ⑨饮啖：指喝酒吃肉。 辍：停。 ⑩自若：不改常态。

【评析】根据《礼记·曲礼上》的说法，居丧之礼，如果头上有疮，就可以洗头；身上发痒，就可以洗澡；如果生病，可以喝酒吃肉，病愈后再恢复居丧之礼；如果承担不起丧事的哀痛，就等于不慈不孝。所以司马昭认为阮籍的行为符合礼制。

三

刘伶病酒①，渴甚，从妇求酒②。妇捐酒毁器③，涕泣谏曰：“君饮太过，非摄生之道④，必宜断之⑤！”伶曰：“甚善。我不能自禁，唯当祝鬼神⑥，自誓断之耳。便可具酒肉。”妇曰：“敬闻命。”供酒肉于神前，请伶祝誓。伶跪而祝曰：“天生刘伶，以酒为名⑦，一饮一斛⑧，五斗解酲⑨。妇人之言，慎不可听！”便引酒进肉，隗然已醉矣⑩。

【注释】①病酒：饮酒过量而引起的身体不适。 ②从：向。 妇：指妻子。 ③捐：丢弃。 ④摄生：保养身体。 ⑤宜：应当。 ⑥祝：向鬼神祷告。 ⑦名：通“命”。 ⑧斛：古代量器，十斗为一斛。 ⑨酲（chéng 程）：酒病，醉酒后神志处于模糊状态。 ⑩隗然：醉倒的样子，隗，通“颓”。

【评析】刘伶饮酒过度，嗜酒如命，妻子把酒倒掉，砸了酒器，劝他戒酒，刘伶只能假装要向鬼神祝祷，骗酒喝。

四

刘公荣与人饮酒①，杂秽非类②。人或讥之，答曰：“胜公荣者，不可不与饮；不如公荣者，亦不可不与饮；是公荣辈者，又不可不与饮。故终日共饮而醉。”

【注释】①刘公荣：刘昶，字公荣，沛国（今安徽濉溪西北）人，性好酒，为人通达，官兖州刺史。 ②杂秽：杂乱。 非类：不是同一类人。

【评析】刘昶和别人一道喝酒，酒友很杂，都不是同一类人。有人讥笑他，他答道：“酒量超过我的，我不能不同他喝酒；酒量不如我的，也不能不同他喝酒；凡是我同类的人，更加不能不同他一起喝酒，所以我整天与人一起饮酒，喝得醉醺醺的。”其嗜酒的程度与刘伶别无二致。

五

步兵校尉缺[①]，厨中有贮酒数百斛，阮籍乃求为步兵校尉。

【注释】①步兵校尉：官名，魏晋时统领宿卫部队。 缺：指职位空缺。

【评析】阮籍听说步兵校尉的官职空缺了，而衙署的厨房里储存了几百斛酒，就要求担任步兵校尉的职务。后人遂因其任步兵校尉，称之为“阮步兵”。

六

刘伶尝纵酒放达[①]，或脱衣裸形在屋中。人见讥之，伶曰：“我以天地为栋宇[②]，屋室为裈衣[③]，诸君何为入我裈中?”

【注释】①放达：放纵通达。 ②栋宇：房屋。 ③裈（kūn 昆）衣：裤子。

【评析】刘伶任性放诞，有时脱掉衣服，赤身裸体待在屋中。有人看到后讥笑他，刘伶说：“我把天地当房子，把房屋当裤子，你们诸位为什么跑进我裤子中来?”这种裸体的行为在当时显然是不为世俗所接受的，而刘伶也就是希望通过这种方式，来表达对名教的不满。

八

阮公邻家妇有美色[①]，当垆酤酒[②]。阮与王安丰常从妇饮酒[③]，阮醉，便眠其妇侧。夫始殊疑之，伺察[④]，终无他意。

【注释】①阮公：阮籍。 ②垆：酒店前安放酒瓮的土台子，此借指酒店。 酤（gū 估）：卖酒。 ③王安丰：王戎，封安丰县侯，故称。 ④伺察：探察。

【评析】隔壁有美妇当垆卖酒，嗜酒的阮籍当然常去饮酒，喝醉了就睡在美妇身旁，毫无其他意图，一切纯乎自然，足见阮籍纵酒任诞所表现出的是率真和放达。

九

阮籍当葬母，蒸一肥豚①，饮酒二斗，然后临诀②，直言③："穷矣④！"都得一号⑤，因吐血，废顿良久⑥。

【注释】①豚：小猪。 ②临诀：指向遗体告别。 ③直言：直截了当地说。 ④穷：孝子哭丧语。当时习俗，孝子哭丧言"穷"，意为穷极无奈，表达极度悲伤。 ⑤都：总共。 号：嚎啕大哭。 ⑥废顿：指精神萎靡不振，疲惫不堪。

【评析】阮籍在葬母时，虽然饮酒、吃肉如故，但从他大号"穷矣"、吐血、废顿等情形，可知他内心之悲伤哀痛是何等深切，只不过他对世俗之礼不屑遵从而已。

十

阮仲容、步兵居道南①，诸阮居道北；北阮皆富，南阮贫。七月七日，北阮盛晒衣②，皆纱罗锦绮。仲容家以竿挂大布犊鼻裈于中庭③，人或怪之，答曰："未能免俗，聊复尔耳！"

【注释】①阮仲容：阮咸。 步兵：阮籍。 ②晒衣：当时习俗，七月初七日晒衣，以防虫蛀。 ③大布：粗布。 犊鼻裈：一种干杂活时穿的裤子，无裆，形如小牛鼻。犊：小牛。

【评析】路北的房屋坐北朝南，路南的房屋则是坐南朝北，所以路北都是富人，而路南都是穷人。七月初七有晒衣物的习俗，路北人家晒的都是高档华丽的衣物，路南人家一般也没什么值钱的衣物好晒。但阮咸回应以一条粗布犊鼻裈，并称自己是未能免俗，实际上是在对世俗表示讽刺。

十一

阮步兵丧母，裴令公往吊之①。阮方醉，散发坐床，箕踞不哭②。裴至，下席于地，哭吊唁毕，便去。或问裴："凡吊，主人哭，客乃为礼。阮既不哭，君何为哭？"裴曰："阮方外之人③，故不崇礼制。我辈俗中人，故以仪轨自居④。"时人叹为两得其中。

【注释】①裴令公：裴楷。 ②箕踞：伸开两腿而坐，形如簸箕。这种坐姿被视为放浪不拘、傲慢无礼之姿。 ③方外：世俗之外。 ④仪轨：规范，礼法。

【评析】阮籍于母丧期间箕踞不哭，对吊唁者不予礼待，裴楷对此表示理解，认为阮籍是世俗之外人，可以不崇礼制，而世俗之中人应以仪轨自居。可知竹林七贤反礼教的行为已经得到了不少名士的认同与尊重。

十二

诸阮皆能饮酒①，仲容至宗人间共集②，不复用常杯斟酌③，以大瓮盛酒④，围坐，相向大酌⑤。时有群猪来饮，直接去上，便共饮之。

【注释】①诸阮：指阮氏同族人。 ②仲容：阮咸。 宗人：同族人。 ③斟酌：斟酒，饮酒。 ④瓮：盛酒的陶器。 ⑤相向：面对面。

【评析】与群猪共饮一瓮酒，阮咸与宗人可称得上是纵情任诞之极了。

十五

阮仲容先幸姑家鲜卑婢①，及居母丧，姑当远移，初云当留婢，既发，定将去②。仲容借客驴，著重服③，自追之。累骑而返④，曰："人种不可失⑤！"即遥集之母也⑥。

【注释】①阮仲容：阮咸。 幸：宠爱。 鲜卑：我国古代北方少数民族。 ②定：终于。 将：带。 ③重服：指为父母亡故所穿的孝服。 ④累骑：二人共骑。 ⑤人种：指胎儿。 ⑥遥集：阮孚，字遥集，阮咸之次子。

【评析】阮咸原先宠爱姑母家一个鲜卑族的婢女，等到他为母亲守丧时，姑母要搬到远处去，起初说要留下这位婢女，可是要出发时却带走了她。阮咸借了客人的驴子，身穿重孝，亲自去追她。可见任何的礼法在阮咸眼中都是不屑一顾的。

十七

刘道真少时①，常渔草泽，善歌啸②，闻者莫不留连。有一老妪，

识其非常人，甚乐其歌啸，乃杀豚进之[3]。道真食豚尽，了不谢[4]。妪见不饱，又进一豚。食半余半，乃还之。后为吏部郎[5]，妪儿为小令史[6]，道真超用之[7]。不知所由[8]，问母，母告之。于是赍牛酒诣道真[9]，道真曰："去，去！无可复用相报。"

【注释】①刘道真：刘宝，字道真，晋高平人。为扶风王从事中郎，迁吏部郎。性嗜酒，善歌啸。 ②歌啸：亦称"啸咏"。晋朝文士啸咏之习盛行，被视为文人雅士风流逸态。 ③豚：小猪。 ④了不：完全不，一点不。了，完全。 ⑤吏部郎：吏部的属官。 ⑥小令史：掌文书的小吏。 ⑦超用：超级任用，越级提拔。 ⑧所由：何由。 ⑨赍（jī基）：携带。诣：到……去，拜访。

【评析】刘宝年轻时常在荒野湖沼中打鱼，他善于啸咏，听到的人没有不被他的啸咏之声所吸引的。有一个老妇人看到他不是一般人，又非常喜欢他的歌啸，就杀了一只小猪送给他。刘宝把小猪吃光，也不表示感谢。老妇人见他没有吃饱，又送给他一只。刘宝吃了一半，就把剩下的一半还给老妇人。表面上看刘宝有点不近人情，但后来刘宝做了吏部郎，老妇人的儿子做了小吏，刘宝就越级提拔了他。可见魏晋士人还是知恩图报的，他们任诞的行为，完全出自放达的性格。

十八

阮宣子常步行[1]，以百钱挂杖头[2]，至酒店，便独酣畅，虽当世贵盛，不肯诣也[3]。

【注释】①阮宣子：阮修，字宣子，阮籍从子。善清言，任诞不修人事。 ②杖：手杖，拐杖。 ③诣：拜访。

【评析】阮修经常徒步外出，把百钱挂在手杖顶端，走到酒店，就独自开怀畅饮。即使是当世的权贵名流，他也从来不肯去拜访。

十九

山季伦为荆州[1]，时出酣畅，人为之歌曰："山公时一醉，径造高阳池[2]，日莫倒载归，茗艼无所知[3]。复能乘骏马，倒著白接䍦[4]，举手问葛彊，何如并州儿[5]？"高阳池在襄阳。彊是其爱将，并州人也。

【注释】①山季伦：山简。②径造：径直前去。 高阳池：池在襄阳。本为汉侍中习郁所修鱼池，是游乐之所。山简镇襄阳时常到此饮酒，呼之为高阳池，意即酒池。高阳，酒徒代名词。③日莫：即日暮。 茗艼：即酩酊，大醉的样子。④倒著：倒转来戴着。著，戴。 接䍦：古代男人戴的一种帽子。⑤葛彊：山简手下爱将，并州人。 并州：地名，约相当于今山西地区。

【评析】山简担任荆州刺史时经常去高阳池游乐、饮酒，日落时倒卧车中归来，酩酊大醉。酒劲稍减后又骑着骏马，倒戴着白接䍦帽，仍是一副醉态。

二十

张季鹰纵任不拘[1]，时人号为"江东步兵[2]"。或谓之曰："卿乃可纵适一时[3]，独不为身后名邪[4]？"答曰："使我有身后名，不如即时一杯酒！"

【注释】①张季鹰：张翰，字季鹰。②江东：指长江下游南岸地区。③乃可：虽然能够。④独：难道。 身后：死后。

【评析】张翰任性放纵，当时人把他称为"江东步兵"。有人认为他虽然能够纵情于一时，但为什么不为身后的名声着想呢？张翰则认为与其让我有身后的名声，还不如眼前的一杯好酒。

二十二

贺司空入洛赴命[1]，为太孙舍人[2]，经吴阊门[3]，在船中弹琴。张季鹰本不相识[4]，先在金阊亭[5]，闻弦甚清，下船就贺[6]，因共语，便大相知说[7]。问贺："卿欲何之[8]？"贺曰："入洛赴命，正尔进路。"张曰："吾亦有事北京[9]，因路寄载。"便与贺同发。初不告家，家追问乃知。

【注释】①贺司空：贺循。②太孙舍人：当是"太子舍人"，皇太子属官。③吴阊门：古代吴县（今苏州）城门名。即今苏州西门，像天门之有阊阖，故名阊门。④张季鹰：张翰。⑤金阊亭：亭名。在古吴县（今苏州）阊门外，因位置在城西，又靠近阊门，故名金阊。金，五行之一，代表西方。⑥就：靠近，到……去。⑦知说：赏识爱悦。说，通"悦"。⑧何之：之何，到哪里。⑨北京：指京城洛阳。此二人皆吴地人氏，故称北方的京城为北京。

【评析】闻琴声而识人，琴声传达出的心灵之声吸引了知音，贺循与张翰的相遇、结交，就是这样一段佳话。

二十三

祖车骑过江时[①]，公私俭薄[②]，无好服玩。王、庾诸公共就祖[③]，忽见裘袍重叠，珍饰盈列。诸公怪问之，祖曰："昨夜复南塘一出[④]。"祖于时恒自使健儿鼓行劫钞[⑤]，在事之人亦容而不问。

【注释】①祖车骑：祖逖。 ②公私俭薄：公库私府都不充裕。 ③王、庾：王导、庾亮。 ④南塘：地名。在东晋都城建康秦淮河南岸。一出：去一趟。 ⑤恒自：常常，总是。"自"为词缀。 鼓行：古代行军，击鼓则进，鸣金则退，因称行进为鼓行。此处指公开进行。

【评析】南渡后的东晋王朝处于初创时期，世事艰难，祖逖就让部下通过抢劫来充实府库，碍于形势，身为国家重臣的王导等人也都容忍这种不法行为。

二十四

鸿胪卿孔群好饮酒[①]，王丞相语云："卿何为恒饮酒？不见酒家覆瓿布[②]，日月糜烂？"群曰："不尔[③]。不见糟肉乃更堪久？"群尝书与亲旧："今年田得七百斛秫米[④]，不了麴糵事[⑤]。"

【注释】①鸿胪卿：官名，掌朝贺庆吊等礼仪。 孔群：字敬林，晋会稽山阴（今浙江绍兴）人。嗜酒，志尚不群。曾任鸿胪卿、御史中丞等职。 ②瓿（bù布）：古代一种瓦器。此指陶制盛酒器。 ③不尔：不是这样。尔，这样。 糟肉：用酒或酒糟腌制的肉。 乃：却，反而。 ④秫米：高粱。 ⑤麴（qū居）糵（niè聂）：酒母，即酿酒用的发酵物。这里指酿酒。

【评析】跟刘伶一样，孔群也嗜酒成癖，家里收获的粮食，往往不能满足他酿酒之用。

二十八

周伯仁风德雅重[①]，深达危乱。过江积年[②]，恒大饮酒，尝经三日不醒。时人谓之“三日仆射[③]”。

【注释】①周伯仁：周顗。 ②过江：指晋室南渡，大批北方士人随之南迁。 ③三日仆射：后喻指只饮酒不做事的官员。

【评析】周伯仁总是大肆饮酒，曾经一连三日醉酒不醒，以至于当时人称之为“三日仆射”。

三十

苏峻乱，诸庾逃散[①]。庾冰时为吴郡[②]，单身奔亡。民吏皆去，唯郡卒独以小船载冰出钱塘口，籧篨覆之[③]。时峻赏募觅冰，属所在搜检甚急[④]。卒舍船市渚[⑤]，因饮酒醉，还，舞棹向船曰：“何处觅庾吴郡，此中便是！”冰大惶怖，然不敢动。监司见船小装狭，谓卒狂醉，都不复疑[⑥]。自送过浙江[⑦]，寄山阴魏家，得免。后事平，冰欲报卒，适其所愿。卒曰：“出自厮下[⑧]，不愿名器[⑨]。少苦执鞭[⑩]，恒患不得快饮酒；使其酒足余年，毕矣。无所复须。”冰为起大舍，市奴婢，使门内有百斛酒，终其身。时谓此卒非唯有智，且亦达生。

【注释】①苏峻乱：指苏峻的叛乱。 诸庾：庾亮等庾家诸兄弟。庾亮在建康与苏峻大战，败后南奔。 ②庾冰：字季坚，庾亮弟。曾为吴郡、会稽内史，继王导为相。死后赠官侍中、司空。 为吴郡：任吴郡内史。 ③籧（qū 曲）篨（chú 除）：用芦苇或竹篾编的粗席。 ④属：通“嘱”。叮嘱，命令。 所在：各处，到处。 ⑤市渚：到小洲上买东西。市，买。渚，水中小洲。 ⑥都不：完全不，一点不。 ⑦自：副词，已然。 浙江：即浙江。 ⑧厮下：指地位卑微、低贱的仆役。 ⑨名器：“名”指爵位，“器“指车服仪制。 ⑩执鞭：喻供人驱使。

【评析】庾冰逃亡时只有一个府役独自用小船载着庾冰逃出钱塘江口，用粗竹席盖住他。紧急关头府役离开小船到江中小洲上去喝酒，喝醉了挥舞着船桨说：“到哪里去寻找庾吴郡？这条船里就是！”庾冰大为恐慌，但又不敢动。搜查的人看到船十分狭小，认为是府役喝醉了酒说胡话，就不再怀疑。府役就这样把庾冰送过钱塘江。庾冰要报答府役，答应可以满足他的愿望。府役不愿意做官，只要求有足够的酒可以度过余年。庾冰于是给他盖了大房子，买了奴婢，还备了上百斛的酒，一直供养他终身。当时人因此认为这位府役不仅仅有智谋，而且对人生也很达观。

三十一

殷洪乔作豫章郡[①]，临去，都下人因附百许函书[②]。既至石头[③]，悉掷水中，因祝曰[④]："沉者自沉，浮者自浮，殷洪乔不能作致书邮[⑤]！"

【注释】①殷洪乔：殷羡，字洪乔，殷浩之父。仕晋，官至豫章太守、光禄勋。 作豫章郡：任豫章郡太守。豫章郡，今江西省。 ②都下：京城。 因附：趁便稍带。 函：量词。用于书信。 书：信。 ③石头：石头城。在建康西，因山以为城，因江以为池，形势险要，为东晋军事重镇。 ④祝：祷告。 ⑤致书邮：送信的邮差。

【评析】殷羡把别人委托的信都投到江里了，显示了当时名士追求独立特行的风尚。

三十二

王长史、谢仁祖同为王公掾[①]，长史云："谢掾能作异舞。"谢便起舞，神意甚暇。王公熟视[②]，谓客曰："使人思安丰[③]。"

【注释】①王长史：王濛。 谢仁祖：谢尚。 王公：王导。 掾：官署属员。 ②熟视：仔细看。 ③安丰：王戎。

【评析】王濛和谢尚同是王导的属官，王濛说："谢尚会跳奇特的舞蹈。"谢尚就跳了起来，神情意志很悠闲。王导看后不由得想起了王戎。王戎、谢尚都有"通人"之称，故王导有此言。

三十三

王、刘共在杭南[①]，酣宴于桓子野家[②]。谢镇西往尚书墓还[③]，葬后三日反哭[④]。诸人欲要之[⑤]，初遣一信[⑥]，犹未许，然已停车；重要，便回驾。诸人门外迎之，把臂便下。裁得脱帻[⑦]，著帽酣宴。半坐，乃觉未脱衰[⑧]。

【注释】①王、刘：王濛、刘惔。 杭南：指乌衣巷。杭通"航"，指东晋都城建康的朱雀航，王、谢诸名族所居乌衣巷距朱雀航不远，故称"杭南”。 ②桓子野：桓伊，字叔夏，小字子野。善音乐，官至护军将军。③谢镇西：谢尚。 尚书：指谢裒。④反哭：古代丧礼，埋葬后，丧主要奉神主返于庙而哭。灵柩由庙里抬出安葬，复神主于庙，故曰反哭。 ⑤要：通“邀”。邀请。 ⑥信：使者。 ⑦裁得：才得以，才来得及。裁，通“才”。 帻（zé）：巾帻，发巾。 ⑧乃：才。 衰（cuī）：丧服。

【评析】谢尚是谢裒的侄子，他参加谢裒葬后三日的反哭，从墓上回来时刚好碰到王濛、刘惔等在桓伊家里畅饮。众人想邀请谢尚一起共饮，起初派了一个使者去请，他还没答应，但是已经把车子停了下来；再次邀请，就调转车头来了。众人在门外迎接他，他拉着别人的臂膀就下车了。刚刚脱去头巾，换上便帽就痛饮起来。坐下好一阵子了，才发现连丧服都没有脱下。可见到了东晋，名士们已经可以对礼教视若无睹了。

三十四

桓宣武少家贫，戏大输[①]，债主敦求甚切。思自振之方，莫知所出。陈郡袁耽俊迈多能[②]，宣武欲求救于耽。耽时居艰，恐致疑[③]，试以告焉，应声便许，略无嫌吝。遂变服，怀布帽，随温去与债主戏。耽素有蓺名[④]，债主就局，曰：“汝故当不办作袁彦道邪?”遂共戏。十万一掷，直上百万数，投马绝叫[⑤]，傍若无人，探布帽掷对人曰：“汝竟识袁彦道不?”

【注释】①桓宣武：桓温。 戏：博戏。晋代盛行樗蒱赌博。 ②陈郡：治所在陈县（今河南淮阳）。 袁耽：字彦道，陈郡阳夏人。为王导参军，因平苏峻有功，官历阳太守，后至从事中郎。 ③居艰：居丧，在服丧期中。 疑：迟疑，犹豫。 ④素：一向，素来。 蓺名：技艺高超的名声。蓺，同“艺”。 ⑤马：樗蒱之马。赌博时投掷，以决输赢。 绝叫：大声喊叫。绝，副词，表示程度，极其之意。

【评析】桓温年轻时家里贫穷，一次赌博大输，只能向袁耽求救。袁耽当时正在守丧期间，桓温怕他为难，只能试着把这件事告诉他。不料袁耽立即答应了，没有一点为难，脱下孝服，穿上便装就去赌钱。袁耽平时在赌博方面是很有名气的，那个债主上了赌局，说：“你不会就是袁彦道吧?”就一起赌起来了。赌注从十万一掷，一直上升到百万之数。袁耽赌得兴起，大喊大叫，旁若无人，从怀中拿出布帽掷向对方说：“你到底认识袁彦道吗?”这则故事虽短，但却妙趣横生。

四十一

襄阳罗友有大韵[①]，少时多谓之痴。尝伺人祠[②]，欲乞食，往太蚤，门未开。主人迎神出见，问以非时何得在此，答曰："闻卿祠，欲乞一顿食耳。"遂隐门侧，至晓得食便退，了无怍容[③]。为人有记功：从桓宣武平蜀[④]，按行蜀城阙观宇，内外道陌广狭，植种果竹多少，皆默记之。后宣武漂洲与简文集，友亦预焉[⑤]。共道蜀中事，亦有所遗忘，友皆名列，曾无错漏。宣武验以蜀城阙簿，皆如其言，坐者叹服。谢公云："罗友讵减魏阳元[⑥]。"后为广州刺史，当之镇，刺史桓豁语令莫来宿[⑦]，答曰："民已有前期[⑧]，主人贫，或有酒馔之费，见与甚有旧。请别日奉命。"征西密遣人察之[⑨]，至夕乃往荆州门下书佐家，处之怡然，不异胜达。在益州，语儿云："我有五百人食器。"家中大惊，其由来清，而忽有此物，定是二百五十沓乌樏[⑩]。

【注释】①罗友：字宅仁，晋襄阳人。嗜酒，放达。被大司马桓温所器重，官至襄阳太守、广益二州刺史。 韵：风度、气质。 ②伺：探察，侦察。 祠：祭祀。 ③怍容：惭愧的表情。 ④记功：记忆力。 桓宣武平蜀：晋穆帝永和二年（公元 346 年），桓温率晋军伐蜀，次年成汉降。 ⑤漂洲：当作"溧洲"，长江中的小洲。 简文：晋简文帝司马昱。 预焉：参与其中。 ⑥讵：哪里，怎么。 减：比……差。 魏阳元：魏舒，字阳元，任城人。晋武帝时，官至司徒。 ⑦莫：即"暮"。傍晚，晚上。 ⑧民：自称，表示谦卑。 前期：前约。 ⑨征西：桓豁，曾为征西大将军，故称。 ⑩沓：量词。食盒一具为一沓。犹今之言套。 乌樏（lěi 磊）：黑漆食盒。樏：食盒。

【评析】罗友有着超强的记忆力，很受桓温、谢安等人的器重。但他却有一个特殊的癖好，就是到处蹭饭吃，还喜欢收藏餐具。他一向清贫，但家里人却突然发现他收藏了二百五十沓黑色的食盘。

四十七

王子猷居山阴[①]，夜大雪，眠觉，开室命酌酒，四望皎然。因起彷徨[②]。咏左思《招隐诗》[③]，忽忆戴安道[④]。时戴在剡[⑤]，即便夜乘小船就之⑥。经宿方至，造门不前而返。人问其故，王曰："吾本乘兴而行，兴尽而返，何必见戴!"

【注释】①王子猷：王徽之。 山阴：县名。在会稽以北，晋时属会稽郡。 ②彷徨：徘徊。 ③《招隐诗》：共两首，描写隐士生活。 ④戴安道：戴逵。 ⑤剡：县名，在今浙江嵊县。 ⑥就之：到他那里去。

【评析】王徽之住在山阴的时候，一天夜里下大雪，他睡觉醒来，打开房门叫左右备酒，环顾四周，一片洁白。他就起身徘徊，吟诵左思的《招隐诗》，忽然想起戴逵。当时戴逵在剡县，王徽之就连夜乘了小船去拜访他。船行了一夜才到，到了门口却不进去，又返回山阴了。有人问他缘故，他说："我本来是乘兴而去的，现在兴尽而回，何必一定要见到戴逵呢?"魏晋士人的诸多怪诞行为其实都是他们讲究返璞归真的表现，不刻意，不造作，随性而为。

四十九

王子猷出都①，尚在渚下②。旧闻桓子野善吹笛③，而不相识。遇桓于岸上过，王在船中，客有识之者，云是桓子野，王便令人与相闻④，云："闻君善吹笛，试为我一奏。"桓时已显贵，素闻王名，即便回下车⑤，踞胡床⑥，为作三调。弄毕，便上车去。客主不交一言。

【注释】①出都：赴京都，到京都去。出，到、至。 ②渚：此指青溪渚。东晋时建康东南青溪上的码头，是都城漕运要道。 ③桓子野：桓伊。 ④相闻：通消息，传话。 ⑤回下车：转身下车。晋时车制皆于车后上下，故曰"回下车"。 ⑥踞：靠，倚。

【评析】王徽之奉召赴京都，船停泊在青溪渚下。他曾经听说桓伊擅长吹笛，但是不相识，这次正好遇上桓伊从岸上经过。王徽之就派人去传话，让他演奏一段。桓伊也知道王徽之的大名，就回头下车，坐在交椅上，为他演奏了三个曲子。演奏完毕就上车离开了，客人和主人间没有交谈过一句话。没有客套，没有虚应故事，魏晋名士就是这么率直。

五十

桓南郡被召作太子洗马①，船泊荻渚②，王大服散后已小醉③，往看桓。桓为设酒，不能冷饮，频语左右令"温酒来"，桓乃流涕呜咽。往便欲去，桓以手巾掩泪，因谓王曰：“犯我家讳，何预卿事[④]！”王叹曰：“灵宝故自达！”

【注释】①桓南郡：桓玄。　太子洗马：东宫太子属官。职如谒者、秘书郎，掌图籍，太子出行则为前驱、导威仪。　②荻渚：地名。故址在今湖北江陵。　③王大：王忱。　散：即寒食散，也称五石散。服后身体发热，须漫步行走以散发药性，称为行散，不能喝冷酒，冷酒不利散发药性。　④家讳：父、祖的名讳。晋代尤重家讳。“温”字为桓玄之父讳。　预：干预，关涉。

【评析】桓玄被征召做了太子洗马，他的船停泊在荻渚，王忱服了五石散后已经微醉，前去看望桓玄。桓玄为他备酒，知道他服散后不能喝冷酒，多次吩咐左右，叫他们拿温酒来。“温”字是桓玄的家讳，桓玄发现自己失言后就哭了起来。王忱为避免尴尬，所以就要离开。桓玄一边擦泪一边说：“我犯了家讳，关你什么事?”王忱因此叹服他真是通达。

简傲第二十四

一

晋文王功德盛大[①]，坐席严敬[②]，拟于王者。唯阮籍在坐，箕踞啸歌[③]，酣放自若[④]。

【注释】①晋文王：司马昭。 ②严敬：严肃庄重。 ③箕踞：伸开两足而坐，形如箕，表示放达、傲慢的一种坐姿。 啸歌：吟唱。 ④酣放自若：尽情地饮酒，放纵不羁，神情自在。

【评析】晋文王司马昭注重威仪，坐在席位上严肃庄重。只有阮籍在座位上伸开双足，尽情地饮酒吟唱，放纵不羁，神态自在。这种倨傲不羁、放浪形骸的做法非但没有招来杀身之祸，反而为司马昭所宽容，说明当时的政治还是相对开明的，为竹林七贤的活跃留下了空间。

二

王戎弱冠诣阮籍[①]，时刘公荣在坐[②]。阮谓王曰："偶有二斗美酒[③]，当与君共饮，彼公荣者无预焉[④]。"二人交觞酬酢[⑤]，公荣遂不得一杯，而言语谈戏，三人无异。或有问之者，阮答曰："胜公荣者，不得不与饮酒；不如公荣者，不可不与饮酒；唯公荣，可不与饮酒。"

【注释】①弱冠：二十岁左右的男子。 ②刘公荣：刘昶。 ③偶：碰巧，恰好。 ④预：参加。 ⑤交觞：一齐，互相。 酬酢（zuò 坐）：宾主相互敬酒。

【评析】阮籍的话系套用刘昶所说"胜公荣者，不可不与饮；不如公荣者，亦不可不与饮；是公荣辈者，又不可不与饮"（《任诞》），意带戏谑。而刘昶也很大度，虽然没有得到一杯酒，但是毫不介意，言语谈笑依旧。

三

钟士季精有才理[1]，先不识嵇康，钟要于时贤俊之士[2]，俱往寻康。康方大树下锻[3]，向子期为佐鼓排[4]。康扬槌不辍，傍若无人，移时不交一言[5]。钟起去，康曰："何所闻而来？何所见而去？"钟曰："闻所闻而来，见所见而去。"

【注释】①钟士季：钟会，字士季。　才理：才思。　②要：同"邀"，约请。　贤俊：贤能杰出之人。　③锻：打铁。　④向子期：向秀，字子期。　佐：辅助。　鼓排：拉风箱鼓风。　⑤移时：过了很久时间。

【评析】钟会邀请当时贤能之士一起去探访嵇康，嵇康正在大树下打铁，向秀在帮他拉风箱鼓风。嵇康不停地打铁，旁若无人，过了很久也不与他们说一句话。钟会起身离开，嵇康说："你听到了什么才来的？见到了什么才走的？"钟会说："听到了所听到的才来，看到了所看到的才走的。"嵇康以高傲轻慢的态度对待登门拜访的钟会，使得钟会怀恨而去。此后钟会借机诬陷，嵇康遂为司马昭所杀。

四

嵇康与吕安善[1]，每相思，千里命驾。安后来，值康不在，喜出户延之[2]，不入，题门上作"鳳"字而去。喜不觉，犹以为欣[3]，故作。"鳳"字凡鸟也[4]。

【注释】①吕安：字仲悌，晋东平人，与嵇康、山涛等友善，后被司马昭所杀。　②喜：嵇喜，字公穆，嵇康之兄，历仕扬州刺史、太仆、宗正。　延：邀请。　③欣：高兴，喜悦。　④鳳："鳳"为"凤"的繁体字，可拆成"凡"、"鸟"二字，吕安特地以此比喻嵇喜为凡鸟，以示轻视之意。

【评析】嵇康和吕安很友好，每当思念吕安时，再远的路也要长途驾车前去探访。吕安后来去拜访嵇康时，正巧嵇康不在家，嵇喜出门来迎接他，他不进门，在门上题了一个"鳳"字就走了。嵇喜并未察觉吕安的用意，还感到很高兴。其实"鳳"字就是在讥刺他是凡鸟。

五

陆士衡初入洛[1]，咨张公所宜诣[2]，刘道真是其一[3]。陆既往，

刘尚在哀制中[4]。性嗜酒，礼毕，初无他言，唯问："东吴有长柄壶卢[5]，卿得种来不?"陆兄弟殊失望，乃悔往[6]。

【注释】①陆士衡：陆机，字士衡。　洛：洛阳。　②咨：询问。　张公：张华。　所宜诣：应当拜访的人。　③刘道真：刘宝，字道真。　④哀制：礼制规定的居丧期，这里指父母的丧事。　⑤壶卢：葫芦。

【评析】陆机初到洛阳时，询问张华应当去拜访哪些人，张华认为刘宝是应拜访的一位。陆机去刘家时，刘宝还在守丧期中。刘宝性喜饮酒，见面礼行过后，开头无话可说，只是问："东吴有一种长柄葫芦，你们带了种子来吗?"言下之意是这种葫芦可以用来盛酒。陆机、陆云兄弟听了非常失望，认为居丧期间谈论饮酒不合礼制，于是很后悔去拜访其人。吴楚之地在西晋时期还比较闭塞，所以陆机兄弟一时还难以接受中原地区士人的通达之风。

六

王平子出为荆州[1]，王太尉及时贤送者倾路[2]。时庭中有大树，上有鹊巢，平子脱衣巾，径上树取鹊子，凉衣拘阂树枝[3]，便复脱去。得鹊子还下弄[4]，神色自若，傍若无人。

【注释】①王平子：王澄。　出为荆州：出任荆州刺史。　②王太尉：王衍。　倾路：挤满路。　③凉衣：贴身内衣。　拘阂（hé 核）：挂碍，钩住。　④弄：戏耍，拿着玩。

【评析】王澄在出任荆州时，当着众多送行者之面爬上树去掏鹊巢，不但脱去衣巾，还脱去内衣，而且神色自若，旁若无人。根据史书记载，刘琨曾警告王澄，以此处世，难得其死。后王澄果然为王敦所杀。

七

高坐道人于丞相坐[1]，恒偃卧其侧[2]。见卞令[3]，肃然改容云[4]："彼是礼法人。"

【注释】①高坐：西晋和尚。　道人：魏晋时称僧徒为"道人"。　丞相：王导。　②偃卧：仰卧。　③卞令：卞壶。　④肃然：恭敬的样子。　改容：脸上变得严肃起来。

【评析】高坐和尚善于随机应变，对待不同的人，以不同的态度与不同的语言处之，或洒脱随意，或恭敬改容，可谓各得其宜。

八

桓宣武作徐州[①]，时谢奕为晋陵[②]，先粗经虚怀[③]，而乃无异常。及桓迁荆州[④]，将西之间，意气甚笃[⑤]，奕弗之疑。唯谢虎子妇王悟其旨[⑥]，每曰："桓荆州用意殊异，必与晋陵俱西矣[⑦]。"俄而引奕为司马[⑧]。奕既上，犹推布衣交。在温坐，岸帻啸咏[⑨]，无异常日。宣武每曰："我方外司马[⑩]。"遂用酒，转无朝夕礼[⑪]。桓舍入内[⑫]，奕辄复随去[⑬]。后至奕醉，温往主许避之[⑭]。主曰："君无狂司马，我何由得相见？"

【注释】①桓宣武：桓温。　作徐州：担任徐州刺史。　②为晋陵：任晋陵太守。　③粗经虚怀：指略叙寒喧之意。粗经，略表。虚怀，心怀，心意。　④迁荆州：调任荆州刺史。　⑤意气：情义。笃：深厚。　⑥谢虎子：谢据，小字虎子，谢奕弟。　妇王：妻子王氏。　悟其旨：明白他的意思。　⑦晋陵：指谢奕。　⑧引：举荐。　司马：刺史的属官。　⑨岸帻（zé 责）：把头巾略微掀起，露出额头。形容潇洒、无拘无束的样子。　⑩方外：世俗之外。　⑪朝夕礼：指早晚应有的礼节。　⑫舍：避开。　⑬辄复：就。　⑭主许：指桓温妻子南康长公主的住处。许，住处。

【评析】谢奕任桓温的司马后，还是把桓温当做贫贱时的朋友看待，在桓温座上作客时，他把头巾掀起，露出额头，长啸歌咏，与平常没有什么不同。谢奕喝多了酒后就更加不管礼节了，桓温避入内室，谢奕就跟进去。桓温不得已躲到南康长公主处，公主说："你如果没有这位狂司马，我怎么能够与你相见呢？"

十

谢中郎是王蓝田女婿[①]，尝著白纶巾[②]，肩舆径至扬州听事[③]，见王，直言曰："人言君侯痴，君侯信自痴[④]。"蓝田曰："非无此论，但晚令耳[⑤]。"

【注释】①谢中郎：谢万，曾为从事中郎，故称。　王蓝田：王述。②著：戴。　纶（guān 观）巾：古代配有青丝带的头巾。　③肩舆：两人抬的一种轿子。　径：径直。　听事：厅堂。　④信自：确实。　⑤晚令：晚年得到好名声。令，令名，美名。

【评析】谢万是王述的女婿，曾戴着白纶巾，坐着肩舆，径直到扬州刺史厅堂上，见了王述就说："人们说你有点痴呆，你确实是痴呆。"王述说："不是没有这种议论，只是我晚年才得到好名声罢了。"谢万当面说岳丈痴呆，可说是无礼之极，不料王述毫不介意，随口就承认了。

十一

王子猷作桓车骑骑兵参军[①]，桓问曰："卿何署[②]？"答曰："不知何署，时见牵马来，似是马曹[③]。"桓又问："官有几马？"答曰："不问马[④]，何由知其数[⑤]？"又问："马比死多少[⑥]？"答曰："未知生，焉知死[⑦]？"

【注释】①王子猷：王徽之。　桓车骑：桓冲。　骑兵参军：官名，掌管马畜牧养、供给等事。　②署：官署。　③马曹：管马匹的官署。　④不问马：《论语·乡党》："厩焚。子退朝，曰：'伤人乎？'不问马。"意思是马厩失火，孔子从朝中回来，听到了就问："伤到人了吗？"而没有问马的情况。文中借用了"不问马"之语，意思是他只关心人。　⑤何由：怎么，如何。　⑥比：近来，近期。　⑦未知生二句：《论语·先进》："季路……曰：'敢问死。'曰：'未知生，焉知死！'"意思是子路问孔子死后是怎么样的情况，孔子认为我们连活着的道理都搞不清楚，怎么会知道死后的情形呢。

【评析】王徽之担任桓冲的骑兵参军，桓冲问他是哪个衙门的，王徽之回答说好像是马曹。桓冲又问官府中有多少马？王徽之答着，我不关心马，只关心人。桓冲又问马近来死了多少？王徽之答道，不知道活着的，怎么知道死掉的？王徽之巧用孔子的名言来应对桓冲的提问，实际上就是讽刺桓冲不重人。

十二

谢公尝与谢万共出西[①]，过吴郡[②]，阿万欲相与共萃王恬许[③]，太傅云[④]："恐伊不必酬汝[⑤]，意不足尔[⑥]。"万犹苦要[⑦]，太傅坚不回，万乃独往。坐少时，王便入门内，谢殊有欣色，以为厚待己。良久，乃沐头散发而出，亦不坐，仍据胡床[⑧]，在中庭晒头，神气傲迈，了无相酬对意[⑨]。谢于是乃还，未至船，逆呼太傅安[⑩]，安曰："阿螭不作尔[⑪]！"

【注释】①谢公：谢安。　②吴郡：郡名，治所在今江苏苏州。　③萃：聚集。　王恬：王导第二子。　许：处所。　④太傅：谢安。　⑤不必：不一定。　酬：应酬。　⑥不足：不值得。　⑦苦要：竭力邀请。　⑧据：即踞，坐着两腿作八字形分开。　⑨了：完全。　⑩逆：预先。　⑪阿螭（chī 痴）：王恬的小名。　不作：不足，不值得。

【评析】谢安曾经与谢万一起经过吴郡，谢万想与谢安一起到王恬处聚会。谢安认为不去为好，谢万就独自前去。坐了一会儿，王恬就进屋去了，谢万有点欣喜，认为他要好好款待自己。过了很久，王恬洗了头披散着头发出来了，两腿叉开坐在椅上，在庭院中晒头发，神色傲慢，毫无招待他的意思。谢万只得灰头土脸地回去了。王恬的傲慢是出了名的，故其父王导看见他便有怒色。

十三

王子猷作桓车骑参军[①]。桓谓王曰："卿在府久，比当相料理[②]。"初不答[③]，直高视[④]，以手版拄颊云[⑤]："西山朝来[⑥]，致有爽气[⑦]。"

【注释】①王子猷：王徽之。　②比：近来。　料理：安排。　③初不：一点都不。　④直：只是。　高视：远望。　⑤手版：手板，古代官吏上朝或谒见上司时所拿的笏，以备记事之用。　拄：撑。　⑥朝：早晨。　⑦致：通"至"，极。　爽气：清爽之气。

【评析】王徽之任车骑将军桓冲的参军，桓冲对王徽之说："你在军府中待的时间很久了，近来应当安排事务了。"王徽之也不回答，只是远远地望着，用手板撑着面颊道："西山的早晨，极有清爽之气。"这实际上是在表达对桓冲的不满。

十四

谢万北征[①]，常以啸咏自高[②]，未尝抚尉众士。谢公甚器爱万[③]，而审其必败[④]，乃俱行，从容谓万曰[⑤]："汝为元帅，宜数唤诸将宴会[⑥]，以悦众心[⑦]。"万从之。因召集诸将，都无所说，直以如意指四坐云[⑧]："诸君皆是劲卒[⑨]。"诸将甚忿恨之[⑩]。谢公欲深著恩信[⑪]，自队主将帅以下[⑫]，无不身造[⑬]，厚相逊谢。及万事败[⑭]，军中因欲除之。复云："当为隐士[⑮]。"故幸而得免。

【注释】①北征：穆帝升平二年（359），谢万与徐、兖二州刺史北攻前燕，大败。　②啸咏：长啸歌咏。　自高：自鸣清高。　③谢公：谢安。器爱：器重爱护。　④审：推究分析。　⑤从容：随便地。　⑥数（shuò

朔)：多次，经常。 ⑦悦：取悦，博取。 ⑧如意：一种供赏玩的象征吉祥的器物，以玉、竹、骨等制成，柄微曲，形状呈灵芝形或云形。 ⑨劲卒：精壮的士兵。 ⑩诸将甚忿恨：兵，音同"殡"；卒，死亡。这两个字均为行伍中人忌讳之语，所以诸将士听后感到忿恨。 ⑪深：深入，显明。 ⑫队主：一队之长，长官。 ⑬身造：亲自访问。 ⑭事败：指谢万错误判断撤退，兵败溃散，单骑逃回。 ⑮隐士：指谢安。当时谢安尚未出仕，故称。

【评析】谢万因才器俊秀而成名，但他不懂兵法，更不懂带兵之道，所以谢安希望他能听从自己的意见，抚慰将士，深著恩信，取悦众心。谁知谢万自以为是，说出的话非但不能鼓舞士气，反而激怒诸将，以至于大败而归。

十五

王子敬兄弟见郗公[①]，蹑履问讯[②]，甚修外生礼[③]。及嘉宾死[④]，皆著高屐[⑤]，仪容轻慢[⑥]。命坐，皆云："有事，不暇坐。"既去，郗公慨然曰："使嘉宾不死，鼠辈敢尔[⑦]？"

【注释】①王子敬：王献之。 郗公：郗愔。 ②蹑履：穿着鞋。见客穿鞋在当时是有礼貌的表现。 问讯：问候起居。 ③修：讲求。 外生：外甥。 王羲之是郗鉴的女婿，郗愔是郗鉴之子，所以郗愔与王献之为舅甥关系。 ④嘉宾：郗超，字嘉宾。 ⑤高屐：高底的木屐。木屐是木底有齿的鞋子，休闲时穿。正式场合则穿履。 ⑥仪容：仪表举止。 轻慢：轻浮傲慢。 ⑦鼠辈：对晚辈或年少者轻蔑之称。

【评析】王献之兄弟去见郗愔时，穿着见客的鞋子去问候起居，很讲外甥作客的礼节。等到郗超死后，他们就都穿着高齿木屐的休闲鞋，轻浮傲慢起来。郗愔不禁慨叹说："假如嘉宾不死的话，鼠辈怎敢如此放肆！"郗愔才能平庸，所以王献之兄弟不把他放在眼里。

十六

王子猷尝行过吴中[①]，见一士大夫家极有好竹。主已知子猷当往，乃洒扫施设[②]，在厅事坐相待。王肩舆径造竹下[③]，讽啸良久。主已失望，犹冀还当通[④]，遂直欲出门。主人大不堪[⑤]，便令左右闭门，不听出。王更以此赏主人[⑥]，乃留坐，尽欢而去。

【注释】①王子猷：王徽之。 吴中：吴郡，治在今江苏苏州。 ②施设：陈设，设置。 ③肩舆：轿子类代步工具。 径造：直接到。 ④冀：希望。 通：通报。 ⑤不堪：不能忍受。 ⑥更：反而。

【评析】怎么接待名士呢？名士不走寻常路，采取普通的洒扫庭除、盛情以待的方式是不行的，主人采取常理之外的强迫方式，果然得到了名士王徽之的赞赏。

十七

王子敬自会稽经吴[①]，闻顾辟疆有名园[②]，先不识主人，径往其家。值顾方集宾友酣燕[③]，而王游历既毕，指麾好恶[④]，傍若无人。顾勃然不堪曰[⑤]："傲主人，非礼也；以贵骄人，非道也。失此二者，不足齿之[⑥]，伧耳[⑦]。"便驱其左右出门。王独在舆上[⑧]，回转顾望，左右移时不至[⑨]，然后令送著门外，怡然不屑[⑩]。

【注释】①王敬之：王献之。 ②顾辟疆：东晋吴郡人，官郡功曹、平北参军。 ③酣燕：畅快地饮酒吃饭。 ④指麾：指点评论。 ⑤勃然：大怒的样子。 不堪：难以忍受。 ⑥齿：谈论，提及。 ⑦伧（cāng 仓）：粗俗，鄙陋之人。 ⑧舆：肩舆，轿子。 ⑨移时：长时间。 ⑩怡然：愉快的样子。 不屑：不介意，不在乎。

【评析】王献之从会稽经过吴郡，听说顾辟疆有座名园，就闯进去指指点点地评论，旁若无人。顾辟疆难以忍受，勃然大怒，把王献之的左右侍从赶出家门。王献之独自坐在轿上，四处张望，还是一副自在的样子。这个故事与王徽之赏竹相类似，不过王献之似乎比王徽之更过分。

排调第二十五

一

诸葛瑾为豫州[①]，遣别驾到台[②]，语云："小儿知谈[③]，卿可与语。"连往诣恪[④]，恪不与相见。后于张辅吴坐中相遇[⑤]，别驾唤恪："咄咄郎君[⑥]。"恪因嘲之曰："豫州乱矣，何咄咄之有？"答曰："君明臣贤，未闻其乱。"恪曰："昔唐尧在上[⑦]，四凶在下[⑧]。"答曰："非唯四凶[⑨]，亦有丹朱[⑩]。"于是一坐大笑。

【注释】①诸葛瑾：诸葛亮之兄。　为豫州：任豫州刺史。　②别驾：官名，为州刺史的重要佐吏。　台：指朝廷内官。　③小儿：指其子诸葛恪。　知谈：擅长言谈。　④恪：诸葛恪，字元逊，诸葛谨长子，少有才名。仕吴，官至太傅，后被孙峻所杀。　⑤张辅吴：张昭，字子布，仕吴，为辅吴将军，故称。　⑥咄咄：叹词，表示惊异或感叹。　郎君：属吏称长官之子。　⑦唐尧：即陶唐氏尧。　⑧四凶：传说中尧舜时的四个恶人，共工、驩兜、三苗、鲧，后被舜流放。　⑨非唯：不仅。　⑩丹朱：相传为唐尧之子，不肖，被放逐。

【评析】诸葛瑾担任豫州刺史时，派别驾到朝廷去，对他说："我儿子擅长言谈，你可以与他聊聊。"别驾连着几次去拜访诸葛恪，诸葛恪都不肯与他相见。后来在张昭家中相遇，别驾就叫唤诸葛恪："哎唷郎君！"诸葛恪于是嘲笑他道："豫州乱了吗，有什么好哎唷的？"别驾答道："君主圣明，臣子贤良，没听说豫州混乱。"诸葛恪说："古时唐尧在上面，却还有四凶在下面。"别驾答道："不仅有四凶，还有唐尧的儿子丹朱。"诸葛恪讽刺别驾不贤，别驾也毫不示弱讽刺诸葛恪不肖，两人针锋相对，所以满座的人都大笑起来。

二

晋文帝与二陈共车[①]，过唤钟会同载，即驶车委去[②]。比出[③]，已远。既至，因嘲之曰："与人期行[④]，何以迟迟？望卿遥遥不至[⑤]。"会答曰："矫然懿实[⑥]，何必同群？"帝复问会："皋繇何如人[⑦]？"答曰："上不及尧、舜，下不逮周、孔，亦一时之懿士[⑧]。"

【注释】①晋文帝：司马昭。 二陈：陈骞、陈泰。 ②委去：抛弃，丢弃。 ③比：等到。 ④期行：约定同行。 ⑤遥遥：形容时间长久。 ⑥矫然：强健挺拔的样子。 懿实：美好诚实。 ⑦皋繇：即皋陶。 ⑧周、孔：周公、孔子。 懿士：有美德之人。

【评析】晋文帝与钟会对话时互相以父祖的名讳来嘲讽调笑。钟会的父亲名繇，陈骞之父名矫，陈泰之父名群，二陈的祖父名寔，晋文帝之父名懿。文帝嘲笑钟会"遥遥不至"，即以"遥遥"谐称钟会之父"繇"字，钟会以"矫然懿实，何必同群"应之，其中含有晋文帝之父司马懿、二陈之父、祖"群"、"寔"等名讳。晋文帝言"皋陶"，更是直接点了钟会父名，钟会答以"亦一时之懿士"，再次点了司马懿的名讳。按理这是对长辈特别是对皇帝的不敬，但他们毫不介意，调笑自如。可见当时的君臣关系还是比较融洽的，都颇有幽默感。

三

钟毓为黄门郎[①]，有机警，在景王坐燕饮[②]。时陈群子玄伯、武周子元夏同在坐[③]，共嘲毓。景王曰："皋繇何如人[④]？"对曰："古之懿士。"顾谓玄伯、元夏曰[⑤]："君子周而不比[⑥]，群而不党[⑦]。"

【注释】①钟毓：钟繇之子，钟会之兄。 黄门郎：官名，掌侍从皇帝，传达诏命等事。 ②景王：司马师。 ③玄伯：陈泰，字玄伯。 武周：字伯南，三国时魏沛国竹邑（今安徽宿县北）人。仕魏，官卫尉、光禄大夫。 元夏：武陔（gāi 该），字元夏，仕晋，官至左仆射、光禄大夫，开府仪同三司。 ④皋繇：皋陶。 ⑤顾：回头。 ⑥周而不比：语出《论语·为政》："君子周而不比，小人比而不周。"周，忠信。比，勾结。 ⑦群而不党：语出《论语·卫灵公》："君子……群而不党。"意思是君子合群而不结党营私。群，合群。党，偏私、袒护。

【评析】本文与上一则记载一样，也是借用同音字，互相用家讳进行嘲讽，一点都不顾忌尊卑。

四

嵇、阮、山、刘在竹林酣饮[①]，王戎后往，步兵曰[②]："俗物已复来败人意[③]！"王笑曰："卿辈意亦复可败邪？"

【注释】①嵇、阮、山、刘：嵇康、阮籍、山涛、刘伶。 ②步兵：阮籍。 ③俗物：世俗之人，俗人。此指王戎。 败人意：败坏人家的兴致。意，心绪，情绪。

【评析】嵇康、阮籍、山涛、刘伶在竹林中畅饮，王戎后到，阮籍说：“这个俗人又来败坏人家的兴致!”王戎笑道：“你们这帮人的意兴也是可以败坏的吗?”魏晋士人的诙谐风趣于此可见一斑。

五

晋武帝问孙皓[1]：“闻南人好作《尔汝歌》[2]，颇能为不?”皓正饮酒，因举觞劝帝而言曰[3]：“昔与汝为邻，今与汝为臣。上汝一杯酒，令汝寿万春。”帝悔之。

【注释】①晋武帝：司马炎，西晋开国之君。 孙皓：孙权之孙，三国时吴国的亡国之君。 ②南人：南方人。 尔汝歌：魏晋民歌。歌词中以“尔”、“汝”等称谓表示亲昵，含有不尊重轻蔑的成分。 ③觞（shāng 伤）：饮酒的器具。

【评析】晋武帝想让孙皓唱《尔汝歌》以羞辱他。孙皓作歌敬酒并自嘲，晋武帝因此对自己的动机感到后悔。

六

孙子荆年少时欲隐[1]，语王武子“当枕石漱流[2]”，误曰“漱石枕流”。王曰：“流可枕，石可漱乎?”孙曰：“所以枕流，欲洗其耳；所以漱石，欲砺其齿[3]。”

【注释】①孙子荆：孙楚，字子荆。 ②王武子：王济，字武子。 枕石漱流：以石块为枕头，以流水漱口，指隐居山林。 ③砺：磨。

【评析】孙楚年轻时想隐居，对王济说：“应当去枕石漱流。”但说的时候口误说了“漱石头枕流水”。王济借机嘲笑说：“流水可以枕头，石头可以漱口吗?”孙楚说：“头枕流水的原因是想洗自己的耳朵，用石头漱口的原因是想磨砺自己的牙齿。”孙楚反应敏捷，一番解释相当巧妙。

七

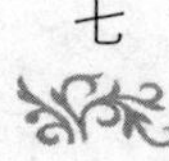

头责秦子羽云[1]：“子曾不如太原温颙[2]、颍川荀寓[3]、范阳张

华[4]、士卿刘许[5]、义阳邹湛[6]、河南郑诩[7]。此数子者，或謇吃无宫商[8]，或尪陋希言语[9]，或淹伊多姿态[10]，或欢哗少智谞[11]，或口如含胶饴[12]，或头如巾齑杵[13]。而犹以文采可观，意思详序[14]，攀龙附凤[15]，并登天府[16]”

【注释】①秦子羽：身世不详。大约为虚构的人物，以抒作者怀才不遇的郁闷。 ②曾：竟。 温颙（yóng 喁）：字长仁，晋太原（今山西太原）人。 ③荀寓：字景伯，晋颍川颍阳（今河南许昌）人。 ④张华：字茂先，晋范阳方城（今河北固安南）人。历任侍中、中书监、司空等，后被杀。 ⑤士卿：官名，掌管皇族事务。 刘许：字文生，河北涿县人。 ⑥义阳：郡名，治所在新野（今河南新野南）。 邹湛：字润甫，官至侍中。 ⑦郑诩：字思渊，荥阳开封（今河南开封）人，官卫尉卿。 ⑧謇（jiǎn 简）吃：口吃。 无宫商：指五音不全，没有乐感。 ⑨尪（wāng 汪）陋：瘦弱丑陋。 希：稀少。 ⑩淹伊：扭捏，装腔作势的样子。 ⑪欢哗：喧哗。 智谞（xǔ 许）：智慧。 ⑫胶饴：粘性的糖浆。 ⑬齑（jī 机）：捣碎的菜末。 杵：木槌子。 ⑭详序：周密而有条理。 ⑮攀龙附凤：攀附权贵。 ⑯天府：指朝廷。

【评析】本文系摘录《张敏集》中《头责子羽》部分内容而成。文中虚构了秦子羽其人，受排斥而默默无闻，其头脑遂以幽默而激愤之言谴责攀龙附凤之徒的无耻，揭露朝政之混乱，赞美秦子羽坚贞之气节，词锋锐利，寓庄于谐。

八

王浑与妇钟氏共坐[1]，见武子从庭过[2]，浑欣然谓妇曰：“生儿如此，足慰人意。”妇笑曰：“若使新妇得配参军[3]，生儿故可不啻如此[4]。”

【注释】①妇：妻子。 ②武子：王济。 ③新妇：已婚妇女的自称。 参军：指王沦，字太冲，王浑之弟，曾任晋文王司马昭大将军参军，故称。 ④不啻（chì 翅）：不止。

【评析】王浑与妻子钟氏看见儿子王济从庭院中走过，王浑欣喜地对妻子说：“生儿子能够如此，足够令人宽慰如意了。”妻子笑道：“如果我能许配给你弟弟，那么生下的儿子可就不止这样了。”如此调侃，恐怕只有魏晋时人才会有。

九

荀鸣鹤、陆士龙二人未相识[1]，俱会张茂先坐[2]。张令共语，以其并有大才，可勿作常语。陆举手曰："云间陆士龙[3]。"荀答曰："日下荀鸣鹤[4]。"陆曰："既开青云睹白雉[5]，何不张尔弓，布尔矢[6]？"荀答曰："本谓云龙骙骙[7]，定是山鹿野麋[8]。兽弱弩强，是以发迟。"张乃抚掌大笑。

【注释】①荀鸣鹤：荀隐，字鸣鹤，晋颍川人，官太子舍人、司徒掾。陆士龙：陆云，字士龙。②张茂先：张华。③云间：古华亭（今上海松江）、松江府的别称，因陆云自称"云间陆士龙"而得名。④日下：指京都及其附近地区。古以帝王喻日，故京城及附近地区遂称"日下"。荀隐为颍川人，近京都洛阳，故称。⑤白雉：白色的野鸡。⑥布：搭放。⑦云龙：云间之龙。骙骙（kuí 葵）：强壮的样子。⑧定：表示意外，竟然，却。山鹿野麋：山野里的麋鹿。麋，即麋鹿，又称"四不像"，暗指陆云不是龙，只是四不像而已。

【评析】张华要求陆云与荀隐不要说普通的套话，二人遂以对方的姓名互相调笑，既饶有趣味，又表现了他们的不凡学识。"云间陆士龙"与"日下荀鸣鹤"两句，对偶工整，平仄谐调，难怪张华听后会开怀大笑。

十

陆太尉诣王丞相[1]，王公食以酪[2]。陆还，遂病。明日，与王笺云[3]："昨食酪小过[4]，通夜委顿[5]。民虽吴人，几为伧鬼[6]。"

【注释】①陆太尉：陆玩，死后追赠太尉，故称。王丞相：王导。②酪：用动物乳汁做的食品。③笺：下级给上级的书信。④小过：稍微有点过分。⑤委顿：疲惫不堪。⑥伧：原意是粗鄙，南方人用为对北方人的蔑称。

【评析】陆玩去拜访王导，王导给他吃奶酪。陆玩回家后就生病了。第二天他给王导写信说："昨天奶酪稍稍吃多了点，弄得整夜疲惫不堪。小民虽是南方吴地人，也差点儿成为北方的死鬼。"南方人喜欢用"伧"字来蔑称北方人，陆玩即借此调侃王导。

十一

元帝皇子生[①]，普赐群臣。殷洪乔谢曰[②]：“皇子诞育，普天同庆。臣无勋焉，而猥颁厚赉[③]。”中宗笑曰[④]：“此事岂可使卿有勋邪?”

【注释】①皇子：指简文帝司马昱。 ②殷洪乔：殷羡。 ③猥：谦词。 厚赉（lài 赖）：优厚的赏赐。 ④中宗：元帝司马睿的庙号。

【评析】元帝生子，厚赐群臣，殷羡谢恩时说自己无功受赐，这是普通的感恩之语。但元帝却戏谑地说，这件事难道可以让你有功劳吗？当时君臣之间常常开玩笑，所以君臣之间的关系也显得轻松。

十二

诸葛令、王丞相共争姓族先后[①]，王曰：“何不言葛、王，而云王、葛?”令曰：“譬言驴马，不言马驴，驴宁胜马邪[②]?”

【注释】①诸葛令：诸葛恢，官至尚书令，故称。 王丞相：王导。 姓族先后：家族姓氏的先后。先后，指次序排名的先后，一般认为先者为优，后者为劣。 ②宁：难道。

【评析】王导当时执掌朝廷大权，王氏家族炙手可热，当时就有“王与马，共天下”之称。他以“王葛”的排名和诸葛恢调侃，没料到诸葛恢的回击让他哑口无言。余嘉锡《世说新语笺疏》曰：“凡以二名同言者……则必以平声居先，仄声居后，此乃顺乎声音之自然。”所言极是。

十三

刘真长始见王丞相[①]，时盛暑之月，丞相以腹熨弹棋局[②]，曰：“何乃渹[③]?”刘既出，人问：“见王公云何?”刘曰：“未见他异，唯闻作吴语耳。”

【注释】①刘真长：刘惔。 王丞相：王导。 ②熨：指紧贴。 弹棋局：指弹棋盘。弹棋，一种二人对局的弹棋游戏。 ③渹（qìng 庆）：凉，吴地方言。

【评析】东晋王朝建立后，南下的北方士族都说洛阳话，以示其故家旧族之高贵，因此形成与南方士族的隔阂。为了缓解这种紧张的关系，王导常说吴语，以拉拢南方士族。陈寅恪先生分析得很清楚："琅邪王导本北人，沛国刘惔亦是北人，而又皆士族。然则导何故用吴语接之？盖东晋之初，基业未固，导欲笼络江东之人心，作吴语者，乃其开济政策之一端也。"（《金明馆丛稿二编·东晋南朝之吴语》）当然，王导面对同为北方人的刘惔说吴语，也带有戏谑的成分。

十四

王公与朝士共饮酒[①]，举琉璃碗谓伯仁曰[②]："此碗腹殊空，谓之宝器，何邪？"答曰："此碗英英[③]，诚为清彻[④]，所以为宝耳。"

【注释】①王公：王导。　朝士：指朝廷官员。　②伯仁：周顗。　③英英：透明的样子，指晶莹剔透。　④清彻：纯净透明。

【评析】王导和朝廷官员一起喝酒，他举起琉璃碗对周顗说："这碗中间空空，却称它是宝器，是为什么啊？"这是在调侃大腹便便的周顗腹内空空。周顗回答道："这只碗晶莹剔透，确是纯净透明，这就是它成为宝器的原因啊。"把自己着实地夸了一回。

十五

谢幼舆谓周侯曰[①]："卿类社树[②]，远望之，峨峨拂青天[③]；就而视之[④]，其根则群狐所托，下聚溷而已[⑤]。"答曰："枝条拂青天，不以为高；群狐乱其下，不以为浊。聚溷之秽[⑥]，卿之所保[⑦]，何足自称[⑧]？"

【注释】①谢幼舆：谢鲲。　周侯：周顗。　②社树：社庙的树。古代立社种树，作为标志。　③峨峨：高高的样子。　④就：靠近。　⑤溷(hùn 混)：指粪污。　⑥秽：污秽，肮脏。　⑦保：保有，保持。　⑧称：称颂，称赞。

【评析】谢鲲对周顗说："你像社庙里的树，远远望去，高高的样子碰到了青天；靠近去看，树根中成为群狐寄居之地，下面集聚了污秽的东西。"周顗反唇相讥："树枝碰到青天，不见得就是高；群狐在下面捣乱，也不见得就是污浊。集聚污秽的脏物，那是你所保有的，有什么值得自我称颂的？"据记载周顗好轻慢，所以当时的名士都喜欢和他逗乐。

十六

王长豫幼便和令[①]，丞相爱恣甚笃[②]。每共围棋，丞相欲举行[③]，长豫按指不听[④]。丞相笑曰："讵得尔[⑤]？相与似有瓜葛[⑥]。"

【注释】①王长豫：王悦，字长豫，王导长子。　和令：温和乖巧。②丞相：王导。　爱恣：爱护放纵。　笃：指情义深厚。　③举行：指举棋落子。　④不听：不许，不让。　⑤讵：难道，岂。　尔：如此。　⑥相与：指彼此，共同。　瓜葛：比喻亲戚关系。

【评析】王悦小时就很温和乖巧，王导也宠爱放纵他。他们一起下围棋时，每当王导要举棋落子，王悦就按着父亲的手不让动。王导笑着说："怎么能这样？我们彼此之间似乎还有点亲戚关系呢。"

十七

明帝问周伯仁[①]："真长何如人[②]？"答曰："故是千斤犗特[③]。"王公笑其言[④]。伯仁曰："不如卷角牸[⑤]，有盘辟之好[⑥]。"

【注释】①明帝：司马绍。　周伯仁：周顗。　②真长：刘惔。　③故：确实。　千斤犗（jiè 介）特：有千斤之力的阉割过的公牛。犗特，阉割过的公牛。　④王公：王导。　⑤卷角牸（zì 字）：卷角的老母牛。牸，母牛。也泛指雌性的牲畜。　⑥盘辟：盘旋。

【评析】明帝司马绍问周顗："刘惔是怎么样的人？"周顗答道："他确实是一头有千斤之力的阉公牛。"王导讥笑他说的话。周顗说："不过比不上卷角的老母牛，具有善于盘旋的好处。"这句话是在调侃王导，笑他年老糊涂。余嘉锡先生说："牛老则卷角，筋力已尽，行步盘旋，不能速进……是导在当时虽为元老宿望，而有不了事之称，故伯仁以此戏之。"（《世说新语笺疏》）

十八

王丞相枕周伯仁膝[①]，指其腹曰："卿此中何所有？"答曰："此中空洞无物，然容卿辈数百人。"

【注释】①王丞相：王导。　周伯仁：周周顗。

【评析】王导把头枕在周顗的腿上，指着他的肚子说："你这里面有什么东西？”周顗答道：“这里面空荡荡的没有东西，但能容得下像你一类人的几百个。”此事与第十四则所载类同，疑系由一事而衍生。

十九

干宝向刘真长叙其《搜神记》[①]，刘曰：“卿可谓鬼之董狐[②]。”

【注释】①干宝：字令升，新蔡（今河南新蔡）人。元帝置史官，干宝以佐著作郎领修国史，著《晋纪》二十卷，时称良史。　刘真长：刘惔。《搜神记》：三十卷，博采古代传说与鬼神故事，为魏晋志怪小说的代表作。②董狐：春秋时晋史官，敢于直书，孔子称为“古之良史”。

【评析】董狐是春秋时敢于秉笔直书的史官，孔子赞之为良史。干宝《搜神记》记载神怪灵异故事，所以刘惔戏称为“鬼之董狐”。

二十

许文思往顾和许[①]，顾先在帐中眠。许至，便径就床角枕共语[②]。既而唤顾共行，顾乃命左右取杭上新衣[③]，易己体上所著。许笑曰：“卿乃复有行来衣乎[④]？”

【注释】①许文思：许琛（chēn 嗔），字文思，生平不详。　许：住所。②角枕：用角骨作装饰的枕头。③杭：通“桁（hàng 沆）”，衣架。④乃复：竟然。　行来衣：出门穿的衣服。行来，指出门。

【评析】许琛到顾和住处去，顾和正在帐子里睡觉，许琛就迳直上床枕着用角骨装饰的枕头与他一起说话，不久又叫顾和一同出去，顾和就叫左右随从拿衣架上的新衣，换下自己身上穿的衣服。许琛笑道：“你竟然有出门穿的衣服吗？”

二十一

康僧渊目深而鼻高，王丞相每调之[①]。僧渊曰：“鼻者，面之山；目者，面之渊[②]。山不高则不灵，渊不深则不清。”

【注释】①王丞相：王导。　调：调笑，嘲弄。②渊：深水潭。

【评析】康僧渊是西域人，所以有着目深鼻高的特征，王导常常为此嘲笑他。他以山不高则不灵，渊不深则不清来比喻，既贴切又有寓意。

二十二

何次道往瓦官寺[1]，礼拜甚勤，阮思旷语之曰[2]："卿志大宇宙，勇迈终古[3]。"何曰："卿今日何故忽见推[4]？"阮曰："我图数千户郡[5]，尚不能得；卿乃图作佛，不亦大乎？"

【注释】①何次道：何充。　瓦官寺：佛寺名，在建康（今南京）西南。　②阮思旷：阮裕，字思旷。　③迈：超越。　④推：推崇。　⑤图：图谋，谋取。　郡：指郡守。

【评析】何充到瓦官寺，很勤快地顶礼拜佛，阮裕借机讽刺说："你的志向大过宇宙，勇气超越古人。"何充说："你今天为什么忽然推崇起我来了？"阮裕说："我谋求作个几千户人的郡守尚且不能得到，而你却图谋成佛，志向不是很大吗？"

二十三

庾征西大举征胡[1]，既成行，止镇襄阳。殷豫章与书[2]，送一折角如意以调之[3]。庾答书曰："得所致[4]，虽是败物[5]，犹欲理而用之[6]。"

【注释】①庾征西：庾翼，庾亮弟，官至征西将军，故称。　征胡：指康帝建元元年（343）庾翼率军伐狄。　②殷豫章：殷羡，为豫章太守，故称。　③折角如意：断了一个角的如意。　调：调笑，戏弄。　④所致：所送之物。　⑤败物：指残缺不全之物。　⑥理：修理。

【评析】庾翼大举进兵讨伐胡人，出发后，驻扎镇守在襄阳。殷羡写信给他，并送了一只缺角的如意来戏弄他。庾翼也很幽默，回信说："得到了你送的东西，虽然残缺不全，但我还是想要修好了用。"

二十四

桓大司马乘雪欲猎[1]，先过王、刘诸人许[2]。真长见其装束单急[3]，问："老贼欲持此何作[4]？"桓曰："我若不为此，卿辈亦那得坐谈[5]？"

【注释】①桓大司马：桓温。 ②过：探望。 王、刘：王濛、刘惔。③真长：刘惔。 装束：衣着。 单急：服装轻便紧身，指戎装。 ④老贼：老家伙，老东西，戏谑语。 作：做，干。 ⑤那得：怎么。 坐谈：坐下来清谈。

【评析】桓温乘着下雪天想去打猎，先到王濛、刘惔的住处探望。刘惔看他身着戎装，就问："老家伙穿着这身衣服想干什么？"桓温说："我如不穿这套衣服，你们这班人怎么能坐下来清谈呢？"这则故事与《政事》第十八则记载相类似，。

二十五

褚季野问孙盛[①]："卿国史何当成[②]？"孙云："久应竟[③]。在公无暇，故至今日。"褚曰："古人'述而不作[④]'，何必在蚕室中[⑤]？"

【注释】①褚季野：褚裒。 ②国史：指孙盛所撰之《晋阳秋》。 何当：何时。 ③竟：完成。 ④述而不作：语见《论语·述而》，意思是只传述前人的话而不创作新义。述，陈述，述说。作，创作。 ⑤蚕室：古代施行宫刑的地方。受过宫刑者畏惧风寒，要在密闭蓄火的房间里将养，如养蚕一样，故称蚕室。

【评析】司马迁受宫刑住过蚕室，后发愤著《史记》。褚裒嘲笑孙盛撰写国史《晋阳秋》迟迟未完成，难道非要步司马迁之后尘才能著史么。

二十六

谢公在东山[①]，朝命屡降而不动[②]。后出为桓宣武司马[③]，将发新亭[④]，朝士咸出瞻送[⑤]。高灵时为中丞[⑥]，亦往相祖[⑦]，先时多少饮酒[⑧]，因倚如醉[⑨]，戏曰[⑩]："卿屡违朝旨，高卧东山[⑪]，诸人每相与言[⑫]：'安石不肯出[⑬]，将如苍生何[⑭]？'今亦苍生将如卿何？"谢笑而不答。

【注释】①谢公：谢安。 ②朝命：指朝廷屡次征召他出山为官。 ③桓宣武：桓温。 司马：高级武官的属官。 ④发：出发。 新亭：亭名，在今南京南郊，为当时交通要道，东晋时官员、士人常在此宴饮送别。 ⑤瞻送：看望送别。 ⑥高灵：高崧，字茂琰，小字阿酃（líng 灵），官至侍中。 中丞：官名，即御史中丞。 ⑦祖：送行，饯行。 ⑧多少：略微。

⑨倚：凭借。 ⑩戏：嘲弄，开玩笑。 ⑪高卧东山：指隐居东山。 ⑫相与：一起，共同。 ⑬安石：谢安。 ⑭苍生：指百姓。

【评析】谢安隐居在东山，朝廷屡次降旨征召他出山为官，他都不为所动。后来他出任为桓温手下的司马，朝廷官员都来看望送行。高灵喝了点酒，就装着醉酒的模样开玩笑说："你屡次违背朝廷旨意，隐居东山不出来，大家常常一起议论，说谢安不肯出山当官，将如何对待老百姓呢？可如今老百姓又将怎么对待你呢？"高灵的意思是谢安隐居不出，所以人们对他有很大的期待，一旦出山就暴露水平了，大家对他也就没什么好期待的了。谢安很大度，所以对这样的玩笑话也是一笑了之。

二十七

初，谢安在东山居，布衣[1]，时兄弟已有富贵者[2]，翕集家门[3]，倾动人物[4]。刘夫人戏谓安曰[5]："大丈夫不当如此乎？"谢乃捉鼻曰[6]："但恐不免耳[7]。"

【注释】①布衣：平民。 ②兄弟：指谢安堂兄谢尚、兄谢奕、弟谢万等。 ③翕（xì 细）集：齐集，聚集。 ④倾动：令人倾倒而动心。 ⑤刘夫人：谢安妻，为刘惔之妹。 ⑥捉鼻：捏着鼻子，表示轻蔑意。 ⑦但恐不免耳：只怕免不了。

【评析】谢安在东山隐居时，他的兄弟中已有大富大贵者，令人倾倒动心。刘夫人对谢安开玩笑说："大丈夫不应当这样吗？"谢安便捏着鼻子说："只怕是免不了要像他们那样啊。"谢安有鼻疾，语音重浊，之所以要捉鼻，是想使其声轻细以表示鄙夷不屑之意。

二十八

支道林因人就深公买印山[1]，深公答曰："未闻巢、由买山而隐[2]。"

【注释】①支道林：支遁。 因：托，通过。 就：向。 深公：竺道潜，字法深，故称。 印山：为"岇山"之误。岇（àng 盎）山，在今浙江嵊县，竺道潜隐居于此。 ②巢、由：巢父、许由，传说为尧舜时的两位隐士。

【评析】支遁托人向竺法深买岇山，竺法深回答道："没有听说过巢父、许由是买了山来隐居的。”据说支遁听了竺道潜的话后感到很惭愧。

二十九

王、刘每不重蔡公[①]。二人尝诣蔡，语良久，乃问蔡曰：“公自言何如夷甫[②]？”答曰：“身不如夷甫。”王、刘相目而笑曰[③]：“公何处不如？”答曰：“夷甫无君辈客。”

【注释】①王、刘：王濛、刘惔。 蔡公：蔡谟。 ②夷甫：王衍。③相目：互相对视。

【评析】王濛、刘惔不尊重蔡谟，他们二人曾经拜访蔡谟，谈了很久，他们就问蔡谟自比王衍怎么样？蔡谟答道：“我不如王衍。”王濛、刘惔互相对视笑道：“您什么地方不如他？”蔡谟答道：“王衍没有你们这班客人。”蔡谟利用王、刘的调笑语反讽他们，巧妙而机敏。

三十

张吴兴年八岁[①]，亏齿[②]，先达知其不常[③]，故戏之曰：“君口中何为开狗窦[④]？”张应声答曰：“正使君辈从此中出入。”

【注释】①张吴兴：张玄之，曾任吴兴太守，故称。 ②亏：缺。 ③先达：前辈有声望有才能者。 不常：不寻常，不一般。 ④狗窦：狗洞。

【评析】张玄之八岁时缺了门牙，前辈贤达知道他不同寻常，特意对他开玩笑说：“你口中为什么开了狗洞？”张玄之随声回答道：“正是为了让你们这班人从这里进出。”这样的话从只有八岁的孩子口中说出，确实不同寻常。

三十二

郝隆七月七日出日中仰卧[①]，人问其故，答曰：“我晒书。”

【注释】①郝隆：字佐治，汲郡（今河南汲县西南）人，官至征西将军。 七月七日：魏晋时以七月七日晒经书及衣物。

【评析】这则故事与《任诞》第十则阮咸晒大布犊鼻裈的记载相类似，都是在讥讽世俗之风。

三十二

谢公始有东山之志[①]，后严命屡臻[②]，势不获已[③]，始就桓公司马[④]。于时人有饷桓公药草[⑤]，中有远志[⑥]。公取以问谢："此药又名小草，何一物而有二称?"谢未即答。时郝隆在坐，应声答曰："此甚易解。处则为远志[⑦]，出则为小草[⑧]。"谢甚有愧色。桓公目谢而笑曰："郝参军此过乃不恶[⑨]，亦极有会[⑩]。

【注释】①谢公：谢安。 东山之志：指隐居的志向。 ②严命：指朝廷征召谢安出仕的命令。 臻：至，到达。 ③不获已：不得已。 ④始：才。 就：就任。 ⑤饷：赠送。 ⑥远志：草药名。 ⑦处：指隐居不仕。 ⑧出：指隐居者出来做官。 ⑨此过：当作"此通"。通，指阐释。 ⑩会：意味。

【评析】药草远志之根名远志，其叶则名小草。桓温有意拿其一物二名来问谢安。谢安不会不知道，而是不便回答。郝隆应声而答，语意双关，调侃谢安不过是浪得虚名。

三十三

庾园客诣孙监[①]，值行[②]，见齐庄在外[③]，尚幼，而有神意[④]。庾试之曰："孙安国何在?"即答曰："庾稚恭家[⑤]。"庾大笑曰："诸孙大盛[⑥]，有儿如此。"又答曰："未若诸庾之翼翼[⑦]。"还，语人曰："我故胜[⑧]，得重唤奴父名。"

【注释】①庾园客：庾爰之，小字园客，庾翼之子。永和初代父为荆州刺史，后为桓温废黜。 ②值：遇到。 行：出行，外出。 ③齐庄：孙放，字齐庄，孙盛之子。 ④神意：指神采奕奕。 ⑤庾稚恭：庾翼，字稚恭。 ⑥诸孙：指孙姓家族。 ⑦诸庾：指庾氏家族。 翼翼：繁茂兴旺的样子。 ⑧故：仍然。

【评析】在对方面前直呼对方父亲之名，是极不礼貌的行为。孙放虽然年幼，也懂得这个道理，所以当庾爰之开玩笑地直呼自己父亲的名讳时，立即以牙还牙，前后两次把庾翼的名与字都叫过了，比对方多说了一次。所以他十分得意，认为自己胜了对方。

三十五

范玄平在简文坐[①]，谈欲屈[②]，引王长史曰[③]：“卿助我。”王曰：“此非拔山力所能助[④]。”

【注释】①范玄平：范汪，字玄平，东晋颍阳（今河南许昌东南）人。少有大志，博览经籍，历官吏部尚书，东阳太守，徐、兖二州刺史。简文：简文帝司马昱。②谈：指清淡。屈：指理亏。③引：拉。王长史：王濛。④拔山力：有拔山之力，形容力气大。语出《史记·项羽本纪》：项羽被汉军困于垓下时夜起，“歌曰：‘力拔山兮气盖世，时不利兮骓不逝。’”

【评析】范汪在简文帝那里作客，清谈时即将理缺词穷，他拉着王濛说：“你帮帮我！”王濛说：“这不是靠拔山的气力所能帮助的。”王濛的话是在讽刺范汪只有蛮力，而缺乏智慧。

三十五

郝隆为桓公南蛮参军[①]。三月三日会[②]，作诗，不能者罚酒三升。隆初以不能受罚，既饮，揽笔便作一句云：“娵隅跃清池[③]。”桓问：“娵隅是何物？”答曰：“蛮名鱼为娵隅。”桓公曰：“作诗何以作蛮语？”隆曰：“千里投公，始得蛮府参军，那得不作蛮语也？”

【注释】①桓公：桓温。南蛮参军：桓温在穆帝时任荆州刺史，兼领南蛮校尉。参军，校尉的属官。②三月三日：为上巳节，古时以三月上旬巳日为上巳，官民皆于东流水上洗濯，除去宿垢为大吉，同时聚会游乐。魏晋后改三月三日为上巳节。③娵（jū居）隅：鱼，古代西南少数民族语。

【评析】郝隆担任桓温南蛮校尉的参军。三月三日上巳节聚会时，大家都要作诗，不能作诗的要罚酒三升。郝隆起初因不能写受罚，饮了酒后拿起笔来就写了一句：“娵隅跃清池。”桓温问：“娵隅是什么东西？”郝隆回答道：“南蛮人叫鱼为娵隅。”桓温说：“作诗为什么用蛮语？”郝隆说：“我千里迢迢来投奔您，才得了个蛮府参军之职，怎么不说南蛮语呢？”郝隆对桓温委以参军之职颇为不满，便有意把蛮语用于诗句中，借题发挥。

三十六

袁羊尝诣刘恢[①]，恢在内眠未起。袁因作诗调之曰[②]："角枕粲文茵[③]，锦衾烂长筵[④]。"刘尚晋明帝女[⑤]，主见诗[⑥]，不平曰："袁羊，古之遗狂[⑦]。"

【注释】①袁羊：袁乔，小字羊。 刘恢：当作"刘惔"。 ②调：调笑、戏弄。 ③角枕两句：语出《诗经·唐风·葛生》："角枕粲兮，锦衾烂兮。予美亡此，谁与独旦?"写女子思夫，睹物怀人。意思是角枕依然鲜艳，锦被还是那样灿烂，只是我的爱人舍我而去，谁来陪伴孤独的我到天明？角枕，用角骨装饰的枕头。文茵，有花纹的褥垫。 ④锦衾（qīn 亲）：锦被。 烂：灿烂。 长筵：铺在床上的长竹席。 ⑤尚：指娶公主为妻。 ⑥主：指晋明帝女庐陵长公主南弟。 ⑦遗狂：遗留下来的狂徒。

【评析】袁羊曾经拜访刘惔，刘惔在内室睡觉还未起床，袁羊就作诗调侃他说："角枕粲文茵，锦衾烂长筵。"套用了《诗经》中描写女子思夫的诗句，所以引起了公主的不满。

三十八

桓公既废海西[①]，立简文[②]。侍中谢公见桓公拜[③]，桓惊笑曰："安石，卿何事至尔?"谢曰："未有君拜于前，臣立于后。"

【注释】①桓公：桓温。 海西：海西公司马奕。奕字延龄，晋成帝子，兴宁三年（365）立为帝，无道，被大司马桓温废黜，封海西县公。 ②简文：简文帝司马昱。 ③侍中：侍从皇帝左右的官，亲信贵重。 谢公：谢安，字安石。

【评析】桓温废黜海西公司马奕后，扶立了简文帝司马昱。侍中谢安见到桓温行跪拜礼，桓温吃惊地笑道："安石，你什么事竟至于这样?"谢安说："没有君主下拜在前，而臣子还站在后面的道理。"谢安是在讽刺桓温权倾一时，以至于君臣颠倒。这样的举动其实已经超出了排调的范畴了。

四十

张苍梧是张凭之祖[①]，尝语凭父曰："我不如汝。"凭父未解所以。苍梧曰："汝有佳儿。"凭时年数岁，敛手曰[②]："阿翁，讵宜以子戏父[③]？"

【注释】①张苍梧：张镇，字义远，曾任苍梧太守，讨王含有功，封兴道县侯。 张凭：字太宗，官至吏部郎、御史中丞。 ②敛手：拱手，表示恭敬。 ③阿翁：称祖父。 讵：怎，岂。 宜：适合，适当。

【评析】张镇是张凭的祖父，曾对张凭的父亲说："我不如你。"张凭父亲不懂他这么说的原因。张镇说："你有个好儿子。"张凭当时只有几岁，但马上听明白了，知道祖父在骂父亲愚钝，所以拱手说："阿翁，怎么可以用儿子来开父亲的玩笑呢？"

四十一

习凿齿、孙兴公未相识[①]，同在桓公座。桓语孙："可与习参军共语。"孙云："蠢尔蛮荆，敢与大邦为仇[②]？"习云："薄伐猃狁，至于太原[③]。"

【注释】①孙兴公：孙绰。 ②蠢尔蛮荆二句：语出《诗经·小雅·采芑》："蠢尔荆蛮，大邦为仇。"意思是你们这些愚蠢无知的荆蛮，竟敢与大国为仇。荆蛮，对南方楚地人的蔑称。大邦，大国，指周王朝。 仇（qiú求）：匹配。 ③薄伐猃狁：语出《诗经·小雅·六月》："薄伐猃狁，以奏肤功。"意思是讨伐猃狁，来完成伟大的功业。薄，发语词。猃狁（xiǎn yǔn险允），古代北方民族，魏晋时常侵扰中原。奏，完成。肤功，大功。

【评析】习凿齿与孙绰互不相识，同在桓温家中作客，桓温便让他们两人谈谈，不料他们立刻就交了手。孙绰说："你们蠢笨的荆蛮胆敢与我们大国为仇敌吗？"习凿齿是荆州襄阳人，故孙绰借此嘲弄之。习凿齿说："讨伐猃狁，直达你们的老家太原。"孙绰为太原人，故习凿齿引用此诗来回敬。

四十三

王子猷诣谢万[①]，林公先在坐[②]，瞻瞩甚高[③]。王曰："若林公须发并全，神情当复胜此不？"谢曰："唇齿相须[④]，不可以偏亡[⑤]。须发何关于神明[⑥]？"林公意甚恶[⑦]，曰"七尺之躯，今日委君二贤[⑧]。"

【注释】①王子猷：王徽之。 ②林公：支遁。 ③瞻瞩：指目光、神态。 ④须：依靠。 ⑤偏亡：偏废，缺失。 ⑥神明：指人的精神。 ⑦

意：指心情、情绪。 恶：指精神或情绪不好。 ⑧委：托付、委托。

【评析】王徽之去拜访谢万，支道林先已在座，目光神态高傲。王徽之说："如果林公胡须、头发都齐全的话，神情必定会胜过现在这样的吧？"谢万说："唇齿相依，不可以偏废。胡须头发对于人的精神面貌有什么关系呢？"两人一唱一和拿支道林的相貌开玩笑，以致支道林听了情绪很不好，说："我堂堂七尺之躯，今天就托付给二位贤人去评说了。"

四十四

郗司空拜北府[①]，王黄门诣郗门拜云[②]："应变将略，非其所长[③]。"骤咏之不已[④]。郗仓谓嘉宾曰[⑤]："公今日拜，子猷言语殊不逊[⑥]，深不可容[⑦]！"嘉宾曰："此是陈寿作诸葛评，人以汝家比武侯[⑧]，复何所言！"

【注释】①郗司空：郗愔。 拜：授予官职。 北府：指军府所在地，亦指军府长官。 ②王黄门：王徽之，他曾任黄门侍郎，故称。王徽之是郗愔的外甥。 拜：指祝贺。 ③应变将略二句：语见《三国志》，陈寿评诸葛亮曰："应变将略，非其所长也。"意思是诸葛亮在应对变故、用兵的谋略上并不擅长。 ④骤：屡次，反复。 ⑤郗仓：郗融，字景山，小字仓，郗愔次子，未及出仕，早死。 嘉宾：郗超，郗愔长子。 ⑥子猷：王徽之。不逊：不恭。 ⑦深：很，甚。 ⑧陈寿：字承祚，巴西安汉（今四川南充）人。仕蜀，屡次遭贬。入晋，为著作郎，撰《三国志》。 汝家：你父亲。 武侯：诸葛亮。

【评析】郗愔是王徽之的舅父，郗愔出任北府长官，王徽之去郗家祝贺时说："应变将略，非其所长。"他反复吟诵这几句而不停口，讽刺舅舅。郗融对郗超说："我父亲今天被授予官职，徽之说的话很不恭敬，太不能令人容忍了！"郗超幽默地说："他说的话是陈寿对诸葛亮所写的评语，人家把你父亲比为诸葛武侯，还有什么可说的！"

四十五

王子猷诣谢公[①]，谢曰："云何七言诗[②]？"子猷承问，答曰："昂昂若千里之驹，泛泛若水中之凫[③]。"

【注释】①王子猷：王徽之。 谢公：谢安。 ②云何：怎么样。 ③

昂昂若千里之驹两句：见屈原《卜居》："宁昂昂若千里之驹乎，将泛泛若水中之凫。"昂昂，昂首奋发，器宇轩昂的样子。泛泛，浮游不定的样子。凫(fú浮)，野鸭。

【评析】谢安和王徽之探讨七言诗的起源问题，足见他们对这种诗歌的新样式很有兴趣，为研究七言诗的起源提供了文献资料。

四十六

王文度、范荣期俱为简文所要[①]，范年大而位小[②]，王年小而位大。将前，更相推在前[③]，既移久[④]，王遂在范后。王因谓曰："簸之扬之，糠秕在前[⑤]。"范曰："洮之汰之，沙砾在后[⑥]。"

【注释】①王文度：王坦之。 范荣期：范启。 简文：简文帝司马昱。 要：邀请。 ②位：职位。 ③推：推让。 ④移久：很久。 ⑤簸之扬之两句：扬去米糠中的糠皮杂物，糠皮杂物就飘浮在前面。 糠秕（bǐ比）：糠皮。 ⑥洮（táo逃）之汰之两句：用水淘米，沉淀下来的是沙砾。洮，即淘，洗去杂质。砾，小石，碎石。

【评析】王坦之、范启一同受到简文帝的邀请，范启年纪大而官位小，王坦之年纪小而官位大。他们将要往前走时，互相推让请对方走在前面。互相让了很久，王坦之便走在范启的后面。王坦之于是就说："簸之扬之，糠秕在前。"喻指走在前面的范启为糠秕。范启也不示弱，反讽道："淘之汰之，沙砾在后。"

四十七

刘遵祖少为殷中军所知[①]，称之于庾公[②]。庾公甚忻然[③]，便取为佐[④]。既见，坐之独榻上与语[⑤]。刘尔日殊不称[⑥]，庾小失望[⑦]，遂名之为"羊公鹤[⑧]"。昔羊叔子有鹤善舞[⑨]，尝向客称之，客试使驱来，氃氋而不肯舞[⑩]。故称比之。

【注释】①刘遵祖：刘爰之，字遵祖，晋沛郡（今安徽濉溪西北）人。官中书郎、宣城太守。 殷中军：殷浩。 知：赏识。 ②称：荐举。 庾公：庾亮。 ③忻然：高兴的样子。 ④佐：佐吏，僚属。 ⑤独榻：单人床榻。 ⑥尔日：这天。 称：相称，符合。 ⑦小：稍微。 ⑧羊公鹤：羊祜喜欢养鹤，教舞以娱宾客，人称"羊公鹤"。 ⑨羊叔子：羊祜。 ⑩氃（tóng童）氋（méng蒙）：羽毛松散的样子。

【评析】刘爰之年轻时得到殷浩的赏识，殷浩向庾亮荐举了他。庾亮很高兴，就用他为僚属。见面后，庾亮让他坐在独榻上谈话。刘爰之这天的言谈与他的名声很不相称，庾亮感到有些失望，便把他称作“羊公鹤”。据说羊祜有鹤善于跳舞，他曾向来客称赞它，来客试着让人把它赶过来，这只鹤蓬松着羽毛却不肯跳舞，所以庾亮用“羊公鹤”来讽刺刘爰之上不了台面。

四十九

魏长齐雅有体量[①]，而才学非所经[②]。初宦当出[③]，虞存嘲之曰：“与卿约法三章[④]：谈者死[⑤]，文笔者刑[⑥]，商略抵罪[⑦]。”魏怡然而笑[⑧]，无忤于色[⑨]。

【注释】①魏长齐：魏颢，字长齐，会稽（今浙江绍兴）人，官至山阴令。 雅：很。 体量：度量，气度。 ②才学：才能学问。 经：指擅长。 ③当：将。 ④约法三章：指约定三条法令，语出《史记·高祖本纪》，谓高祖入咸阳，“与父老约法三章”。 ⑤谈：指清谈。 ⑥文笔：指写文章。 ⑦商略：指评论，品评人物。 抵罪：抵偿应负的罪责。 ⑧怡然：愉快的样子。 ⑨忤：抵触。

【评析】魏颢很有气度，但才能学问不是他所擅长的。他将要出仕时，虞存嘲弄他说：“与你约法三章：清谈的人要处死，写文章的人要判刑，品评人物的人要抵罪。”意思是魏颢只能武大郎开店。魏颢被他逗乐了，脸上没有露出一丝不高兴的神色。

五十

范启与郗嘉宾书曰[①]：“子敬举体无饶纵[②]，掇皮无余润[③]。”郗答曰：“举体无余润，何如举体非真者？”范性矜假多烦[④]，故嘲之。

【注释】①郗嘉宾：郗超。 ②子敬：王献之。 举体：全身。 饶纵：指丰满肥胖。 ③掇（duō 多）皮：指去了皮。 余润：指没有什么丰腴的肌肉。 ④矜假：矜持做作。

【评析】范启给郗超写信说：“王献之长得不丰满，去了身上的皮也就没有多余的肌肉了。”郗超答道：“全身没什么丰腴的肌肉与全身上下没有一点儿真东西的人比起来，怎么样呢？”范启的本性矜持做作又繁琐，所以郗超嘲弄他。

五十二

王文度在西州[①]，与林法师讲[②]，韩、孙诸人并在坐[③]。林公理每欲小屈[④]，孙兴公曰："法师今日如著弊絮在荆棘中[⑤]，触地挂阂[⑥]。"

【注释】①王文度：王坦之。 西州：扬州刺史之治所，因在台城西，故称。 ②林法师：支遁。 讲：研讨，讲论。 ③韩、孙：韩伯、孙绰。 ④理：道理，义理。 每：常。 小屈：指所说之理稍处下风。 ⑤著：穿。 弊絮：破旧的棉絮。 触地：处处。 ⑥挂阂（ài爱）：通"挂碍"。

【评析】王坦之任扬州刺史时与支道林讲玄谈理，韩伯，孙绰等人都在座。支道林所说的义理常常稍处下风，孙绰落井下石，故意调侃他说："法师今天好像穿了破棉絮穿行在荆棘丛中，处处受到牵挂妨碍。"

五十三

范荣期见郗超俗情不淡[①]，戏之曰："夷、齐、巢、许[②]，一诣垂名[③]，何必劳神苦形[④]，支策据梧邪[⑤]？"郗未答，韩康伯曰[⑥]："何不使游刃皆虚[⑦]？"

【注释】①范荣期：范启。 俗情：世俗之情。 ②夷、齐、巢、许：伯夷、叔齐、巢父、许由，他们都是古代著名的隐士。 ③一诣垂名：指很快就名传后世。诣，到。垂，传留后世。 ④劳神苦形：费尽心机，劳累身体。形，形体，指身体。 ⑤支策据梧：语见《庄子·齐物论》："昭文之鼓琴也，师旷之支策也，惠子之据梧也。"支策，指拿着手杖来击打节拍。支，通"持"。策，指击打乐器之物。据梧，指倚着梧桐树而吟。 ⑥韩康伯：韩伯。 ⑦游刃皆虚：语见《庄子·养生主》："游刃必有余地。"意思是骨节之间有空隙，只要看准空隙下刀，那么薄薄的刀刃就能游走于空隙之中而大有回旋的余地。后即以"游刃有余"来形容技艺熟练做事轻松利落。游刃，指顺着牛的骨节空隙处用刀。虚，指骨节之间的空隙。

【评析】范启看到郗超有世俗之情，并不超脱恬淡，调侃他说："伯夷、叔齐、巢父、许由，他们很快就名传后世，你何必要费尽心神，劳累身体，像师旷那样拿着手杖击打节拍，如惠子那样倚着梧桐树而吟呢？"郗超没有回答，韩伯也调侃说："为什么不像庖丁那样以熟练的手法轻松地在牛骨的空隙处下刀呢？"

五十四

简文在殿上行[1]，右军与孙兴公在后[2]。右军指简文语孙曰："此啖名客[3]。"简文顾曰："天下自有利齿儿[4]。"后王光禄作会稽[5]，谢车骑出曲阿祖之[6]，王孝伯罢秘书丞在坐[7]，谢言及此事，因视孝伯曰："王丞齿似不钝[8]。"王曰："不钝，颇亦验[9]。"

【注释】①简文：简文帝司马昱。 ②右军：王羲之。 孙兴公：孙绰字兴公。 ③啖名客：好名之人。 ④利齿儿：伶牙利齿之人。 ⑤王光禄：王蕴，曾任光禄大夫，故称。 作会稽：任会稽内史。 ⑥谢车骑：谢玄。 曲阿：县名，治所在今江苏丹阳。 祖：饯行。 ⑦王孝伯：王恭。 罢秘书丞：被罢免秘书丞的职务。秘书丞，秘书省的属官，掌官中文书图藉。 ⑧王丞：指王恭。 ⑨验：效验，效果。

【评析】简文帝在大殿上行走时，王羲之和孙绰跟在后面，王羲之指着简文帝对孙绰说："这位是好名之人。"简文帝回过头说："天下本来就有伶牙利齿的人。"后来王蕴任会稽内史，谢玄到曲阿去为他饯行，被罢去秘书一职的王恭那时也在座，谢玄谈到此事，便看着王恭说："你的牙齿似乎也不钝。"王恭说："不钝，似乎还很有效验。"余嘉锡先生认为："不知使此语在简文即位以后，则天子也。即在未即位以前，亦相王也。右军非狂诞之徒，安敢如此轻相戏侮耶？"（《世说新语笺疏》）其实魏晋士人是极具幽默感的，君臣之间也常常有戏谑之语，不足为奇。

五十五

谢遏夏月尝仰卧[1]，谢公清晨卒来[2]，不暇著衣，跣出屋外[3]，方蹑履问讯[4]。公曰："汝可谓'前倨而后恭[5]'。"

【注释】①谢遏：谢玄。 ②谢公：谢安。 卒：通"猝"，突然。 ③跣：光着脚。 ④蹑履：穿上鞋。 ⑤前倨而后恭：语见《战国策·秦策一》，谓先前态度傲慢，后来态度恭顺。倨（jù剧），傲慢。

【评析】谢玄在夏天时曾在床上仰面躺着，谢安突然在大清早来了。谢玄是谢安的侄子，他来不及穿好衣服，赤着脚就跑出屋外迎接，然后才穿上鞋子向谢安问侯。一般而言光着脚见客是不礼貌的举动，但谢玄只是心急火燎手忙脚乱而已，结果被谢安取笑为"前倨而后恭"。

五十六

顾长康作殷荆州佐[①]，请假还东。尔时例不给布帆[②]，顾苦求之[③]，乃得。发至破冢[④]，遭风大败[⑤]。作笺与殷云[⑥]："地名破冢，真破冢而出[⑦]。行人安稳，布帆无恙。"

【注释】①顾长康：顾恺之。　殷荆州：殷仲堪，任荆州刺史，故称。　佐：佐吏，僚属。②不给：不供应。　布帆：指帆船。　苦求：尽力地求。　③破冢：地名，在今湖北江陵县东。　⑤败：毁坏。　⑥作笺：写信。　⑦冢：坟墓。

【评析】顾恺之以"破冢"地名之谐音比喻自己死里逃生，颇为风趣。最后两句把人之无恙与船之安稳颠倒，更显其幽默。诚如余嘉锡先生所说："本当云：'布帆安稳，行人无恙。'因帆已破败，不可言安稳，故易其语以见意。此乃以文滑稽耳。"

五十七

苻朗初过江[①]，王咨议大好事[②]，问中国人物及风土所生[③]，终无极已[④]，朗大患之[⑤]。次复问奴婢贵贱，朗云："谨厚有识中者[⑥]，乃至十万；无意为奴婢，问者[⑦]，止数千耳[⑧]。"

【注释】①苻朗：字元达，前秦苻坚之侄，降晋后任员外散骑侍郎。②王咨议：王肃之，官骠骑咨议，故称。　③中国：指中原地区。　④终无极已：指问个不停，没个完的时候。　⑤患：厌恶。　⑥谨厚有识中者：指谨慎朴实有见识者。有识中者，晋时习惯用语，指有见识的人。　⑦无意为奴婢问者：指愚昧无知又要就奴婢的事问来问去的人。无意，指愚昧无知。⑧止：仅，只。

【评析】苻朗刚渡江南下时，王肃之非常喜欢打听闲事，向苻朗问中原地区的人物以及风土人情、物产等等，问起来没完没了，让苻朗生厌。接着他又问奴婢价格的贵贱，苻朗说："谨慎朴实有见识的奴婢，可以卖到十万元；愚笨无知又要就奴婢的事问来问去的，只要几千钱而已。"当面讥讽王肃之饶舌，可谓不留情面。

五十九

顾长康啖甘蔗[①]，先食尾。人问所以，云："渐至佳境。"

【注释】①顾长康：顾恺之。

【评析】顾恺之好戏谑，"渐入佳境"的成语由此而来。

六十

孝武属王珣求女婿曰[①]："王敦、桓温磊砢之流[②]，既不可复得，且小如意[③]，亦好豫人家事[④]，酷非所须[⑤]。正如真长、子敬比[⑥]，最佳。"珣举谢混[⑦]。后袁山松欲拟谢婚，王曰："卿莫近禁脔[⑧]。"

【注释】①孝武：孝武帝司马曜。属：通"嘱"，托付。②磊砢（luǒ 裸）：才能卓越。③如意：得意，如愿。④豫：同"预"，参与，干预。⑤酷：极，甚。须：需要。⑥正：只。真长：刘琰。子敬：王献之。⑦珣：王珣，王导之孙。举：荐举。谢混：谢安之孙，娶简文帝女晋陵公主为妻，官至中领军，尚书仆射。⑧禁脔（luán 峦）：喻指他人不得分享之物。

【评析】孝武帝托付王珣物色女婿，说："像王敦、桓温这样才能卓越的人，已经不可能再有，况且他们稍有点儿得意，就喜欢干预别人，这是我最不想要的。只是像刘惔、王献之这类人最好。"王珣举荐了谢混。后来袁山松也打算要与谢混攀亲，王珣因为已经向孝武帝推荐了谢混，所以把他称作禁脔。

六十一

桓南郡与殷荆州语次[①]，因共作了语[②]。顾恺之曰："火烧平原无遗燎[③]。"桓曰："白布缠棺竖旒旐[④]。"殷曰："投鱼深渊放飞鸟。"次复作危语[⑤]。桓曰："矛头淅米剑头炊[⑥]。"殷曰："百岁老翁攀枯枝。"顾曰："井上辘轳卧婴儿[⑦]。"殷有一参军在坐[⑧]，云："盲人骑瞎马，夜半临深池[⑨]。"殷曰："咄咄逼人[⑩]！"仲堪眇目故也[⑪]。

【注释】①桓南郡：桓玄。殷荆州：殷仲堪。语次：谈话间。②了语：一种文字游戏，各人所说之联句与"了"字同韵，同时应含有终了、结束之意。了，完了，结束。 ③遗燎：余火。 ④旒（liú 流）旐（zhào 兆）：指出殡时为棺柩引路的魂幡。 ⑤危语：也是文字游戏，与“危”字同韵的描写危险情景的诗句。 ⑥淅（xī 析）米：淘米。 炊：烧火做饭。 ⑦辘轳：安在井上用来汲水的器具。 ⑧参军：高级武官的僚属。 ⑨临：靠近，挨着。 ⑩咄咄：表示惊异的叹词。 ⑪眇目：瞎了一只眼。

【评析】桓玄、殷仲堪、顾恺之等作文字游戏，开开玩笑，这在当时士人中很流行。殷仲堪瞎了一只眼睛，但桓玄、顾恺之只管自己说得痛快，故意让殷仲堪难堪，说出来的话句句都戳中他的痛处，殷仲堪只得惊呼“咄咄逼人”以自嘲。

六十三

桓玄出射，有一刘参军与周参军朋赌[①]，垂成[②]，唯少一破[③]。刘谓周曰：“卿此起不破，我当挞卿。”周曰：“何至受卿挞？”刘曰：“伯禽之贵[④]，尚不免挞，而况于卿！”周殊无忤色。桓语庾伯鸾曰[⑤]：“刘参军宜停读书，周参军且勤学问[⑥]。”

【注释】①朋赌：分组赌射箭。朋，组。 ②垂：接近，快要。 ③破：破的，指射中靶子。 ④伯禽：周公之子，封于鲁。 ⑤庾伯鸾：庾鸿，字伯鸾，官至辅国内史。 ⑥且：尚，还。

【评析】桓玄出外打猎，有一位刘参军与周参军结成一组射箭，还差一箭决胜，刘参军对周参军说：“你这一箭不能射中，我就要鞭打你。”周参军说：“何至于受你鞭打？”刘参军说：“以伯禽尚且不免挨鞭打，何况是你！”伯禽是周公之子，周公辅佐成王时，成王一有过错，周公就鞭打伯禽。刘参军这是自比周公，将对方比作伯禽，比拟不伦不类。周参军竟然没有听出这句话的问题，脸上也就没有丝毫不悦之色。所以桓玄对庾鸿说：“刘参军应该停止读书，周参军还要勤求学问。”

六十四

祖广行恒缩头[①]。诣桓南郡[②]，始下车[③]，桓曰：“天甚晴朗，祖参军如从屋漏中来。”

【注释】①祖广：字渊度，范阳（今河北涿县）人，任桓玄参军，官至护军长史。 ②桓南郡：桓玄。 ③始：才，刚。

【评析】祖广走路时常常缩着头，桓玄就拿他的这个习惯进行调侃，说："天气很晴朗，祖参军却好像从漏雨的屋中出来似的。"因为淋着雨的人往往会缩着头，所以桓玄才有这个比喻。

轻诋第二十六

一

王太尉问眉子[1]："汝叔名士[2]，何以不相推重？"眉子曰："何有名士终日妄语？"

【注释】①王太尉：王衍。眉子：王玄，字眉子，王衍之子。②叔：指王澄，王衍之弟。

【评析】王衍问儿子王玄："你的叔叔是名士，你为什么不推重他？"王玄说："哪有名士整天胡乱说话的？"看来他们叔侄之间的关系并不好。

二

庾元规语周伯仁[1]："诸人皆以君方乐[2]。"周曰："何乐？谓乐毅邪[3]？"庾曰："不尔，乐令耳[4]。"周曰："何乃刻画无盐[5]，以唐突西子也[6]？"

【注释】①庾元规：庾亮。周伯仁：周顗。方：比拟。乐：指姓乐的人。③乐毅：战国时燕国大将，曾率五国之兵伐齐，大败齐国，以功封昌国君。④乐令：乐广。⑤刻画：指细致的描绘。无盐：战国时齐无盐人钟离春，极丑，自诣齐宣王，分析时弊，被纳为后。后即以无盐为丑女之代称。⑥唐突：冒犯。西子：西施，春秋时越国之美女。

【评析】庾亮对周顗说："大家都把你比为乐氏。"周顗说："哪个乐氏？是说乐毅吗？"庾亮说："不是这样的，是乐广啊。"周顗说："为什么细致地描绘丑女无盐，用来冒犯美女西施啊？"很显然周顗认为这种比喻是贬低了自己。

三

深公云[1]："人谓庾元规名士[2]，胸中柴棘三斗许[3]。"

【注释】①深公：竺法深，晋高僧。②庾元规：庾亮。③柴棘：柴草荆棘。许：约略估计之词，大约。

【评析】竺法深说："人们都说庾亮是名士，他胸中却有柴草荆棘三斗多。"说明他认为庾亮徒有其表。

四

庾公权重①，足倾王公②。庾在石头③，王在冶城坐④，大风扬尘，王以扇拂尘曰："元规尘污人。"

【注释】①庾公：庾亮。　权重：庾亮在晋元帝和晋成帝时，以太后之兄及帝舅的身份掌军政大权，权重一时。　②倾：压倒。　③石头：石头城。　④王：指王导。　冶城：古城名，在今南京西。

【评析】庾亮拥兵自重，气势逼人。老臣王导因此对庾亮有所不满，故借拂尘之举以发泄。

六

王丞相轻蔡公①，曰："我与安期、千里共游洛水边②，何处闻有蔡充儿③？"

【注释】①王丞相：王导。　蔡公：蔡谟。　②安期：王承。　千里：阮瞻。　③蔡充：蔡谟之父，字子尼，官成都王东曹掾。

【评析】据记载，王导之妻曹夫人得知王导纳妾，便带领一帮人去处置小妾，王导知道后慌忙赶去，一路上鞭打牛车抢先一步赶到，阻止了曹夫人。蔡谟听说此事后予以讥讽，王导因此记恨于心，便借机贬低对方，还故意直呼对方的父名。

七

褚太傅初渡江①，尝入东，至金昌亭②，吴中豪右燕集亭中③。褚公虽素有重名，于时造次不相识别④。敕左右多与茗汁⑤，少著粽⑥，汁尽辄益，使终不得食。褚公饮讫，徐举手共语云："褚季野。"于是四坐惊散，无不狼狈。

【注释】①褚太傅：褚裒。　②金昌亭：驿亭名，在今江苏苏州阊门外。　③吴中：指吴郡地区。　豪右：豪门大族。　④造次：匆忙，仓促。　⑤敕：指帝王的诏书，命令。　茗汁：茶水。　⑥著：放置。　粽：用蜜浸渍的瓜果蜜饯，喝茶时吃的小点心。

【评析】褚裒参加豪门宴会，受到冷遇，报出自己的名字，震慑了在场的达官贵人，可见当时豪门大族重的是有名望的人，对一般客人则不加理会。

九

褚太傅南下[1]，孙长乐于船中视之[2]。言次及刘真长死[3]，孙流涕，因讽咏曰[4]："人之云亡，邦国殄瘁[5]。"褚大怒曰："真长平生，何尝相比数[6]，而卿今日作此面向人！"孙回泣向褚曰："卿当念我[7]！"时咸笑其才而性鄙。

【注释】①褚太傅：褚裒。　②孙长乐：孙绰，袭爵长乐侯，故称。　③言次：言谈间。　刘真长：刘惔。　④讽咏：背诵吟咏。　⑤人之云亡两句：语出《诗经·大雅·瞻卬》，意思是贤人良臣都逃亡了，国家就要衰落败灭。卬，同"仰"。云，语助词。殄瘁，衰败。　⑥比数：看重，重视。　⑦念：可怜，怜悯。

【评析】褚裒南下时，孙绰到船中去看他。言谈之间说到刘惔去世，孙绰流下眼泪，就吟诵道："人之云亡，邦国殄瘁。"褚裒大怒说："真长平生，哪里看重过你，你今天却对人装出这副面孔！"孙绰收住眼泪对褚裒说："你应当可怜我！"孙绰虽有才华，但品格却鄙俗，所以当时人都看不起他。

十

谢镇西书与殷扬州[1]，为真长求会稽[2]。殷答曰："真长标同伐异[3]，侠之大者[4]。常谓使君降阶为甚，乃复为之驱驰邪[5]？"

【注释】①谢镇西：谢尚。　殷扬州：殷浩。　②真长：刘惔。　求会稽：请求授予会稽郡的官职。　③标同伐异：称颂同道，攻击异己。标，称赞，夸耀。伐，征讨。　④侠：行侠仗义。　⑤使君：对州郡长官的尊称。　降阶：走下台阶迎接，以示尊重。　驱驰：指奔走效力。

【评析】对于刘惔，谢尚推荐为会稽郡官员，而殷浩则予以轻蔑，可谓见仁见智，大相径庭。

十一

桓公入洛[①]，过淮、泗[②]，践北境[③]，与诸僚属登平乘楼[④]，眺瞩中原[⑤]，慨然曰："遂使神州陆沉[⑥]，百年丘墟[⑦]，王夷甫诸人不得不任其责[⑧]！"袁虎率尔对曰[⑨]："运自有废兴，岂必诸人之过？"桓公懔然作色[⑩]，顾谓四坐曰："诸君颇闻刘景升不[⑪]？有大牛重千斤，啖刍豆十倍于常牛[⑫]，负重致远，曾不若一羸牸[⑬]。魏武入荆州[⑭]，烹以飨士卒[⑮]，于时莫不称快。"意以况袁[⑯]。四坐既骇，袁亦失色。

【注释】①桓公：桓温。　入洛：指桓温于永和十二年（356）讨伐姚襄，战于伊水，大胜，收复洛阳。　②淮、泗：淮河、泗水。　③践：踏，到达。　④平乘楼：大船的船楼。平乘，指大船。　⑤眺瞩：眺望注视。　中原：指黄河流域地区。　⑥神州：指中原地区。　陆沉：比喻国土沦丧。　⑦百年：指时间长久。　丘墟：荒丘废墟。　⑧王夷甫：王衍。　⑨袁虎：袁宏，小字虎。　率尔：轻率的样子。　⑩懔然：令人敬畏的样子。　作色：变了脸色，指发怒。　⑪刘景升：刘表。　不：同"否"。　⑫啖：吃。　刍：喂牲口的草料。　⑬曾：竟。羸牸（léi zì 雷字）：瘦弱的母牛。牸，雌性的牲畜，一般指牛。　⑭魏武：曹操。　⑮烹：煮。飨（xiǎng 想）：款待。　⑯况：比拟。　。

【评析】桓温是东晋王朝的实力派，功业显赫。在进军洛阳之时，他批评了王衍等名士的高蹈清谈，认为这种务虚清谈之风是国土沦丧的一个因素，有名士之风的袁宏反驳了桓温。桓温大怒，以大而无用终被杀的千斤之牛暗指袁宏，惊吓了袁宏。两人的对话是实力派与名士派之争。

十四

刘尹、江虨、王叔虎、孙兴公同坐[①]，江、王有相轻色。虨以手歙叔虎云[②]："酷吏！"词色甚强。刘尹顾谓："此是瞋邪[③]？非特是丑言声、拙视瞻[④]。"

【注释】①刘尹：刘惔。　王叔虎：王彪之。　孙兴公：孙绰。　②歙（shè 舍）：威胁之意。　③瞋：生气，发怒。　④非特：不仅。　丑言声：指说话之声难听，恶言恶语。　拙：拙劣，难看。　视瞻：眼色神态。

【评析】刘惔、江虨、王彪之、孙绰坐在一起，名士之间免不了互相轻视，刘惔、江虨的言谈就是名士聚会时的一个缩影。

十六

桓公欲迁都[①]，以张拓定之业[②]。孙长乐上表谏[③]，此议甚有理。桓见表心服，而忿其为异，令人致意孙曰："君何不寻《遂初赋》[④]，而强知人家国事[⑤]！"

【注释】①桓公：桓温。　迁都：指桓温于晋穆帝永和十二年（356）率军北伐，收复洛阳，上表要求迁都洛阳。　②张：扩大。　拓定：开拓疆土，安定国家。　③孙长乐：孙绰。　④《遂初赋》：西汉刘歆作。写辞官以实现隐退的初愿。　⑤知：干预。

【评析】桓温想迁都洛阳来巩固已扩张的疆土，孙绰上表谏阻，议论很有道理。桓温见了奏表后心里也很佩服，但是恨他提不同的意见，便叫人向孙绰传话说："你为什么不追随《遂初赋》中的意愿，却硬要干预家国大事!"这是在威胁要罢孙绰的官。

十七

孙长乐兄弟就谢公宿[①]，言至款杂[②]。刘夫人在壁后听之[③]，具闻其语。谢公明日还，问："昨客何似？"刘对曰："亡兄门未有如此宾客[④]。"谢深有愧色。

【注释】①孙长乐兄弟：指孙绰与其兄孙统。　谢公：谢安。　②款杂：空洞而杂乱。款，空。　③刘夫人：谢安夫人。　④亡兄：刘惔当时已死，故称。

【评析】孙绰兄弟到谢安家住宿，言谈之语极其空洞芜杂。刘夫人在隔壁听他们谈话，听得一清二楚。谢安第二天问夫人："昨天来的客人怎么样?"刘夫人回答说："亡兄门下从来没有这样的宾客。"对谢安提出了直截了当的批评，所以谢安听后深感惭愧。

十九

谢万寿春败后还[①]，书与王右军云[②]："惭负宿顾[③]。"右军推书曰："此禹、汤之戒[④]。"

【注释】①谢万寿春败：晋穆帝升平三年（359），谢万率兵北征时在寿春大败而回。 ②王右军：王羲之。 ③负：辜负。 宿顾：平素的关心，照顾。 ④禹、汤之戒：传说禹、汤能自责改过，故能兴盛。戒，告诫，自责。

【评析】谢万在寿春大败后回来，写信给王羲之说："非常惭愧我辜负了你平素对我的关照。"王羲之推开信说："这是大禹、商汤自责的话语。"言下之意是你怎么可以自比大禹、商汤呢？

二十

蔡伯喈睹睐笛椽[①]，孙兴公听妓[②]，振且摆折[③]。王右军闻，大嗔曰[④]："三祖寿乐器[⑤]，虺瓦吊[⑥]，孙家儿打折[⑦]！"

【注释】①蔡伯喈：蔡邕，字伯喈。 睹睐笛椽：指蔡邕所制之竹笛。据记载，蔡邕避难江南时，宿于柯亭馆，馆舍以竹子做屋椽，蔡邕看到，知道这些竹子是好竹，便取下来做成笛子，声音极为美妙。 ②孙兴公：孙绰。 听妓：所歌女演唱。 ③振且摆折：指孙绰振动竹笛并且击打竹笛以致断裂。 ④嗔：发怒。 ⑤三祖寿乐器：指竹笛是祖宗三代传下来的。⑥虺（huǐ 悔）瓦：对女子的蔑称。虺，毒虫，毒蛇。此句语意难解，大意是珍贵的乐器为了歌妓而被毁了。 ⑦打折（shé 舌）：打断。

【评析】孙绰听歌女演唱时用竹笛伴奏，振动竹笛并且击打，使得竹笛断裂。这竹笛是蔡邕用屋椽竹制成，王羲之听说后大怒道："祖宗三代传下的乐器，为了听歌女演唱，去振动击打，被孙家这小子打断了！"

二十一

王中郎与林公绝不相得[①]。王谓林公诡辩，林公道王云："著腻颜帢[②]，缔布单衣[③]，挟《左传》，逐郑康成车后[④]，笃是何物尘垢囊[⑤]？"

【注释】①王中郎：王坦之。 林公：支道林。 相得：彼此契合。得，合得来，融洽。 ②著：戴。 腻颜帢：污垢的便帽。腻，污垢。颜帢，白色帽前有一条横缝的帽，流行于三国曹魏。到西晋时，横缝渐渐去掉，称为无颜帢。至东晋，颜帢已过时，再戴即被人讥笑。 ③缔（xì 细）布：粗葛布。 ④逐：追随。 郑康成：郑玄。 ⑤何物：什么。 尘垢囊：装满尘土污垢的袋子。

【评析】王坦之和支道林彼此不融洽。王坦之说支道林善于诡辩，支道林说王坦之道："头戴肮脏过了时的便帽，身穿粗葛布单衣，挟着一部《左传》，追随在郑玄的车后，请问这是什么装满臭垃圾的袋子？"言辞极为刻薄。

二十二

孙长乐作王长史诔云[①]："余与夫子[②]，交非势利[③]，心犹澄水[④]，同此玄味[⑤]。"王孝伯见曰[⑥]："才士不逊[⑦]，亡祖何至与此人周旋[⑧]！"

【注释】①孙长乐：孙绰。 王长史：王濛。 诔：哀悼死者生平事迹的文章。 ②夫子：对王濛的尊称。 ③势利：权势与利益。 ④澄水：清澈的水。 ⑤玄味：高远的旨趣。 ⑥王孝伯：王恭。 ⑦才士：有才气之士，指孙绰。 ⑧亡祖：指王濛，为王恭的祖父。

【评析】孙绰为王濛撰写诔文说："我和您老夫子，结交不为势利，心如清澄之水，同赏玄妙趣味。"王恭看到后说："才子不懂谦让，我先祖父哪里至于和你这种人交往！"其轻诋之意溢于言表。

二十三

谢太傅谓子侄曰[①]："中郎始是独有千载[②]。"车骑曰[③]："中郎衿抱未虚[④]，复那得独有？"

【注释】①谢太傅：谢安。 ②中郎：谢万。 始：才。 ③车骑：谢玄。 ④衿抱：胸襟怀抱。 虚：指胸襟宽广。

【评析】谢安对子侄们说："谢万才是千年来独一无二之人。"谢玄说："他的胸襟怀抱不宽广，又怎么能说是独一无二的人呢？"谢安对谢万的评价显然太过，所以谢玄表示了异议。事实也证明谢万的才能有限。

二十四

庾道季诧谢公曰[①]："裴郎云[②]：'谢安谓裴郎乃可不恶[③]，何得为复饮酒[④]？'裴郎又云：'谢安目支道林如九方皋之相马[⑤]，略其玄黄[⑥]，取其俊逸[⑦]。'"谢公云："都无此二语，裴自为此辞耳。"庾意甚不以为好[8]，因陈东亭《经酒垆下赋》[9]。读毕，都不下赏裁[10]，直云[11]："君乃复作裴氏学[12]！"于此《语林》遂废[13]。今时有者，皆是先写，无复谢语。

【注释】①庾道季：庾龢，字道季，庾亮子。诧：告诉。 谢公：谢安。 ②裴郎：裴启。 ③乃可：确实。 ④何得：为什么。⑤目：品评，评论。 九方皋：相传为春秋时善于相马的人。他得到伯乐的推荐，为秦穆公觅得千里马。 相马：指察看马的优劣。 ⑥略：忽略，不予注意。 玄黄：黑色与黄色，指马的毛色。 ⑦俊逸：指马的外形漂亮超群。 ⑧不以为好：不以为然。 ⑨陈：陈述。 东亭：王珣。 《经酒垆下赋》：王珣作，哀悼阮籍、嵇康之赋。 ⑩都：全。 赏裁：赞赏评论。裁，评判。 ⑪直：只是，仅仅。 ⑫乃复：竟然。 ⑬《语林》：古小说集，十卷，裴启作。记汉魏两晋上层人士的轶事和言谈，文辞简洁，《世说新语》多取材于此书。已佚，鲁迅《古小说钩沉》中有辑本。

【评析】文中诸人原都有亲戚关系，但彼此关系不睦。王珣是谢安女婿，因离婚而失和。庾龢为谢安的侄女婿，但他转述裴启《语林》的记载，又陈述王珣写的赋，都令谢安不快，所以称自己说的话是裴启编出来的。就因为谢安的这些话，以至于《语林》这部书被人废弃了。

二十五

王北中郎不为林公所知[1]，乃著论《沙门不得为高士论》[2]，大略云："高士必在于纵心调畅[3]。沙门虽云俗外[4]，反更束于教[5]，非情性自得之谓也[6]。"

【注释】①王北中郎：王坦之，曾为北中郎将，故称。 林公：支道林。 知：常识。 ②《沙门不得为高士论》：王坦之作。沙门，指佛教僧侣。高士，指志趣、品行高尚的人。 ③纵心调畅：放松心情，和谐舒畅。 ④俗外：世俗之外。 ⑤束于教：受到佛教戒律的束缚。 ⑥情性：性情。 自得：自以为得意。

【评析】王坦之得不到支道林的赏识，不甘示弱，即作文讥刺出家人为教规所拘，反而不如在家人，可以任心调畅，成为性情自得的高人，而这是出家人做不到的。

二十六

人问顾长康[1]："何以不作洛生咏[2]？"答曰："何至作老婢声[3]？"

【注释】①顾长康：顾恺之。 ②洛生咏：指带有重浊鼻音的咏诵声。洛阳书生诵咏声重浊，东晋渡江士族以仿效洛生咏为贵，谢安即善此。 ③老婢：老年女奴。

【评析】有人问顾恺之："为什么不仿效洛阳书生的吟咏声？"顾恺之答道："我哪至于去学老年女奴的声调！"顾恺之是南方人，不屑于模仿北方士人流行的洛生咏，所以称之为"老婢声"。

二十七

殷觊、庾恒并是谢镇西外孙[1]，殷少而率悟[2]，庾每不推[3]。尝俱诣谢公[4]，谢公熟视殷曰："阿巢故似镇西[5]。"于是庾下声语曰[6]："定何似[7]？"谢公续复云："巢颊似镇西。"庾复云："颊似，足作健不[8]？"

【注释】①殷觊：字伯通，小字巢。与堂弟殷仲堪同时知名。官至南蛮校尉。 庾恒：字敬则，庾龢之子，官至尚书仆射。 谢镇西：谢尚。 ②率悟：坦率聪慧。 ③推：推重，赞许。 ④谢公：谢安。 ⑤熟：仔细。 故：确实。 ⑥下声：小声，低声。 ⑦定：究竟，到底。 ⑧作健：成为强者。 不：同"否"。

【评析】殷觊、庾恒是表兄弟，殷觊从小聪明伶俐，但庾恒却不肯予以认可。偏偏谢安一再称赞殷觊的面貌酷似他们的外祖父，言外之意是他将来必有作为，使得本来心态就不平衡的庾恒格外反感，所以当即反驳堂房叔祖父（谢安为谢尚的堂弟）说得未必对。

二十九

苻宏叛来归国[1]，谢太傅每加接引[2]。宏自以有才，多好上人[3]，坐上无折之者[4]。适王子猷来[5]，太傅使共语。子猷直孰视良久[6]，回语太傅云："亦复竟不异人[7]。"宏大惭而退。

【注释】①苻宏：前秦苻坚太子，苻坚被杀后投奔晋朝，为辅国将军。叛：背叛。　归国：指归顺东晋。　②谢太傅：谢安。　接引：接待引荐。　③上人：凌驾众人之上。　④折：折服。　⑤适：刚巧，恰好。　王子猷：王徽之。　⑥直：只是。　孰视：仔细看。孰，通“熟”。　⑦竟：终于，到底。

【评析】苻宏归晋后受到谢安的厚待，自以为有才，高人一等。谢安让王徽之和他交谈。为人卓荦不羁、才气纵横的王徽之却对苻宏相当轻视，认为他不过是个凡夫俗子，让苻宏大丢颜面。

三十

支道林入东[①]，见王子猷兄弟[②]，还，人问：“见诸王何如?”答曰：“见一群白颈乌，但闻唤哑哑声。”

【注释】①入东：指到会稽去。　②王子猷兄弟：王羲之有七个儿子，以王徽之、王献之最著名。

【评析】王氏子弟大多喜欢穿白领，又喜欢学吴语，所以支道林很看不惯，把他们比喻成一群白颈乌鸦。

假谲第二十七

一

魏武少时[①]，尝与袁绍好为游侠[②]，观人新婚，因潜入主人园中，夜叫呼云："有偷儿贼!"青庐中人皆出观[③]。魏武乃入，抽刃劫新妇，与绍还出，失道[④]，坠枳棘中[⑤]，绍不能得动，复大叫云："偷儿在此!"绍遑迫自掷出[⑥]，遂以俱免。

【注释】①魏武：曹操。 ②好：喜欢。 ③青庐：当时婚俗，以青布搭屋迎娶新妇，举行婚礼。 ④失道：迷路。 ⑤枳（zhǐ 只）棘：两种多刺灌木。 ⑥遑迫：惊慌急迫。 掷出：跳出。

【评析】曹操与袁绍年轻时喜欢恶作剧，混入新婚人家劫持新娘，逃跑时迷路，结果袁绍掉进荆棘中难以脱身。曹操急中生智，逼袁绍跳了出来，二人才得以脱险。

二

魏武行役[①]，失汲道[②]，三军皆渴，乃令曰："前有大梅林，饶子[③]，甘酸可以解渴。"士卒闻之，口皆出水，乘此得及前源[④]。

【注释】①魏武：曹操。 行役：行军跋涉。 ②汲道：通往水源的道路。 ③饶子：指果实很多。 ④前源：指前面的水源。

【评析】曹操谎称前方有梅林，鼓励士卒们前进，极富智慧。"望梅止渴"的成语即由此而来。

三

魏武常言[①]："人欲危己[②]，己辄心动。"因语所亲小人曰[③]："汝怀刃密来我侧，我必说心动，执汝使行刑[④]，汝但勿言其使[⑤]，无他，当厚相报。"执者信焉，不以为惧，遂斩之。此人至死不知也。左右以为实，谋逆者挫气矣[6]。

【注释】①魏武：曹操。　常：曾经。　②危：危害，指谋害。　心动：心跳。　③小人：指身边的侍从。　④执：捕捉。　⑤但：只要。　⑥挫气：丧气。

【评析】曹操曾说："有人想谋害我的时候，我就会立即心跳。"他告诉身边一名亲近的侍从说："你胸前藏着刀偷偷到我身边来，我一定会说心跳，抓住你让人执行刑罚，你只要不说出是谁指使的，就没有什么关系，我定会重金报答你。"被抓的侍从相信了他，一点也不害怕，于是就被杀了。这人到死也不知道是怎么回事。这则故事的真实性值得推敲，既然这人到死也不知道是怎么回事，别人又怎么会知道呢？所以这应属民间传说。

四

魏武常云："我眠中不可妄近[1]，近便斫人[2]，亦不自觉。左右宜深慎此[3]。"后阳眠[4]，所幸一人[5]，窃以被覆之[6]，因便斫杀。自尔每眠，左右莫敢近者。

【注释】①妄近：随便靠近。　②斫（zhuó 浊）人：杀人。　③深：表示程度深。　慎：小心。　④阳：同"佯"，假装。　⑤幸：宠爱。　⑥窃：偷偷，暗中。

【评析】本文与上一则记载异曲同工，都是曹操编造故事对付左右亲近侍卫，使他们不敢靠近自己，这样他就可以高枕无忧了。当然，这也只是民间的传说而已。

五

袁绍年少时，曾遣人夜以剑掷魏武，少下[1]，不著[2]。魏武揆之[3]，其后来必高。因帖卧床上[4]，剑至果高。

【注释】①少下：指稍微低一点。少，稍微，略微。下，低。　②不著：指没有掷中。　③揆（kuí 葵）：推测。　④帖：通"贴"，紧挨。

【评析】袁绍年轻时曾经派人在夜晚用剑投掷刺杀曹操，剑掷得稍低了一点，没有掷中。曹操估计，后面掷过来的剑必高一些。于是他就紧贴睡在床上，掷过来的剑果然高了一点。这应该也是民间演绎出来的故事。

六

王大将军既为逆[①]，顿军姑孰[②]。晋明帝以英武之才，犹相猜惮[③]，乃著戎服[④]，骑巴賨马[⑤]，赍一金马鞭[⑥]，阴察军形势[⑦]。未至十余里，有客姥[⑧]，居店卖食，帝过愒之[⑨]，谓姥曰："王敦举兵图逆，猜害忠良[⑩]，朝廷骇惧，社稷是忧[⑪]。故劬劳晨夕[⑫]，用相觇察[⑬]。恐形迹危露，或致狼狈[⑭]，追道之日，姥其匿之[⑮]！"便与客姥马鞭而去[⑯]，行敦营匝而出[⑰]。军士觉，曰："此非常人也！"敦卧心动，曰："此必黄须鲜卑奴来[⑱]！"命骑追之。已觉多许里[⑲]，追士因问向姥："不见一黄须人骑马度此邪?"姥曰："去已久矣，不可复及。"于是骑人息意而反[⑳]。

【注释】①王大将军：王敦。　为逆：叛逆，造反。　②顿军：屯驻。　姑孰：今安徽当涂。　③猜惮：怀疑畏惧。　④戎服：军服。　⑤巴賨（cóng 从）马：巴地賨人进贡之马。賨人为我国古代少数民族，居住今四川渠县一带。　⑥赍：携带。　⑦阴：暗中。　⑧客姥（mǔ 母）：客居的老妇。　⑨愒：同"憩"，休息。　⑩猜害：猜疑杀害。　⑪社稷：指国家。　⑫劬（qú 渠）劳：劳累。　⑬觇察：暗中察看。　⑭狼狈：指处境危险。　⑮其：语气词，表示希望之意。　匿：隐瞒。　⑯与：给予，赠送。　⑰匝：指环绕一周。　⑱鲜卑：古代北方民族名，"鲜卑奴"是对晋明帝的蔑称。　⑲觉（jiào 较）：差，相差。　多许里：指相距里程很多。　⑳息意：打消念头。

【评析】晋明帝亲自窥看叛军形势，被王敦发觉，幸得客居老妇巧言相助，才脱离危险，这类情节是许多古书和演义小说的桥段。

七

王右军年减十岁时[①]，大将军甚爱之[②]，恒置帐中眠。大将军尝先出，右军犹未起。须臾，钱凤入[③]，屏人论事[④]，都忘右军在帐中，便言逆节之谋[⑤]。右军觉[⑥]，既闻所论，知无活理，乃剔吐污头面被褥[⑦]，诈孰眠[⑧]。敦论事造半[⑨]，方忆右军未起，相与大惊曰："不得不除之！"及开帐，乃见吐唾从横[⑩]，信其实孰眠，于是得全。于时称其有智。

【注释】①王右军：王羲之。　减：不足，不满。　②大将军：王敦。　③钱凤：字世仪，为王敦铠曹参军，随王敦谋反，王敦失败被杀。　④屏：屏退，避开。　⑤逆节：指叛逆造反。　⑥觉：指醒过来。　⑦剔吐：呕吐。　⑧孰："熟"的古字。　⑨造半：到一半。　⑩从横：指吐出的东西乱七八糟、狼藉不堪的样子。

【评析】作为一个不满十岁的孩子，王羲之能临危不惧，随机应变，终于化险为夷，躲过一劫，不能不令人称奇。

八

陶公自上流来赴苏峻之难[1]，令诛庾公[2]，谓必戮庾，可以谢峻[3]。庾欲奔窜[4]，则不可；欲会[5]，恐见执[6]，进退无计。温公劝庾诣陶曰[7]："卿但遥拜，必无他。我为卿保之。"庾从温言诣陶。至，便拜。陶自起止之曰："庾元规何缘拜陶士衡[8]？"毕[9]，又降就下坐[10]。陶又自要起同坐[11]。坐定[12]，庾乃引咎责躬[13]，深相逊谢[14]。陶不觉释然[15]。

【注释】①陶公：陶侃。　上流：指长江上游，陶侃时任荆州刺史。　苏峻之难：指苏峻起兵叛乱，攻入健康。　②庾公：庾亮。　③谢峻：向苏峻谢罪。　④奔窜：逃跑。　⑤会：会见。　⑥见执：被捕。　⑦温公：温峤。　诣：到。　⑧庾元规：庾亮。　何缘：为什么。陶士行：陶侃，字士行。　⑨毕：指行过礼。　⑩降：指屈尊到下位就座。　⑪自要：亲自邀请。　⑫定：坐定。　⑬引咎责躬：由自己来承担责任并责备自己。　躬，自身。　⑭逊谢：谦恭地认错。　⑮释然：疑虑消除了。

【评析】陶侃要杀庾亮，庾亮处境岌岌可危，幸得温峤指点，对陶侃谦恭有加，而且深刻自责，让陶侃在不知不觉中消除了疑虑。

九

温公丧妇[1]，从姑刘氏家值乱离散[2]，唯有一女，甚有姿慧。姑以属公觅婚[3]。公密有自婚意[4]，答云："佳婿难得，但如峤比云何[5]？"姑云："丧败之余，乞粗存活[6]，便足慰吾余年，何敢希汝比？”却后少日[⑦]，公报姑云：“已觅得婚处，门地粗可[⑧]，婿身名宦[⑨]，尽不减峤[⑩]。”因下玉镜台一枚[⑪]。姑大喜。既婚，交礼，女以手披纱扇，抚掌大笑曰：“我固疑是老奴，果如所卜[⑫]。”玉镜台，是公为刘越石长史北征刘聪所得[⑬]。

【注释】①温公：温峤。 ②从姑：堂房姑妈，即父亲的堂姐妹。刘氏：温峤的姑母应姓温，称刘氏，系从夫姓之故。 值乱：遭遇战乱。 ③属：通“嘱”，托付。 ④密：私下，暗中。 ⑤比：类，辈。 云何：怎么样。 ⑥乞：求。 ⑦却后：过后。 ⑧门地：家世地位。 ⑨名宦：名声官职。 ⑩尽：全，都。 ⑪下：指下聘礼。 ⑫卜：预料。 ⑬刘越石：刘琨。 刘聪（？—318）十六国时期汉国国君。公元310年至318年在位。他杀死兄长夺取帝位，后攻破洛阳、长安，俘获怀、愍二帝。在位时穷兵黩武，广建宫殿，沉迷酒色。

【评析】温峤的堂姑刘氏正值流离失散之际，身边只有一个女儿，非常美丽聪明。堂姑嘱托温峤为女儿找门亲事，温峤私下有自己娶她的意思，回答说：“好女婿不容易找到，只是像我这类人，怎么样？”堂姑说：“我们遭遇战乱劫难，只求勉强活下去，就足够安慰我的晚年了，哪敢指望有像你这样的女婿？”过后几天，温峤回报堂姑说：“已找到婚配的人家了，身世地位大致可以，女婿的名声、官职都不比我差。”行交拜礼时，新娘拨开遮脸的纱巾，拍手大笑道：“我本来就怀疑是你这个老奴才，果然不出我所料。”温峤巧妙地为自己娶得表妹为妻，而新娘也识破了他的伎俩，极有趣味。

十

诸葛令女[①]，庾氏妇[②]，既寡誓云：“不复重出[③]。”此女性甚正强[④]，无有登车理[⑤]。恢既许江思玄婚[⑥]，乃移家近之。初，诳女云[⑦]：“宜徙[⑧]。”于是家人一时去，独留女在后。比其觉[⑨]，已不复得出。江郎莫来，女哭詈弥甚[⑩]，积日渐歇[⑪]。江虨暝入宿[⑫]，恒在对床上。后观其意转帖[⑬]，虨乃诈厌[⑭]，良久不悟，声气转急。女乃呼婢云：“唤江郎觉！”江于是跃来就之曰：“我自是天下男子，厌，何预卿事而见唤邪[⑮]？既尔相关，不得不与人语。”女默然而惭，情义遂笃[⑯]。

【注释】①诸葛令：诸葛恢。 ②庾氏妇：庾亮家的媳妇。诸葛恢之女嫁给庾亮之子庾会。庾会后在苏峻之乱中遇害。 ③重出：指再嫁。 ④正强：正直倔强。 ⑤登车：指出嫁时乘车到夫家。 ⑥江思玄：江虨。 ⑦诳：欺骗，瞒哄。 ⑧徙：迁移。 ⑨比：等到。 ⑩詈（lì吏）：骂。 弘甚：更加厉害。 ⑪积日：数日。 ⑫暝：天黑。 ⑬帖：平静，安定。 ⑭厌：通“魇”，做噩梦而引起的呻吟、惊叫等痛苦状。 ⑮预：关系，相干。 ⑯笃：深厚。

【评析】诸葛恢之女文彪与江虨的婚姻颇为曲折。诸葛恢用了搬家等办法逼女儿再嫁，而江虨则以假梦魇来博取文彪的同情，终于成就了这段姻缘。

十一

愍度道人始欲过江[①]，与一伧道人为侣[②]，谋曰：“用旧义往江东[③]，恐不办得食[④]。”便共立“心无义[⑤]”。既而此道人不成渡[⑥]，愍度果讲义积年[⑦]。后有伧人来，先道人寄语云[⑧]：“为我致意愍度[⑨]，无义那可立？治此计，权救饥尔[⑩]，无为遂负如来也[⑪]！”

【注释】①愍度道人：支愍度，一作支敏度，晋时高僧。 道人：指僧人。 ②伧道人：指北方籍和尚。 ③旧义：指旧教义，原来的教义。 ④不办：不可能。 ⑤心无义：不执着于外物，但不否定外物的存在。 ⑥既而：不久。 不成渡：指渡江没有成功。 ⑦讲义：讲授“心无义”。 积年：多年。 ⑧先：先前。 寄语：托人带话。 ⑨致意：传话。 ⑩权：权宜，暂时。 ⑪无为：不应。 如来：释迦牟尼的十种称号之一，释迦牟尼常用以自称。

【评析】支愍度和尚当初想渡江南下，与一个北方籍和尚结伴同行。两人商量说：“用旧教义到南方讲，恐怕连饭也没得吃了。”于是便共同创立了“心无义”。这个和尚渡江没有成功，支愍度则讲了多年“心无义”。后来那位北方和尚请人传话说：“为我致意愍度，心无义怎么可以成立？想出这个办法来，是暂时混饭吃罢了，不应因此就背弃了如来佛祖啊！”原来所谓的“心无义”是支愍度为了过江后能混饭吃而采取的权宜之计。

十二

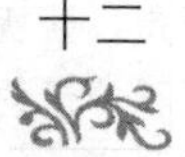

王文度弟阿智[①]，恶乃不翅[②]，当年长而无人与婚。孙兴公有一女[③]，亦僻错[④]，又无嫁娶理，因诣文度，求见阿智。既见，便阳言[⑤]：“此定可[⑥]，殊不如人所传，那得至今未有婚处？我有一女，乃不恶，但吾寒士，不宜与卿计，欲令阿智娶之。”文度欣然而启蓝田云[⑦]：“兴公向来[⑧]，忽言欲与阿智婚。”蓝田惊喜。既成婚，女之顽嚚[⑨]，欲过阿智[⑩]。方知兴公之诈。

【注释】①王文度：王坦之。 阿智：王处之，小字阿智。 ②恶：愚痴，凶顽。 翅：古通“啻”，只，止。不啻，不只，不止。 ③孙兴公：孙绰。 ④僻错：怪僻反常。 ⑤阳言：说假话。阳，同“佯”，诈，装假。 ⑥定：必定，一定。 ⑦蓝田：王述。 ⑧向来：刚才。 ⑨玩嚚（yín银）：愚蠢而固执。 ⑩欲：似。

【评析】王坦之的弟弟阿智不只是愚蠢凶顽而已，所以他年龄大了也没有人与他结亲。孙绰有一个女儿也很怪癖反常，没有婚嫁的可能。于是孙绰就去拜访王文度，要求见阿智。见到后就假装说：“阿智这人一定不错的，一点儿不像人家所传的那样，怎么到现在还没有婚配？我有一个女儿，还不算差，但我是一个寒士，本不应与您计议婚事，但我想让阿智娶她。”王坦之高兴地禀报王述道：“孙绰刚才来，忽然说要与阿智结亲。”王述又惊又喜。成婚后，这个女子的愚蠢固执似乎超过了阿智。王家这才知道孙绰的狡诈。

十三

范玄平为人好用智数[①]，而有时以多数失会[②]。尝失官居东阳[③]，桓大司马在南州[④]，故往投之。桓时方欲招起屈滞[⑤]，以倾朝廷[⑥]，且玄平在京，素亦有誉[⑦]。桓谓远来投己，喜跃非常。比入至庭，倾身引望[⑧]，语笑欢甚。顾谓袁虎曰：“范公且可作太常卿[⑨]。”范裁坐[⑩]，桓便谢其远来意。范虽实投桓，而恐以趋时损名[⑪]，乃曰：“虽怀朝宗[⑫]，会有亡儿瘗在此[⑬]，故来省视[⑭]。”桓怅然失望，向之虚伫[⑮]，一时都尽。

【注释】①范玄平：范汪。 智数：心计权术。 ②多数：指过多的谋算。 失会：失去机会。 ③失官：丢掉官职。 东阳：郡名，治在今浙江金华。 ④桓大司马：桓温。 南州：姑孰，在今安徽当涂。 ⑤招起：招揽起用。 屈滞：指屈居下位，久不升迁的人。 ⑥倾：颠覆。 ⑦素：平素，向来。 ⑧倾身引望：身体向前倾，伸长脖子望，以示谦恭的样子。 ⑨且：暂且，暂时。 太常卿：官名，掌管礼乐祭祀等。 ⑩裁：通“才”。 ⑪趋时：迎合时势。 损名：损害名声。 ⑫朝宗：拜见长官。 ⑬会：恰巧。 瘗（yì意）：埋葬。 ⑭省视：看望。 ⑮向：刚才。 虚伫：虚心等待。伫，长时间站立。

【评析】范汪失官闲居，来投奔桓温；桓温则想荐拔人才为己所用，所以热情接待他。谁知范汪不提求官之事，怕这样做会损坏自己的名声，于是借口自己只是顺道来看埋葬于此的亡儿而已，遂使桓温热心的期待化为泡影。范汪算是聪明反被聪明误。

十四

谢遏年少时[1]，好著紫罗香囊[2]，垂覆手[3]。太傅患之[4]，而不欲伤其意。乃谲与赌[5]，得即烧之。

【注释】①谢遏：谢玄，小字遏。 ②著：穿着，此指带。 紫罗香囊：用紫色丝罗编成的装有香料的口袋。 ③覆手：手巾之类的物件。 ④太傅：谢安。 ⑤谲：欺诈，骗。

【评析】谢玄少年时喜欢带紫色丝罗香袋，挂着手巾。谢安为此感到忧虑，因为这些都是女性所喜欢的用品。但谢安又不想伤他的心，于是就假装与他打赌，赢得香袋、手巾后就把它们烧掉了。

黜免第二十八

一

诸葛厷在西朝[①]，少有清誉[②]，为王夷甫所重[③]，时论亦以拟王[④]。后为继母族党所谗[⑤]，诬之为狂逆[⑥]。将远徙[⑦]，友人王夷甫之徒诣槛车与别[⑧]。厷问："朝廷何以徙我[⑨]？"王曰："言卿狂逆。"厷曰："逆则应杀，狂何所徙？"

【注释】①诸葛厷（gōng 工）：字茂远，琅邪（今山东临沂北）人，官至司空主簿。　西朝：指西晋。　②清誉：清高的声誉。　③王夷甫：王衍。　④拟：比拟。　⑤族党：指同族的亲属。　⑥狂逆：狂放叛逆。　⑦远徙：流放到边远处。　⑧槛车：押解犯人的囚车。　⑨徙：流放。

【评析】诸葛厷在西晋时年纪轻轻就有清高的声誉，得到王衍的器重，当时的舆论也把他比作王衍。后来他被继母的同族人谗毁，诬陷他狂放叛逆。当他将要被流放到远方边地去时，友人王衍等到囚车前与他告别，诸葛厷问朝廷为什么要流放我？王衍道："说你狂放叛逆。"诸葛厷说："叛逆就应当杀头，狂放为什么要流放？"

二

桓公入蜀[①]，至三峡中，部伍中有得猿子者[②]，其母缘岸哀号[③]，徐百余里不去，遂跳上船，至便即绝。破视其腹中，肠皆寸寸断。公闻之怒，命黜其人[④]。

【注释】①桓公：桓温。　入蜀：指桓温于晋穆帝永和二年（346）出兵攻蜀。　②部伍：指部队。　猿子：指小猿。　③缘岸：沿岸。　④黜：罢免，黜退。

【评析】桓温出兵攻蜀，到达三峡中，部队中有人捕捉到一只小猿，那只母猿沿岸哀哭号叫，跟着走了一百多里路也不肯离去，最后终于跳上船，一上船即刻气绝。剖开它的肚子，肠子都一寸寸地断裂了。桓温听到此事大怒，命令罢免那个捕猿人的职务。

三

殷中军被废[①]，在信安[②]，终日恒书空作字[③]，扬州吏民寻义逐之[④]，窃视，唯作“咄咄怪事”四字而已[⑤]。

【注释】①殷中军：殷浩。 被废：指殷浩北伐失败被废为庶人。 ②信安：县名，故地在今浙江衢州。 ③书空：用手指在空中虚划字形。 ④寻义：探寻所写字的意义。 逐：追随。 ⑤咄咄：惊叹词，表示出人意料，令人惊讶之事。

【评析】殷浩被废为庶民后住在信安，整天总是用手指在空中写字。扬州的官吏百姓要探寻他所写的意思，便追随着他偷偷地看，见他只写“咄咄怪事”四个字而已。可见殷浩对自己的失败一直百思不得其解。

四

桓公坐有参军椅烝薤[①]，不时解，共食者又不助，而椅终不放，举坐皆笑。桓公曰：“同盘尚不相助，况复危难乎[②]？”敕令免官[③]。

【注释】①桓公：桓温。 坐：指坐席。 椅（jī 其）：筷子。此处作动词。 烝薤（xiè 谢）：一种蔬菜名。烝，通“蒸”。薤，又名藠（jiào 叫）头，多年生草本植物，地下有茎可食用。 ②况复：何况。 ③敕令：命令。

【评析】桓温宴席上有一位参军用筷子夹蒸薤吃时筷子被卡住了，一时夹不下来，同桌吃饭者没有人帮他一把，而这位参军始终夹着不放手，满座的人都笑了起来。桓温说：“同在一个盘子里吃东西，尚且不肯相互帮助，何况遇到危难呢？”于是下令罢免同桌吃饭者的官职。桓温从饭桌上发生的小事中看出同桌共食者没有同情心与互助精神，举手即能助人之事也不愿做，只知幸灾乐祸，这种人当然不可能有什么作为。

五

殷中军废后[①]，恨简文曰[②]：“上人著百尺楼上[③]，儋梯将去[④]。”

【注释】①殷中军：殷浩。 ②简文：简文帝司马昱。 ③上人：让人上去。 著：在。 ④儋（dān 丹）：二人用肩杠。 将去：拿掉。

【评析】殷浩被废为庶人后，怨恨简文帝，说："让人登上百尺高楼后，却把梯子拿掉了。"本文的意思后人概括为成语"上树拔梯"，比喻诱使人上前而断其退路。

七

桓宣武既废太宰父子[1]，仍上表曰："应割近情[2]，以存远计[3]。若除太宰父子，可无后忧。"简文手答表曰[4]："所不忍言，况过于言[5]？"宣武又重表[6]，辞转苦切[7]。简文更答曰："若晋室灵长[8]，明公便宜奉行此诏[9]；若大运去矣，请避贤路[10]。"桓公读诏，手战流汗[11]，于此乃止[12]。太宰父子远徙新安。

【注释】①桓宣武：桓温。　太宰父子：指司马晞与其子司马综。　②近情：指兄弟亲近之情。　③存：保全。　④手答表：指亲自批答奏表。　⑤过于言：指过分之言。　⑥重表：指再次上奏。　⑦转：更加。　苦切：急切。　⑧灵长：绵延长久。　⑨明公：对有官职有地位者的尊称。　⑩贤路：贤者仕进之路。　⑪战：发抖。　⑫止：指停止了要杀害司马晞父子的谋画。

【评析】桓温罢免了司马晞父子的官职后，接着上奏表说："应当割断亲属近情，以便保全朝廷长远大计。如果除掉司马晞父子，就可以免除后顾之忧。"简文帝亲自批答奏章说："这是我不忍心说的话，何况比这些话更加过分的举动呢?"桓温再次上奏章，言辞更加急切。简文帝又批示说："如果晋朝国运绵延长久，明公就应当遵照这个诏令；如果晋朝国运已尽，请允许我退位，让出贤者登高之路。"桓温读了诏书，对简文帝的话也感到有点害怕，所以两手发抖，满脸流汗，这才打消了要除掉司马晞父子的打算。

九

殷仲文既素有名望[1]，自谓必当阿衡朝政[2]。忽作东阳太守[3]，意甚不平，及之郡，至富阳[4]，慨然叹曰："看此山川形势，当复出一孙伯符[5]。"

【注释】①名望：名誉声望。　②阿衡：商代贤相伊尹的字，后即指辅佐帝王主持朝政之官为阿衡。　③东阳：郡名，治所在今浙江金华。　④富阳：今浙江富阳。　⑤孙伯符：孙策。

【评析】殷仲文向来就有名望，自认为必定能担当辅佐帝王、主持朝政的重任。结果忽然被调去做东阳太守，心中极为不平。等到了富阳时，他感慨道："看这里的山川形势，该当会再出一位孙伯符。"此话流露了谋反之心，后果然与桓胤一同谋反，被诛。

俭啬第二十九

一

和峤性至俭[①]，家有好李，王武子求之[②]，与不过数十。王武子因其上直[③]，率将少年能食之者[④]，持斧诣园[⑤]，饱共啖毕[⑥]，伐之，送一车枝与和公，问曰："何如君李？"和既得，唯笑而已。

【注释】①至俭：极其节俭。 ②王武子：王济，和峤的妻弟。 ③上直：指官员上朝值班。直，通"值"。 ④率将：带领。 ⑤诣：到。 ⑥啖：吃。

【评析】和峤生性极为吝啬，家里有良种李树，王济问他要李子，和峤只给了他几十颗。王济就趁他上朝值班时，带领一伙年轻人到果园去，大家一起饱吃一顿后，就把树砍了，送了一车子李树枝给和峤，问道："比你家李树怎么样?"和峤面对残枝败叶，也只能一笑了之。和峤虽然节俭，但并非吝啬鬼，所以气度还是很大的。

二

王戎俭吝[①]，其从子婚[②]，与一单衣[③]，后更责之[④]。

【注释】①俭吝：节俭吝啬。 ②从子：侄儿。 ③单衣：指单层衣服。 ④责：索要。

【评析】王戎的侄子结婚，他送了一件单衣，后来又把单衣要了回来。王戎是竹林七贤之一，却被后人讥为吝啬，本篇即有数则有关他的传闻，这是颇为有趣的，其原因值得探讨。

三

司徒王戎既贵且富[①]，区宅、僮牧、膏田、水碓之属[②]，洛下无比[③]。契疏鞅掌[④]，每与夫人烛下散筹算计。

【注释】①司徒：官名，三公之一。 ②区宅：房屋、住宅。 僮牧：奴婢与放牧的苦力。 膏田：肥沃的田地。 水碓（duì 对）：利用水力旋动的舂米器具。 ③洛下：指洛阳。 ④契疏：契约帐簿。 鞅掌：烦劳，繁多。

【评析】王戎富甲一方，房屋住宅、奴婢仆夫、肥沃的土地、舂米的器具之类，洛阳无人能与他相比。契约帐簿，堆砌繁多，据说他常与夫人在烛光下摊开筹码算计家产。对于王戎积聚财物，算计家财之事，戴逵认为是于危乱之际获免忧祸，既明且哲。余嘉锡则认为："戴逵之言，名士相为护惜，阿私所好，非公论也。"（《世说新语笺疏》）

四

王戎有好李，常卖之，恐人得其种[①]，恒钻其核。

【注释】①种：指李子的核。

【评析】王戎有良种李，卖出去时，怕别人得到良种的李子，总是先在李子核上钻个洞。这则故事疑因王戎有吝啬之名而衍生。

五

王戎女适裴頠[①]，贷钱数万[②]。女归[③]，戎色不说。女遽还钱[④]，乃释然[⑤]。

【注释】①适：指女子出嫁。 裴頠（wěi 伟）：字逸民，官至尚书左仆射。 ②贷钱：指借钱。 ③归：指出嫁的女儿回娘家。 ④遽（jù 据）：急忙。 ⑤释然：指不悦之色消除。

【评析】王戎的女儿嫁给裴頠，向王戎借了几万。女儿回到娘家时，王戎脸色很不高兴，女儿连忙把钱还给他，王戎的脸色才算缓和了。可见王戎对女儿也不改吝啬之性。

六

卫江州在寻阳[①]，有知旧人投之[②]，都不料理[③]，唯饷王不留行一斤[④]。此人得饷，便命驾[⑤]。弘范闻之曰[⑥]："家舅刻薄[⑦]，乃复驱使草木[⑧]。"

【注释】①卫江州：卫展，字道舒，河东安邑（今山西运城东北）人。历仕尚书郎、南阳太守、江州刺史等。 寻阳：县名，在今江西九江西。②知旧人：相知的老朋友。 ③料理：照顾、安排。 ④饷：赠送。 王不留行：草药名。 ⑤命驾：令车夫驾车。 ⑥弘范：李弘范。 ⑦刻薄：待人苛刻薄情。 ⑧乃复：竟然。 驱使：差遣，役使。

【评析】卫展在寻阳时有一位相知的老朋友来投奔他，他却全都不作安排，只送给客人一斤"王不留行"草药。客人得到礼物后，就驾车走了。他外甥李弘范听到后说："我舅舅太刻薄了，竟然差遣草木来为他效劳。"卫展借草药之名表示不留客之意，无怪其外甥也责其刻薄。

七

王丞相俭节[1]，帐下甘果盈溢不散[2]，涉春烂败[3]。都督白之[4]，公令舍去，曰："慎不可令大郎知[5]。"

【注释】①王丞相：王导。 ②帐下：营帐中。 盈溢：堆满。 ③涉春：进入春天。 ④都督：帐下总管庶务者。 白：禀告。 ⑤大郎：指王悦，王导长子。

【评析】王导节俭，以至于甘果堆积腐烂。他也意识到自己的浪费，所以不想让王悦得知此事。

八

苏峻之乱，庾太尉南奔见陶公[1]，陶公雅相赏重[2]。陶性俭吝。及食，啖薤[3]，庾因留白。陶问："用此何为?"庾云："故可种[4]。"于是大叹庾非唯风流[5]，兼有治实[6]。

【注释】①庾太尉：庾亮。 陶公：陶侃。 ②雅：极，很。 ③薤：多年生草本植物，鳞茎和嫩叶可以食用。 ④故：仍然。 ⑤非唯：不仅。 ⑥治实：指治理政务的才干。

【评析】苏峻叛乱时，庾亮去投奔陶侃，陶侃非常赏识推重他。陶侃生性节俭吝啬。进餐时吃薤菜，庾亮留下根白不吃。陶侃问他："留下这东西有什么用?"庾亮说："还可以种。"于是陶侃大加赞叹，认为庾亮不仅风度优雅，还兼具治理天下的才干。

九

郗公大聚敛[1]，有钱数千万。嘉宾意甚不同[2]，常朝旦问讯[3]。郗家法，子弟不坐，因倚语移时[4]，遂及财货事。郗公曰："汝正当欲得吾钱耳[5]！"乃开库一日，令任意用。郗公始正谓损数百万许[6]。嘉宾遂一日乞与亲友[7]，周旋略尽[8]。郗公闻之，惊怪不能已已[9]。

【注释】①郗公：郗愔。 聚敛：搜刮财物。 ②嘉宾：郗超。 ③常：通常，曾经。 朝旦：早晨。 问讯：问安。 ④倚语：站着说话。 移时：长时，长时间。 ⑤正当：只是，只不过。 ⑥损：损失。 许：表示约略估计的词。 ⑦乞与：给予。 ⑧周旋：指交往的友人、朋友。 略尽：指全送光了。 ⑨惊怪：惊诧。 已已：加强语气，谓止不住，难以停止下来。

【评析】郗愔与郗超虽为父子，性情却相反。郗愔好聚敛，而郗超却性好施。郗愔聚敛的数千万钱，郗超仅在一日之内就全部分送给亲故，让郗愔惊诧不已。

汰侈第三十

一

石崇每要客燕集①，常令美人行酒。客饮酒不尽者，使黄门交斩美人②。王丞相与大将军尝共诣崇③，丞相素不能饮，辄自勉强，至于沈醉。每至大将军，固不饮以观其变④。已斩三人，颜色如故，尚不肯饮。丞相让之⑤，大将军曰：“自杀伊家人⑥，何预卿事？”

【注释】①要：邀请。②黄门：指宦者，供内室侍奉之用。交斩：轮流斩杀。③王丞相：王导。大将军：王敦。④固：坚持。⑤让：责备。⑥伊家：他家。

【评析】石崇每次邀请客人举行宴会，常叫美女斟酒劝客。客人饮酒没有干杯的，就让侍从轮流斩杀美人。王导与王敦曾经一起去拜访石崇，王导虽然不善喝酒，但总是勉强喝下去，以至于大醉。每次轮到王敦喝酒时，他坚持不喝以观察石崇究竟怎么样。杀了三个人后，王敦脸色不变，还是不肯喝酒。王导责备他，王敦说：“他杀掉自家的人，关你什么事？”石崇为了夸富而滥杀无辜，王敦则更是冷酷无情。

二

石崇厕，常有十余婢侍列①，皆丽服藻饰②。置甲煎粉、沈香汁之属③，无不毕备④。又与新衣著令出，客多羞不能如厕⑤，王大将军往⑥，脱故衣，著新衣，神色傲然⑦。群婢相谓曰：“此客必能作贼⑧。”

【注释】①侍列：列队侍奉客人。②藻饰：修饰。③甲煎粉：唇膏类化妆品、香料。沉香汁：用沉香木制成的香水。④毕备：置备齐全。⑤如厕：指上厕所。如，到。⑥王大将军：王敦。⑦傲然：傲慢的样子。⑧作贼：指谋逆造反。

【评析】石崇家的厕所里有十多个婢女列队侍奉客人，都穿了华丽的衣服，打扮得很漂亮。厕所里放置了甲煎粉、沉香汁之类的美容用品，还会给客人穿上新衣服，客人们大都害羞不肯到厕所去。王敦则毫无顾忌地去厕所，脱下旧衣服，穿上新衣服，神色傲慢。婢女们相互议论说："这个客人，一定会造反谋逆。"婢女的议论并没有什么依据，可能是因为王敦屡次起兵造反，所以才有这样的传说。

三

武帝尝降王武子家[①]，武子供馔，并用琉璃器[②]。婢子百余人，皆绫罗绔䙱[③]，以手擎饮食[④]。蒸㹠肥美[⑤]，异于常味。帝怪而问之，答曰："以人乳饮㹠。"帝甚不平，食未毕，便去。王、石所未知作[⑥]。

【注释】①武帝：晋武帝司马炎。 降：降临。 王武子：王济。 ②并：全都。 ③绫罗绔䙱：指所穿衣服，裤裙都是绫罗绸缎制成。绔，同"裤"。䙱，女子上衣。 ④擎：托举。 ⑤㹠：同"豚"，小猪。 ⑥王、石：王恺、石崇。

【评析】王济是晋武帝的女婿，其妻为晋武帝之女常山公主。他以善于清言、修饰辞令而著称当时，但他的生活也是豪侈放纵，竟然用人奶喂猪，连晋武帝都对此产生了反感。

四

王君夫以粭糒澳釜[①]，石季伦用蜡烛作炊[②]。君夫作紫丝布步障碧绫里四十里[③]，石崇作锦步障五十里以敌之[④]。石以椒为泥[⑤]，王以赤石脂泥壁[⑥]。

【注释】①王君夫：王恺，字君夫。 粭：同"饴"，麦芽糖，饴糖。糒（bèi 辈）：干饭。 澳釜：擦洗锅子。 ②石季伦：石崇。 作炊：烧饭。 ③步障：帷幕，置于道路两侧以隔离内外。 ④敌：匹敌。 ⑤椒：花椒。 ⑥赤石脂：一种风化石，色红，纹理细腻，可涂饰墙壁。

【评析】王恺用饴糖来擦洗锅子，石崇就用蜡烛来烧饭。王恺用紫丝布和碧绫做了四十里的步障，石崇就做了五十里。石崇用花椒来涂墙，王恺就用赤石脂来涂墙。两人争豪斗富，荒淫之极。

五

石崇为客作豆粥，咄嗟便办[1]。恒冬天得韭萍齑[2]。又牛形状气力不胜王恺牛，而与恺出游，极晚发[3]，争入洛城，崇牛数十步后迅若飞禽，恺牛绝走不能及[4]。每以此三事为搤腕[5]，乃密货崇帐下都督及御车人[6]，问所以[7]。都督曰："豆至难煮，唯豫作熟末[8]，客至，作白粥以投之。韭萍齑是捣韭根，杂以麦苗尔。"复问驭人牛所以驶。驭人云："牛本不迟，由将车人不及制之尔[9]。急时听偏辕[10]，则驶矣。"恺悉从之，遂争长。石崇后闻，皆杀告者。

【注释】①咄嗟：顷刻，形容时间短暂。 ②韭：韭菜，用作调料。萍：艾蒿类菜，亦可调味。齑（jī 其）：调味菜，一般在夏天才有。 ③发：出发。 ④绝走：极力奔跑。及：跟上。 ⑤搤（è 扼）腕：用一只手握住另一只手腕，以示不平情绪。 ⑥密货：暗中用财物贿赂。 都督：手下总管事务的人。 御车人：驾车人。 ⑦所以：指事情发生的原因。 ⑧豫作熟末：预先烧烂成碎末。⑨将车人：驾车的人。 ⑩听：任凭。 偏辕：指车辕偏向一边。

【评析】石崇、王恺两富豪斗富，各个方面都互不相让，做豆粥、调味品保鲜、牛的奔跑力都成为他们的竞争点。王恺煞费苦心买通石崇的手下得到这些秘诀，石崇则为此残酷杀掉泄密者。从中看出权势、财富带来人的心理畸变表现在生活的各个方面。

六

王君夫有牛名八百里驳[1]，常莹其蹄角[2]。王武子语君夫[3]；"我谢不如卿，今指赌卿牛[4]，以千万对之[5]。"君夫即恃手快[6]，且谓骏物无有杀理[7]，便相然可[8]，令武子先射。武子一起便破的[9]，却据胡床[10]，叱左右速探牛心来[11]。须臾，炙至[12]，一脔便去[13]。

【注释】①王君夫：王恺。 八百里驳：牛名。牛身的毛色不纯，故称驳。八百里，指日行八百里。 ②莹其蹄角：把牛的蹄和角磨得晶莹光亮。 ③王武子：王济。 ④指：指定。 ⑤以千万对之：用一千万钱来抵。 ⑥恃手快：仗着自己手势快，箭术精。 ⑦骏物：指八百里驳跑得快，为出众之物。 ⑧然可：答应，允诺。 ⑨起：发射。破的：射中靶心。 ⑩

却：退回。　胡床：交椅。　⑪探：掏。　⑫炙：烤熟的肉。　⑬一脔：一小块肉。

【评析】富豪王恺遇上名士王济，名士赢了富豪日行八百里的神牛，把牛杀掉，只吃了一小块烤牛心就走了，这是名士做派，与富豪的想法截然不同。

七

王君夫尝责一人无服余衵[①]，因直内著曲阁重闺里[②]，不听人将出[③]。遂饥经日[④]，迷不知何处去。后因缘相为[⑤]，垂死，乃得出[⑥]。

【注释】①王君夫：王恺。　责：责备、责罚。　服：指穿。　余衵(nì逆)：指内衣。　②因：借，趁。　直：值班，上朝。　内著：纳入，放在。内，通纳。　曲阁重闺：指深宫内室。曲阁，曲折的楼阁。重闺，深邃的内室。　③听：准许。　将：带。　④经日：指数日。　⑤因缘：指朋友，同伙。　相为：相帮。　⑥乃：才。

【评析】王恺对人的惩罚也很不一样，迷宫一般的皇宫也可以成为他的惩罚工具。

八

石崇与王恺争豪[①]，并穷绮丽[②]，以饰舆服[③]。武帝，恺之甥也，每助恺[④]。尝以一珊瑚树高二尺许赐恺[⑤]，枝柯扶疏[⑥]，世罕其比[⑦]。恺以示崇。崇视讫，以铁如意击之[⑧]。应手而碎[⑨]。恺既惋惜，又以为疾己之宝[⑩]，声色甚厉。崇曰："不足恨[⑪]，今还卿。"乃命左右悉取珊瑚树，有三尺、四尺，条干绝世[⑫]，光彩溢目者六七枚[⑬]，如恺许比甚众[⑭]。恺惘然自失[⑮]。

【注释】①争豪：比谁更富有。　②穷：指极尽可能。　绮丽：华丽。　③舆服：指车马上的服饰。　④每：常常。　⑤许：约略估计之词。　⑥枝柯：树枝。　扶疏：枝叶繁茂纷披的样子。　⑦罕：少。　⑧如意：一种表示祥瑞的玩物。　⑨应手：随手。　⑩疾：嫉妒。　⑪不足：不值得。　⑫绝世：当世独一无二。　⑬溢目：光彩夺目。　⑭许：那样。　比：类。　⑮惘然：不如意的样子。　自失：不知所措。

【评析】王恺与石崇斗富，得到了武帝的帮助，却仍为石崇压倒，可知石崇富可敌国。而晋武帝助自己的舅舅斗富，更加助长了当时奢靡之风的盛行。当时社会风气之糜烂可见一斑。

九

王武子被责①，移第北邙下②。于时人多地贵，济好马射③，买地作埒④，编钱匝地竟埒⑤。时人号曰“金沟”。

【注释】①王武子：王济。 被责：指被责罚免官。王济与堂兄王佑不和，王佑称其不能照顾父亲，遂被贬为河南尹。未及上任，又因鞭打王府官吏而被免官。 ②移第：搬家。 北邙：北邙山，在洛阳东北。 ③马射：骑马射箭。 ④埒（liè 劣）：矮墙。 ⑤编钱：把铜钱串连编起来。 匝：环绕。 竟：尽。

【评析】王济被免官后把家搬到了北邙山下。当时人多地贵，王济喜欢骑马射箭，就买了地筑起矮墙当跑马场。他用铜钱串连起来当矮墙，当时人称为“金沟”。可见晋王朝权贵奢华之风相当惊人。

十一

彭城王有快牛①，至爱惜之。王太尉与射②，赌得之③。彭城王曰：“君欲自乘则不论；若欲啖者④，当以二十肥者代之⑤。既不废啖，又存所爱。”王遂杀啖⑥。

【注释】①彭城王：司马权，字子舆，晋武帝堂叔，封彭城王。 ②王太尉：王衍。 ③射：指打赌。 ④啖：吃。 ⑤肥：指肥牛。 ⑥遂：竟，终于。

【评析】王衍与王济对神牛的态度近似，不顾权贵的想法，不管是不是神牛，都是把牛杀掉满足自己的口腹之欲。

忿狷第三十一

一

魏武有一妓[①]声最清高[②]，而情性酷恶[③]。欲杀则爱才，欲置则不堪[④]。于是选百人，一时俱教。少时，果有一人声及之[⑤]，便杀恶性者。

【注释】①魏武：曹操。 妓；歌女。 ②清高：清脆高昂。 ③酷恶：极其恶劣，极坏。 ④置；指不予追究。 不堪：不能忍受。 ⑤及：比得上。

【评析】有才华的人往往脾气奇特，曹操的这位歌女就是，但是也为自己埋下了祸根，最终因为另一位有才华的歌女出现被杀。

二

王蓝田性急[①]。尝食鸡子[②]，以筯刺之[③]，不得，便大怒，举以掷地。鸡子于地圆转未止，仍下地以屐齿蹍之[④]，又不得，瞋甚[⑤]，复于地取内口中[⑥]，啮破即吐之[⑦]。王右军闻而大笑曰[⑧]：“使安期有此性[⑨]，犹当无一豪可论[⑩]，况蓝田邪?”

【注释】①王蓝田；王述。 ②鸡子：鸡蛋。 ③筯（zhù 助）：筷子。 ④屐：木底有齿的鞋子。 碾：踩踏。 ⑤瞋甚：愤怒之极。 ⑥内：即“纳”。 ⑦啮：咬。 ⑧王右军：王羲之。 ⑨使：假使。 安期：王承，王述之父，字安期。 ⑩犹：尚且。 豪：通“毫”。

【评析】王述性子急躁，一次吃鸡蛋，他用筷子去戳鸡蛋，没有戳到，就大怒发火，把鸡蛋拿起来扔在地上。鸡蛋在地上转个不停，他就跳下地用木屐的齿来踩踏鸡蛋，又没有踩踏到，他愤怒之极，又把蛋从地上捡起来放到口中，把鸡蛋咬破后再立刻吐出来。王羲之和王述素来不合，所以听说此事后忍不住调侃了一番。

三

王司州尝乘雪往王螭许[①]。司州言气少有牾逆于螭[②]，便作色不夷[③]。司州觉恶[④]，便舆床就之[⑤]，持其臂曰：“汝讵复足与老兄计[⑥]?”螭拨其手曰：“冷如鬼手馨[⑦]，强来捉人臂!”

【注释】①王司州：王胡子。 尝：曾。 王螭（chī 痴）：王恬。许：处所，地方。 ②言气：言、语态度。 少：稍微，略微。 牾（wǔ 五）逆：抵触，冒犯。 ③作色：变了脸色。 夷：愉快。 ④觉：觉察。 恶：不好。 ⑤舆床：搬动坐榻。 就：靠近。 床，坐具。 ⑥讵复：难道再。 ⑦馨：语助词，同“般”、“样”。

【评析】王胡之曾经在大雪天到王恬那里去，结果言语稍微有点冒犯，王恬就变了脸色。王胡之察觉他情绪不好，就搬动坐榻靠近王恬，握住他的手臂说：“你难道还可以与老兄我计较吗?”王恬拨开王胡之的手说：“冰冷得像鬼一样，还硬要来抓人家的手臂!”王胡之为王恬的堂兄，王恬却一点不留情面，足见其性格之狷狭。

四

桓宣武与袁彦道樗蒱[①]。袁彦道齿不合[②]，遂厉色掷去五木[③]。温太真云[④]：“见袁生迁怒[⑤]，知颜子为贵。[⑥]”

【注释】①桓宣武：桓温。 袁彦道：袁耽。 樗蒱：当时流行的一种赌博。 ②齿：骰子。 不合：指不合自己的心意。 ③厉色：脸色严厉。 五木：亦称色（shǎi）子，用木头做成，一副五枚，故称。 ④温太真；温峤。 ⑤袁生：指袁耽。 ⑥颜子：颜回。《论语·雍也》：“孔子曰：‘有颜回者，好学，不迁怒，不贰过。’”

【评析】孔子的弟子颜回住在简陋的地方，生活清贫，却乐在其中，对比因赌博这种小事就发怒的袁耽，可以看出温峤是借颜回批评袁耽。

五

谢无奕性粗强[①]，以事不相得[②]，自往数王蓝田[③]，肆言极骂[④]。王正色面壁不敢动[⑤]，半日，谢去。良久，转头问左右小吏曰：“去未?”答云：“已去。”然后复坐。时人叹其性急而能有所容[⑥]。

【注释】①谢无奕：谢奕。 粗强（jiàng将）：粗暴、倔强。 ②相得：彼此情意相投。 ③数：责备。 王蓝田：王述。 ④肆言：任意，随着性子，毫无顾忌。极骂：痛骂。 ⑤正色：脸色严肃。 ⑥容：容忍、宽容。

【评析】谢奕性子粗暴倔强，曾因一件事情与王述彼此意见不合，就去责备王述，任性地痛骂对方。王述脸色严肃地面向墙壁坐着一动不敢动。谢奕走了很久，王述才转过头来问左右侍从：“他走了吗?”侍从回答说：“已经走了。”王述这才又坐下。王述虽然也是火爆脾气，但他也懂得隐忍，所以当时人对王述大加称赞。

六

王令诣谢公[①]，值习凿齿已在坐[②]，当与并榻[③]。王徙倚不坐[④]，公引之与对榻[⑤]。去后，语胡儿曰[⑥]：“子敬实自清立[⑦]，但人为尔多矜咳[⑧]，殊足损其自然。”

【注释】①王令：王献之，官至中书令，故称。 诣：拜访。 谢公：谢安。 ②值：遇到。 坐：同“座”。 ③并榻：同坐一榻。 ④徙倚：徘徊，流连，犹豫。 ⑤引：领。 ⑥胡儿：谢朗。 ⑦实自：确实。 清立：清高特立。 ⑧矜咳：矜持拘执。

【评析】习凿齿少以文称，学问冠于当时，王献之不与之并榻，是鄙其出身寒士。

七

王大、王恭尝俱在何仆射坐[①]，恭时为丹阳尹，大始拜荆州。讫将乖之际[②]，大劝恭酒，恭不为饮，大逼强之，转苦[③]，便各以裙带绕手[④]。恭府近千人，悉呼入斋；大左右虽少，亦命前，意便欲相杀。何仆射无计，因起排坐二人之间[⑤]，方得分散。所谓势利之交[⑥]，古人羞之[⑦]。

【注释】①王大：王忱。 何仆射：何澄，字季玄，官至尚书左仆射，晋穆帝何皇后弟。 ②讫：到。 乖：分别。 ③苦：指竭力苦劝。 ④裙：下衣。 ⑤排：挤，推。 ⑥势利之交：指为获取权势与财利的交情。

⑦羞：羞辱，可耻。

【评析】王忱、王恭一起在何澄家做客，因为喝酒，两人非常愤怒，想要武斗。这就是因为权势、财富产生的交情，由一点小事就撕破脸面。

八

桓南郡小儿时[①]，与诸从兄弟各养鹅共斗[②]。南郡鹅每不如，甚以为忿。乃夜往鹅栏间，取诸兄弟鹅悉杀之。既晓，家咸以惊骇，云是变怪[③]，以白车骑[④]。车骑曰："无所致怪，当是南郡戏耳[⑤]！"问，果如之。

【注释】①桓南郡：桓玄。 ②从兄弟；堂兄弟。 ③变怪；鬼怪变异。 ④车骑；桓冲。 ⑤戏：调笑，逗趣。

【评析】桓玄小时候与堂兄弟们各自养了鹅来斗着玩。桓玄的鹅常常斗败，感到非常忿恨，于是夜里跑到鹅栏里，把堂兄弟们的鹅抓来全部杀掉。可见他从小性格就极为狷狭。

谗险第三十二

二

袁悦有口才[1]，能短长说[2]，亦有精理[3]。始作谢玄参军，颇被礼遇。后丁艰[4]，服除还都[5]，唯赍《战国策》而已[6]。语人曰："少时读《论语》、《老子》，又看《庄》、《易》，此皆是病痛事[7]，当何所益邪？天下要物，正有《战国策》[8]。"既下[9]，说司马孝文王[10]，大见亲待[11]，几乱机轴[12]。俄而见诛[13]。

【注释】①袁悦：字元礼，陈郡阳夏（今河南）人，为孝武帝所杀。②能短长说：指擅长游说。 ③精理：精辟之理。 ④丁艰：遭遇父母的丧事。 ⑤服除：指守丧期满，除去丧服。 ⑥赍：携带。 ⑦病痛：一般指小病，比喻小事。 ⑧正有：只有。 ⑨下：指到京城。 ⑩说：劝说、说服。 司马孝文王：司马道子。 ⑪亲待：亲近厚待。 ⑫机轴：指朝廷的秩序。 ⑬俄而：不久。

【评析】袁悦自恃口才，鼓动司马道子篡夺帝位，最终引来杀身之祸，可谓自取其咎。

三

孝武甚亲敬王国宝、王雅[1]。雅荐王珣于帝[2]，帝欲见之。尝夜与国宝及雅相对，帝微有酒色[3]，令唤珣。垂至[4]，已闻卒传声[5]。国宝自知才出珣下，恐倾夺其宠[6]，因曰："王珣当今名流，陛下不宜有酒色见之，自可别诏召也。"帝然其言，心以为忠，遂不见珣。

【注释】①孝武：孝武帝司马曜。 王国宝：王坦之的儿子，历仕中书令、尚书左仆射。为会稽王司马道子所宠，权倾一时，后被杀。 王雅：字茂达，官侍中、太子少傅、左仆射。 ②王珣：王导的孙子，以文学、文章知名，仕至尚书左仆射、尚书令，封东亭侯。 ③微有酒色：指略有醉意。 ④垂至；将到，快到。 ⑤传声：传报之声。 ⑥倾夺：争夺。

【评析】皇帝常常听信自己的左右，孝武帝就这样，对于有才能的王珣和自己的亲信王国宝，他听取王国宝的意见，不考虑召见人才。

四

王绪数谗殷荆州于王国宝[①]，殷甚患之[②]，求术于王东亭[③]。曰："卿但数诣王绪[④]，往辄屏人[⑤]，因论他事。如此，则二王之好离矣。"殷从之。国宝见王绪，问曰："比与仲堪屏人何所道[⑥]？"绪云："故是常往来[⑦]，无他所论。"国宝谓绪于己有所隐，果情好日疏，谗言以息。

【注释】①王绪：字仲业，太原人，官会稽王从事中郎。后为王恭等所杀。 殷荆州：殷仲堪，曾任荆州刺史，故称。 ②患：忧虑。 ③术：方法。 王东亭：王珣。 ④但：只。 数诣：频繁地去拜访。 ⑤屏人：把人支开，打发走。 ⑥比：近来。 ⑦故：不过，只。

【评析】刘孝标认为王国宝得宠于会稽王是由王绪引进的，二王的关系犹如买卖关系，是"同恶相求"（意为互相勾结，一起作恶），因此殷仲堪的离间计不可能得逞。其说似有理。

尤悔第三十三

一

魏文帝忌弟任城王骁壮①，因在卞太后閤共围棋②，并啖枣③，文帝以毒置诸枣蒂中，自选可食者而进。王弗悟，遂杂进之。既中毒，太后索水救之。帝预敕左右毁瓶罐④。太后徒跣趋井⑤，无以汲。须臾遂卒⑥。复欲害东阿⑦，太后曰："汝已杀我任城，不得复杀我东阿！"

【注释】①魏文帝：曹丕。 任城王：曹彰，字子文，曹操与卞太后所生之第二子，好勇性刚，深得曹操喜爱。 骁壮：勇猛健壮。 ②因：趁着。 卞太后：曹操妻，生曹丕、曹彰、曹植三子。 閤：通"阁"，指内室。 ③啖（dàn 淡）：吃。 ④敕：命令。 ⑤徒跣（xiǎn 险）：赤脚。 趋：快走。 ⑥须臾：一会儿，片刻。 卒：死亡。 ⑦东阿：指曹植，封东阿王，故称。

【评析】曹氏兄弟相争是民间所津津乐道的，曹植七步成诗的故事更是妇孺皆知。这则记载绘声绘色，但只是野史而已。

二

王浑后妻①，琅邪颜氏女②。王时为徐州刺史，交礼拜讫，王将答拜，观者咸曰："王侯州将③，新妇州民，恐无由答拜④。"王乃止。武子以其父不答拜⑤，不成礼，恐非夫妇，不为之拜，谓为"颜妾"。颜氏耻之，以其门贵，终不敢离⑥。

【注释】①王浑：王济之父。 ②琅邪：郡名，在今山东胶南市琅琊台西北。 ③王侯：王浑，袭父爵为京陵侯，故称。 州将：指州刺史。 ④由：理由。 ⑤武子，王济。 ⑥离：离婚。

【评析】颜氏女出身小百姓，在婚礼上就不能接受新郎的答拜礼，也就不能成婚，只能成为小妾。当地的围观者与王济也都如此坚持。颜氏虽然认为这是耻辱，但因为王家门第高贵，还是不敢离异，只能悔恨在心。

三

陆平原河桥败①，为卢志所谗②，被诛。临刑叹曰：“欲闻华亭鹤唳③，可复得乎？”

【注释】①陆平原：陆机，字士衡，吴郡吴人。官平原内史，故称平原。河桥兵败为成都王司马颖所杀。②卢志：字子道，历仕邺令、成都王司马颖长史、中书监。③鹤唳：鹤鸣。

【评析】陆机临刑时叹息道：“想听华亭鹤鸣之声，还有这样的机会吗？”流露出了无穷的悔意。此后，“华亭鹤唳”即成为表达怀念故乡风物及悔不当初的成语。

四

刘琨善能招延①，而拙于抚御②。一日虽有数千人归投③，其逃散而去，亦复如此，所以卒无所建④。

【注释】①招延：招徕延揽人才。②抚御：安抚驾御。③归投：归附投靠。④卒：终于。

【评析】刘琨虽有招揽、安抚人才之能，却无驾御他们之方，哪怕一天中有几千人来投奔他，但是还是会逃散而去，所以他最终没有什么建树。

六

王大将军起事①，丞相兄弟诣阙谢②。周侯深忧诸王③，始入④，甚有忧色。丞相呼周侯曰：“百口委卿⑤！”周直过不应。既入，苦相存救⑥。既释，周大说⑦，饮酒。及出，诸王故在门⑧。周曰：“今年杀诸贼奴⑨，当取金印如斗大系肘后⑩。”大将军至石头⑪，问丞相曰：“周侯可为三公不⑫？”丞相不答。又问：“可为尚书令不⑬？”又不应。因云：“如此，唯当杀之耳。”复默然。逮周侯被害⑭，丞相后知周侯救己，叹曰：“我不杀周侯，周侯由我而死，幽冥中负此人！”

【注释】①王大将军：王敦。起事：指王敦于晋元帝永昌元年（322）

以讨刘隗为名，从武昌起兵攻建康。②丞相：王导。诣阙谢：到朝廷谢罪。③周侯：周顗。④入：指进宫。⑤百口：指全家人的性命。委：托付。⑥苦：尽力，竭力。存救：保全援救。⑦说：通“悦”。⑧故：仍，仍然。⑨贼奴：指王敦等叛逆之臣。⑩取金印：指立功受赏。⑪石头：石头城。⑫三公：魏晋时以太尉、司徒、司空为三公。⑬尚书令：掌管奏章文书的高官。⑭逮（dài 代）：及，到。

【评析】周顗暗中积极保全王导全家，但不肯居功，所以不愿意明说，甚至表面上还做出相反的举动。这是魏晋士人常有的风度。但王导却因此被吓得不轻，以至于产生误会，默许王敦杀了周顗，最终悔恨交加。“我不杀伯仁，伯仁却因我而死”的典故即出此。

七

王导、温峤俱见明帝[①]，帝问温前世所以得天下之由[②]，温未答。顷，王曰：“温峤年少未谙[③]，臣为陛下陈之[④]。”王乃具叙宣王创业之始[⑤]，诛夷名族[⑥]，宠树同己[⑦]，及文王之末高贵乡公事[⑧]。明帝闻之，覆面著床曰[⑨]：“若如公言，祚安得长[⑩]！”

【注释】①温峤：与王导同为明帝辅佐大臣。②前世：前朝。由：原因。③谙（ān 安）：熟悉。④陈：陈述。⑤具叙：详细叙述。宣王：司马懿。⑥诛夷：灭族。⑦宠树：宠信、培植。同己：指亲信。⑧文王：司马昭。末：末年。高贵乡公：曹髦。⑨覆面著床：把脸遮住贴在坐床上。床，指坐具。⑩祚：指皇位、国运。

【评析】司马家族建立晋朝时手段残忍，王导毫不忌讳，为晋明帝一一道来。晋明帝对自己先辈的行为感到无地自容，所以发出了国运难以长久的感叹。可知东晋王朝初期的政治还是比较清明的，不仅有像王导这样的贤臣，也有像明帝这样明事理的君王。

八

王大将军于众坐中曰[①]：“诸周由来未有作三公者[②]。”有人答曰：“唯周侯邑五马领头而不克[③]。”大将军曰：“我与周洛下相遇[④]，一面顿尽[⑤]。值世纷纭[⑥]，遂至于此！”因为流涕。

【注释】①王大将军：王敦。②诸周：指周家人。由来：从来。

③周侯：周𫖮。 五马领头而不克：指周𫖮的官位已高，与三公相去不远，可惜功亏一篑，犹如玩樗（chū初）蒱赌博，棋局已达胜利在望之境，却未能致胜一样。五马，即五木，古代赌博器具，用五木掷采打马，以后就专掷五木以决胜负。不克，不能取胜。 ④洛下：洛阳。 ⑤一面顿尽：一见面即成知交。 ⑥值：遇到。 纷纭：混乱。

【评析】王敦杀周𫖮是出于误会，所以一提到周𫖮就不免黯然神伤，为之落泪。这与王导之叹“周侯由我而死”相同，都是对错杀周𫖮的一种负疚之情。

九

温公初受刘司空使劝进[1]，母崔氏固驻之[2]，峤绝裾而去[3]。迄于崇贵[4]，乡品犹不过也[5]。每爵[6]，皆发诏[7]。

【注释】①温公：温峤。 刘司空：刘琨。 劝进：劝说拥戴他人当皇帝。 ②固：坚决。 驻：阻止。 ③绝裾：扯断衣襟以示坚决离去。 ④迄：到。 崇贵：指地位崇高尊贵。 ⑤乡品：指乡里的名士对本州郡人物朝廷评论。当时任用官吏，须通过乡人品评，列入上品方可选拔任用。过：通过，认可。 ⑥每爵：每次升官授爵。 ⑦发诏：发布诏书。

【评析】温峤不顾母亲的反对，去劝说司马睿即位称帝，并绝裾而去，这在当时是大不孝的行为。所以每当他要升官进爵时，乡人的品评都通不过。他后来也为自己的行为悔恨流泪。

十

庾公欲起周子南[1]，子南执辞愈固[2]。庾每诣周，庾从南门入，周从后门出。庾尝一往奄至[3]，周不及去，相对终日。庾从周索食，周出蔬食，庾亦强饭极欢[4]；并语世故[5]，约相推引[6]，同佐世之任[7]。既仕，至将军二千石[8]，而不称意。中宵慨然曰：“大丈夫乃为庾元规所卖[9]！”一叹，遂发背而卒[10]。

【注释】①庾公：庾亮。 起：起用，任用。 周子南：周邵，字子南，得到庾亮的举荐，官至西阳太守。 ②执辞愈固：坚持自己的意见推辞越发坚决。 ③一往：径直，直往。 奄（yān烟）：忽然。 ④强（qiǎng抢）：勉强。 ⑤世故：世俗之事。 ⑥推引：推荐引进。 ⑦佐世：辅佐朝廷治理天下。 ⑧将军二千石：周邵官至镇蛮将军、西阳太守。太守俸禄二千石。 ⑨庾元规：庾亮。 ⑩发背：引发了背部毒疮。

【评析】周邵原是隐居庐山的隐士，自视甚高，但经不住庾亮的再三游说荐举，下山为官。但是官场的一切令其不称意，彻夜难眠，由此追悔莫及，以至于慨叹为庾亮所卖。因内心的痛苦煎熬，导致背疮发作而死。

十一

阮思旷奉大法[①]，敬信甚至。大儿年未弱冠[②]，忽被笃疾[③]。儿既是偏所爱重[④]，为之祈请三宝[⑤]，昼夜不懈。谓至诚有感者，必当蒙佑。而儿遂不济[⑥]。于是结恨释氏[⑦]，宿命都除[⑧]。

【注释】①阮思旷：阮裕，字思旷，历官临海、东阳太守、光禄大夫。 奉：信奉。 大法：指佛法。 ②大儿：阮裕长子，名牖，字彦伦。官至州主簿。 弱冠：古时男子二十岁行加冠礼，后即指二十岁左右的年龄。 ③被：遭，受。 笃疾：重病。 ④偏：偏袒。 ⑤三宝：佛教称佛、法、僧为三宝。 ⑥济：补益，挽救。 ⑦结恨：结下怨恨。 释氏：指佛教。 ⑧宿命：佛教认为世上的人都有前世因缘，展转轮回。

【评析】阮裕信奉佛法，恭敬笃信到了极点。他的大儿子得了重病，他就为儿子祈祷求请三宝保佑，不分昼夜地祈求。原以为自己精诚所至，必能感动三宝，必能蒙受佛的护佑。但是儿子最终还是去世了。于是他非但再也不信善恶相报的宿命之说，还与佛教结怨。

十二

桓宣武对简文帝[①]，不甚得语[②]。废海西后[③]，宜自申叙[④]，乃豫撰数百语[⑤]，陈废立之意[⑥]。既见简文，简文便泣下数十行。宣武矜愧[⑦]，不得一言。

【注释】①桓宣武：桓温。 ②不甚得语：不是很能说话。 ③废海西：公元 371 年，桓温废黜海西公司马奕，拥立简文帝司马昱。 ④申叙：申诉陈说。 ⑤豫：同“预”。 ⑥陈：述说。 ⑦矜愧：羞愧。

【评析】桓温有图谋篡位的之心，废海西公、立简文帝便是重要的步骤。简文帝也深知桓温之心，知道自己只是个傀儡，所以泪流满面。桓温知道自己的如意算盘瞒不住，所以羞愧之际连一句话也说不出来。

十三

桓公卧语曰[①]："作此寂寂[②]，将为文、景所笑[③]。"既而屈起坐曰[④]："既不能流芳后世，亦不足复遗臭万载邪[⑤]？"

【注释】①桓公：桓温。 ②作：如，像。 寂寂：冷静，无声无息，指无所作为。 ③文、景：指晋文帝司马昭、晋景帝司马师。 ④屈起：屈通"崛"，突然。 ⑤不足：不能。

【评析】桓温所谓不能流芳百世就遗臭万年的话，向来为古人所耻。不过，这样的观念在当今社会似乎颇为流行。

十四

谢太傅于东船行[①]，小人引船[②]，或迟或速，或停或待。又放船从横[③]，撞人触岸。公初不呵谴[④]，人谓公常无嗔喜[⑤]。曾送兄征西葬还[⑥]，日暮雨驶，小人皆醉[⑦]，不可处分[⑧]。公乃于车中手取车柱撞驭人，声色甚厉。夫以水性沉柔[⑨]，入隘奔激[⑩]，方之人情[⑪]，固知迫隘之地[⑫]，无得保其夷粹[⑬]。

【注释】①谢太傅：谢安。 东：东边，指会稽。 ②小人：对船夫的蔑称。 ③从（zòng 纵）横：指放任不管，任由船夫直开横开。 ④初不：从不。 呵谴：呵斥责备。 ⑤嗔（chēn 郴）：发怒。 ⑥征西：指谢奕。 ⑦小人：车夫。 ⑧处分：处置，安排。 ⑨沉柔：深沉柔和。 ⑩隘（ài 爱）：险要。 奔激：水流奔腾激荡。 ⑪方：比拟，相比。 ⑫迫隘：狭窄的地方。 ⑬无得：不得。 夷粹：平和纯粹。

【评析】谢安以喜怒不形于色著称于世，可是这次乘车出行时，却对车夫极为不满，不仅声色俱厉，甚至于还拿起车柱撞击车夫，说明人总是难免失态的时候。

十五

简文见田稻[①]，不识，问是何草，左右答是稻。简文还，三日不出，云："宁有赖其末而不识其本[②]？"

【注释】①简文：简文帝。 ②宁：岂。 末：末端，指稻谷。 本：根本，指稻禾。

【评析】简文帝司马昱不认识田里的稻子，问是什么草，左右侍从回答是稻。简文帝为此羞愧不已，回去后三天不出门。这说明简文帝虽然在位时间很短，但他并不是一个昏君。

十六

桓车骑在上明畋猎[①]，东信至[②]，传淮上大捷[③]。语左右云："群谢年少大破贼[④]。"因发病薨[⑤]。谈者以为此死，贤于让扬之荆[⑥]。

【注释】①桓车骑：桓冲。 上明：城名，桓冲任荆州刺史时修建，故址在今湖北松滋西。 畋（tián田）猎：打猎。 ②东信：东边的信使。 ③淮上大捷：指淝水之战晋军打败前秦苻坚军。 ④群谢：淝水之战中，晋军方面之将领有谢石（谢安之弟）、谢玄（谢安之侄）、谢琰（谢安之子）等，均为谢家人。 ⑤薨（hōng哄）：指诸侯或有爵位者之死。 ⑥贤：胜过。 让扬之荆：指桓冲让出扬州刺史之职给比他更有名望的谢安当，自己则到荆州任刺史，赞其能让贤。之，到。

【评析】桓冲曾自认为在德量方面不及谢安，而在用兵打仗上则胜过谢安。没想到谢家几位年轻的将领获得淝水之战的大胜，这让桓冲深受刺激，竟至发病而亡。

十七

桓公初报破殷荆州[①]，曾讲《论语》，至"富与贵，是人之所欲，不以其道，得之不处[②]"，玄意色甚恶[③]。

【注释】①桓公：指桓玄。 破：打败。 殷荆州：殷仲堪。 ②"富与贵"几句：见《论语·里仁》。意为富贵是人人都想要的，但是不用正当的方法去取得富贵，那么君子是不能取的。 ③意色：表情神色。 恶：坏，难看。

【评析】桓玄为什么听到《论语》有关富贵应取之有道的话就会脸上变色呢？因为他有着篡位的野心，孔子的话刚好戳中了他。

纰漏第三十四

一

王敦初尚主[①]，如厕[②]，见漆箱盛干枣，本以塞鼻，王谓厕上亦下果[③]，食遂至尽。既还，婢擎金澡盘盛水[④]，琉璃碗盛澡豆[⑤]，因倒著水中而饮之，谓是干饭[⑥]。群婢莫不掩口而笑之。

【注释】①尚主：指娶公主为妻。因帝王之女不宜说娶，故谓“尚”。 ②如厕：上厕所。 ③下：放置。 ④擎（qíng 晴）：托，举。 澡盘：洗漱用的器皿。 ⑤澡豆：洗手、洗面用的物品。 ⑥干饭；干粮。

【评析】王敦虽然是个行伍之人，但毕竟出身名门世家，不至于连基本的礼数都搞不清楚。可能是因为他为人豪放，不拘礼节，所以才会让人误以为他是个“土包子”。

二

元皇初见贺司空[①]，言及吴时事问：“孙皓烧锯截一贺头[②]，是谁?”司空未得言，元皇自忆曰：“是贺劭[③]。”司空流涕曰：“臣父遭遇无道[④]，创巨痛深，无以仰答明诏。”元皇愧惭，三日不出。

【注释】①元皇：晋元帝司马睿。 贺司空：贺循，死后追赠司空，故称。 ②孙皓：孙权之孙，吴国末代国君。 截：割断。 贺头：姓贺的人的头颅。 ③贺劭：贺循的父亲。 ④无道：暴虐，暴政。

【评析】贺劭被孙皓用烧红的锯子断头，晋元帝一时忘记姓名，便询问贺循。没想到贺劭正是贺循之父。这是相当失礼的举动，所以晋元帝对自己的失误深感羞愧，把自己关了三天。

三

蔡司徒渡江[①]，见彭蜞[②]，大喜曰：“蟹有八足，加以二螯[③]。”

令烹之。既食，吐下委顿④，方知非蟹。后向谢仁祖说此事⑤，谢曰："卿读《尔雅》不熟⑥，几为《劝学》死⑦。"

【注释】①蔡司徒：蔡谟。 ②彭蜞：生长在水边类似蟹类的动物，但不能食用。 ③螯（áo 敖）：螃蟹类动物的第一对脚，形状如钳。 ④吐下：指上吐下泻。 委顿：疲乏，萎靡不振。 ⑤谢仁祖：谢尚。 ⑥《尔雅》：我国最早解释词义的专著。 ⑦几：几乎，差一点。 《劝学》：《荀子·劝学》。

【评析】彭蜞与蟹外形相似，蔡谟不识其区别，误把彭蜞当作蟹吃了下去，险些送命，这是读书不求甚解造成的。

四

任育长年少时①，甚有令名②。武帝崩③，选百二十挽郎④，一时之秀彦⑤，育长亦在其中。王安丰选女婿⑥，从挽郎搜其胜者，且择取四人⑦，任犹在其中。童少时，神明可爱，时人谓育长影亦好。自过江，便失志⑧。王丞相请先度时贤共至石头迎之⑨，犹作畴日相待⑩，一见便觉有异。坐席竟⑪，下饮⑫，便问人云："此为茶？为茗⑬？"觉有异色，乃自申明云："向问饮为热、为冷耳。"尝行从棺邸下度⑭，流涕悲哀。王丞相闻之曰："此是有情痴⑮。"

【注释】①任育长：任瞻，字育长，历任谒者仆射、都尉、天门太守。 ②令名：好名声。 ③武帝：晋武帝司马炎。 ④挽郎：牵引灵柩唱挽歌的少年。 ⑤秀彦：德才兼优的人才。 ⑥王安丰、王戎。 ⑦且：暂时。 ⑧失志：指失去神志，精神失常。 ⑨王丞相：王导。先度时贤：较早渡江南下的贤达名流。 ⑩畴日：以前。 ⑪竟：完毕。 ⑫下饮：设茶，供茶。 ⑬为茶为茗：茶与茗为同一物，早采者为茶，晚采者为茗。 ⑭棺邸：棺材店。 ⑮有情痴：有情感的痴儿。

【评析】任瞻的纰漏并非一般意义上的过失，而是颠沛流离所造成的心理问题，也因此得到了王导的同情。

五

谢虎子尝上屋熏鼠①。胡儿既无由知父为此事②，闻人道痴人有

作此者，戏笑之，时道此非复一过[3]。太傅既了己之不知[4]，因其言次[5]，语胡儿曰："世人以此谤中郎[6]，亦言我共作此。"胡儿懊热[7]，一月日闭斋不出。太傅虚托引己之过[8]，以相开悟[9]，可谓德教[10]。

【注释】①谢虎子：谢据，小字虎子。②胡儿：谢朗，小字胡儿。无由：无从，没有机会，没有办法。③非复：不只，不是。一过：一次。④太傅：谢安。了：明白。⑤因其言次：趁着他说话的时候。⑥谤：诽谤。中郎：指谢据，他在兄弟中排名第二，故称。⑦懊热：烦闷，烦躁。⑧虚托：假托。引：举。⑨开悟：开导启发，使其觉悟。⑩德教：以道德的教育来感化人。

【评析】谢据爬上屋顶熏老鼠，成为人们街谈巷议的笑料。其子谢朗不知是父亲做的傻事，也跟着一再予以戏笑。谢安得知后，便假托自己也受这个笑话的牵连，让谢朗明白其中牵涉他自己的父亲，堪称德教之经典，足为今人取鉴。

六

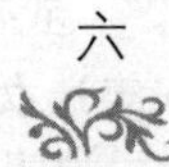

殷仲堪父病虚悸[1]，闻床下蚁动，谓是牛斗。孝武不知是殷公[2]，问仲堪："有一殷，病如此不[3]？"仲堪流涕而起曰："臣进退唯谷[4]。"

【注释】①殷仲堪父：殷师，字师子，官至骠骑咨议。虚悸：中医病名，因气血亏虚造成心跳发慌等症状。②孝武：晋孝武帝司马曜。殷公：指殷仲堪之父。③不：同"否"。④进退唯谷：《诗经·大雅·桑柔》："人亦有言，进退维谷。"谷，比喻困境，进退两难。

【评析】这则故事与本节第二则的记载类似，均属无心之失。

七

虞啸父为孝武侍中[1]，帝从容问曰[2]："卿在门下[3]，初不闻有所献替[4]。"虞家富春[5]，近海，谓帝望其意气[6]，对曰："天时尚暖，䱜鱼虾鲑未可致[7]，寻当有所上献[8]。"帝抚掌大笑。

【注释】①虞啸父：会稽余姚（今浙江余姚）人，官至侍中。②从容：很随便，不慌不忙。③门下：门下省，官署名，皇帝的顾问机关。④初：从来。献替："献可替否（pǐ痞）"的省称，即进献可行的和不可行的意见。 ⑤富春：县名，在今浙江省。 ⑥意气：指贡献礼物。 ⑦鮆（zhì 制）鱼：浅海鱼，肉肥美。 致：指得到，找到。 ⑧寻：不久。

【评析】虞啸父不懂“献可替否”四字的意义，而是望文生义，听到一个“献”字，便以为要他进贡财物，要吃他家乡的海鲜，出了洋相，惹得孝武帝拍手大笑。这是学识浅薄造成的纰漏。

八

王大丧后[①]，朝论或云国宝应作荆州[②]。国宝主簿夜函白事云[③]：“荆州事已行[④]。”国宝大喜，其夜开阁[⑤]，唤纲纪话势[⑥]，虽不及作荆州，而意色甚恬[⑦]。晓遣参问[⑧]，都无此事。即唤主簿数之曰[⑨]：“卿何以误人事邪?”

【注释】①王大：王忱。 ②朝论：朝廷议论。 国宝：王国宝，王忱之兄。 作荆州：担任荆州刺史。 ③主簿：官名，负责文书，印信等。 夜函白事：连夜函封报告文书。 ④荆州事：指任命王国宝为荆州刺史事。 已行：定下来了。 ⑤开阁：打开衙署侧门。 ⑥纲纪：指主簿。 话势：话头，说话的势头。 ⑦意色：神情气色。 恬：坦然，安静。 ⑧参问：探问，验证。 ⑨数：责备。

【评析】王国宝善于奉迎，不修操守，谢安是其岳父，也是抑而不用。本文即写其求官心切而闹出的笑话。

惑溺第三十五

一

魏甄后惠而有色[1]，先为袁熙妻[2]，甚获宠。曹公之屠邺也[3]，令疾召甄[4]，左右白："五官中郎已将去[5]。"公曰："今年破贼，正为奴[6]。"

【注释】①甄后：魏文帝曹丕的皇后甄氏。　惠：通"慧"，聪明。②袁熙：字显奕，袁绍次子。　③曹公：曹操。　屠邺：屠戮邺城。邺，县名，为冀州治所，故址在今河北临漳西南。　④疾：快，迅速。　⑤五官中郎：指曹丕，他曾任此职，故称。　将：带。　⑥奴：他，她。

【评析】甄氏原本是袁熙的妻子，以美色著称。这则记载说曹氏父子同时看上甄氏，而曹操竟是为了甄氏而去攻打袁绍。很显然，这只是民间传说，不足采信。

二

荀奉倩与妇至笃[1]，冬月妇病热，乃出中庭自取冷，还以身熨之[2]。妇亡，奉倩后少时亦卒，以是获讥于世。奉倩曰："妇人德不足称，当以色为主。"裴令闻之曰[3]："此乃是兴到之事[4]，非盛德言[5]，冀后人未昧此语[6]。"

【注释】①荀奉倩：荀粲，字奉倩，颍川（今河南许昌）人。　至笃：指情爱深厚。　②熨：指以身体去紧贴，使其温暖。　③裴令：裴楷。　④兴到：指一时兴起。　⑤盛德：德高望重之人。　⑥冀：希望。　昧：糊涂，不明白。

【评析】荀粲用身体为夫人降温，表现了他们夫妇之间的恩爱情深，这在当代人看来无疑是感天动地、催人泪下的爱情故事，但在古代就避免不了"惑溺"之讥了。

三

贾公闾后妻郭氏酷妒[①]。有男儿名黎民，生载周[②]，充自外还，乳母抱儿在中庭，儿见充喜踊，充就乳母手中呜之[③]。郭遥望见，谓充爱乳母，即杀之。儿悲思啼泣，不饮它乳，遂死。郭后终无子。

【注释】①贾公闾：贾充，字公闾。　郭氏：郭配之女，名槐，晋惠帝贾后之母。　酷：表示程度之深。极，很。　②生载周：出生满周岁。载，开始。　③呜：亲吻。

【评析】贾充的后妻郭槐性妒，且暴戾成性，据说曾经亲手杀过多人。她因为怀疑贾充喜欢上了乳母而杀了她，结果却害死了自己的儿子。贾充不能制止妻子的行为，任由其胡作非为，这便是典型的惑溺。所以本书收入这则故事的目的，是在针砭贾充。

四

孙秀降晋[①]，晋武帝厚存宠之[②]，妻以姨妹蒯氏[③]，室家甚笃[④]。妻尝妒，乃骂秀为貉子[⑤]。秀大不平，遂不复入。蒯氏大自悔责，请救于帝。时大赦，群臣咸见。既出，帝独留秀，从容谓曰："天下旷荡[⑥]，蒯夫人可得从其例不？"秀免冠而谢[⑦]，遂为夫妇如初。

【注释】①孙秀：字彦才，吴郡吴人。三国时吴将，为前将军，夏口督。受孙皓疑忌而降晋，拜骠骑将军，封会稽公。　②厚存宠：指格外关怀宠信。　③蒯氏：为晋武帝之妻妹。　④笃：指感情深厚。　⑤乃：竟。　貉（háo毫）子：骂人之语。貉，兽名，类似狐狸。　⑤旷荡：宽宏大量。　⑦免冠而谢：脱下帽子谢罪。

【评析】晋武帝对降晋的孙秀宠幸有加，以此笼络南方士人。孙秀是吴人，蒯氏称他为"貉子"，表示对他的蔑视。但这与武帝笼络南方士人的意图不合，于是武帝便借大赦来劝合。古代男子可以三妻四妾，而女性则不能因此吃醋妒忌，所以蒯氏的行为在当时并不受同情，甚至是不可原谅的。而孙秀在受到侮辱后居然还能与妻子和好如初，就难逃惑溺之讥了。

五

韩寿美姿容[①]，贾充辟以为掾[②]。充每聚会，贾女于青琐中看[③]，

见寿，说之[4]，恒怀存想[5]，发于吟咏。后婢往寿家，具述如此[6]，并言女光丽[7]。寿闻之心动，遂请婢潜修音问[8]，及期往宿[9]。寿捷绝人[10]，逾墙而入，家中莫知。自是充觉女盛自拂拭[11]，说畅有异于常[12]。后会诸吏，闻寿有奇香之气，是外国所贡，一著人则历月不歇[13]。充计武帝唯赐己及陈骞[14]，余家无此香，疑寿与女通，而垣墙重密，门閤急峻[15]，何由得尔？乃托言有盗，令人修墙。使反曰[16]：“其余无异，唯东北角如有人迹，而墙高，非人所逾。”充乃取女左右婢考问[17]。即以状对[18]。充秘之，以女妻寿。

【注释】①韩寿：字德真，晋南阳赭（zhě 者）阳人。仕至散骑常侍、河南尹。死后赠骠骑将军。 ②辟（bì 避）：授予官职。 掾：官署属员的通称。 ③青琐：窗格。 ④说：通“悦”，喜欢。 ⑤存想：想念。 ⑥具述：全都说了。具，同“俱”。 ⑦光丽：光艳美丽。 ⑧潜修音问：暗中传递音信。 ⑨及期：指到约定的时期。 ⑩捷：强健敏捷。 ⑪盛自拂拭：讲究修饰打扮自己。 ⑫说畅：喜悦舒畅。 ⑬著：附着。 歇：停止，消失。 ⑭计：估计，考虑，打算。 陈骞：字休渊，仕魏时，官至大将军。后仕晋，为武帝所重，封公。 ⑮门閤：大门和边门。 急峻：指戒备森严。 ⑯反：返。 ⑰考问：审问，盘问。 ⑱状：情况，状况。

【评析】韩寿姿态容貌都很美，贾充召他为属官。贾充每次聚会，贾充女儿就从窗格中偷看，见到韩寿就喜欢上了，心里常常想念他。后来婢女到韩寿家去细说原委，并且说到贾充女儿光艳美丽。韩寿听后动了心，就请婢女暗地里传递消息，约定日期去过夜。韩寿身手矫健敏捷，跳墙进屋，没人知道。从此贾充感觉女儿讲究修饰打扮自己，喜悦舒畅之情不同于往常。后来贾充闻到韩寿身上有一股奇特的香气，这种香是外国进贡的，一沾到人身上，几个月也不会消退。贾充估计这种香武帝只赐给自己和陈骞，其余人的家里没有这种香，就怀疑韩寿与女儿私通。于是就把女儿身边的婢女叫来审问，婢女如实招供。贾充把此事隐瞒起来，严守秘密，把女儿嫁给韩寿为妻。《西厢记》中张生逾墙的情节即取鉴于此。韩寿与贾女互相倾慕向往，终成眷属，这在现代人看来是一个动人的爱情故事。但在古代却有违社会伦理规范，所以就列入“惑溺”之列了。

六

王安丰妇常卿安丰[1]，安丰曰：“妇人卿婿，于礼为不敬，后勿复尔[2]。”妇曰：“亲卿爱卿，是以卿卿。我不卿卿，谁当卿卿！”遂恒听之。

【注释】①王安丰：王戎。 卿：第二人称“你”或“您”的代词，表示亲昵，不拘礼节。 ②尔：如此。

【评析】王戎妻称夫婿为“卿”，可知他们夫妇间恩爱情深，也可见魏晋时期人们对情感的表达往往不受礼教的约束。此后“卿卿”连用，即成为夫妻间的爱称。

七

王丞相有幸妾姓雷[①]，颇预政事[②]，纳货[③]。蔡公谓之“雷尚书[④]”。

【注释】①王丞相：王导。 幸妾：得到宠爱的小妾。 ②预：参预，参加，干预。 ③纳货：接受钱财。 ④蔡公：蔡谟。 ⑤尚书：官名，掌管文书奏章。

【评析】王导权倾一时，是深受朝廷上下敬重的大臣，也是一代名士。但他却纵容宠妾收受贿赂，干预政事，甚至受到时人的讥讽，可知王导在女色迷惑之下也有昏聩之时。

仇隙第三十六

一

孙秀既恨石崇不与绿珠[①]，又憾潘岳昔遇之不以礼[②]。后秀为中书令，岳省内见之[③]，因唤曰："孙令，忆畴昔周旋不[④]？"秀曰："中心藏之，何日忘之[⑤]？"岳于是始知必不免[⑥]。后收石崇、欧阳坚石[⑦]，同日收岳。石先送市[⑧]，亦不相知。潘后至，石谓潘曰："安仁[⑨]，卿亦复尔邪？"潘曰："可谓'白首同所归'。"潘《金谷诗集》云："投分寄石友[⑩]，白首同所归。"乃成其谶[⑪]。

【注释】①绿珠：石崇的歌妓，貌美，善吹笛。孙秀索要绿珠，石崇不允，孙秀劝赵王司马伦杀石崇，同时杀害其母、兄、妻等家人十五人，绿珠跳楼自尽。 ②憾：恨。 昔遇之不以礼：指潘岳过去羞辱过他。 ③省内：指官署里。 ④畴昔：过去，从前。 周旋：交往。 不：同"否"。 ⑤中心藏之，何日忘之：见《诗经·小雅·隰（xí 席）桑》。两句诗谓心中有了他，没有一天忘得了他。言外之意是怀恨在心。 ⑥不免：指不能避免被孙秀报复之祸。 ⑦收：逮捕。 欧阳坚石：欧阳建，字坚石，渤海（今河北省南皮东北）人。石崇外甥，历任山阳令、尚书郎、冯翊太守。 ⑧市：执行死刑的东市。 ⑨安仁：潘岳。 ⑩投分：志趣投合，互为相知。 石友：谓友谊坚如磐石。 ⑪谶（chèn 衬）：指预言、预兆。

【评析】就因为石崇不原意送自己美人，潘岳早年曾羞辱过自己，孙秀就此怀恨在心。一朝得志，孙秀便将二人置之死地。这种睚眦必报的作法自然为士人所不齿。

二

刘玙兄弟少时为王恺所憎[①]，尝召二人宿，欲默除之[②]。令作阬[③]，阬毕，垂加害矣[④]，石崇素与玙、琨善，闻就恺宿，知当有变[⑤]，便夜往诣恺，问二刘所在。恺卒迫不得讳[⑥]，答云："在后斋中眠⑦。”石便径入，自牵出，同车而去，语曰：“少年何以轻就人宿?”

【注释】①刘玙兄弟：刘玙（yú 雨）、刘琨。刘玙，字庆孙，有才名，官宰府尚书郎。 ②默除：指暗杀。 ③阬：土坑。 ④垂：接近，将要。 ⑤变：事变，变故、突发事件。 ⑥卒（cù 促）迫：仓促急迫。 讳：隐瞒。 ⑦后斋：后房。

【评析】王恺因为憎恶刘玙和刘琨，竟然想要活埋他们，其为人之褊狭为士人所耻。

三

王大将军执司马愍王①，夜遣世将载王于车而杀之②，当时不尽知也。虽愍王家亦未之皆悉，而无忌兄弟皆稚。王胡之与无忌长甚相昵③，胡之尝共游。无忌入告母，请为馔④，母流涕曰：“王敦昔肆酷汝父⑤，假手世将⑥。吾所以积年不告汝者⑦，王氏门强，汝兄弟尚幼，不欲使此声著⑧，盖以避祸耳。”无忌惊号⑨，抽刃而出⑩，胡之去已远。

【注释】①王大将军：王敦。 执：捉拿。 司马愍王：司马丞，字元敬，袭父爵为谯王，曾任湘州刺史。王敦起兵时，他兴兵讨伐，被王敦所杀，谥愍王。 ②世将：王廙（yì 异），字世将，王敦的堂兄弟，随王敦起兵，任荆州刺史。 ③王胡之：字修龄，王廙子。无忌：字公寿，司马丞之子。 长（zhǎng 涨）：长大。 相昵：互相亲近。 ④为馔（zhuàn 转）：准备食物。 ⑤肆酷：肆意残害。 ⑥假手：利用他人。 ⑦积年：多年。 ⑧声著：声张。 ⑨惊号：惊讶地号啕大哭。 ⑩抽刃：拔刀。

【评析】王母为了保护年幼的儿子，一直未将王敦杀害其父之事告知，可谓用心良苦。而当无忌得知父亲被王胡之父亲王世将残害时，虽然他们曾经关系亲近，但他还是立即拔刀去杀王胡之，可见他报父仇的心情是何等之强烈。

四

应镇南作荆州①，王修载、谯王子无忌同至新亭与别②。坐上宾甚多，不悟二人俱到③。有一客道：“谯王丞致祸④，非大将军意⑤，正是平南所为耳⑥。”无忌因夺直兵参军刀⑦，便欲斫⑧。修载走投水[9]，舸上人接取[10]，得免[11]。

【注释】①应镇南：应詹，字思远，汝南顿（今河南项城西）人。仕至江州刺史，死赠镇南将军。 作荆州：任荆州刺史。 ②王修载：王耆之，字修载，王廙第三子。 谯（qiáo乔）王：司马丞。 ③不悟：不知道，不明白。 ④致祸：遭遇祸害。 ⑤大将军：王敦。 ⑥正：只。 平南：王廙曾任平南将军，故称。 ⑦直兵参军：值班参军。 ⑧斫：（zhuó浊）：砍、斩。 ⑨走：走、逃跑。 ⑩舸（gě葛）：大船。 ⑪免：指逃脱。

【评析】这则记载与上一则类似，都是说司马无忌为报父仇而要杀仇人之子。其中之一很可能是因为后人附会而衍生出来的故事，所以情节类似。

五

王右军素轻蓝田[1]。蓝田晚节论誉转重[2]，右军尤不平。蓝田于会稽丁艰[3]，停山阴治丧[4]。右军代为郡[5]。屡言出吊[6]，连日不果[7]。后诣门自通[8]，主人既哭，不前而去[9]，以陵辱之[10]。于是彼此嫌隙大构[11]。后蓝田临扬州[12]，右军尚在郡[13]。初得消息，遣一参军诣朝廷，求分会稽为越州。使人受意失旨[14]，大为时贤所笑[15]。蓝田密令从事数其郡诸不法[16]，以先有隙，令自为其宜[17]。右军遂称疾去郡[18]，以愤慨致终[19]。

【注释】①王右军：王羲之。 素：向来。 蓝田：王述。 ②晚节：晚年。 论誉：舆论评价。 转重：逐渐提高。 ③于会稽：指在会稽内史任上。 丁艰：遭父母之丧。 ④山阴；今浙江绍兴。 ⑤代为郡：代替王述做会稽内史。 ⑥出吊；指到王述家去吊唁。 ⑦不果：没有结果，不能实现。 ⑧诣门自通：登门自己通报去吊唁。 ⑨不前而去：不上前吊唁慰问就离开了。 ⑩陵辱：欺凌侮辱。 ⑪嫌隙大构：结下深深的仇怨。构，造成，构成。 ⑫蓝田临扬州：指王述任扬州刺史。 ⑬尚在郡：指王羲之仍然在会稽内史任上。 ⑭使人：使者。 受意失旨：接受了他的差使却有违他的意图。 ⑮时贤：当时的贤达。 ⑯从事：刺史的属官。 数：列举罪状。 ⑰自为其宜：让王羲之自己以适宜的办法去处理。 ⑱去郡：辞去会稽内史职务。 ⑲终：指去世。

【评析】王羲之一向瞧不起王述，却一直位居王述之下，为此感到愤懑不已，以至于在王述丧母后有意侮辱。双方因此有了过节，而王羲之最终竟因与王述间的嫌隙，愤激而死，难免让人为之扼腕。此处所说王羲之的死因未必属实，但王羲之的气量显然为时人所诟病。

六

王东亭与孝伯语，后渐异[①]，孝伯谓东亭曰："卿便不可复测[②]。"答曰："王陵廷争，陈平从默[③]，但问克终云何耳[④]。"

【注释】①王东亭：王珣，封东亭侯，故称。 孝伯：王恭，字孝伯。 渐异：指两人意见渐渐不同。 ②复测：预料。 ③王陵廷争两句：汉惠帝时，吕后临朝当权，以王陵为右丞相，陈平为左丞相。惠帝死后，吕后欲以吕家人为王，王陵以刘邦非刘氏不能封王为由予以反对。吕后问陈平、周勃，他们都以"无所不可"表示同意，吕后高兴。退朝后王陵责备陈、周，陈平曰："于面责廷争，臣不如君；全社稷，定刘氏后，君亦不如臣。" ④克终：最终结果。 云何：如何，怎么样。

【评析】王恭与王珣都不满于王国宝谄媚会稽王司马道子，但在如何除去王国宝一事上意见不致。最后王恭等出兵讨伐王国宝，将他诛杀。

七

王孝伯死[①]，悬其首于大桁[②]。司马太傅命驾出[③]，至标所[④]，熟视首曰[⑤]："卿何故趣欲杀我邪[⑥]？"

【注释】①王孝伯：王恭。晋安帝隆安二年（398），王恭联合殷仲堪起兵讨伐司马道子，兵败被杀。 ②大桁（háng 航）：大浮桥，指秦淮河上的朱雀桥。 ③司马太傅；会稽王司马道子，简文帝之子。晋孝武帝死后掌朝政，官至太傅。 ④标所：指悬挂罪犯首级的高杆。所，处所、地方。 ⑤熟视：仔细看。 ⑥趣（cù 促）：急促。

【评析】王恭死后，首级被挂在朱雀桥上示众。司马道子看着首级说："你为什么要迫不及待地杀我啊？"可见，即便王恭已死，司马道子仍然愤恨不已。

八

桓玄将篡[①]，桓修欲因玄在修母许袭之[②]。庾夫人云[③]："汝等近过我余年[④]，我养之，不忍见行此事。"

【注释】①将篡：指桓玄将要篡位。他掌朝政后迫使晋安帝禅位，建国号曰楚。后被刘裕讨灭。 ②桓修：桓冲第三子，桓玄之叔伯兄弟。 因：趁着。 许：处，地方。 ③庾夫人：桓冲妻，桓修母。 ④余年：晚年。

【评析】桓修与桓玄是同祖的堂兄弟，只是从小不睦，便准备乘桓玄不备之时去袭击他。为了争权夺利，兄弟骨肉间也会相残。